# 후원의 목적

*Purpose Of Sponsorship*

3

감초비
장편소설

후원의 목적 3

2020년 8월 24일 초판 1쇄 인쇄
2020년 8월 27일 초판 1쇄 발행

**지은이** 감초비
**발행인** 이종주

**기획 편집** 이은정 송영경
**경영 지원** 배진경
**마케팅** 김정수

**발행처** (주)로크미디어
**출판등록** 2003년 3월 24일
**주소** 서울시 마포구 성암로 330(상암동) DMC첨단산업센터 B동 318호
**편집 문의** (02)6365-5156 **구입 문의** (02)3273-5135
**홈페이지** rokmedia.blog.me
**E-mail** romance@rokmedia.com



값 10,000원

ISBN 979-11-354-8608-1 04810 (3권)
ISBN 979-11-354-8605-0 04810 (세트)

"나조차도
몰랐던 나를,
네가 알게 해 줬어"

감초비
장편소설

3

# 후원의 목적

ROCODO

CONTENTS

KODAK PORTRA 400

# 7.
## 3년 만의 재회

예쁘게 깎은 쌀알 같은 얼굴. 모양이 애잔한 입술. 타고난 미모와 재능을 마음껏 펼쳐 보기도 전에 세상을 떠난 아내. 귀하디귀한 그녀의 삶과 맞바꾼 아이라, 더 아픈 손가락이었다.

살아생전 그녀의 고운 용태를 갖췄지만, 제 엄마와 다르게 날개를 펴지 못한 딸.

진학, 진로, 맞선. 유리가 좌절을 겪을 때마다 금 회장은 아내의 빈자리를 가장 크게 느꼈다. 어미 새 잃은 아기 새를 떠안은 호랑이가 된 심정이었다. 자신이 나는 법을 가르쳐 주지 못해 딸이 이 모양인가 싶었다.

29년 내내 무진 애를 썼건만, 딸은 단 한 번도 날지 못했다.

이렇게 된 이상 평생 공주님처럼 떠받들어 줄 남자, 무엇 하나 빠지지 않는 남자와 짝지어 주는 걸로 아비의 소임을 다해야겠다고 생각했다.

그런 마음으로 마련해 준 돈으로, 딸은 홍대 상가를 덜컥 계약했다. 모든 지원을 끊겠다는 강수를 뒀더니, 용서를 빌기는커녕 앗싸리 집을 뛰쳐나갔다.

곱게 키워 놨더니, 고작 술집 여자가 되었다.

김 씨 아주머니, 김 기사 없이는 아무것도 못 하는 네가 언제까지 버티나 보자. 금 회장은 벼르는 마음으로 유리를 내버려 두었다.

가을이 되면 조락하는 낙엽을 보고 깨우침이라도 얻을 줄 알았다. 겨울이 되면 따듯한 제 방 생각이 나서라도 대문을 두드릴 줄 알았다.

허나 계절이 수차례 바뀌도록, 딸은 얼굴 한 번 비치지 않았다.

이쯤 되니 금 회장은 울컥 치미는 조바심을 견딜 수 없었다.

아무래도…… 떼 준 돈이 너무 많았던 모양이다.

"저기…… 아버지……."

3년 만에 보는 아버지 앞에서 유리는 절절맸다. 입술을 오물거리며 3년 공백의 이음새가 될 말을 찾아내려 애썼다.

"지낼 만한가 보구나."

빈정거리는 말로 들은 유리는 어둡게 눈을 내리깔았다. 허나 금 회장으로선 딸이 정말 잘 지내는 듯 보여 한 말이었다.

솔직히, 얼굴이 많이 상했을 거라 생각했다.

매일 어두컴컴한 지하에서 새벽까지 술을 파는 일. 그 술을 마시고 원숭이, 사자, 심지어 악마로까지 돌변하는 사람들을 상대하는 일. 건실하게 사는 그림이 도무지 나오지 않았다.

하지만 우려했던 것과는 달리, 3년 만에 본 딸은 건강한 모습이었다. 집을 떠날 때보다 살도 좀 붙은 거 같고 혈색도 좋아 보인다.

게다가 전에 없던 총기가 엿보였다. 당황스럽고 서글픈 감정에 사로잡힌 와중에도 딸의 눈빛은 깊었다.

딸의 일터는 아름다웠다. 프리저브드 플라워 무드등. 예쁘게 꽃꽂이한 빈 술병. 요정이 지닐 법한 소품들로 꾸며진 지하의 바에 온 순간, 3년 내내 얼어붙은 마음조차 녹아내리려 했다.

서른둘 금유리는 향기로운 자태로, 비밀의 화원 같은 이곳과 자연스럽게 어우러져 있었다.

금 회장은 복잡한 심경이 되었다. 뭍에서 내내 헐떡이다가, 바다로 돌려보내져 편안하게 호흡하는 인어와 마주한 기분이었다.

"곧 영업시간이에요."

침묵을 차분히 열어젖히는 말. 무성한 생각으로 흐려진 금 회장의 눈에 초점이 돌아왔다.

"죄송한데, 내일 낮에 근처 카페라도 가서 말씀 나누면 안 될까요?"

지난 앙금 때문에 하는 말이 아님을 안다. 오후 7시 오픈. 정해진 시각부터 부족함 없이 손님을 맞아들이고자 하는 가게 오너로서 하는 말이다. 그걸 알면서도 금 회장은 입안이 썼다.

"그렇다면, 나도 손님으로서 앉지."

금 회장이 바 카운터 자리의 스툴을 빼서 앉았다. 유리는 숨을 크게 마시며 아버지를 보았다.

"왜, 여긴 나 같은 늙은이는 마실 수 없는 곳인가?"

"아뇨, 그럴 리가요! 주문 도와드리겠습니다!"

미나가 과할 정도로 공손하게 메뉴리스트를 내밀었다. 금 회장은 짙은 어둠이 깔린 눈동자로 그것을 훑었다.

"호, 혹시 추천을 원하시면 도와드리겠습니다. 궁금하신 칵테일이 있으시면 어, 얼마든지…… 물어봐 주세요.”

미나는 프로 정신을 최대한 발휘하려 애썼다. 무려 진짜 회장님. 거기다 천사 같은 유리 언니를 내친 호랑이 아버님 앞. 저답지 않게 떨리는 목소리가 나왔다.

“드라이 마티니는 어떤 술이지요?”

“아…… 네, 손님. 이름대로 드라이한 칵테일입니다. 진 베이스라 특유의 솔 향이 강하게 나고요, 올리브 가니시가 들어갑니다.”

“증류주와 드라이 베르무트로 조합되는 칵테일이라 위스키 못지않게 도수가 강한데, 괜찮으실지요?”

미나가 얼결에 빼먹은 설명을 다희가 은근하게 보충했다. 그녀는 예리한 시선으로 금 회장과 유리를 살폈다. 부녀 사이에 찬바람이 부딪친다. 말을 섞지 않는 순간조차도.

“일단 그걸로 마셔 보도록 하지. 그리고 칵테일은, 이곳 오너께서 직접 만들어 줬으면 하는데.”

그 말에, 입술을 힘주어 물고 있던 유리가 눈을 크게 떴다.

“왜. 오너께선 칵테일 만드는 일은 안 하시나?”

네가 과연 사장 깜냥이 되는지 어디 한번 보자는 투다.

다희와 미나는 안쓰러운 마음으로 유리를 살폈다. 좀 전까지 성진과 찍은 사진을 보며 새댁처럼 기뻐하던 그녀가 어쩌다 이런 시험에 들게 된 건지.

“네. 제가 직접 만들어 드릴게요.”

날카로운 눈빛을 한 금 회장 앞에서 유리는 휙 돌아섰다. 먼저 손을 씻고, 냉장고에 넣어 둔 칵테일 글라스를 작업대에 올렸다.

“따로 선호하는 진이 있으신가요. 저희 바 하우스 진은 고든스 진이고, 베르무트는 마티니사 제품을 씁니다.”

설명하는 중에도 유리의 손은 척척 움직였다. 믹싱 볼과 스트레이너가 작업대에 올랐다.

금 회장은 눈을 끔벅였다. 단순히 기물을 꺼내 올리는 동작인데도 범상치 않다. 손에 보이지 않는 실이라도 달린 듯, 일련의 동작이 매끄럽고 유려하다.

"어떤 진들이 있길래."

"저희 바는 고든스, 봄베이 사파이어, 탱커레이, 비피터 4대 진이랑, 탱커레이 넘버텐과 핸드릭스 진까지 구비하고 있어요."

"각각 뭐가 다르지?"

"고든스 진은 스탠더드한 드라이진이고, 비피터나 탱커레이 넘버텐은 시트러스한 풍미가 있어서 여성 손님들이 주로 찾으시죠."

딸은 온화한 목소리로 믿기지 않을 만큼 노련하게 설명했다. 잠깐 관찰해 보고 몇 마디 나눠 본 것만으로 금 회장은 내심 아뜩해졌다.

겁도 많고 심약하던 딸. 맑게 반짝이며 살아가란 의미에서 유리란 이름을 붙여 줬더니 유리 멘탈로 살아온 딸. 30년 세월 동안 그녀의 세계는 갑갑할 만큼 갇혀 있었다.

그러나 3년이 지난 지금은 딸의 저변에 드넓게 깔린 미지의 영역이 느껴진다.

"일단 기본으로 주문하지."

주문이 결정되자 유리는 술병을 꺼내고 제빙기를 열어젖혔다. 아이스 스쿱으로 퍼 낸 얼음을 믹싱 볼에 단번에 채워 넣었다. 바 스푼으로 얼음을 몇 바퀴 돌려 모서리를 다듬고, 스트레이너를 덮어 물을 한번 따라냈다.

쪼르륵.

기울어진 지거가 믹싱 볼 안에 깔끔하게 술을 떨어뜨린다. 드라이 진, 드라이 베르무트를 계량하여 넣고 유리는 다시 바 스푼을 꽂았다.

바 스푼을 끼운 유리의 손가락은 안정적으로 허공에 붙박였다. 믹싱 볼을 파고든 스푼이 걸림 없이 얼음을 끌며 재료를 혼합했다.

금 회장은 저도 모르게 눈을 휘둥글게 떴다. 근엄하신 얼굴에 꽤 극적인 변화가 일어났음에도 유리는 덤덤히 작업에 몰두했다.

스터링을 마친 유리는 믹싱 볼에 스트레이너를 꽂았다.

주르르.

믹싱 볼이 서서히 위로 들렸다. 맑은 술이 깔끔한 직선으로 떨어졌다.

칵테일 픽을 꽂은 올리브 가니시로 마무리. 금 회장 앞에 레이스 코스터가 깔리고, 완성된 드라이 마티니가 놓였다.

"드세요."

유리가 시크하게 뱉은 말이 금 회장의 정신을 일깨웠다.

드라이 마티니의 맛. 그녀들이 예고한 대로 드라이하고 솔 향이 물씬 났다. 올리브의 짭짤함이 절묘한 밸런스를 이룬다.

무엇보다 음료 자체의 질감이 좋았다. 실크처럼 혀에 부드럽게 감기고 기분 좋게 시원했다. 종종 강하게 생각날 맛이다.

"제대로 된 마티니를 만드는 데 적어도 2년이 걸린다고 해요."

유리가 지나가는 말처럼 중얼거렸다.

"얼음 채우고 술 넣고 스푼으로 젓는 게 뭐가 그리 어렵겠냐는 생각으로 만들면, 얼음이 너무 많이 녹아 밍밍해지거나 재료가 덜 혼합돼서 거친 맛이 나죠. 얼음 상태, 젓는 횟수나 강도도 중요해요. 뭐 하나라도 빠지면 맛이 틀어지게 돼요."

금 회장이 말 없는 시선을 보내오자, 유리는 쓰게 웃었다.

"얼마 전부터 저도 드라이 마티니를 손님께 내놓을 수 있게 됐어요. 쉽지 않았어요."

3년 동안 찾아뵙지 못한 저도 천하의 불효녀지만. 당신께서 3년 동안 부끄러워할 만큼, 여전히 편견 가득한 시선으로 보실 만큼…… 하찮은 일 하지 않았어요.

유리의 다갈색 눈이 촉촉하게 반짝였다. 다친 마음, 그럼에도 흔들리지 않는 자부심이 엿보였다.

"잘 마셨다."

금 회장은 한숨을 쉬며 일어섰다. 잘 만들어진 한 잔의 뒷맛이 폐부를 찌를 만큼 썼다.

"바쁜 것 같으니 바로 일어서마. 이 칵테일 가격은."

"계산 안 하셔도 돼요."

유리가 잠긴 목소리로 말했다. 금 회장은 입술을 문 딸을 보다가, 지갑에서 5만 원을 꺼내 미나에게 내밀었다.

"드라이 마티니에 대해 친절하게 설명해 줘서 고마워요. 팁이라고 생각하고 받아 주시오."

"앗, 감사합니다……."

금 회장이 휑하니 나가 버린 뒤, 유리는 한숨을 뱉으며 바 카운터를 부여잡았다.

"어, 언니…… 괜찮아요?"

"유리야, 괜찮아?"

걱정스럽게 묻는 다희와 미나에게 유리는 애써 웃어 보였다.

"아하하……. 다희 언니. 저 실수한 거 없었죠?"

"그래. 흠잡을 데 없이 잘 만들더라. 그만하면 영감님께 아주 본

때를 보여 줬어."

"다행이다……."

유리는 핸드폰을 보았다. 사진 속 성진에게 기운을 받으려는 듯.

❈ ✱ ❈

새벽 3시. 가게 정리를 마치고 지상으로 나온 유리의 눈이 반짝 뜨였다.

"성진아……."

가로등처럼 밝은 웃음을 머금은 그가 눈앞에 서 있었다.

"셔터맨 하러 왔습니다! 사장님."

"너 또 새벽 2시 반 알람 맞췄지?"

성진은 기회만 닿으면 아젤리아 마감 시간에 맞춰 유리를 데리러 오곤 했다. 수면의 질이 떨어지니까 그러지 말라고 해도, 요즘 들어 특히…….

유리를 뒤따라 나온 미나와 다희가 그를 보고 눈을 깜박거렸다.

"아……. 성진 쌤. 오늘도 오셨네요."

"어…… 왔어."

절친한 사람들의 변화에 민감한 성진은 두 사람을 빤히 보았다. 요새 팔불출 다 된 저를 보며 짓궂게 웃던 그녀들이 답지 않게 말끝을 흐리는 것이, 오늘 뭔가 이상하다.

"무슨 일이라도 있었어?"

성진의 물음에 콕 찔린 세 여자가 동시에 손을 내저었다.

"아, 아뇨! 아무 일도 없었는데요?"

"그냥 좀 피곤해서 그래."
"성진아, 너도 피곤하잖아. 빨리 들어가서 쉬자."
유리가 얼른 성진의 팔을 잡아끌었다.
"내일 봬요!"
"조심히들 들어가고."
"네. 다들 잘 들어가요!"
다희와 미나를 떠나보내고 나서, 성진이 곧바로 유리에게 재차 물었다.
"무슨 일 있었지?"
"아니 그냥…… 오늘 손님이 좀."
"또 진상이야? 요새는 뜸한 거 같더니. 혹시 경찰 불렀어?"
"아니, 그 정도까지 심각하진 않았어. 금방 나가 버려서……."
"남자야, 여자야."
"……남자."
"어떤 자식이야 또. 술 좀 곱게 처먹지. 담에 또 오면 바로 전화해."
분통을 터트리는 성진 곁에서 유리는 무거운 침을 삼켰다. 그 손님이 아버지라는 사실을 말하면, 진중한 그의 머릿속은 저보다도 엉킬지 모른다.
오늘 매몰차게 떠나가신 모습을 보아 어차피 더는 안 오실 것 같기도 하고.
"지금 가면 얼마나 더 잘 수 있는 거야? 곧 있음 양조장 가야 하지? 피곤하지 않을까……."
"아, 괜찮다니까. 10시부터 자서 충분한 수면을 취했거든?"
성진이 유리의 손에 제 손가락을 끼워 넣으며 유쾌하게 속삭였다.

"내가 지금 얼마나 쌩쌩한지 집 가서 확인시켜 줘?"

반 농담으로 한 말임을 알지만. 곧 출근해야 하는 그를 생각하면 이러면 안 되는 거지만. 유리는 그 손을 꽉 맞잡았다.

"……유리야?"

절박하리만치 강한 손힘. 놀란 눈으로 저를 보는 성진에게 유리는 은근하게 말했다.

"너만 안 피곤하다면……."

그의 다정한 손길이 미치도록 고픈 날이었다.

❖ ✱ ❖

어둠의 농도가 서서히 옅어지는 새벽. 침대 위의 농도는 창밖 하늘을 거슬러 짙어져 갔다.

"으응…… 이 자세도 좋은 거 같아……."

유리는 성진의 탄탄한 허벅지에 올라앉아 그의 목에 팔을 둘렀다. 성진의 강한 힘에 휩쓸리는 것도 좋지만, 자신이 그를 감히 점령한 구도도 색다른 포만감을 준다.

유리가 자기 쾌락점에 맞춰 놓은 각도를 겨누어, 성진은 이따금 힘 있게 쳐올려 주었다. 유리의 허리가 퉁겨진 현처럼 바르르 떨렸다. 음악 같은 신음이 간드러져 나왔다.

"앗, 좋아…… 너무……."

"마음에 드신다니 다행입니다, 마님."

"아이, 왜 갑자기 돌쇠 말투야."

유리가 그의 어깨를 찰싹 때렸다. 귀엽기 그지없는 힘에 성진은 웃음보가 터졌다.

"야, 내 티어가 고작 돌쇠밖에 안 돼? 변강쇠 정도는 쳐줘야 하는 거 아냐?"

돌쇠, 변강쇠 줄소환 시켜 놓으니 한 놈 더 생각난다. 선녀 날개옷 훔친 나무꾼 놈.

감히 상상도 못 했던 여자를 마음껏 안으면서 이런 심정이었을까. 아이 셋 낳게 해서라도, 이 여자 절대 놓치지 않겠다는.

"금유리, 너 이제 진짜 딴 데 시집 못 간다."

그녀의 이마에 제 이마를 맞대어 비비며 성진이 키득거렸다.

"복성진, 너야말로 절대 딴…… 아앙……."

고개를 들이밀어 가슴을 머금는 그 때문에 유리는 새된 신음을 뱉었다. 짜르르한 전율이 등줄기까지 훅 끼쳤다.

성진은 유리의 허리를 끌어안은 채 즉흥적으로 아래를 쳐올렸다.

"아앗, 방금은 좀 깊었어."

"우리 마님은 깊어서 더 좋아하는 거 같은데?"

그녀 때문에 흠뻑 적셔진 곳들이 뜨끈하다. 빨아들여 맛보면 벌꿀술처럼 달콤할 것 같다.

성진은 눈앞에서 미려하게 흔들리는 유리의 자태를 느긋하게 감상했다. 저 복숭아 속살 같은 가슴이 제 상판에 짓눌려 곤죽이 되도록 몰아붙이는 것도 좋지만. 열대과일처럼 농익은 숨을 뱉으며 서서히 녹아내리는 그녀를 지켜보는 것도 아슬아슬한 재미가 있다.

30대의 기본값이란 게 정말 있긴 한가 보다. 서로에게 남자의 뜨거움과 여자의 달콤함을 가르쳐 준 세월이 얼마 되지 않건만. 이리도 빠르게 서로에게 거리낌이 없어질 줄이야.

"성진아……."
"응?"
"역시…… 너 보니까 기운이 나."
"하하, 내가 오히려 기운을 빼놓고 있는 거 아냐?"
장난스럽게 웃는 그의 품에 유리는 와락 안겼다.
"아무리 서운하고 힘들어도, 너만 보면 다 풀려. 그냥…… 모든 게 안심이 돼."
특히 오늘 같은 날. 마치 다 알고 온 듯 눈앞에 나타나 줘서 어찌나 감격스럽던지.
"나도 그래."
성진은 땀이 눈물처럼 맺힌 유리의 등을 쓸어안았다. 짐작은 갔다. 오늘 그녀에게 위로가 필요한 일이 있었음을.
듬직한 품 안에서 유리는 숨을 몰아쉬었다. 매일이 꿈같다. 다정한 그에게 마음껏 안길 수 있다는 것이. 더 이상…… 혼자 서럽지 않아도 된다는 것이.
"성진아, 나 이제…… 힘들어."
"그러면 이제 내 차례네."
"아……."
유리의 달아오른 몸이 침대에 털퍼덕 눕혀졌다. 머리칼이 시트 위로 먹처럼 번졌다.
성진은 내내 아껴 둔 힘을 폭우처럼 퍼부었다. 사랑하는 여자를 남김없이 차지하려는 남자의 열렬한 몸짓에 침대 프레임이 삐걱거렸다. 유리는 목이 쉬도록 그의 이름을 불렀다. 설움이 그 모르게 녹아 나왔다.

❈ ✻ ❈

[안 피곤해 ㅜㅜ?]

[ㅇㅇ 겁나 쌩쌩함. 오가 놈 공주님 안기도 가능.]

성진이 보내온 톡을 보고 유리는 푸흡 웃었다.

[방금 인증샷 찍게 도와 달라니까 튀었음.]

[ㅋㅋ…… 동주 씨는 내버려 둬.]

“아, 나른해…….”

유리는 핸드폰을 내려놓고 찌뿌드드한 허리를 펴며 기지개를 켰다.

밝아오는 새벽보다 더 환한 빛을 보고 기절하듯 잠이 들었는데. 일어나 보니 몸이 깨끗하게 닦여 있고 새 파자마로 갈아입혀져 있었다.

밤새도록 허리힘을 쓰고 뒤처리까지 해 주고, 그러고도 정시 출근까지 해내다니. 도무지 한계를 모를 그의 체력에 두 손 두 발이 다 들릴 지경이다.

이쯤 되면 돌쇠, 변강쇠도 아니고…… 음란 서생? 뭐가 됐든지 간에 변강쇠를 상회하는 존재인 건 확실하다.

“후훗…….”

속으로 성진의 별칭을 지어 놓고 유리는 혼자 웃음 지었다.

“뭐 재밌는 일이라도 있나 보네요?”

카운터에 앉아 칵테일을 홀짝이던 설아가 미소 띤 얼굴로 넌지시 물었다.

“네. 그런 게 있어요.”

단골과 정담을 나누는 유리를 보고 다희와 미나는 속으로 안도

했다.

어제 찾아온 회장님은 아직까지 잠잠했다. 유리가 낮에 보자고 말했는데도 따로 연락이 없었다는 걸 보아, 아마 당분간은 얼굴 비추지 않을…….

벌컥.

바 아젤리아의 피크 타임 8시. 중문이 급작스레 열리더니, 금 회장이 모습을 드러냈다.

"헐?"

세 바텐더는 말할 것도 없고, 손님들까지 뚱그레진 눈으로 그를 주시했다. 다희와 미나는 지진이 일어난 서로의 동공을 바라보았다.

이거 설마 말도 아니고…… 생각이 씨가 된 거?

금 회장이 씩씩거리며 걸어와 카운터 뒤의 유리와 마주 섰다. 아젤리아의 직원들과 손님들이 지켜보는 앞에서, 그는 딸을 향해 샤우팅을 했다.

"이제 그만, 집으로 들어와라. 제발 좀!"

"……왜요?"

만감이 교차한 끝에, 유리의 입술에서 망연한 물음이 나왔다.

"왜냐니! 쭉 이대로 살 작정이었던 게냐?"

자다 깬 듯 눈을 깜박거리는 딸 앞에서, 금 회장은 뒷목을 부여잡았다.

"네 나이가 서른둘이야, 이제! 지금이야 젊으니 몸이 따라 주지, 평생 이렇게 밤낮을 바꿔 살 수는 없지 않겠어?"

"말씀하시는 중에 죄송합니다만, 아버님. 제 사수는 오십 줄 돼서도 이 일 꾸준히 잘만 하고 사십니다."

다희가 팔짱을 낀 채 쓴소리를 곁들이자 금 회장은 막무가내로 손을 내저었다.

"어쨌든! 일도 일이지만 이대로 결혼도 안 하고 평생 혼자 살 작정이냐?"

"……."

"선샤인그룹 강두현이 정 싫다면 다른 남편감을 찾아 줄 테니, 일단 들어와서 얘기해."

유리의 눈동자가 서서히 아래로 가라앉았다. 체념 어린 눈. 30년 세월 금 회장의 가슴을 갑갑하게 한 눈이었다.

"이 애비도 사업하면서 일과 결혼한 골드미스들 많이 만나 보았어. 하나같이 흠잡을 데 없는 능력과 커리어를 갖춘 사람들인데, 막상 사적인 얘기를 나눠 보면 이런 말들 하더구나. 주변 친구들 남편 자식 덕 보고 사는 모습도 부럽지만, 무엇보다 혼자 아플 때 그렇게 서러울 수가 없다고."

"……."

"시대가 아무리 바뀌어도, 제 짝 찾는 것보다 중한 일은 없어. 너 아프고 서러울 때 보살펴 줄 사람은 있어야 할 거 아니냐."

"……."

"더 늦기 전에 남편도 찾고 자식도 봐야지. 이제라도 애비 말 좀 들어, 제발."

어디서 많이 들어 본 듯 친숙한 일침. 사태를 지켜보던 이들, 특히 서른 줄로 접어든 손님들은 괜히 싸잡혀 의문의 1패를 당하고 말았다.

'와…… 최소 우리 아빠신 줄.'

'이번 주말에 본가 내려가기로 했는데 이걸 스포 당해 버리네.

걍 가지 말까?'

사회적 입장과 체면 때문에 그 누구보다 주변 시선을 의식해 온 금 회장이지만. 이젠 딸자식 같은 젊은이들의 빈축을 사면서까지 이런 말을 늘어놓게 될 만큼 몰렸다.

3년 전 딸이 사고를 쳤을 때, 본인 스스로 깨우칠 시간이 어느 정도 필요하다고 생각했다. 딸이 더 이상 엄한 꾸지람만으로 변할 수 있는 나이가 아니었으니까.

그렇다고 해도 시간을 너무 속절없이 흘려보냈다.

지난 3년. 어느 시점까지가 훈육이고, 어느 시점부터가 덧없는 자존심 싸움이었던지 모르겠다. 이제 딸의 나이는 재계 결혼시장에서 더욱 부담스러운 숫자가 되었고, 그사이 자신의 기력은 더 쇠하였다.

이대로 딸이 홀로 외로이 늙는 모습을 속수무책으로 지켜보다가 여생을 마친다면…… 자신은 죽어서도 눈을 감지 못할 것이며, 하늘나라에서 아내와 얼굴 들고 마주할 수 없으리라.

"무슨 말씀이신지 잘 알겠어요."

한참 만에 유리가 먹먹하게 입을 열었다.

"아버지는 저한테 정말 많은 걸 주셨죠. 먹을 것도 입을 것도 최고 좋은 걸로 주셨고, 최고 좋은 선생님들한테 배우게 해 주셨어요."

최고 좋은 대학, 최고 좋은 직장 가라고 그리해 주셨지만.

"제가 받은 값을 못하고, 번번이 실망만 끼쳐 드렸죠."

'머리가 나빠서 이따위라는, 우리 부모님 욕되게 하는 변명은 하지 마. 넌 그냥 공부하기 싫은 거야. 의욕이 없는 거야.'

20년이 지난 지금도 심장을 멍들게 하는 말을 떠올리며, 유리는 쓰게 웃었다.

이제는 가물가물하다. 자신의 재능으론 도저히 감당할 수 없었던 기대치에 일찌감치 의욕이 꺾였던지, 아니면 큰오빠 말대로 정말 의욕이 없었던 건지.

언제부터, 인정받길 포기해 버렸던지.

이미 받아 버린 것들을 생각하면, 황금글라스에 보탬이 될 결혼을 해서 품위 유지라도 하며 살아가는 것이 최소한의 도리였지만.

"결국 황금글라스 회장 금규석의 딸로 살지 못해서, 제멋대로 살게 돼서 정말, 죄송해요."

"유리야……."

금 회장이 허탈하게 딸을 불렀다.

"그래도 저, 집 나오고 나서 처음으로 최선을 다해 살아 봤어요. 처음으로 공부에 재미를 붙이고 국가기술자격증까지 땄어요. 비록 크진 않지만 한 가게의 어엿한 사장이 됐고요."

무엇보다, 처음이자 마지막 사랑인 남자, 인생에서 유일하게 원하는 남자와 함께하게 됐어요.

열심히 사는 재미. 사랑받는 재미까지 더해져서.

"전 지금 행복해요. 이제 겨우…… 진짜 금유리를 찾은 기분이에요."

유리의 얼굴에 미소가 우러나왔다. 오랜 방황 끝에 비로소 자신을 찾은 사람의 환희였다.

"이곳이 제 집이고, 여기 직원들과 손님들이 제 가족이나 마찬가지예요. 그리고 여기 있는 스피릿들이 제 영혼이고요."

다희와 미나. 고마우신 손님들. 백바의 술. 유리는 저를 둘러싼 귀한 보물들을 차례차례 가리켰다. 사람들은 흐뭇한 미소로 그녀의 손짓을 지켜보았다. 그녀와 함께 세상 둘도 없는 부자가 된 기분을 누렸다.

"전 이 일을 사랑하고, 지금 제 모습을 사랑해요."

절 이렇게 변화시켜 준 남자를 죽도록 사랑해요.

그러니까 지금의 저를 인정해 주시면 안 될까요? 이 모습 그대로 사랑해 주실 수는 없나요?

유리는 목구멍까지 치솟은 말을 삼켰다. 이렇게까지 말하는 건 과욕이겠지. 황금글라스 금 회장의 딸로 돌아가지 못할 바에는.

"제가 사랑하는 이 모습대로, 진짜 금유리로 살아가게 해 주셨으면 좋겠어요."

딸이 고르고 골라낸 말이 아버지에게 닿은 순간.

짝짝짝.

바 카운터에 잠자코 앉아 있던 설아가 힘차게 박수를 쳤다. 뒤이어 또 다른 남성 손님이 우레와 같은 함성을 내지르며 바람잡이 역할을 했다.

"워후! 사장님 너무 멋있어요!"

"나도 울 아빠한테 가서 이렇게 말해야겠다!"

"금유리! 금유리!"

젊음의 거리 버스킹 현장보다도 뜨거운 열기가 에어컨 바람 솔솔 부는 지하의 바를 휩쓸었다. 홍대 피플은 유리의 이름을 연호하며 그녀가 손수 만든 칵테일을 들어 올렸다.

그토록 많은 걸 가지고 태어났음에도 결국 제 영혼만 챙겨 나온 그녀. 애틋하도록 아름다운 그녀의 소신에 카타르시스를 느끼며 열띤 성원을 보냈다.

꽃잎이 솔솔 뿌려지는 듯 훈훈한 현장. 아버님 역시 심금을 울리는 말씀으로 딸의 진심에 화답하시면 좋았으련만.

"네가 정 그렇게 나온다면, 나도 생각이 있다."

금 회장이 콧김을 씩씩 뿜으며 다 된 분위기에 재를 뿌렸다.

"내 알아보니, 네가 3년 전에 산 상가는 예전처럼 홍대 예술인들이 쓰고 있더구나. 주변 시세보다 터무니없이 싸게 세를 놔 놓고, 정작 넌 이 조촐한 지하에 세들어 장사하고."

"그건…… 여러 가지 사정이 있어서. 그리고 여기 안 조촐한데요……."

"어쨌든 너의 본진은 이 건물이 맞는 듯하구나. 그렇다면."

마귀소굴을 찾아낸 달마대사인 양 눈을 부리부리하게 치켜뜬 금 회장이, 검지를 척 빼들어 폭탄선언을 했다.

"이 건물, 내가 접수하도록 하겠다."

"……뭐라고요?"

유리가 어처구니가 없다는 듯 눈을 치뜨며 되묻자 금 회장이 거봐란 듯이 느물거렸다.

"요새 조물주 위에 건물주란 말도 있다지? 어지간한 애비가 돼선 네가 도저히 말을 들어 먹을 것 같지 않으니, 별수 없지 않겠어. 내가 너한테 애비 이상, 조물주 이상이 되는 수밖에."

"그, 그렇게는 안 되실걸요? 저도 한번 여쭤봤었지만, 건물주 할아버지가 절대 안 파신다고 했어요. 자식분한테 그대로 물려주신다고……."

유리가 눈에 힘을 주고 반박하자, 금 회장은 가소롭다는 듯 웃으며 받아쳤다.

"그에게 거절할 수 없는 제안을 하겠다."

"……."

"5억을 줘도 안 팔겠다면 10억 준다고 하지. 저도 애비라면 과연 제 자식한테 5억짜리 부동산을 물려주고 싶을까, 아니면 2배 현금을 물려주고 싶을까?"

마냥 파릇하진 않으나 여전히 꽃다운 나이 서른둘. 유리는 난생처음 뒷목을 움켜잡았다.

저 골 때리는 대사, 성진이랑 집에서 본 영화 중에 나왔던 거 같은데……. 아, 맞아. 영화 제목이 대부였어. 우리 성진이만큼은 아니지만 나름 잘생긴 알 파치노의 아버지가 했던 대사였지.

그 마피아 보스 이름이 아마…….

"아버지가 무슨…… 비토 꼴리네신가요?"

"……비토 꼴리오네겠지!"

금 회장이 화끈 달아오른 얼굴로 사방을 둘러보았다. 이미 주변 사람들은 웃음 참기 레벨 만렙에 도전하고 있었다. 심지어 다희와 미나조차 입을 틀어막은 채 풍선처럼 볼을 부풀렸다.

아니, 외국인 이름 그게 그거 아니야? 그보다 이 상황에 그런 게 뭐가 중요하다고!

그런 말을 얼굴에 고스란히 써 붙인 채, 유리는 분연히 외쳤다.

"어쨌든 아버지 꼴리는 대로 하고 계시잖아요!"

"푸흡!"

끝내 모두의 손가락 사이로 웃음이 터져 나왔다.

금 회장은 눈을 질끈 감았다. 지난 3년, 아니 이 녀석과 부녀의 연을 맺은 지난 32년.

소심하고 느려 터지고, 뇌도 약간 청순한 이 녀석 때문에 뺏속까지 켜켜이 쌓아 둔 한. 그리고 지금 이 순간 덤으로 붙은 제 몫의 부끄러움 때문에, 결국 금 회장은 분기탱천하여 외치고 말았다.

"그래! 나 꼴리는 대로 할 테니 너 단단히 각오하고 있어!"

❖ ✱ ❖

"어머! 작가니임! 완전 오랜만에 오신 거 아니에요?"

오후 7시 땡 하자마자 중문을 밀고 들어온 남자를 미나가 반색하며 맞아들였다.

"요새 바쁜 일 있으신가 봐요. 어제도 안 오시고……."

완전 오랜만이라는 기간이 고작 2주긴 했지만. 아젤리아 개업 이래 수년째 오픈 시간 출근 도장을 찍어 온 골수 단골이 갑자기 방문이 뜸해지니 무슨 일이라도 생겼나 신경이 쓰이던 참이다.

'에이, 신경 꺼! 어디 멀리 이사 갔나 보지! 아님 드디어 네가 만든 칵테일에 물렸든지.'

어제 대놓고 좋아하며 그따위 말을 하던 복성재의 등짝에 미나는 강스매싱을 날려 주었다.

헤밍웨이가 옅은 미소를 띠고 말했다.

"요새 회사 일이 좀 바빠서 글 쓸 짬이 안 났어요."

"헐, 직장도 따로 다니시면서 글까지 쓰시는 거였어요? 대박…… 실례가 안 된다면 무슨 일 하시는지 여쭤 봐도 될까요?"

"작은 스타트업에서 일하고 있습니다. 이래 봬도 제가 대표인지라…….”

“우와……. 진짜 대단하시다. 직장이 어디쯤이세요?”

“미나, 작가님 호구조사 그만하고 어서 자리에 앉게 해 드리지?”

“아하핫, 맞다, 맞다. 죄송해용.”

다희의 핀잔에 미나는 멋쩍게 웃으며 그의 고정석인 카운터 오른쪽 구석 자리 의자를 빼 주었다. 자리에 앉은 헤밍웨이의 시선이 카운터 뒤에 우두커니 선 유리에게 머물렀다.

“사장님.”

불현듯 저를 부르는 말에 유리가 화들짝 놀라 고개를 들었다.

“어머……. 죄송해요. 오랜만에 오셨네요. 나 왜 오신 줄도 몰랐지?”

“아뇨. 괜찮습니다. 근데, 무슨 근심거리라도 있으신가요?”

헤밍웨이는 대체로 우물물처럼 과묵했다. 그러나 아젤리아 바텐더들의 얼굴에 떠오른 미세한 수심을 귀신같이 알아보고 물어봐 주는 몇 안 되는 손님 중 하나였다.

“아이, 별일 아니에요.”

유리는 뽀미 언니처럼 해맑게 웃으며 손을 내저었다.

그러나 10분 경과 후, 그녀는 울컥 치미는 감정을 참다못해 다희에게 토로했다.

“설마, 우리 아버지가 진짜로 이 건물을 꿀꺽하진 않으시겠죠?”

“글쎄다. 제3자인 내가 봐도 그냥 해 본 말씀이라 치부하기엔 겁나 진지해 보이시던데.”

“진짜…… 3년 동안 한 번도 들여다보지 않으시더니 이제 와서 왜 이러실까! 어색하게, 불편하게, 완전 당황스럽게!”

유리는 제자리에서 동동거리며 입술을 잘근 물었다. 평소 온화한 그녀답지 않은 행동에 놀랐는지, 헤밍웨이는 그녀를 빤히 보았다.

"하아…… 머리가 터질 것 같아요. 안 그래도 요새 고민되는 게 있는데."

"너희 집 이사 문제 말이지?"

"이사요?"

헤밍웨이가 불쑥 끼어들었다.

"아……. 네. 제가 요새 이사를 가야 하나 고민 중이라서……."

"왜죠?"

헤밍웨이는 시선을 똑바로 마주쳐 오며 대놓고 물었다.

작가로서의 호기심 때문인가. 그는 작업에 몰두하는 중에도 귀를 열어 두는 편이었다. 공책을 끼적이거나 노트북 자판을 두들기다가도, 가끔 촌철살인 같은 말로 아젤리아 바텐더들의 사담에 끼곤 했다.

그러나 명백히 사적인 영역을 이 정도로 집요하게 캐물은 적은 없었다. 지금까지는.

유리의 다갈색 눈동자에 떠오르기 시작한 의아하고 불편한 감정을 알아본 미나가 황급히 수습에 나섰다.

"아이, 작가님도 참! 유리 언니가 설마 아젤리아까지 떠날까 봐 그러세요? 걱정 마세요! 그렇게 멀리 가진 않을 거니까요."

그러나 헤밍웨이의 시선은 집요하게 유리에게 머물렀다. 유리는 그 시선을 적당히 떼어 내려는 듯 몸을 돌려 다희와 마주했다.

"그러고 보니, 만약 아버지가 저 사는 곳까지 건드시면 어쩌죠?"

이미 가게 건물에 손을 댈 만큼 치사 빤스가 되셨으니, 충분히 그러고도 남으실 분이다.

"우리 집주인한테도 그 뭐야, 비토 꼴리네처럼 거절할 수 없는 제안을 하신다면……."

"……유리야. 비토 꼴리오네야. 앞으론 어디 가서 그러지 마. 솔직히 어제 좀 부끄러웠다."

유리는 한숨을 푸우 내쉬며 수렁에 빠져든 미래를 상상해 보았다. 눈독 들인 정든 보금자리가 날아가 버리는 건 차치하고. 아직 아무것도 모르는 성진이, 이러다 아버지랑 직접 마주치기라도 하면.

그에게도 거절할 수 없는 제안을 하신다면…….

와…… 진짜로 안 돼. 그것만은.

유리는 고개를 마구 흔들어 머릿속에 떠오른 최악의 경우를 떨쳐 냈다.

될 수 있으면 아파트 집주인을 꼭 한 번 만나 뵙고 싶었다. 우리에게 너무 소중해진 공간을 팔아 주실 수 없겠느냐고 말이라도 한 번 해 보고 싶었다. 하지만 이젠 그런 욕심을 부릴 여유가 사라져 버렸다.

"안 되겠다. 성진이한테 무조건 빨리 이사 가자고 말해야겠어요. 어디든, 아버지가 모를 만한 곳으로……."

"안 됩니다!"

갑작스런 외침이 유리의 조곤한 말을 덮쳤다.

"왜죠?"

유리가 휘둥글게 치뜬 눈을 하고 헤밍웨이를 보았다. 오늘따라 웬일로 남의 사생활에 이토록 과하게 관심을 보이는 것이며, 심지어 누구 맘대로 되네 마네를 논하냐는 물음 대신이었다.

“그러니까…… 제가 생각하기엔, 그렇게까지 급하게 이사를 앞당기실 필요는 없어 보이셔서요. 계약 기간이 따로 존재하는 것도 아니잖습니까.”

그가 벽에 걸린 액자처럼 자연스럽게 근처에 머문 세월이 적지 않다. 그 앞에서 저도 모르게 할 말 안 할 말 다 했을 수도 있다.

그래도 이런 얘기까지 했던가? 자신이 계약 기간이 따로 존재하지 않는 집에서 산다는…….

헤밍웨이는 얼른 노트북을 열었다. 유리의 미심쩍은 시선을 피하려는 듯.

“아예 한국을 뜰 생각이 아니면 크게 실익도 없지 않을까요? 사장님 아버님 정도 되시는 분이면 어차피 금방 찾아내실 듯한데…….”

교묘하게 설득력 있는 말이 유리의 사고를 다시 고민의 방으로 밀어 넣었다.

“진짜…… 어쩌면 좋아.”

유리는 지끈거리는 관자놀이에 양손 주먹을 갖다 붙였다.

“근데요……. 어제 그 회장님, 그러니까 유리 언니 아버님 말이에요.”

미나가 며칠째 품은 강렬한 의문을 제기했다.

“성진 쌤 얘기는 한 번도 안 하시지 않았어요?”

나만 그게 이상한 거냐는 물음에, 유리는 대수롭지 않게 웃음지었다.

“남들 보는 앞에서 그런 얘기 막 꺼내시는 분이 아니거든. 워낙 체면을 중시하시니.”

그녀는 확신을 가지고 덧붙였다.

"진짜로 몰라서 말씀 안 하신 건 아닐 거야."

❖ ✱ ❖

"내가 그동안 유리한테 너무 무심했다."

황금글라스 본사 대표이사실. 금 회장은 책상을 바스러뜨릴 기세로 주먹을 문대며 회한 어린 한숨을 쏟아 냈다.

딸이 홍대 어느 상가에서 사업을 하는지 알고 있었다. 또한 믿을 만한 사람의 아파트에서 지낸다는 것도.

딸의 신변과 최소한의 안위, 그 이상은 알려고 하지 않았다.

마음이 약해질까 봐. 한없이 무너져 내릴까 봐.

"그래도 너한테만 맡길 게 아니라, 내 직접 들여다봤어야 했는데."

금 회장이 눈앞에 우뚝 선 남자를 보며 말했다. 금규진. 제 오른팔보다 믿음직한 후계자. 무슨 일을 맡겨도 안심인 장남.

"허어, 자식 이기는 부모 없다 했는데 왜 자식한테 자존심을 세워 가지고. 그동안 손해 본 세월을 어찌 메꾸면 좋을지."

"아버지, 정말 그 건물을 매입하실 생각인가요?"

"그래! 치졸한 수작인 건 나도 안다! 그래도 내 사지육신이 아직 멀쩡할 때 저 망아지 같은 녀석을 어떻게든 붙들어 놔야지. 아이고 두야……."

금 회장이 지끈거리는 관자놀이에 양손 주먹을 갖다 붙였다. 골아픈 일이 있을 때 두통을 가라앉히는 모션이 부녀가 똑 닮았다.

"아버지. 만약에…… 유리가 따로 결혼하고 싶은 남자가 있다고 하면, 어떠실까요?"

"그게 무슨 말이냐?"

규진이 넌지시 물은 말에 금 회장이 대번에 정색을 하고 되물었다.

3년 전부터 쭉, 금 회장은 규진에게 이율배반적인 물음을 던졌다.

'유리가 밥 굶고 다니지는 않겠지? 크흠, 뭐 먹는지는 안 궁금하고! 배 안 곯으면 됐다.'

'영업정지를 당했다고? 하, 그거 보게. 물장사 호락호락하지 않은 거 이제 충분히 깨달았겠지. 으음…… 그러면 이제 슬슬 잘못했다고 빌면서 들어오려나?'

'고얀 녀석. 대체 언제까지 고집을 부릴 참인지! 하…… 날 닮아 그런가.'

결국 규진은 아버지에게 다짐을 주었다.

'제가 들키지 않게 지켜보고 있으니 너무 염려 마세요. 특이사항이 생기면 꼭 말씀드리겠습니다.'

'크흠! 뭐, 그래. 알겠다. 너무 시시콜콜한 얘기까진 할 필요 없고. 진짜 특이사항만…….'

진짜 특이사항의 경계가 어디까지인지 참으로 애매하긴 했지만.

만에 하나 유리에게 남자가 생겼다면, 달리 무슨 일을 진짜 특이사항이라 할 수 있을까.

"지금까지 그런 얘긴 한 번도 안 했잖아!"

쌍심지를 켜고 규진을 보는 금 회장의 눈에 그 말이 고스란히 쓰였다.

"아니, 제 말씀은 그러니까…… 제가 놓친 부분이 있을 수도 있고……."

"그 정도로 각별한 사이면 집에 들이기도 했겠지. 으음……."

상황을 가정해 보는 것만으로 금 회장의 미간에 금이 갔다.

황금글라스란 배경을 등에 업고도 맞선에서 번번이 고배를 마신 딸이다. 제 손으로 성심껏 꾸며 놓아도 그 좋은 남자들 다 놓쳐 버렸는데, 제 손을 떠난 딸이 번듯한 남자를 만나는 그림이 도무지 그려지지 않는다.

생겼다 한들 놈팡이, 어디서 굴러먹었는지 모를 놈일 확률이 매우 높다.

"네가 설마 그런 부분을 놓쳤을 리가 없다."

결코 있어서는 안 될 일을.

"이대로 계속 놔두면 일과 결혼하게 생겼어. 더 늦기 전에 어떻게든 마음을 돌려 놔야……."

금 회장은 한숨을 쉬며 일어섰다. 바람이라도 쐬어야 꽉 막혀 오는 가슴이 풀어질 듯하다.

"하아……."

아버지가 대표이사실을 나선 뒤. 홀로 남겨진 규진은 착잡한 한숨을 쏟아 냈다.

3년 전 규진은 아젤리아의 원년멤버에 대한 뒷조사를 해 두었다.

복성진. 유리의 중고등학교 동창. 그리고 남자.

여동생의 주변인물 중 단연 눈에 띄는 키워드를 거느린 그의 존재를 안 순간, 규진은 직감했다.

약 30년간 집 학교 백화점밖에 몰랐던 여동생이 바깥세상으로 뛰쳐나간 이유. 술은 거의 입에 안 대면서 칵테일 바를 차린 이유. 아버지와의 절연을 불사하면서까지 결혼을 거부한 이유. 모든 이유가 그 남자와 연관이 있으리라고.

유리의 신변을 살피는 일은 개인적으로 고용한 외부인에게 의뢰했다. 본가의 사용인에게 맡겼다간 유리가 알아볼 염려가 있어서였다.

유리가 집을 나온 여름. 그 남자가 처음으로 여동생 집에 발을 들였다는 보고가 들어왔다.

그해 겨울부터 그와 유리는 본격적인 동거를 시작했고, 다음해부터는 종종 그가 유리의 손을 다정하게 감싸 쥐고 데이트를 나서는 모습을 보인다 했다.

'갈수록 잘 지내시는 듯해요. 요새 눈이 아주 반짝반짝하더만요.'

간단한 근황보고 정도 하라고 지시받은 사람이 그리 말할 정도면, 여동생이 얼마나 행복에 겨운 표정을 짓는지 알 만했다.

반짝거린단다.

아버지를 볼 때마다 주눅이 들던 눈이. 이 못된 큰오빠를 볼 때마다 공포감에 휩싸이던 눈이. 삶에의 의욕이 일찌감치 꺾여 늘 어둠에 잠겨 있던 눈이.

여동생의 눈에 빛을 심어 준 남자에 대해 좀 더 알아보았다.

그의 인생은 성실함으로 점철돼 있었다. 강남 하우스푸어지만 S대를 거쳐 선샤인주류 기획개발팀의 촉망받는 인재로 거듭났고, 집안에서는 둘도 없는 효자에 아버지 같은 형이었다.

선샤인주류에서 횡령으로 권고사직 당했다는 대목이 다소 섬뜩했지만, 세세히 알아보니 그마저도 억울한 누명을 쓴 듯 보였다. 지금은 전통주 업계에서 두각을 드러낸다고 들었다.

딱 한 번, 고용인의 선팅된 차 안에서 유리와 나란히 걷는 남자를 멀거니 지켜본 적이 있었다.

잘생겼다. 키도 훤칠했다. 유리가 설렘을 느끼고 기대고 싶어할 만 했다.

무엇보다 유리를 바라보는 남자의 눈이 보통 깊은 게 아니었다.

젊은 연인은 우연찮게 규진이 탄 차를 스쳐갔다. 순간 남자가 유리를 멈춰 세웠다. 그가 봄바람이 살짝 흩뜨려 놓은 유리의 머리칼을 쓸어 넘겨 주며 사르르 웃었다. 다시 그와 나아가는 유리의 얼굴에 웃음꽃이 만발했다.

가로막힌 차 안에서 규진은 통한의 부끄러움을 느꼈다. 저 남자가 천하의 악한이라 한들, 과연 자신이 흠을 잡을 자격이 있는가?

아버지도 오빠라는 인간도 주지 못해서 유리 스스로 힘겹게 만든 행복. 적어도 훼방을 놓아선 안 된다고 생각했다. 그래서 지금까지 아버지에게 남자의 존재를 알리지 않았다.

그것이, 이제 와서 또 다른 오판이었는지도 모른다는 생각이 든다.

자신이 그 사실을 마냥 숨긴 탓에, 아버지의 충격이 갑절이 되게 생겼다. 가뜩이나 유리를 본가로 데려오기 위해 물불 안 가리기로 작정하신 마당에, 그 남자의 존재를 아신다면…….

"유리야……."

규진은 허허롭게 여동생의 이름을 되뇌었다. 하루에 한 번씩 그 이름을 불러 보며 생각한다. 모든 것이…… 돌이키기엔 너무 늦어 버렸다는 생각.

내가 어린 너에게 그토록 잔인한 오빠가 아니었다면. 이토록 비겁한 오빠가 아니었다면. 상황이 이렇게까지 꼬이지 않았을 텐데.

❖ ✻ ❖

선샤인주류 입사 3개월 차, 기획개발팀 소속 새내기 평사원 김유리 양.

일주일에 두 번 반강제적인 전통주 강의를 듣게 되자, 선배들과 한마음으로 반감을 품었다.

전통주사업팀 만년 주임 오 주임이 그 내막을 떠벌리고 다녔다.

그 외부 강사는 원래 기획개발팀 대리였고, 전통주사업팀장 강두현과 라이벌 관계였다고 한다. 둘이서 차기 과장 자리를 두고 경쟁하던 중, 그가 횡령이라는 무리수를 두는 바람에 회사에서 쫓겨난 거랬다.

그 일로 강두현에게 억하심정을 품은 그를 부사장이 끌어들인 거랬다. 조만간 공석이 될 기획개발팀장 자리에 그를 앉혀, 강두현을 쳐내는 장기말로 내세우려고.

이번 교육을 편성한 이유도, 그 인간이 탄 낙하산의 스무스한 착지를 위해서라나.

'오 주임 말 너무 믿지는 마. 그 횡령 사건도 강두현 팀장이 뒤에

서 조작했단 말이 돌았었어.'

그 외부 강사와 같이 근무했던 사원, 지금은 주임이 된 혜리 언니가 오 주임발 루머를 은근하게 반박하고 다녔다.

정무적인 촉이 발달한 남직원들은 난색을 표했다. 그의 실제 도덕성이 어떻건 간에 부사장의 푸시를 대놓고 받는 몸이니, 조만간 팀장으로 모실 수밖에 없지 않겠냐는 반응이었다.

치, 사내 정치 따위 1도 관심 없는걸.

청운의 꿈을 품고 선샤인주류에 입사한 김유리는 입술을 삐죽 물었다. 무능한 주제에 아부만 잘하는 오 주임을 신용하지 않지만, 외부 강사의 존재도 썩 달갑지 않다.

하루 종일 일하느라 피로에 찌든 오후 시간대. 전통주사업팀 직원들과 함께 강당에 콩나물시루처럼 모여 앉은 자신. 빔 프로젝트로 스포트라이트를 받아 보노보노 PPT를 넘기며 저 혼자 신나게 떠들어 댈 외부 강사. 아늑한 어둠과 함께 쏟아지는 잠.

비생산적인 2시간을 보내는 제 모습을 상상하며 도살장 끌려가듯 첫 수업에 들어갔었다.

그러나 교육 이틀째로 접어든 오늘. 그녀는 선배들과 한마음으로 이 시간을 오매불망 기다렸다.

이런 강의라면 주 2회가 아니라, 매일매일 해 줘도 좋은데!

"오늘은 전통주의 핵심인 누룩 이야기를 나눠 보도록 할까요?"

따사로운 햇살이 쏟아진다. 너무나도 멋진 그분의 입술에서.

그분의 존안을 처음 뵈었을 때, 첫이슬 화보라도 찍으러 온 연예인인 줄 알았다. 서글서글한 눈매에 산뜻한 웃음을 입술에 단 미남.

눈만 마주쳐도 상쾌한 기분을 안겨 주는 이분이 바로 그, 말도 많고 탈도 많은 복성진이었다.

예상과 달리, 성진은 일방적인 PPT 강의를 진행하지 않았다. 오히려 강당을 환히 밝혀 두고 커다란 테이블을 중앙에 놓아 모두가 같은 눈높이로 마주 보게 하였다.

그리고 첫 수업부터…….

'먼저 석탄주 한 잔 하고 가실까요. 하하, 석탄이 들어가서 석탄주는 아니고요. 애석하다 할 때의 석과 삼킬 탄 자를 써서, 삼키기 애석할 만큼 맛있는 술이란 뜻이죠.'

그분이 손수 따라 준 술을 마신 순간, 그 향기로움과 달콤함에 하루의 피로가 사악 가셨다.

목 넘김이 부드러운 그 술이 16도짜리 원주라는 말에 한 번 놀라고, 다디단 그 술이 쌀, 물, 누룩 외에 아무것도 첨가되지 않은 것이란 말에 두 번 놀랐다.

'전통주가 이런 거였어?'

촌스럽고, 머리 아픈 냄새가 나고, 합성감미료의 인위적인 단맛이 나는, 내가 아는 그 막걸리가 아니라…….

'대부분의 전통주 레시피는 이 석탄주 레시피를 응용한 것이라 할 수 있는데요.'

성진은 청강자들의 수준을 고려하여 기초적인 이론은 속도감 있게 넘어가되, 실무 레벨에서 유용한 지식을 친절하고 상세히 설명했다.

강의하는 중간중간 그의 아이스박스에서 전국의 명주들이 튀어나왔다.

역시 백번 듣는 것보다 한 번 맛보는 게 직빵이었다. 맛난 술 덕에 경계심이 풀린 청강자들은 그가 전달하고자 하는 지식을 스펀지처럼 흡수했다.

사내정치에서 파생된 살벌한 교육 시간이, 재미있고 유익한 원데이 클래스가 되었다.

"다들 아시다시피 서양의 맥주는 보리 싹의 효소를 이용해 당화액을 만든 다음 효모를 투입해 알코올발효를 진행합니다. 이렇게 당화와 발효가 따로따로 진행되는 걸 단행복발효라 하죠."

김유리는 복숭앗빛 뺨에 손을 댄 채 성진의 말을 경청했다. 마이크를 끼지도 않았건만, 그분의 옥음은 볼륨과 딜리버리까지 완벽하다.

"우리 전통주를 만들 땐 주로 곰팡이의 효소를 이용해 당화를 합니다. 왜 그럴까요?"

"우리나라 기후가 습하기 때문에, 곰팡이를 이용하는 편이 효율적이라고 알고 있습니다."

"하하, 혜리 주임님 역시 정확히 아시네요."

첫 강의 땐 성진과 같이 근무했던 직원 중 우호적인 이들만이 그의 질문에 답했다. 그러나 2차시로 접어든 오늘은 전반적인 수업참여도가 높아졌다.

"우리 조상들은 밀가루떡이나 쌀떡으로 전분분해효소를 가진 곰팡이를 끌어들여 누룩을 띄웠죠. 근데 누룩에는 곰팡이만 들어있는 게 아니라 곡식 자체의 야생효모까지 있죠. 그래서 쌀에 누룩을 투입하면 당화와 발효가 동시에 진행되는데요, 이런 발효를 뭐라 할까요?"

"병행복발효……."

"에이, 유리 씨! 좀 더 크게 말씀하셔도 되는데. 정답이거든요?"

"아……."

묵음으로 중얼거렸다가 김유리의 얼굴이 발그레해졌다. 세상에나, 일개 평사원의 소심한 입 모양까지 세심하게 봐 주시다니. 어쩜 이리도 황송할 데가.

"정답을 맞히셨으니 이따 혜리 주임님이랑 같이 이화주 한 병씩 드릴게요."

어쩜 이리도…… 백만 곱하기로 황송할 데가.

"대부분의 우리 술은 병행복발효로 만들어집니다. 정리하자면, 누룩은 당화제이자 발효제인 셈이죠."

그분의 술을 하사받게 된 김유리는 얼빠진 미소를 띤 채 열띠게 고개를 주억거렸다. 새내기 여사원의 상큼한 환희를 모두가 흐뭇하게 지켜보는 가운데, 전통주사업팀 오 주임은 속이 부글부글 끓었다.

'잘들 논다.'

복성진이 뇌물주 보따리로 기획개발팀 민심을 순조롭게 장악하는 판국에, 팀장 새끼는 대체 뭐 하나 싶었다. 꼴에 존심은 세서 이 꼬라지 안 보겠다고 수업을 쭉 빼먹고 있으니.

"알고 계신가요? 전통주의 색은 곧, 곰팡이의 색이란 것을요."

성진이 마법의 아이스박스에서 술병을 꺼내자 모두의 눈이 반짝였다. 와…… 끝도 없이 나오네.

"제가 신제품 개발하면서 만든 약주들입니다. 이렇게 맑게 제성해서 여과한 약주는 술의 빛깔이 확연히 드러나죠."

"우와, 정말 색깔이 조금씩 다르네요. 이건 꿀물처럼 노랗고, 저건 약간 푸른빛이 돌고……."

김유리가 관찰한 바를 말하자 성진이 아빠 미소를 지었다.

"예를 들어 황곡균이 들어간 술은 황색을 띠면서 단향이나 단맛이 나고, 백곡균은 산미와 연관되죠. 그래서 황곡균은 약주나 청주 만들 때 쓰고, 백곡균은 주로 막걸리 만드는 데 쓰여요."

누룩이 어떤 균을 끌어들이느냐에 따라 술의 색, 향, 맛이 달라진단 말이다.

"우리 조상들은 자기만의 누룩을 만들었죠. 생강즙이나 참외즙으로 반죽해 보기도 하고, 연잎이나 도꼬마리로 싸는 재료를 달리해 보기도 했죠. 그렇게 개성적인 누룩이 많았지만, 지금은……."

일제강점기. 그리고 양곡관리법. 숲을 태우고 초목의 뿌리까지 지져 버린 역사의 불길이, 일순 흐려진 성진의 말끝에 안타깝게 묻어났다.

"전국에 제대로 된 누룩을 생산하는 공장이 몇 곳 없어요. 그나마 그런 누룩을 받아 쓰는 양조장은 퀄리티 있는 편에 들고, 대다수 양조장이 입국 아니면 밀가루떡에 단일 균종을 심은 누룩을 쓰는 실정입니다. 효모는 제빵용 이스트 같은 걸 수입해서 쓰고."

그렇다 보니 막걸리의 맛이 획일화되고, 양조장들은 인공착향료와 감미료로 약점을 메우려 했다. 한동안 누룩은 짚풀내만 유발하는 촌스러운 발효제란 오명을 벗지 못했다.

"하지만 한국식품연구원에서 우리나라의 누룩을 모아 연구해 보니 과일 향, 바닐라 향, 심지어 꽃 향까지 내는 효모가 있더란 말이죠. 한국식품연구원은 전통누룩의 데이터를 취합해 17종의 누룩과 10종의 양조용 효모를 개발했고, 양조장에 무상 공급하는 사업을 진행했어요. 덕분에 이렇게 개성 있는 막걸리들이 하나둘 생겨나고 있답니다."

성진의 손이 또 아이스박스를 들락거리자, 파블로프의 개처럼 모두의 입안에서 군침이 돌았다.

"농업회사법인 청산녹수의 사미인주 막걸리입니다. 바나나 메론 계열 향이 나는 2번 효모를 적용한 술이죠. 라벨 보시면 한국식품연구원 막걸리 전용효모를 사용했다는 대목이 있습니다."

"우와, 예쁘다……."

여심을 사로잡는 미인도 라벨이 붙은 페트호리병 막걸리. 아직 개봉도 안 했는데 유백색 술에서 상큼한 과일 향이 물씬 풍겨 오는 듯했다.

"시음해 보실 분? 이건 몇 병 없으니까 선착순."

"저, 저요!"

"저도요!"

멀찍이 앉은 여직원들까지 앞다투어 달려와 성진에게 시음 잔을 내밀었다. 그 작태를 보고 오 주임이 혀를 내둘렀다.

'저, 저 카사노바 새끼! 일부러 또 저런 걸로 골라 왔지!'

전통주의 꽃인 누룩이 메인 주제라 그런지, 성진의 보물박스는 오늘따라 더욱 풍요로웠다.

"저희 대장님이 말씀하시길, 자기만의 누룩이 없으면 양조장을 차리지 말아야 한다 하셨죠."

이번에 성진은 이화주를 꺼냈다.

"우리 술 중엔 전용누룩이 있는 명주가 있답니다. 백수환동곡으로 빚는 백수환동주. 향온곡으로 빚는 향온주. 그리고 바로 이, 이화곡으로 빚는 이화주."

"어머, 이 요거트 같은 게 술이라고요?"

"아, 저 이거 인터넷에서 본 거 같아요! 떠먹는 술이라고."

"이건 진짜 귀한 거니까 조금씩만 드리겠습니다."

혜리 주임이 작은 종이컵에 이화주를 나눠 담고 일회용 수저를 꽂는 작업을 거들었다.

"와…… 달콤한 요거트 식감이네요."

"사과류 과일의 상큼한 향도 나고요."

여직원들은 한입거리도 안 되는 하얀 술을 아껴 가며 먹었다. 단숨에 먹어 버린 몇몇 남직원들은 아쉽게 입맛을 다셨다.

"배꽃이 필 즈음 빚었다고 해서, 또는 배꽃처럼 흰 빛깔 덕에 이화주라는 이름이 붙었답니다. 사대부가의 여인들이 즐겼던 귀한 술이죠."

여직원들의 얼굴에 오늘로 몇 번째인지 모를 미소가 피어올랐다. 눈꼴 신 광경을 보다 못한 오 주임이 불퉁한 말을 뱉었다.

"그러고 보니 이거는 복 대리님 양조장 제품이네요?"

"그런데요. 뭐 문제라도 있나요?"

성진이 입술 끝을 나른하게 올리며 받아쳤다.

여직원들이 오 주임에게 총부리를 겨누듯 흰 눈을 떴다.

가뜩이나 꼴 뵈기 싫어 죽을 지경이었다. 첫 시간부터 작정한 듯 쓸데없는 질문으로 수업 흐름을 끊어서, 결국 성진이 수업 중엔 질문을 받지 않겠다고 선언한 터다.

질문 투척술을 봉쇄당하니, 오 주임은 수업 시간 내내 몸을 배배 꼬아 대며 지 혼자 보이콧 아닌 보이콧을 해 댔다.

그리고 복 대리라니! 소속 회사의 직함을 존중해 다들 팀장님이라 부르는 마당에, 3년 전 퇴사한 회사의 당시 직급으로 호칭하는 무례함 보게.

속 좁고 간도 콩알만 한 오 주임은 사방에서 쏘아지는 눈초리에 침을 삼켰다. 댁 양조장 제품 홍보하려는 수작 아니냐는 무리수를 성진에게 던졌다간 맞아 죽기 딱 좋은 분위기였다.

별수 없이 딴죽의 방향을 달리했다.

“이 이화주 한 병에 얼마죠?”

“일반소비자가는 만 2천 원입니다만.”

“와, 몇 숟갈 뜨면 사라질 양이구만, 이게 만 2천 원? 이야, 너무 노양심 가격이시네!”

오 주임이 목울대가 드러나도록 고개를 젖히며 과장스럽게 웃었다.

“오늘 강의 잘 들었습니다. 근데요, 2년 동안 전통주 업계에서 굴러 본 입장에선 마냥 재밌게 들을 수만은 없더라고요. 그동안 제가 부딪쳐 본 이상과 현실의 괴리가 마구, 마구 파도쳐서!”

두 팔을 퍼덕여 허공에서 자맥질을 해 대는 오 주임을 건너보며 성진이 고개를 까닥였다. 어디 계속해 보라는 듯.

“복 대리님 양조장도 자체 누룩을 쓰시는 걸로 아는데. 솔직히 어디로 튈지 모르는 미생물들 때문에 주질 유지하기 빡세지 않던가요? 소비자들은 맛 조금만 달라져도 난리 치는데. 누룩 자체 원가도 좀 비싸야지. 솔직히 전통누룩은 상업 양조 레벨에선 비효율과 하이리스크의 극치고, 영업 이익에 1도 도움 안 되는…….”

“전통주의 SP(Saccharogenic Power: 전분 1g을 포도당으로 만드는 당화력)가 300 정도 되죠. 우리 양조장 자체 누룩은 한 600쯤 되고.”

또렷한 성진의 말이 오 주임의 뇌까림을 날름 집어삼켰다.

“개량 누룩은 1200. 정제효소제는 무려 3만. 이 차이가 뭘 의미하는지 나도 충분히 아는데요."

오 주임이 입술을 삐죽거렸다. 저 인간은 머릿속에 표를 몇 개나 집어넣고 다니는 거야?

"솔직히, 미량의 정제효소제로 대량의 쌀을 당화시키고 효모 투입하는 것만큼 효율적인 양조는 없죠. 개량 누룩과 전통 누룩을 섞어 쓰는 곳도 있고. 그런 게 꼭 나쁘다고만 할 수는 없어요. 술을 보다 저렴하게 공급할 수 있고, 균일한 주질을 유지하는 데도 유리하니까."

싸면서 좋은 술을 만들 수는 없을까? 최대의 효율과 영리를 추구하는 대기업 조직에 오래 몸담았던 성진은 꽤 오랫동안 속앓이를 했다.

하루는 명 대장에게 그 고민을 털어놓았다. 그랬더니, 스승님이 말씀하시길.

"소금만으로 음식 간을 맞출 수는 있지만, 그 음식이 과연 맛이 있을까요?"

생산력만 극대화해서 저가 술 시장의 절대강자인 대기업과 어설픈 경쟁을 벌이지 말고, 술에 가치를 부여하는 법을 알아 가려무나.

명 대장은 그에게 맞는 높이의 하늘을 가르쳐 주었다. 다소 낮은 듯해도, 저 위에선 보지 못하는 세밀한 풍경이 내려다보이는 하늘을.

"부족한 제가 모처럼 선샤인주류의 인재들 앞에서 전통주를 이야기할 기회를 얻었으니, 다채로운 맛을 보여 드리고자 합니다. 다만, 서로의 입장에 맞게 취할 건 취하고 버릴 건 버리는 게 현명하겠죠. 참, 오 주임님."

성진이 문득 생각났다는 듯 오 주임에게 눈을 찡긋거렸다.

"그동안 수업 참여도 '참' 적극적으로 하시고, 오늘도 '좋은' 질문을 해 주셨으니, 특별히 참가상을 드리겠습니다. 바로, 우리 양조장 이화주 빚기 체험 프로그램 이용권입니다."

"아니, 뭐라고요?"

꺽꺽대는 오 주임에게 성진이 산뜻하게 웃으며 덧붙였다.

"저희 양조장 스케줄상 이번 주말에만 시간이 될 것 같군요. 잊지 말고 충남에 오셔서 체험하시고, 그 후기를 여기 팀원 분들과 공유해 주시면 감사하겠습니다. 물론 이것은 과제입니다."

'이, 이 악랄한 놈!'

오 주임의 이번 주 휴일은 성진의 세 치 혀에 날아가 버리고 말았다.

그분의 압도적인 승리로 끝맺은 설전. 김유리 사원은 저도 모르게 환호할 뻔했다.

역시 나, 이분이라면 기꺼이 우리 팀장님으로 모실 수 있어!

애석하게도 이미 임자가 있으셔서 낭군님으론 못 모시지만…….

❖ ✱ ❖

'복성진 대체 무슨 생각으로 선샤인주류에 온 걸까?'

'그걸 몰라서 물어? 김두빈한테 붙어서 나한테 복수라도 할 셈이겠지.'

두현의 핀잔을 듣고도, 수영은 성진이 나타난 이래 복잡한 생각에 빠져들었다. 제가 그에게 한 짓이 뻔히 있는데도, 그가 복수에 미칠 인간은 아니라는 생각이 들었다.

귀동냥으로 들으니 성진의 강의는 대호평 일색이었다. 기획개발팀 직원들이 사실상 그를 차기 팀장으로 대한다고 들었다.

성진의 첫 강의 날, 강당에 가 보았다. 그러나 성진은 강의를 마치기 무섭게 유리가 기다리는 집으로 가 버리고 없었다.

그날 텅 빈 강당을 훑으며 수영은 스스로에게 실소를 흘렸다.

윤수영, 지금 이게 뭐 하자는 짓거린데? 복성진이 복수 말고 다른 고차원적인 이유로 선샤인주류에 왔다 쳐도, 그게 나 때문일 거란 생각이라도 하는 거야, 뭐야.

이성이 가시를 세우자, 감정은 더 큰 가시를 세웠다.

솔직히, 어느 정도는 나 때문일 거라 생각하잖아.

이미 한번 허탕을 쳤는데도 또다시 발길이 강당으로 향했다.

15년 연애를 하던 시절엔 허탕을 친 건 성진뿐이었다. 데이트 약속이 잡힌 날 성가신 마음에 몸이 안 좋다는 핑계를 대는 저에게 매번 속아 준 바보스러운 남자였다.

그때 그 시절만큼은 아닐지라도, 네가 날 완전무결하게 비웠을 리 없어.

네 마음의 찌꺼기를 찾아내 틀어잡을 거야. 내 앞에 널 무릎 꿇릴 거야. 다시 시작하자는 애원이 나오게 할 거야.

그 순간이 오면, 나는 널…….

"우와…… 이분이 바로 저쪽 세계의 유리 님이시군요."

"얘는. 저쪽 세계의 유리 님은 또 뭐니?"

수영은 강당 문 앞에 우뚝 멈춰 섰다. 성진이 기획개발팀 여직원 둘에게 붙들려 있었다. 그녀들은 그의 핸드폰을 들여다보며 재잘거렸다.

"성은 저랑 한 글자 다른 분인데, 미모는 두 차원 이상 다르시네요. 팀장님도 그렇고 두 분 정말 연예인 커플 같아요."

"예쁘시기도 하지만 정말 착해 보이세요. 이분이야말로 팀장님께 어울려요. 진짜, 조상님이 도우셨네요."

뼈 있는 말을 덧붙이는 여직원. 수영은 그녀가 누군지 알아보았다.

3년 전 회식 자리. 지금은 퇴사한 강 주임과 함께 제 뒷담을 했던 여사원. 그때는 구차하게 잘못을 빌더니, 서로의 소속이 달라지기 무섭게 뒷말을 퍼트리는 주축이 되었다.

"이런 질문 좀 이상할지 모르겠는데, 남친이 가끔 여친 볼 꼬집는 거 어떻게 생각하세요?"

눈을 깜박이는 여직원들 앞에서 성진이 멋쩍게 웃었다.

"여친이 너무 귀여워서 저도 모르게 볼을 살짝 꼬집할 때가 있거든요. 애가 너무 착하다 보니, 혹시 싫은데도 무작정 다 받아 주는 거 아닌가 걱정도 되고. 얼굴에 손대는 거 별로 안 좋아하는 여자도 있으니까요."

대화를 엿듣던 중 수영은 입술을 굳혔다.

"뭐, 저는 손만 깨끗하다면야 상관없을 거 같은데요. 유리 넌?"

"저는 남친이 그러면 완전 심쿵할 거 같아요!"

"그러고 보니 팀장님은 결혼 안 하세요? 우리 유리 말고 저쪽 세계 유리 님이랑."

"하하, 저야 내일이라도 당장 하고 싶죠. 실은, 내년 봄 정도로 가닥을 잡아 보고 있습니다."

수영은 아랫입술을 잘근 물었다.

"결혼식 때 저희 꼭 불러 주세요. 아, 팀장님. 이화주 감사히 잘 먹겠습니다.”
“저도요! 귀한 술 주셔서 감사합니다!”
이화주 한 병씩 품에 끼고 나오는 여직원들이, 문가에 선 수영을 보고 멈칫했다. 그 모습을 보고 나서야 성진도 수영의 존재를 알아챘다.
서늘한 눈초리를 한 수영 앞에서, 혜리 주임의 입꼬리가 비틀렸다.
“어제 비가 와서, 바깥에 바닥이 참 질척거리지 않니?”
“그러니까요.”
혜리 언니가 한 말이 전부 사실이라면 진짜, 인간 같지도 않은 여자. 김유리는 곱지 않은 시선을 던지며 수영을 스쳐 갔다.
성진의 얼굴에서 화기애애한 웃음이 지워졌다. 그의 눈은 수영을 병풍처럼 지나치는 동선을 짰다.
성진이 강당을 나와 말없이 스쳐 가려던 순간, 수영이 낮은 목소리로 붙들었다.
“내가 얼굴에 손대는 거 싫어했던 건, 뾰루지 날까 봐서야.”
“그랬어.”
고저 없는 대꾸도 성가신 티를 팍팍 내는 눈빛도, 수영의 눈엔 전부 오기로 비쳤다.
“금유리랑 정말 결혼이라도 할 셈이야?”
“결혼이라도 라고 말할 게 아니라, 당연히 할 거야.”
“그 대단하신 집안이 과연 널 사위로 받아들일 거 같아?”
거듭 쏘아붙이는 말에 기가 차서 성진은 헛웃음을 흘렸다.
“네가 걱정할 문제는 아닌 듯한데.”
“충고하는 거야. 그래도 오랫동안 친구였고, 같은 팀에서 일한

정이 있으니."

그리고 굳이 말로 안 해도, 난 15년 동안 네게 절대적인 존재였으니.

"비참하게 데이기 싫으면 현실적인 여자를 만나. 그리고 무슨 생각으로 선샤인주류에 왔는지는 대강 알겠는데, 김두빈 부사장 너무 믿지 않는 게 좋을 거야. 그 인간도 강두현하고 별반 다를 바 없는 부류거든. 사람 이용해 먹고 가차 없이 버리는……."

"윤수영."

성진이 성가시다는 듯 손을 내저으며 말을 잘랐다.

"속보이는 말 집어 치워. 고작 오랫동안 친구였다고, 같은 팀에서 일했던 사이라고, 다정한 말 하는 사람 아니잖아, 너. 그저 말 뱅뱅 돌려 사람 혼란스럽게 하는 악취미만 있고."

"……뭐?"

"네 헌신적인 보험 노릇 한 거, 한 번으로 족해."

성진의 눈에서 짓누르는 듯한 냉기가 흘렀다.

"15년 내내 넌 나한테 이런 식이었어. 도대체가 내가 좋은 건지 싫은 건지 분명하지 않았지. 그것도 다 내 탓이라 생각했어."

내 사랑이 부족해서 네 사랑이 불안정한 거라 생각했어. 그래서 더 많은 사랑을 주면서 네 마음이 무르익길 기다렸어. 네 옆에 머물게 해 주는 것만으로도 사랑이 자라는 증거라 생각했어.

"근데 그건, 사랑도 뭣도 아니었더라고."

있으면 좋지도 싫지도 않지만 없으면 아쉬운 존재. 난 너한테 그 정도 존재였고.

단 한 순간도 사랑받은 적 없는 존재였다.

"유리 만나고 나서야 알았어. 내가 그동안 얼마나…… 사랑에

목말라 있었는지.”

유리는 사람을 보험이나 어장 물고기 대하듯 하지 않았다. 언제나 아낌없이 베풀었다. 비단 돈뿐만 아니라, 늘 격려와 사랑의 말을 아끼지 않는 고운 마음씨까지.

“우린 서로 깊이 사랑하고 있어.”

나만의 사랑이 아니라는 확신을 심어 주는 그녀라서, 더 깊이 사랑한다.

“자꾸 이런 식으로 나한테 집적대서 뭘 얻고 싶은 건지는 모르겠는데, 각자 할 일 하자. 내가 이 회사에서 볼일 있는 건 술뿐이야.”

성진은 수영의 뒤편을 건너보며 써늘히 덧붙였다.

“그리고 저기 네 현 남친분한테 쓸데없는 오해받는 것도 사절이고.”

성진이 휙 떠난 뒤 수영이 뒤를 돌아보니, 칼날 같은 눈을 한 강두현이 서 있었다.

❖ ✻ ❖

“첫햇살 막걸리 시음회 준비하랴, 만찬주 물밑 작업하랴, 그리고 복성진까지 끌어들인 우리 배다른 형님께 맞서랴. 난 요새 몸이 세 개라도 모자랄 지경인데, 넌 되게 한가한가 봐? 전 남친에게 꼬리칠 짬도 있고.”

지하 주차장까지 저를 쫓아온 수영에게 두현이 나지막이 비꼬았다.

“아냐, 아까 그건 오해야! 난 단지 걔한테 허튼 수작 말라고 충고한 거…….”

“됐고, 채운 시리즈 인수 건은 왜 아직까지 오리무중이지?”

“그건…….”

“5월 내로 끝내랬더니 벌써 6월이야. 다음 달부터 만찬주 판 본격적으로 깔릴 텐데, 참술 주식 인수해 놓고 왜 손가락만 빨고 앉았지?”

“오동주랑 계속 딜하는 중이야. 근데, 요새 터무니없는 요구를 하면서 차일피일 미루더라고. 전화도 잘 안 받고…….”

“한심하군. 고작 중소 양조장 하나 어쩌지 못해 질질 끌려 다니는 꼴이라니.”

두현이 주머니에서 차 키를 빼 들었다.

“나더러 딴 여자 만나지 말라는 무리한 조건까지 건 것치곤, 갈수록 성과가 시원찮네. 심경의 변화라도 생긴 건가? 하긴. 어차피 요샌 별로 동하지도 않잖아. 너나, 나나.”

마지막으로 섹스한 게 언젠지 기억도 안 날 지경이다. 이 여자하고는.

첫햇살 막걸리를 개발하고 품평회 대상을 거머쥐기까지 막대한 비용이 들었다. 기존 양조장 인수 비용. 광고 선전비. 그리고 품평회를 휩쓸기 위해 쓴 모종의 비용.

김두빈 부사장이 고의적으로 낮게 책정한 전통주사업팀 예산만으론 도저히 불가능했다.

지난 2년 반, 영업부 경영지원팀에 잠입한 수영이 채워 준 뒷주머니가 초기 리스크 극복에 제법 도움이 됐다는 건 솔직히 인정하지 않을 수 없다.

하지만 채운 시리즈를 비롯한 다른 술이 청와대 만찬주로 선정

된다면. 그리고 복성진한테 기획개발팀장 자리를 가로채이기까지 한다면.

아버지 김 회장에게 선샤인주류의 요직인 기획개발팀장직을 요구하고, 빠른 시일 내에 임원급으로 영전하려던 오랜 계획이 무산되고 만다.

죽 쒀서 개 주는 꼴이 될 판에, 이 까탈스러운 여자와의 협력 관계가 더 이상 의미를 지닐까?

"이번 달 내로 채운 시리즈 인수 건 마무리 지어. 그렇지 못하면 우리 관계도 이번 달까지야."

두현은 수영이 보는 앞에서 차 문을 쾅 닫았다. 벤츠가 뒷구멍으로 풍긴 매연이 그녀의 숨구멍을 틀어막았다.

❖ ✱ ❖

'뭐? 담달부터 돈 못 부친다고? 못된 년. 딸 하나 있는 게 참 쓸모가 없구나.'

'그래. 네 부모 이대로 굶어 뒤지게 내버려 둬. 네 인생에 하등 쓸모없는 에미로 살아온 걸 어쩌겠니.'

핸드폰 신호음이 늘어질 때마다 환청이 몰려온다. 수영의 멘탈은 강제로 뜯어 낸 스티커처럼 너절해졌다.

다섯 번의 시도 만에 상대방이 성가셔하는 목소리로 전화를 받았다.

– 아, 나중에 좀 하시죠. 전화 안 받으면 바쁜 줄 아셔야지.

"나중에 언제요? 통화 한 번을 하기가 참 힘드네요."

동주가 전화를 끊으려는 기색을 보이자 수영이 쏘아붙였다.

– 흠. 제가 요구한 조건은 다 들어주기로 한 건가요? 공증까지 해 줄 거죠?

"그래, 다 들어줄 테니 댁도 의사 표시 똑바로 하라고요."

– 음…… 진짜 맞아요? 뭔가 싸한데. 이거 믿어도 되나? 정말 괜찮으려나?

"이봐요, 오동주 씨!"

끝내 수영은 폭발했다.

"가만히 다 받아 주니까 사람 우스워? 그래, 정 할 마음 없으면 없던 일로 해. 당신이 3년 전에 한 짓 복성진한테 다 까발릴 테니까. 그래도 괜찮죠?"

참다못해 최후의 카드를 빼든 찰나.

– 뭐, 그러시든가요.

믿기지 않을 만큼 시큰둥한 반응이 돌아왔다.

– 까발리면 그렇게 막 큰일이 나는지 저도 궁금하네요. 성진이한테 배째라고 하죠, 뭐. 까짓 거 맞아 죽기밖에 더 하겠어요?

수영은 당혹감에 휩싸였다. 궁지에 몰려 이빨을 드러낸 쥐라기엔 지나치게 여유롭다. 지금까지 이용해 먹기 편하게 심약하고 겁도 많던 인간이, 어떻게…….

수영은 심호흡을 하고 한걸음 물러났다.

"오동주 씨. 만찬주 선정이 얼마 안 남아서 그래요. 우리 팀장님이 웬만한 요구사항은 다 들어준다고 하셨으니, 이제 그만 협상해요. 부탁할게요."

부탁. 수영의 입에서 좀처럼 나오기 어려운 말까지 나왔다.

– 급할수록 돌아가라잖아요. 뭐, 생각해 볼 테니 오늘은 끊으시죠. 저 바

빠유!

불과 한 달 만에 갑을 관계가 완전히 역전되었다.

❈ ✱ ❈

"휴…… 오늘도 잘했어, 오동주."

동주는 가슴에 손을 얹고 심호흡을 했다. 심약하고 겁도 많은 주제에, 이 마녀 같은 여자를 한 수 접게 만든 자신이 새삼 대견하다.

요새 오히려 윤수영이 조금씩 안쓰러워지기 시작했다. 날이 갈수록 조급해하는 티가 역력해서.

자신이 새삼 강해진 것도 아닌데 어떻게 이리된 걸까? 집 나간 양심을 되찾으면서 자기중심이 확고하게 선 덕분인 걸까?

성진과 화해하기까지, 하루하루가 지옥이었다. 신화에 나오는 흉측한 복수의 여신들에게 쫓겨 다니는 기분이었다.

하지만 요새 제 인생에 그렇게 가혹한 순간이 있었나 싶을 만큼 하루하루가 반짝인다. 어깨가 시원하게 펴지고 목소리에도 절로 힘이 실린다.

용서를 구하는 어려운 용기를 냈고 고맙게도 결과까지 좋았으니, 앞으로 더 큰 일도 해낼 수 있으리란 자신이 생겼다.

무엇보다, 무슨 일이든 함께 머리를 맞대고 같이 맞서 줄 친구를 되찾은 게 크나큰 수확이다.

"여보세요? 성진아. 오늘 강의는 어땠어? 혹시 오늘도 그쪽 세계 오가 놈 진상부리지 않았어?"

– 동주야. 말이 나와서 말인데, 네가 그 오가 놈 손 좀 봐줘야겠다.

"내가? 어떻게?

– 이번 주 토요일에 오가 놈이 그쪽으로 갈 거야. 이화주 체험 프로그램 후기를 작성하라는 과제를 내 줬거든.

"어…… 잠깐만. 이번 주 토요일이면 너 선샤인주류 첫햇살 막걸리 시음회 가기로 한 날이잖아. 또 저녁은 유리 씨 생일파티고……. 아! 너 설마, 나보고 프로그램 진행하라는 겨?"

당황한 나머지 사투리가 살짝 튀어나왔다. 저편의 성진이 픽 웃으며 사투리로 답했다.

– 동주 너 안 그려도 이쪽 세계 오가 놈 손봐 주고 싶다고 말혔잖여. 지금이 그 기회여.

"하, 하지만 내가 할 수 있을까? 괜히 우리 양조장 망신만 시키는 거 아닐지……."

썩어도 준치라고, 선샤인주류 다니는 엘리트를 제가 감히 가르칠 수 있을까 싶다.

– 그놈이 오늘 뭐라고 했는지 알아? 우리 이화주가 노양심 가격이란다. 몇 입 떠먹으면 없는 술 비싸게 판다고 아주 꼽을 주더라.

"……뭐라고? 딴 술도 아니고, 이화주 가지고 그랬어?"

순한 동주의 얼굴에 이례적으로 싸한 빛이 돌았다.

– 말로 길게 싸울 필요 없고, 이화곡, 이화주 풀코스로 밟아 드려라.

"알았다, 성진아. 이 몸이 놈을 확실하게 조교하도록 하지."

체험 프로그램 강사 데뷔를 앞둔 오동주는 32년 평생 손에 꼽을 만치 격렬한 전의를 불태웠다.

토요일에 뵙겠습니다. 그쪽 세계의 오가 놈아, 오면 넌 아주 뒤졌어.

❈ ✱ ❈

"등기는 떼 보셨어요?"

"등기……요?"

유리는 눈을 멀뚱멀뚱 깜박이며 설아를 보았다.

'나갈 때 나가더라도 집주인께 인사는 드리고 가야 할 텐데. 그분 이름조차 몰라서…….'

유리가 바 카운터 뒤에서 미나에게 하소연하던 중, 칵테일을 마시던 설아가 불쑥 끼어들었다.

"지금 사시는 집 주소로 등기 떼 보시면 될 텐데요. 연락처까지는 안 나와도 아파트 소유주 성함이랑 생년월일 정도는 알 수 있거든요."

"아…… 정말요? 남의 집인데도 그런 걸 볼 수 있어요?"

"물론이죠. 그게 안 되면 부동산 거래사기가 판을 칠걸요?"

그러고 보니, 구 아젤리아 상가 매입할 때 공인중개사 아저씨가 등기상으로 깨끗한 건물 어쩌구 하셨던 것도 같다. 중개료랑 인감도장 넘겨 드렸더니 그냥 다 알아서 해 주셨다. 계약을 마친 후 등기권리증을 받아 보긴 했지만, 영수증처럼 주는 것이려니 하며 서랍 속에 박아 두었다.

"그걸 어디 가면 뗄 수 있나요?"

"인터넷으로도 돼요. 대법원 인터넷 등기소 홈페이지 들어가셔서 공인인증서 로그인하시면 돼요. 발급수수료가 천 원 정도 들어요."

"아, 유리 언니 저 지금 USB 안에 공인인증서 있는데."

"정말? 그러면 음…… 미나야, 미안한데 우리 집 주소 써 줄 테니까 요 앞 PC방에 가서 뽑아 주지 않을래? 내가 자리 비우기는 좀 그래서……."

3년간 베일에 싸여 있던 집주인의 존함을 알 수 있다니, 마음이 들뜨다 못해 급해졌다.

"저랑 같이 가시죠. 처음이면 어려울 수 있거든요. 내친 김에 등기부 보는 법도 알려 드리죠."

"어머, 설아 씨…… 정말 너무 감사드려요. 오늘 드시는 칵테일은 전부 수업료로 드릴게요."

설아를 대동하고 근처 PC방에 간 미나는 10여 분 만에 종이 몇 장을 손에 쥐고 돌아왔다.

"자, 갑구는 이 건물의 소유주가 누군지 표시하는 칸이에요. 취소선 쳐진 칸은 예전 주인들이니 넘어가고……."

설아가 손가락으로 등기부를 짚어 내리며 설명했다.

"현재 주인은 95년 8월 20일생 박세현이란 분이네요."

"네? 95년생이라고요?"

분명 나이 지긋한 친척 어른이려니 생각했는데. 예상을 완전히 벗어난 집주인의 연령대에 유리의 얼굴이 놀라움으로 가득 찼다.

"등기원인이 증여네. 5년 전에 부모님한테 물려받은 모양이에요."

"어, 어…… 어?"

"왜 그래, 미나야?"

"박세현이면…… 작가님 이름 같은데? 생년월일도…… 같고.

생일쿠폰 챙겨 드린다고 외웠거든요."

"우리 바에 오는 그 작가님 말이야?"

유리의 목소리가 높아지자 미나가 손가락 끝을 맞댔다.

"동명이인일 수도 있지 않을까요……."

물론 95년 8월 20일생 박세현이 대한민국에 여러 명 존재할 수 있겠지만.

'그렇게까지 급하게 이사를 앞당기실 필요는 없어 보이셔서요. 계약 기간이 따로 존재하는 것도 아니잖습니까.'

며칠 전 이사 얘기를 꺼내기 무섭게 과한 참견을 했던 헤밍웨이의 모습을 떠올리며, 유리는 거의 확신했다. 이 등기부의 박세현을 먼 곳에서 찾을 필요가 없다는 걸.

아젤리아 2기 오픈 첫날부터 나타난 그가 2년 넘게 이곳에 출근 도장을 찍은 이유는 설마…… 저를 지켜보기 위함이었던 걸까?

자기 집을 내어 주는 정도를 넘어서, 왜?

뭐 하러 이렇게까지.

생판 모르는 함자가 적혀 있어도 반가운 마음이 들 줄 알았던 등기부는, 뜻밖에도 당혹스러운 감정을 안겨 주었다.

"을구도 한번 봐 보시겠어요? 이 부분 계약할 때 특히 중요해요. 이 건물에 압류가 걸리거나 저당이 잡혀 있는지 확인할 수 있거든요."

설아가 등기부를 한쪽 넘겨 보고 말했다.

"이 건물, 근저당권 하나 설정돼 있어요."

"근저당권이라면, 이 건물이 누군가에게 담보 잡혀 있다는 말씀이신가요?"

"맞아요. 어…… 저당권자가 은행이 아니고 개인이네요."

설아의 손가락 끝에 걸린 이름을 무심코 본 순간.

"어……."

제가 본 것이 믿기지 않아, 유리는 찌푸려진 눈을 연신 깜박였다.

"채권최고액 10억이라. 집주인이 이 사람한테 집 담보 잡히고 돈 좀 빌렸나 보네요."

"……."

"요새 주택담보대출 받으면 이런 말들 하잖아요. 은행 건물에 세 들어 산다고. 하하, 사실상 이 집은 집주인이 빌린 돈 갚기 전까진 이 사람 집인 셈이죠, 뭐. 어머? 유리 씨, 갑자기 왜 그래요?"

두 손으로 입을 틀어막은 채 굳어 버린 유리를 보고, 설아가 깜짝 놀라 물었다.

"진짜…… 나 이런 것도 몰라 가지고……."

한참 만에 터져 나온 한탄에서 울음소리 같은 게 끓었다.

❈ ✱ ❈

"와…… 어쩐지! 캐릭터가 너무 작위적이다 했어!"

다음 날 저녁 아젤리아.

미나에게서 어제 밝혀진 충격적인 진실을 전해 들은 성재는 두 주먹을 불끈 쥐었다.

"그 자식한텐 물어봤어? 대체 무슨 의도로 그랬는지."

"아니…… 어젠 안 왔어. 요새 회사 일이 바쁜가 봐."

"이 자식 오늘 오기만 해 봐라. 마침 형도 올 텐데 같이 놈을 족쳐야지."

오늘 성진의 선샤인주류 출강일이라, 강의 끝나는 대로 아젤리아로 온다고 했다.

"유리 언니 어떡해……."

미나는 안절부절못하며 저편의 유리를 보았다. 그녀의 눈은 인형처럼 초점을 잃었다. 이따금 머릿속에서 생각이 아프도록 부딪치는지 눈 밑에 파르르한 경련이 일었다.

"안녕하세요."

저녁 7시. 정시에 오거나 아예 안 오거나. 2년 넘게 그런 식이었던 헤밍웨이가 들이닥쳤다.

오오…… 왔다. 무슨 말부터 꺼내지?

성재와 미나가 할 말을 찾던 차.

"작가님."

내내 우두커니 서 있던 유리가 가장 먼저 입을 열었다.

"죄송한데, 민증 좀 보여 주시겠어요?"

늘 앉는 자리에 가방을 올리려던 헤밍웨이가 얼떨떨한 표정으로 유리를 보았다. 그가 이곳을 찾은 지 한 달째로 접어든 이후, 그녀는 더 이상 주민등록증 제시를 요구하지 않았다.

이제 와서 하는 민증 검사는 새삼스럽다 못해 어딘가 불길하다는 걸 서로가 잘 알고 있었다.

"아, 네…… 여기 있습니다."

헤밍웨이가 카운터 위에 자신의 주민등록증을 올려놓은 순간.

탁.

같은 이름, 주민번호 앞자리가 찍힌 등기부가 교차하듯 놓였다.

"박세현 씨. 제가 왜 3년째 당신 집에서 살고 있는 거고, 왜."

급속 냉각한 얼음처럼, 유리의 목소리는 가파른 속도로 냉랭해졌다.

"금규진한테 저당 잡힌 집에서 살아온 거죠?"

KODAK PORTRA 400

# 8.

# 나를 걱정…… 했다고, 당신이

"저, 저기 누…… 아니, 사장님. 그게…… 어떻게 된 거냐면……."

박세현. 속칭 아젤리아의 헤밍웨이.

퇴근 후 바에서 소설 쓰는 괴짜이자 2년 넘게 아젤리아의 소중한 단골이었던 남자는, 유리의 싸늘한 눈빛에 바짝 얼어 버렸다.

"제가 세현 씨 집에 살게 된 게 금규진, 우리 큰오빠와 아무 관계 없다는 말은 안 했으면 해요. 내가 이 나이 먹도록 이거 하나 떼 볼 줄 모르는 바보라 지금까지 까맣게 몰랐지만, 그 정도 사리 분별도 못 하는 사람 취급까지 받으면 정말, 비참할 거야."

"저, 절대 그렇지 않습니다! 그, 그게……."

세현은 마구 말을 더듬었다.

"저, 정말 죄송합니다. 충분히…… 오해하실 만합니다."

유리의 고운 미간에 금이 갔다. 좀처럼 화내는 법이 없고, 어쩌다 화를 내도 금방 제 풀에 지쳐 버리는 그녀. 극심한 심적 충격을 견디지 못해 처참하게 일그러진 그녀의 얼굴은 흉흉하기보다 애처로웠다.

세현은 공황 상태에 빠졌다. 무슨 말을 해도 오해만 키울 상황. 자신의 어눌한 언변까지 더해지면 사태가 걷잡을 수 없는 지경이 될 것 같다.

“죄송합니다. 제가…… 나중에 다시 찾아뵙고 제대로 설명 드리겠습니다!”

“어허, 어딜 도망가시나?”

성재가 황급히 자리를 벗어나려는 세현의 멱살을 낚아챘다.

“지난 2년간 감히 유리 누님을 염탐하고, 미나한테 매일같이 추파를 던진 이유를 제대로 설명하고 가야 할 거 아냐.”

“……저기, 성재야. 추파까진 아니었거든?”

미나가 슬그머니 지적했지만, 성재는 못 들은 양 세현의 멱살을 우악스레 틀어쥐었다. 지난 2개월간 무술감독에게 전수받은 격투기 스킬을 놈에게 퍼붓는 상상을 했다.

그 순간, 세현이 낮게 읊조렸다.

“연예인, 일반인 폭행, 매스컴…….”

“……뭐라고?”

키워드 나열식 협박에 순간 손힘이 풀렸다. 그 틈을 타 세현이 성재의 손을 틀어쥐었다.

“악!”

손을 어떻게 잡힌 건지, 성재가 외마디 비명을 지르며 바닥에 쓰러졌다.

“꺄악! 성재야!”

미나가 그를 부축하는 사이 세현은 아젤리아 중문 밖으로 뛰쳐 나갔다.

"어딜 도망가!"

"거기 안 서?"

세 계단씩 뛰어올라 달아나는 세현의 뒤를 성재가 비슷한 보폭으로 뒤쫓았다. 미나가 나와 보니 두 남자는 벌써 저만치 멀어졌다. 둘 다 무시무시한 속도였지만 세현 쪽이 좀 더 빨랐다.

세현이 성재와의 거리를 점점 벌리는 와중, 맞은편에 친숙한 얼굴이 나타났다. 선샤인주류에서 강의를 마치고 이리로 온다던 성진이었다.

"형!"

성재가 목청을 긁었다. 생각에 잠긴 듯 바닥을 보며 걷던 성진의 고개가 번쩍 들렸다.

"성진 쌤! 그 인간 좀!"

미나 역시 목청껏 외쳤다. 잡아 달라는 말을 덧붙이기도 전에 세현이 성진의 코앞에 도달했다.

그런데 찰나의 순간, 성진의 손이 전광석화처럼 세현에게 뻗어갔다. 뒷덜미와 소매를 잡아 올리며 허리를 홱 틀어 상대의 무게중심을 완전히 빼 온 다음, 스텝을 밟아 호쾌하게 다리를 후렸다.

"헐……."

미나와 성재의 눈에는 세현이 장풍을 맞아 180도 휘도는 종이인형처럼 보였다.

"끄억……."

성진에게 붙들린 채 인도 위에 대자로 널브러진 세현이 단말마를 뱉었다. 벙쪄서 다가오는 미나와 성재를 번갈아 보며, 성진이 뒤늦게 물었다.
“근데, 이 자식 무슨 짓 했어?”

❈ ✻ ❈

“아까 그걸 사자성어로 ‘과잉진압過剩鎭壓’이라 하죠.”
“크흠, 아니 나는! 저 손님이 여성 바텐더들의 신성한 바에서 죄지은 표정 지으면서 허겁지겁 뛰쳐나오고 있지, 너희는 뒤쫓고 있지, 일단 멈춰 세워서 그 사유를 엄히 추궁해야 한다는 생각에…….”
“흐음.”
얼굴을 살짝 붉힌 채 변명을 늘어놓는 성진을 미나는 가자미눈으로 흘겼다. 이 아저씨 두뇌가 빠릿빠릿 돌아가는 건 인정하지만, 그 5초도 안 되는 찰나에 했다기엔 지나치게 디테일한 판단이시다. 생각으로 랩 치는 대회가 있다면 이 선비가 1등 먹을 기세다.
“그래도 전 그냥 붙잡아 달랄 생각이었지, 그런 고급 기술까지 걸어 달랄 생각은.”
“아니, 유도 유단자로서 딱 마주친 순간 느낌이 오더라니까? 얼굴은 허여멀겋지만 맹수의 눈빛을 한 게, 어설프게 덤비면 역으로 내가 당하겠더라고. 저 사람 안 그래도 예전에 남성 손님을 한 손으로 제압한 전적이 있다며? 딱 들어도 보통 피지컬이 아닌데 어떻게 설렁설렁 덤벼? 잽싸게 선빵 날려서 1초식 만에 끝내는 게 최선이지.”
아주 변명으로 무협지를 쓰세요, 그냥. 미나가 질린다는 표정을 지었다.

"복성진 씨. 저랑 눈 똑바로 마주치고 얘기해 보십쇼."

저번에 가식적일 만큼 예바르게 세현을 대하던 성진의 모습을 떠올리며, 성재가 한 소리 했다.

"솔직히, 형도 저놈 조올라 거슬렸던 거지?"

"……그래."

결국 성진은 솔직한 속내를 털어놓았다.

"나도 할 수만 있다면, 저놈처럼 아젤리아 바 카운터에 토템처럼 박히고 싶었다……."

"……그건 나도야, 형."

성재는 형과 함께 숙연하게 고개를 떨구었다. 그놈의 꿈이 뭔지. 생계가 뭔지…….

어휴, 남자들이란. 미나는 소리 없이 한숨을 내쉬며 카운터를 흘끗 보았다. 세 사람이 입구를 지키고 선 가운데, 유리는 바 카운터를 사이에 두고 세현과 대면했다. 세현은 죄인처럼 고개를 숙였고, 유리는 그를 물끄러미 건너보기만 했다.

이 자리의 모두가 유리의 그런 모습은 처음 보았다.

표정이 완전히 사라진 그녀의 얼굴은 대놓고 노려보는 것보다 날카로운 냉기를 풍겼다.

문득 미나는 성진이 시시껄렁한 농담을 늘어놓은 이유를 알 듯도 하였다. 그 누구보다 유리 자신을 추위에 떨게 할 저 냉기를 걷어 내고 싶었던 거다.

그러나 성진의 농담은 처음으로 유리를 웃기지 못했다.

"계좌 적어 두고 가요."

유리가 고저 없이 말했다.

"그동안 집주인이 누군지도 몰라 한 푼도 못 낸 집세, 시세대로 계산해서 부쳐 드릴게요."

"아, 아뇨 사장님! 안 그러셔도……."

"그리고 저희 최대한 빠른 시일 내에 집 비울게요."

더 들을 말이 없다는 듯 유리는 잘라 말했다.

"사장님, 정말…… 염치없는 말씀이지만, 규진이 형이랑 한 번만 얘기해 보시면 안 될까요?"

"제가 왜요? 이제 와서 무슨 얘길 하라고요."

"부탁드립니다. 제발 한 번만……."

세현은 하얗게 질린 얼굴로 간청했다. 유리는 미세한 한숨을 뱉었다. 그래도 2년 넘게 함께 웃으며 지냈던 사람이라선지, 얼어붙은 마음의 모서리 한 귀퉁이가 녹아내렸다. 이 사람도 중간에 껴서 무척 난감할 테지.

"큰오빠한테, 오늘 11시쯤 아젤리아로 올 수 있는지 그쪽이 물어봐 줘요. 난 오늘 아니면 따로 시간 낼 생각 없어요."

❖ ✱ ❖

"손님, 죄송한데 오늘은 11시 마감입니다. 저희 사장님이 급한 일이 생기셔서요……."

"죄송합니다! 죄송합니다!"

아젤리아 인스타에 긴급 공지를 띄우고 손님들에게 양해를 구했다. 성재는 미나 곁에서 함께 머리를 조아렸다. 부모님 제사로 며칠째 비번인 다희의 빈자리가 너무나도 컸다.

바의 마감 시간치고 너무도 이른 밤 11시. 아젤리아 대문에

Close 도어사인 문패가 걸렸다.

유리와 성진, 미나와 성재, 그리고 세현. 다섯 사람만 남은 아젤리아에 한 남자가 들어섰다.

금규진. 황금글라스를 필두로 수많은 화학 산업재 회사를 계열사로 거느린, 대한민국 최대 화학 그룹의 수장 금규석 회장의 장남. 본인의 학벌, 성과, 처가의 힘까지 논하자면 밑도 끝도 없이 화려한 수식어가 붙을 재계 유명인사.

경영인으로서는 대성공을 거둔 사람이지만, 한 여자의 오빠로선 완전히 실패한 남자.

이런 식으로 존안을 뵙게 되는구나. 말로만 듣던 유리의 큰오빠를 본 성진은 씁쓸한 생각을 했다.

"오랜만이네요."

마지막으로 말 섞은 게 언젠지 기억도 안 나는 남매지간. 유리는 낮게 뇌까리듯 인사를 건넸다. 이 만남을 억지로 기다린 수시간 사이, 그녀의 마음은 뜯기고 또 뜯긴 꽃처럼 너덜너덜해졌다.

"유리야. 우선 너에게 사과부터 해야겠다. 정말…… 미안하다. 처음부터 널 속일 생각은 아니었는데…… 세월이 이리도 허망하게 흐를 줄은 몰랐어."

"……."

"세현이, 우리 외사촌 동생이다. 영국에서 쭉 살다가 3년 전에 한국에 왔어. 나하고 세현이는 영국에서 가끔 만났지만, 너한테 정식으로 소개하기 전에 일이 이렇게 돼서."

유리는 실소를 머금었다. 네가 아주 관계없는 타인의 집에서 더부살이한 건 아니라는 말을 하고 싶은 걸까. 그런 사실로라도 자기위안 삼으라는 건지, 뭔지.

"내가 세현이한테 무리한 부탁을 했어. 네가 살지 않는 빈 아파트, 네 사촌 누나 잠깐 지내게 해 줄 수 없냐고. 아버지의 진노가 풀릴 때까지만……."

"근데 제가 생각보다 질기게 버티면서 그 집에 눌러앉아 민폐 끼친 거네요. 일주일도 못 버티고 돌아와 무릎 꿇고 빌 거란 오빠의 기대완 다르게."

"아니야, 난 그런 식으로 생각했던 게 아니라……."

규진이 목이 타는 듯이 말했다.

"너는 당장 갈 데가 없었고, 아버지도 머리 식힐 시간이 필요했고. 내가 할 수 있는 최선이 이것뿐이라 생각했어. 아직까지도 제대로 설명 못 한 건 내 불찰이다. 널 이토록 당황스럽게 해서 정말…… 미안하다."

"……."

"네가 너무 걱정이 돼서…… 어쩔 수 없었어."

나를 걱정……했다고. 당신이.

유리는 입술을 감흥 없이 씹었다. 오빠는 무척이나 열띤 목소리로 말하는데, 그 사과가 조금도 따듯하게 와닿지 않는다.

마치 오빠와 저 사이에 뜨거운 운석을 바스라트리는 대기권이 가로놓인 것처럼. 그 어떤 말도 심장에 도달하기 전에 공허한 찬바람이 되어 가슴을 치댄다.

이제 와서 좋은 오빠 노릇을 하려 드는 당신의 말이 진심인지 아닌지 몰라도. 이 방어막은 예전에 돌처럼 아프게 날아오던 당신의 진심을 막아 보려다 생겨난 것이고.

하루아침 사이 두꺼워진 게 아니다.

"알았어요."

서로 판박이인 다갈색 눈이 마주쳤다.

"어찌 됐든, 제가 오빠한테 큰 신세를 졌네요."

유리는 말갛게 웃었다. 섬뜩하게 박혀 드는 미소에 규진의 얼굴이 참담하게 굳었다. 한눈에 봐도, 여동생의 얼굴에 떠오른 마음의 결이 긍정적인 방향과는 거리가 멀었다.

"역시 피는 물보다 진한 게 맞나 봐요. 아버지가 정해 준 상대랑 결혼 안 하겠다고 뛰쳐나온 몹쓸 여잔데, 그룹 이미지에 요만큼도 도움 안 되는 여잔데, 그래도 가족이라고, 객사만은 면하게 신경 써 주시고."

"유리야……."

"근데, 선택할 기회는 주지 그랬어. 멍청하게 아무것도 모르는 척 그 집에서 3년이나 사는 호사를 누릴지, 차라리 길에서 죽어 버릴지."

유리의 목소리가 금 간 빙판처럼 쩍쩍 갈라졌다.

"내가 제아무리 날고 기어 봐야 오빠 손바닥 안이라는 걸 잊지 마라, 뭐 이런 거라도 깨닫게 해 주고 싶었던 건가요?"

"유리야, 그런 게 아니……."

"아니긴 뭐가."

히끅. 유리의 목이 한번 맺혔다. 오랜만에 나온 딸꾹질이 그녀를 더욱 비참하게 했다.

"오빠한테 난…… 평생 죄인 같은 마음을 가지고 살아야 하는 존재잖아. 행복해지는 꼴을 가만히 못 봐줄 만큼, 미워 죽을 것 같잖아!"

제가 저지른 죄악이 낱낱이 드러나는 여동생의 절규에, 규진은 눈을 질끈 감았다.

철모르는 사춘기 소년을 넘어, 악마였던 자신. 제가 얼마나 치졸했던지 깨달은 후에도, 저 때문에 망가진 여동생을 수수방관한 자신.

이제 와서 감히…… 뼈저리게 후회하노라고 말할 자신도 자격도 없는, 비겁한 자신.

입이 열 개라도 할 말이 없는 그 앞에서, 유리는 피고름처럼 꾸역꾸역 말을 토해 냈다.

"솔직히 나, 오빠한테 평생 미움받아도 싸죠. 공부도 못하고 맞선도 번번이 실패한 주제에, 엄마 목숨 빼앗아 태어난 값을 못 하고 산 주제에. 그래도 딸이고 동생이란 이유 하나로 아버지랑 오빠한테 인정받고 사랑받고 싶다는…… 뻔뻔한 생각을 하고 살았으니까."

제아무리 노력해도 그게 안 되었으니. 못난 자신이 괴롭지 않을 방법은 하나였다.

가족들로부터 인정받고 사랑받길 원했던 세월이 마치…… 없었던 것처럼 사는 것.

그래서 두려움을 무릅쓰고 집을 나왔다.

우여곡절 끝에 소중한 인연들을 만났다. 여전히 잘난 거 하나 없는 금유리를 있는 그대로 받아 주고, 못나도 다 예뻐해 주는…… 직원이자 가족인 사람들. 손님이자 친구인 사람들. 그리고 친구이자 연인인 남자.

이제 겨우 숨이 트이고 살 만해졌는데. 죽도록 행복해질 수 있을 것 같았는데.

당신이 내게 던진 경멸 어린 시선도, 잔혹한 말들도 이제 겨우…… 다 잊어 가던 차였는데.

"내 인생에 시한폭탄 심어서 터트릴 작정이었다면, 제대로 성공하셨네요. 축하드려요."

한 맺힌 절규를 처연히 토해 내는 유리를 지켜보며, 미나는 숙연하게 고개를 떨어뜨렸다. 성재가 그녀의 떨리는 손을 꽉 잡아 주었다.

그리고 성진은, 한참 전에 가슴이 두 쪽으로 갈라졌다.

이게 정녕 가족끼리 나눌 말들인가 싶고. 자신은 지금껏 유리가 겪은 고통의 반도 몰랐음을 깨달았다.

"나 이대로 심장 터져서 죽으면, 오빠도 꼭…… 나가 죽어 버리길 바랄게요."

제 속을 찢어 가며 말하는 그녀를 더는 볼 수 없었다.

"유리야, 됐어. 그만해."

성진이 바 카운터로 들어가 유리의 팔을 잡아챘다. 이미 서 있을 힘조차 바닥났던 듯 그녀의 몸이 휘청거리며 그의 품으로 기울었다.

"오늘은 밖에서 잘까?"

그의 물음에 유리는 작게 고개를 끄덕였다.

"성재야, 이따 갈 때 미나 좀 집에 데려다줘라."

"응. 당연하지, 형."

"두 분 여기서 이만 나가 주시죠. 저희 가게 정리해야 됩니다."

성진이 세현과 규진을 보며 말했다. 점잖게 축객하면서 경멸을 숨기지 않는 눈빛에, 세현은 무거운 침을 삼켰다.

규진과 눈이 마주친 순간, 성진의 눈빛은 더욱 냉랭해졌다. 치미는 말들을 필사적으로 눌러 참는 기색이 역력했다.

'다시는 우리 앞에 나타나지 마시길.'

그가 가장 하고 싶은 말이 뭔지 명백했다.

❈ ✱ ❈

근처 호텔에 잔여 객실이 있어 체크인을 했다. 급히 찾은 곳치고 멋들어진 곳이었다. 나중에 알고 보니 연인들의 호캉스 명소로 소문난 호텔이었다.

모던풍 침실. 시원한 여름용 침구가 깔린 더블베드. 로맨틱한 분위기를 자아내는 무드등.

다른 때 같으면 사랑을 나누기 바빴을 침대 위에서 유리는 눈물을 펑펑 쏟았다. 성진은 그녀의 등을 쉴 새 없이 쓸어 주었다.

“성진이 너는…… 등기 떼는 법 알고 있었어?”

소강상태로 접어든 유리가 꿀꿀하게 물었다. 그의 품에서 복받치는 감정을 다 쏟아붓고 나니 뒤늦게 멋쩍어졌다.

“뭐, 알고는 있었지.”

“나도 좀 알려 주지 그랬어…….”

“미안. 난 지금까지 망원동 아파트를 네 별장 정도로 알고 있어서. 네가 ‘친척 집일 것 같은 집’이라 했으면 한번 떼 보자 했을 텐데.”

“정말…… 이 나이 되도록 그런 것도 몰라서 이게 무슨 망신인지.”

“야, 그 정도는 아무 것도 아니거든? 내 대학 동기 중엔 20대 중반 되도록 일식집 락교가 마늘인 줄 아는 놈도 있었다.”

“어…… 그거…… 마늘절임 아니었어?”

“……아무튼!”

성진은 괜히 힘주어 유리를 껴안으며 말했다.

"그런 거 좀 모르면 어때. 네가 모르더라도 내가 알면 되지. 그 반대여도 마찬가지고. 우린 한 세트잖아?"

한 세트…… 유리는 우느라 부어오른 입술로 그 말을 곱씹어 보았다. 이 상황에 주책맞게 가슴이 설렌다.

"이사 갈 거지? 내일부터 같이 알아보자. 어디든 너 가고 싶은 데로 가자. 이 몸은 무조건 우리 마님과 세트로 다닐 거니까."

"응……."

유리는 성진을 마주 안아 듬직한 가슴에 얼굴을 파묻었다. 그의 품은 세상에서 가장 신비로운 장소였다. 죽도록 황망하고 서글픈 마음도 금세 다잡아지니.

내일부턴 다시 웃어도 되겠지? 그와 함께라면 어딜 가도 천국일 테니.

두 연인은 다정하게 서로를 품은 채 단잠이 들었다. 며칠 뒤에 터질 돌발 사태를 조금도 예상 못 한 채.

❖ ✲ ❖

"하아, 젠장. 여기가 참술인가."

황금 같은 토요일 아침. 평소대로라면 침대와 한 몸이 되어 꿀잠을 청하고 있으련만, 오 주임은 입 한 번 잘못 놀린 대가로 충남 당진에 와 있었다.

"그래도 건물 하나는 생각보다 괜찮네."

슬레이트 지붕을 올린 재래식 양조장이면 실컷 비웃어 주려 했더니만, 참술 사옥은 오 주임의 편견을 비웃듯 모던하고 세련된 모습이었다. 잘 가꾸어진 정원이 그림처럼 아름답다. 가히 찾아가는 양조장으로 선정될 만했다.

참술 신관 2층 교육장. 문을 여니 널찍한 원목 사각 테이블들이 눈에 들어왔다. 하얀 쌀가루가 수북이 쌓인 대야. 그 옆에 한 덩치 하는 남자가 서 있었다.

사내가 불쑥 이쪽을 돌아보았다.

"선샤인주류 전통주사업팀 오동훈 주임님?"

역광이 사내의 얼굴에 쓸데없이 웅장함을 부여했다.

"그렇습니다만……."

"오늘 하루 오 주임님의 교육을 담당하게 된 오동주입니다."

동주가 오 주임에게 악수를 청했다. 손을 잡힌 순간 오 주임은 속으로 비명을 내질렀다.

'윽, 뭐 이리 악력이 우악스러워!'

사람과 악수하는 건지 지리산 반달곰과 악수하는 건지 모를 지경이다. 운동부족 오 주임은 초장부터 농업인의 피지컬을 감당하지 못했다.

"스피디한 진행을 위해 바로 실습에 들어가도록 하죠. 우선 화락균 등의 잡균 방지를 위해 소독부터 하시고."

칙칙. 동주는 오 주임의 손에 소독용 알코올을 뿌렸다. 그의 손에 들린 분무기가 오 주임의 얼굴로 불쑥 올라왔다. 그와 동시에 동주가 의성어를 뱉었다.

"칙."

"힉!"

순간 진짜 제 면상에 뿌리는 줄 알고 오 주임은 눈을 질끈 감았다. 동주는 픕 하고 웃으며 분무기를 내려놓았다.

"하하, 장난인데 낚이시긴."

'이 자식이! 내가 잡균이라도 된다는 거야, 뭐야?'

오 주임은 더욱 적의를 불태웠다. 뭐? 이화주? 요거트도 쌀죽도 아닌 것이 뭐 얼마나 대단하게 만들어지겠어? 진짜 별거 없다는 거 만 천하에 까발려 줄 테니 어디 두고 보라지!

"먼저, 이화주의 전용누룩인 이화곡부터 만들어 보도록 하죠. 이건 멥쌀 1kg를 불려서 가루 낸 겁니다. 여기에 물 250ml를 골고루 섞으세요."

"쌀가루 양에 비해 터무니없이 물 양이 적은 거 아닌가요?"

"그게 이화곡 레시피 정량 맞습니다. 멍울 안 지게 손으로 살살 풀어 주면서 하십쇼."

오 주임이 쌀가루를 반죽하는 사이 동주는 대야와 고운체를 준비했다.

"이제 이 고운체에 그걸 내리십시오."

"아니, 잠깐! 물을 섞은 쌀가루를 고운체로 내리라고? 뭔가 순서가 바뀐 거 아니에요?"

"아뇨. 정확한 순서입니다. 이화주의 부드러운 식감의 비결이 바로 이 고운체거든요. 다 되게 되어 있으니 걱정 말고 계속하시죠."

'이, 이게 뭐야!'

물에 젖어 축축한 쌀가루 1kg를 고운체로 내리는 작업. 반도 안 해서 팔이 빠질 듯했다. 매정하게도 동주는 옆에서 팔짱 끼고 구경만 했다.

시간이 흘러.

오 주임이 헥헥거리며 쌀가루를 전부 내리자, 동주는 바로 다음

단계로 넘어갔다.

"이제 쌀가루를 두 손으로 한 움큼 뭉쳐 엄지로 눌러 가면서 오리 알처럼 반죽하면 됩니다."

동주는 시범 삼아 이화곡을 하나 뭉쳤다. 물이 쌀 양의 4분의 1밖에 안 들어갔는데도 돌려 가며 뭉쳐 주니 오리 알처럼 되었다.

"개당 횟수는 70회 정도가 적당합니다."

쌀가루 1kg를 다 뭉칠 때까지 70회를 무한 반복하란 말이었다.

또 시간이 흘러.

"오! 처음인데 되게 이쁘게 잘 만드신다."

오 주임이 피와 땀으로 빚은 오리 알들을 보며 동주가 한가롭게 감탄했다.

"이제 이걸 3주 정도 띄우면 이화곡이 된답니다."

'휴…….'

동주가 이화곡을 들고 나가자 오 주임은 속으로 안도했다. 그러나 동주는 잿빛으로 물든 이화곡을 한가득 가지고 돌아와 오 주임 앞에 턱 내려놓았다.

"3주 된 이화곡으로 마저 실습하실까요? 상품 이화주는 하얀색이나 아주 연한 노란색을 띠지요. 양질의 이화주를 위해 표면에 핀 곰팡이를 말끔하게 깎아 주십쇼."

'으, 으아아악!'

속으로 마구 비명을 질러 대도 소용없었다. 오 주임은 손끝이 시커멓게 되도록 이화곡 표면을 깎아 낸 뒤, 절구질까지 해야 했다.

"자, 이제 본 게임으로 넘어가실까요? 이화곡을 만들었으니 이제 이화주를 빚어야죠."

"저기…… 좀만 쉬었다 하면 안 되나요?"

"죄송합니다만 시간 관계상 그건 곤란하겠군요. 이화주는 구멍떡 방식으로 만듭니다."

일련의 과정을 브리핑해 드리자면, 찹쌀 1kg에 500ml의 물을 넣고 구멍떡을 빚어 삶은 후에, 그걸 으깨어 식히고, 이화곡 가루를 투입해 반죽하고 입항하면 끝입니다.

아, 참고로 하다 보면 반죽이 고무처럼 질겨져서 손을 꽉 물고 놔주지 않는답니다. 하하하.

"아니, 다시 으깰 거면 떡은 뭐 하러 빚어요!"

"구멍떡은 물 투입량을 최소화하면서 쌀을 최대한 호화할 수 있는 방식이거든요. 이런 과정을 거쳐야 비로소 요거트 식감이 나면서 잔당이 많은 이화주가 얻어지는 겁니다."

구멍떡을 빚기 전, 동주가 문득 생각났다는 듯 머리를 긁적이며 웃었다.

"아하하, 죄송, 죄송. 제가 하나 빼먹은 게 있네요. 아까 빻은 이화곡도 고운체로 내려 주셔야 하는데."

"으아악! 무슨 놈의 고운체를 이렇게 좋아하는 거야!"

멘탈이 박살 난 오 주임을 지켜보며, 동주는 예전에 성진과 나눈 대화를 떠올렸다.

'동주야. 내가 체험 프로그램을 운영하는 가장 큰 이유가 뭔지 알아?'

'어…… 찾아가는 양조장 선정될 때 가점 받으려고 하는 거 아냐?'

'그런 것도 있지만, 사실 가장 큰 이유는…….'

"오 주임님. 직접 만들어 보시니 어때요?"
"죽을 것 같습니다. 이화주가 이렇게 만들기 빡센 술인 줄 몰랐어요."
"이런 생각 드시지 않나요?"
이만하면 한 병에 만 2천 원도 참으로 싸다는 생각 말입니다.

❈ ✱ ❈

오 주임이 땀을 뻘뻘 흘리며 이화주를 빚고 있을 즈음. 선샤인 호텔 7층 한식당에선 '프리미엄 막걸리 시음회'가 진행되고 있었다.
테이블마다 첫햇살 막걸리와 다채로운 한식 요리가 차려졌다. 눈앞의 산해진미를 방치한 채, 성진은 열심히 핸드폰을 들여다보았다.
"흠. 여긴 다 좋은데 역에서 너무 멀고……."
유리가 말한 예산을 바탕으로 짬짬이 이사 갈 집을 찾아보았다. 여차하면 자신이 모종의 이벤트를 준비하느라 수년간 모아 둔 돈도 보탤 생각이었다.
"복성진 씨. 핸드폰으로 뭘 그렇게 열심히 봅니까?"
귀에 익은 목소리에 성진은 핸드폰에서 눈을 뗐다.
"아, 부사장님 오셨습니까."
그 뒤에 강두현도 있었다. 배다른 형제 사이에 고급 슈트 차림의 노년 신사가 우뚝 섰다. 선샤인그룹 총회장 김두원. 대한민국 국민이라면 누구나 한 번쯤 TV로 존안을 접했을, 재계에서 다섯 손가락 안에 드는 거물.

내가 아는 또 하나의 재계 콩가루 집안 납셨군. 성진은 속으로 실소했다.

"아버지, 이 친구는 농업회사법인 참술의 복성진 팀장입니다. 예전에 선샤인주류 기획개발팀에서도 근무했었지요."

"안녕하십니까, 회장님. 직접 만나 뵙게 되어 영광입니다."

"자네가 그 복성진이로군. 전통주 강의를 그렇게 잘한다고 소문이 자자하던데."

"워낙 탐나는 친구라 제가 요새 끈질기게 러브콜을 보내고 있답니다."

"오, 두빈이 네 인재풀에 들 정도면 보통내기가 아닌데."

"복성진 씨를 영입하게 되면 선샤인주류 기획개발팀장직을 맡길 생각입니다."

"부사장님. 그건 너무, 부사장님만의 독단 아닌지요?"

김두빈이 회장에게 은근슬쩍 운을 떼자, 두현도 가만히 있지 않았다.

"선샤인주류 기획개발팀은 대한민국 주류문화를 선도하는 부서입니다. 그 팀의 수장이 되려면 단지 강의 능력만 좋다고 될 게 아니라 회사에서의 공적, 조직 충성도, 개인의 도덕성 등이 종합적으로 검증돼야 하지 않을까요? 모든 면에서 합당한 사람이 팀장이 되어야 팀원들도 납득할 거고, 직원 사기가 저하되는 일이 없을 겁니다."

"그건 두현이 말이 맞다. 능력도 물론 중요하다만, 회사에 공헌한 바가 커야 직원들도 상사의 권위를 존중하는 법이지."

김 회장은 은근슬쩍 두현의 역성을 들었다.

3년 전 두현과 황금글라스 금유리와의 혼담이 결렬됐을 땐 실망을 금치 못했지만, 요새 혼외 자식에게 건 기대가 크다. 제가 평생토록 품어 온 청와대 만찬주의 로망을 이뤄 줄 거란 기대. 그 보상으로, 두현이 선샤인주류 기획개발팀장직을 원한다는 걸 안다.

"모쪼록 선샤인주류에 있는 동안 우리 직원들 많이 가르쳐 주게."

미안하게 됐다고 말하려는 듯, 김 회장이 성진의 어깨를 툭툭 두드렸다. 성진은 선비적인 미소로 화답하며 생각했다.

어차피 줘도 안 할 거지만, 이 와중에 강두현 자식 겁나 뻔뻔한 거 보소.

너보다 내 기획안이 더 많이 채택됐었고. 나만큼 애사심 넘치는 놈도 없었고. 무엇보다도 네가 감히 도덕성을 운운해? 진짜 웃기지도 않은 자식.

"그나저나 복성진 씨는 식사 안 해? 혹시 음식이 맛이 없나?"

"아뇨, 맛이 없을 리가요. 우리나라 최고 한식당의 음식인데. 다만 제가 저녁에 중요한 약속이 있어서 그렇습니다."

두빈과 성진이 말을 주고받는 차에 김 회장이 끼어들었다.

"복성진 군. 자네가 보기에 이 시음회가 어떤 것 같은가?"

업계인의 시각으로 봤을 때, 이 정도 행사면 얼마나 높이 쳐주는지 궁금해 물은 말이었다.

성진은 두현 쪽을 흘끗 보았다. 시퍼렇게 내리뜬 눈이 역시나 제 입술을 주시하고 있었다.

"허심탄회하게 말씀드려도 됩니까?"

성진은 누구 씨 보란 듯 입술 끝을 올려 말했다.

"개인적으로 많은 생각을 하게 되더군요. 제가 이렇게 좋은 장소에서 프리미엄 시음회라는 이름을 내걸고 행사를 진행한다면, 과연 어떤 콘텐츠를 준비할 것인지."

"자네라면 다르게 구성할 거란 말인가?"

"네. 죄송한 말씀이지만, 이 행사는 프리미엄 막걸리 시음회보단 첫햇살 막걸리 무한리필 뷔페 정도로 칭하는 편이 어울릴 듯합니다."

"복성진, 지금 말 다했어? 어디다 대고 감히."

두현이 살벌하게 목청을 돋우자 두빈이 손을 들어 제지했다.

"보는 눈이 많으니 경거망동 마라. 너도 기획개발팀장직을 목표로 한다면 외부의 객관적인 평가에 귀 기울일 줄도 알아야지. 솔직히 난 복성진 씨가 정확하게 꿰뚫어 본 듯한데."

사나운 매들이 또 저들끼리 살벌한 싸움을 벌인다. 번잡스러운 하늘 아래, 성진은 제자리를 지키고 앉아 오로지 제 안의 소신에 집중했다.

"지금까지 제가 경험한 시음회들은 언제나 술이 주인공이었습니다."

성진은 화려하게 플레이팅된 요리들에 포위당하다시피 한 첫햇살 막걸리를 집어 올렸다.

"소규모 시음회라도 적어도 세 가지 이상의 시음주가 구비되곤 합니다. 비교 시음이야말로 그 술의 특징과 이미지를 가장 선명하게 전달하는 방법이니까요. 정 첫햇살 막걸리 단독 시음으로 진행한다면, 이를 베이스로 한 다양한 칵테일을 제공해도 좋았을 겁니다. 첫햇살 막걸리의 활용도와 가능성을 어필할 수 있으니까요."

"흐음……."

김 회장의 미간에 잘게 주름이 잡혔다. 쓴 약처럼 심기를 불편하게 하면서도 구구절절 옳은 말이다.

"그리고 음식 가짓수가 너무 많습니다. 저녁 약속만 아니면 저부터가 이 선샤인호텔 한식당의 걸출한 요리들을 전부 맛보겠단 일념하에 정신없이 먹기 바빴을 겁니다."

이 시음회가 끝나고 나면 첫햇살 막걸리가 어땠는지보단, 가장 맛있는 요리가 뭐였는지가 더 오래 기억에 남겠지.

"뭐, 귀하신 분들께 한 끼 식사 대접할 요량이라면 다들 만족스러워하시는 것 같습니다만."

초청받은 이들 대부분이 F&B 업계 주요 회사의 임원진. 하나같이 강두현의 야심찬 미래에 필요해 보이는 이들이었다.

친분 있는 사람끼리 적당히 모여 앉아 각자의 근황이나 비즈니스 대화를 나누었다. 막걸리를 한 병도 채 비우지 않은 테이블도 있었다.

시음회를 빙자한 사교 파티. 이 방만한 행사에서 술은 철저히 엑스트라였다.

"다양한 명주들과 마리아주를 이루는 음식. 지금 마시는 술과 관련된 심도 있는 대화. 이런 것들이 있어야 프리미엄 시음회란 타이틀을 달 만하다고 생각합니다."

확신 가득한 말이 김 회장의 마음에 불을 질렀다.

"그럼 어디 자네가 한번 추진해 보겠나? 일체의 비용은 내가 부담하지."

"회장님! 왜 그런 말도 안 되는……."

"그거 기대되는군요. 복성진 씨가 과연 어떤 콘텐츠를 선보일지."

뜻밖의 사태에 두현이 황당해하며 아버지를 만류하려 들자, 두빈이 재빨리 부추기는 말로 쐐기를 박았다.

"대신 선샤인호텔 한식당의 격을 충분히 살리는 행사여야 하네. 저 청은그룹의 이브닝에메랄드 호텔 따위에 결코 뒤지지 않게."

김 회장은 라이벌 기업을 향한 개인적인 억하심정을 곁들여 당부했다. 공교롭게도 올해 들어 그쪽 계열 호텔 한식당이 이곳을 제치고 미슐랭 가이드 3스타에 선정됐다. 전국의 명주들과 찰떡 마리아주를 이루는 요리를 만나 볼 수 있다는 이유로.

성진은 옅은 미소로 화답했다. 속으로는 한바탕 웃어 젖히고 싶었다. 이런 기회가 다 찾아올 줄이야. 매 싸움 구경하다가 황금 깃털이 얻어 걸렸다.

두빈이 비죽비죽 웃으며 말했다.

"선샤인그룹이 후원하는 행사인 만큼 첫햇살 막걸리도 꼭 라인업에 포함시켰으면 해. 우리 첫햇살 막걸리가 좋은 술들과의 비교 시음을 통해 특장점을 어필할 수 있게 말이야."

그 술이 전국의 명주들과 견주어지는 순간 얼마나 처참해질지 불 보듯 뻔하니.

"복성진 씨. 회장님이랑 부사장님이 그쪽 스케줄은 하나도 고려 않고 무리한 요구를 하신 것 같은데, 억지로 수락할 필요 없어요. 본인 양조장 업무도 바쁘지 않나?"

두현이 날 선 말로 김 회장의 변덕에 장단 맞추지 말라고 에둘러 경고했다. 성진이 능청스레 웃으며 되물었다.

"강두현 팀장님. 설마, 쫄리시는 건 아니겠죠?"

"뭐라고?"

두현의 험악한 되물음을 말끔히 무시한 성진이 '넌씨눈' 모드로 말했다.

“그런 것만 아니시라면야, 저는 전. 혀. 문제될 게 없습니다. 회장님께서 부족한 제게 모처럼 이런 값진 기회를 주셨는데, 날밤을 새우는 한이 있더라도 기쁜 마음으로 준비할 수 있습니다.”

“그 말은, ‘진정한’ 프리미엄 전통주 시음회 확실하게 추진하겠다는 건가?”

“네. 기대하셔도 좋습니다. 행여나 청은그룹 쪽에서 첩자를 보낸다면 깜짝 놀라서 엉덩방아를 찧게 해 주겠습니다.”

“허허, 이 친구 배포가 아주 마음에 드는군! 이만하면 안심하고 맡겨 보아도 되겠어.”

듣기만 해도 기분 좋아지는 말에 김 회장이 약주 한 잔 걸친 사람처럼 호탕하게 웃었다.

하늘같은 회장 아버지의 기분을 감히 잡칠 수는 없는 노릇이라, 두현은 그저 살기등등한 눈빛으로 성진을 쏘아볼 수밖에 없었다. 그 어마어마한 눈빛을 무시하며 성진은 생각했다.

역시나 사람 참 안 변하는군. 새삼 마음 쓰일 것도 없는 놈이지만, 오늘따라 좀 씁쓸한 생각이 든다.

만약 강두현이 이제 와서 제게 잘못을 빌며 선물 공세를 해 온다면, 어떤 기분일까?

상상만 해도 토가 쏠린다. 선물 안에 폭탄 같은 거 안 들었나 확인부터 해 볼 것 같다. 그런 정신적 피로를 감당할 바엔 이대로 쭉 원수로 지내는 편이 낫지 싶다.

3년 묵은 원수지간도 이럴진대, 그날 유리는 그 상황이 얼마나 견디기 힘들었을까? 큰오빠라는 사람 때문에 그녀의 어린 시절이 얼마나 참혹했던가를 생각하면, 당황스럽고 경멸스러운 정도를 넘어…….

무섭지 않았을까?

"죄송하지만 먼저 일어나 보겠습니다. 약속 시간이 거의 다 돼서요."

한시라도 빨리 유리를 봐야만 할 것 같았다.

❖ ✻ ❖

"아이, 유리 언니! 안 돼요, 안 돼! 주인공이 이렇게 일찍 오면 어떡해요!"

유리가 아젤리아 지하 계단을 반쯤 내려오자, 미나가 앞을 가로막고 섰다.

"오늘 이벤트 공지 보고 손님들 많이 오실 거야. 영업 준비는 나도 거들어야……."

"걱정 마세요! 다희 언니랑 평소의 2배로 밑 작업 해 놨거든요. 아직 꾸미는 중이니까 언니는 근처에서 한 30분만 놀다 오세요."

"헤헤, 이번엔 어떤 컨셉일지 기대된다."

"이따 성재랑 성혁이도 온대요. 미래의 형수님께 야심찬 선물을 준비했다나."

"어머나, 고마워라. 나한텐 와 주기만 해도 선물인데."

"뭐야, 너 벌써 왔어? 안 돼! 이건 반칙이야! 사장님, 썩 뒤로 가기를 누르지 못할까!"

중문 밖으로 나와 본 다희가 유리를 올려다보며 훠이 훠이 손사래를 쳤다.

"네에. 그럼 저 요 앞에서 기다리고 있을게요."

여름 초저녁 하늘이 청아한 쪽빛으로 물들어 간다. 바람이 솔솔 불어오고, 파릇하고 풍성한 나뭇잎이 창공을 비질하듯 쓸었다.

유리는 근처 가로수 그늘에서 기분 좋게 시간을 때웠다.

매년 생일, 유리는 특급호텔 출신 셰프와 파티셰가 솜씨를 부린 생일상을 받아 보았다. 생일 축가를 부를 때 사용인들 목소리가 가장 컸고 큰오빠는 입도 뻥긋하지 않았다.

오랜 세월 동안 유리에게 생일이란 산해진미를 앞두고 태어난 죄인이 되는 날이었다.

하지만 작년엔 아젤리아에서 최고의 생일파티를 했다.

아젤리아 오너 생일 기념으로 칵테일 반값 이벤트를 내걸었더니, 여러 단골들이 약소한 선물을 사 들고 찾아왔다.

성진과 쌍둥이 형제, 경민, 다희, 미나, 그리고 아젤리아의 손님들. 그 많은 사람들이 유리를 위해 입을 모아 생일 축가를 불러 주었다. 유리가 케이크 촛불을 훅 불어 끈 순간, 세상이 떠나갈 듯한 박수가 쏟아졌다.

녹아내린 눈 같은 눈물이 유리의 두 뺨을 적셨다. 제 생일을 진심으로 축하해 주는 사람들 앞에서 그러면 안 되었지만, 태어나길 잘 했단 감격은 난생처음이라 어쩔 수 없었다.

"유리야, 준비 다 됐어! 이제 내려와도 돼!"

"유리 언니! 어서 오세용!"

아젤리아 계단 입구에서 다희와 미나가 이쪽을 향해 손짓했다.

"네에!"

해맑게 대답하며 걸음을 떼 놓는 유리의 뒤편에, 검은 세단 한 대가 멈추어 섰다. 안에서 검은 정장 차림 사내가 박쥐처럼 튀어나왔다. 사내는 길쭉한 다리로 순식간에 유리의 뒤를 잡더니, 다짜고짜 손수건으로 그녀의 입을 틀어막았다.
"우읍!"
유리의 동공이 벌어졌다. 상황을 뒤늦게 인지한 그녀가 뜰채에 낚인 물고기처럼 몸부림쳤다.
"뭐, 뭐야? 유리야!"
"꺄아악! 유리 언니!"
마른하늘에 날벼락 같은 광경에 두 여자는 냅다 비명을 질렀다.
그런데 불현듯 또 다른 사내가 뒷좌석 문을 열고 나오더니, 유리를 붙든 남자의 뒷머리를 찰지게 후려갈겼다.
"얌마! 아가씨 입은 뭐 하러 막아! 우리가 무슨 인신매매단이냐?"
"아…… 죄송합니다. 저도 모르게 너무 몰입해서 그만. 대신 손수건에 아가씨 좋아하는 향수 뿌렸습니다."
뒤이어 나온 남자의 얼굴을 본 순간, 유리의 눈빛이 달라졌다.
"아가씨. 오랜만에 뵙자마자 이런 거친 방법으로 모시게 돼서 죄송합니다. 이렇게밖에 할 수 밖에 없는 저희를 용서해 주십시오. 이봐, 얼른 아가씨 차 안으로 모셔."
지시를 받은 사내는 유리를 뒤편으로 이끌었다. 유리는 별다른 저항 없이 차에 탔다. 공포감이 사라진 대신 써늘함이 자리한 눈빛으로.
그런 디테일까진 볼 수 없는 거리인지라, 다희와 미나는 더욱 난리가 났다.
"당장 경찰을!"
다희가 핸드폰을 꺼내 든 찰나, 검은 세단의 조수석 문이 열리고 낯익은 중년 신사가 뚜벅뚜벅 걸어왔다. 통화 버튼을 누르려던 다희는 넋이 나갔다.
“당신은…….”
황금글라스 금규석 회장. 유리의 아버지.
금 회장은 다희의 핸드폰에 찍힌 112를 보더니, 친히 손가락을 들이밀어 그 숫자를 지웠다. 벙찐 다희와 눈이 마주치자, 그분께선 검지를 코에 갖다 붙이며 묵음으로 속삭이셨다.
‘쉬이.’
그 나이 그 체면에, 영감님은 치명적으로 안 어울리는 윙크를 곁들이셨다.
툭.
다희의 손에서 떨어진 핸드폰이 깩 하고 단말마를 뱉었다. 이 정도로 손에 힘 빠지기도 참 오랜만이었다.
“어서 가지! 빨리 출발해!”
조수석에 탄 금 회장이 운전기사를 재우쳤다. 검은 세단이 배트카라도 빙의한 양 빠르게 사라졌다. 뒤늦게 정신이 돌아온 다희는 액정에 금이 간 제 핸드폰을 내려다보며 중얼거렸다.
“이거 실화냐…….”
방금 본 광경도, 개통한 지 2주 만에 비명횡사한 최신 기종 핸드폰도.

❖ ✱ ❖

“내가 찾았지만 진짜 예쁘다.”
조가비 문양 레이스 코스터. 성진은 바닷가에서 제일 예쁜 조개를 주운 것처럼 흡족해했다.

'으음, 뭔가 여름 분위기 나는 코스터 없으려나…….'

며칠 전 혼자 중얼거리며 열심히 핸드폰을 만지작거리던 유리의 모습이 아른거렸다.

아젤리아를 재오픈한 이래, 유리에겐 새로운 수집욕이 생겼다. 계절별로 예쁜 인테리어 소품 사 모으기. 손님이 가게가 참 예쁘다고 말해 주면, 자기가 그 말을 들은 것처럼 뿌듯해했다. 아젤리아가 곧 그녀고, 그녀가 곧 아젤리아니까.

말 못 할 외로움을 견디는 부적으로 강아지 목걸이를 사 모으던 금유리가, 3년 새 그렇게 바뀌었다.

바뀐 건 나도 마찬가지지. 성진은 혼자 웃음 지었다.

아젤리아로 가는 길목에 있는 팬시점에 참새 방앗간처럼 들렀다. 따로 준비한 생일 선물에 더하여 그녀의 품에 안길 것을 찾던 중, 이 코스터가 눈에 딱 들어왔다.

신기하기도 하지. 금유리 말 한 마디면 길가의 낙엽이라도 관심이 훅 기우니.

며칠 전 그런 일도 있었고 하여 더 마음이 쓰였다. 유리는 망원동 아파트로 들어가길 극도로 꺼렸고, 하루라도 빨리 이사 가길 원했다. 며칠째 두 사람은 호텔 신세를 지고 있었다.

그래도 오늘은 예쁜 네가 태어난 축복받은 날이니까, 괴로운 건 다 잊었으면 좋겠어.

성진이 잠시 걸음을 멈추고 생각하던 찰나.

툭.

어마어마한 속도로 내달리는 행인에게 팔을 치였다. 손에서 떨어져 나간 코스터가 간밤에 내린 빗물이 고인 웅덩이에 처박혔다.

"아, 이런!"

성진은 저를 치고 간 사람의 뒷모습을 황당하게 바라보았다. 달리는 모양새가 어지간히 급해 보이는지라 굳이 뒤쫓아 가서 따지기도 치사스러웠다.

"앞 좀 똑바로 보고 다니지."

성진은 툴툴거리며 손수건으로 코스터 포장지를 닦아 냈다. 포장되어 있어 망정이지, 하마터면 산 지 5분도 안 된 코스터가 얼룩질 뻔했다.

그 사소한 해프닝이 어떤 징조였던 걸까?

아젤리아에 도착하니, 다희와 미나가 바깥에서 발을 동동 구르고 있었다.

"왜 다들 여기서 이러고 있어?"

"성진 쌤…… 유리 언니가……."

울상을 한 미나가 불과 10분 전에 벌어진 일을 설명했다.

"……왜."

성진은 한동안 현실 인식이 안 되는 표정을 지었다. 다희가 딱한 듯이 그를 보며 물었다.

"혹시 유리가 너한테 얘기했어? 며칠 전에 유리 아버님 여기 다녀가신 거."

"아뇨, 그런 얘긴 전혀……."

성진은 눈을 희번덕이며 고개를 저었다.

"유리 아버님이 오셔서 무슨 말씀하시던가요?"

"그게……."

말해 주기 전 다희는 탄식을 삼켰다. 아마 유리는 너한테 이런 얘기까지 하게 될까 봐 더 말하기 싫었을 텐데.

"더 늦기 전에 빨리 결혼해야 하지 않겠냐는 그런…… 얘기."

"저에 대한 언급은 없으시던가요?"

"그게…… 그분 오셨을 때 다른 손님들도 계셨거든요. 유리 언니 말로는, 체면 때문에 말 안 하셨을 거라고……."

미나가 우물쭈물 설명하는 가운데 다희의 한숨은 더욱 짙어졌다. 제3자조차도 뻔히 알겠는 걸 총민한 성진이 모를 리 없다. 방금 벌어진 일의 의미가 뭔지.

황금글라스 금 회장님의 사회적 체면에 복성진은 언급할 가치도 없는 남자이며, 언감생심 당신 딸과 미래를 공유할 주제가 못 되는 남자란 의미.

그 대단하신 회장님은 아예 없는 셈 치시려는 거다. 이 남자가 당신 딸과 한 지붕 아래 정 붙이고 살아온 세월을.

"이딴 거 살 시간에 빨리 오기나 할 걸. 그랬다면……."

성진의 손아귀에서 조가비 코스터가 처참하게 구겨졌다. 팬시점에 들르지만 않았어도 유리가 끌려가는 걸 막아 볼 수 있었을지 모른다. 세상 더없이 소중한 그녀의 생일에 행복 한 스푼 얹어 주려던 마음 때문에 오히려 그녀를 놓쳐 버렸다.

"서, 성진 쌤. 너무 걱정하지 마세요. 아무리 그래도 유리 언니 아버지가 언니 싫다는데 억지로 다른 남자에게 시집보내진 않으시겠죠. 서, 설마…… 지금이 무슨 조선시대도 아니고……."

미나는 성진을 위로한답시고 말을 꺼냈지만, 확신을 실어 말하지는 못했다. 모두가 21세기 대한민국을 살아가는 가운데 유독 저들만 조선시대인 곳이 재벌가 담벼락 안이 아니던가.

심지어 그놈의 집안은 오빠가 외가 사촌 뒤에 숨어 여동생을 감시하는 충격적인 일까지 벌였다. 모든 걸 안 유리가 집안의 통제를 벗어나기 전에 납치라는 초강수를 둔 거겠지.

"정말 죄송해요. 제가 차도에 뛰어들어서라도 막았어야 했는데……."

애꿎은 미나가 자꾸 죄스러워하자, 성진이 허탈하게 웃으며 고개를 저었다.

"아무리 그래도 그런 말은 하는 거 아니야."

"하필이면 이것도 떨어뜨리고 가서……."

다희가 내민 유리의 핸드백에 그녀의 폰이 들어 있었다. 성진이 작년 유리 생일에 선물한 핸드백. 성진과 커플로 맞춘 핸드폰 케이스. 그런 것들이 모두의 가슴에 아프게 와닿았다.

성진은 아랫입술을 꾹 씹어 물었다. 자신의 존재가 그 대단하신 회장님께 철저히 부정당한 건 어디까지나 둘째 문제였다.

우리 유리가…… 불과 10분 전만 해도 최고의 생일파티를 기다렸을 텐데. 다희와 미나가 아젤리아를 얼마나 예쁘게 꾸며 놨을지, 얼마나 많은 친구와 손님들이 와 줄지, 어떤 선물이 쏟아질지, 잔뜩 기대하고 있었을 텐데.

그 마음을 짓밟히고 끌려가는 그녀의 표정이 어땠을지 눈에 선해서. 그 심정이 어땠을지 날카로울 만치 선연하게 가슴에 박혀 들어서. 성진의 심장은 아까 전 조가비 코스터를 빠트렸던 웅덩이보다 깊은 곳에 처박혔다.

❈ ✱ ❈

"아가씨……."

무려 3년 만에 집에 돌아온 유리를 보며 김 씨 아주머니가 울먹였다.

"왜 이제 오신 거예요. 저 안 보고 싶었어요?"

오너 일가이기 전에 제 딸 같은 아가씨였다. 어렸을 때부터 손에 물 한 방울 묻지 않게 모셨다.

제 손길이 닿지 않는 곳에서 아가씨가 도저히 사람 사는 꼴을 하고 살 것 같지 않았다. 그래서 지난 3년간 하루하루 회장님이 야속하고 원망스러웠다.

내쳐진 본인은 오죽했을지.

"그동안 걱정 끼쳐 드려서 죄송해요."

유리는 김 씨 아주머니와 잠시 포옹을 나누었다. 매일같이 찬바람이 부는 이 집 안에서 그나마 의지할 수 있었던 거의 유일한 사람이었다.

이윽고 금 회장이 오 실장을 대동하고 들어와 유리와 마주 섰다.

"저…… 아가씨?"

많이 놀라고 화도 나셨겠지만, 그래도 회장님 안전에서 고개는 들어 주시는 게…… 오 실장이 조심스레 말을 꺼내려던 차, 오는 내내 말이 없던 유리가 서늘하게 되물었다.

"제가 왜 오 실장님 아가씨인가요?"

"아, 아가씨!"

"3년 전에 짐 싸서 이 집을 나간 순간부터, 저 이 집안 사람 아니잖아요. 아버지께선 제가 더 이상 이 집안에서 보이지 않게 하라셨고. 전 여전히 여러분한테 아가씨라 불리면 안 되는 여자예요."

말은 제게 하지만, 실은 금 회장에게 하는 말임을 오 실장은 모르지 않았다.

"아무리 그래도 그게 말이 됩니까! 그땐 회장님께서도 워낙 진노가 크셔서……."

오 실장이 오너의 입장을 대변할 말을 찾던 차, 금 회장이 유리에게 불쑥 다가섰다.

무려 3년 만에 그는 딸을 품에 안아 보았다.

"미안하다. 이 애비가 실언을 했다."

"……."

"오 실장 말대로 3년 전엔 내가 너무 화가 나서 제정신이 아니었다. 네가 아무리 큰 잘못을 했어도 애비로서 딸한테 해선 안 될 말까지 하는 바람에, 우리가 이 지경이 됐구나."

아버지의 품에 안긴 유리는 크게 숨을 몰아쉬었다. 뺨에 닿은 고급 슈트의 감촉은 뻣뻣했고, 머리 위로 쏟아지는 아버지의 숨결은 뙤약볕처럼 뜨거웠다.

"여기가 네 집이고, 네가 내 딸, 네 엄마 딸이란 사실은 하느님이라도 바꾸지 못할 거다."

유리의 눈꺼풀이 파르르 떨렸다. 너무 오랜만이라 이제야 기억이 났다. 실망의 벽이 높다랗게 쌓이기 전엔, 종종 이렇게 안아 주기도 하셨지.

"모처럼 네 집에 왔는데, 마음 좀 놓았으면 좋겠구나. 네가 여기서 그렇게 객처럼 눈치 보고 하면 내가 도저히 버틸 수가 없어. 이 애비도 이제 나이를 먹었어. 이 녀석아……."

금 회장은 애타는 목소리로 딸의 마음을 붙잡으려 했지만, 유리의 마음은 모래처럼 주르르 미끄러져 내렸다.

죄송해요. 아버지.

손에 물 한 방울 안 묻게 떠받들어 주는 사용인들 하며, 먹을 것 입을 것 모두 최고급으로 넘쳐나는 이 집에서, 저는 여전히…… 눈치가 보여요.

토할 정도로 제게 많은 걸 주신 아버지께, 차마 말씀드릴 수 없으니까요.

당신이 제게 바라시는 것과, 제가 할 수 있는 건 다르다고. 당신이 원하시는 딸과, 제가 추구하는 제 자신이 너무…… 다르다고. 그 사실이, 집을 나와 보니 더욱 명확해졌다고.

지금도 보세요.

3년 만에 저를 찾은 아버지는, 여전히 저와는 아주 다른 미래를 보고 계시잖아요.

저더러 도저히 살아가지 못할 삶을 살라고. 제가 결코 사랑하지 못할 남자와 결혼하라고.

제 삶의 터전이 된 가게에서 저를 끌어내셨고, 제가 유일하게 사랑하는 남자한테서 떨어트려 놓으셨잖아요.

지금도, 제가 사랑하는 것들에 대해선 단 한 말씀조차 없으시잖아요. 말할 가치도 없다는 듯이.

제가 사랑하는 지금의 제 자신이, 당신께는 여전히…… 사랑받을 가치도 없다는 듯이…….

"흐윽……."

아버지의 품에서 유리는 두 손으로 입을 틀어막았다. 복받쳐 나오는 울음을 참지 못했다.

"유리야, 미안하다. 서운한 거 있으면 그렇게 입을 막지 말고 얘기를 해. 이 애비가 뭐든 다 들어 주마."

안타까워하는 금 회장의 말에 오히려 목구멍이 꽉 막혔다.

어차피…… 제가 아젤리아로 돌아가고 싶다고 하면, 밤일하는 직장은 안 된다고 하실 거잖아요. 오너 바텐더 금유리로 돌아가고 싶다고 하면, 술집 여자는 안 된다고 하실 거잖아요.

복성진이랑 결혼하고 싶다고 하면…… 반도 듣기 전에 제 심장이 갈가리 찢겨 나갈 말씀만 하실 거잖아요.

말해도 들어 주지 않으실 텐데, 어떻게 말해요?

차라리 아무 말도 못 하는 대로, 더 이상 아무 말도 하기 싫은 대로 두세요.

"미안하다 아가. 내가 그동안 너무 야속했지?"

'지금도 야속하세요. 정말…… 너무하세요.'

3년 만에 한 지붕 아래서 포옹을 나누었지만, 부녀의 마음은 하늘까지 치솟은 차단막에 가로막힌 도로처럼 지독한 평행을 이루었다.

❈ ✲ ❈

"아가씨, 아침 드셔야죠."

아침 6시. 김 씨 아주머니가 조심스레 방으로 들어와 유리를 깨웠다.

"아가씨……."

유리는 침대에 누워 미동도 하지 않았다. 3년 전 같으면 당장 외출해도 되게끔 몸단장을 마치고 식탁에 집합했을 시각이다.

열린 문으로 들이치는 빛 때문에 유리는 눈을 질끈 감고 뇌까렸다.

"아주머니. 저 지금 일 마치고 자는 시간이에요."

그 한마디로 유리는 지난 3년 새 자신이 얼마나 다른 사람이 되었는지 일축했다.

"아가씨는 안 드시고 주무시겠다고 합니다."

잠투정을 하면서 아침 식사를 거르는 일. 예전의 유리 같으면 상상도 못 할 일이다. 역시 예전 금 회장이었다면 호되게 경을 쳤으리라.

그러나 금 회장은 한숨을 뱉으며 고개를 끄덕였다.

"안 먹겠다는 걸 억지로 먹일 수는 없지. 더 자게 두게."

"네……."

"내 카드 줄 테니, 이따 유리랑 백화점 좀 다녀와 주게. 갖고 싶은 거 있다고 하면 뭐든 사 줘요. 인형 옷도 좋고, 강아지 목걸이도 좋으니."

하루 이틀 선물 공세로 딸의 마음이 풀리지 않으리란 걸 알지만. 백화점 쇼핑을 소일거리처럼 일삼았던 녀석이 지난 3년간 어울리지 않는 근검절약을 실천했을 걸 생각하니, 황금글라스 금규석의 딸이 하지 않아도 될 걱정거리에 시달렸을 걸 생각하니 가슴이 미어졌다.

그동안 해 주지 못한 것들을 해 주며 딸의 입을 봉한 실을 풀어내리라. 딸의 말문이 트이면, 진지한 대화를 나눠 봐야겠다.

금 회장은 밥알을 모래알처럼 씹으며 생각했다.

❖ ✱ ❖

"아가씨, 정말 사고 싶은 게 하나도 없으신 거예요?"

대한민국에서 해외 명품 신상이 가장 빨리 입고되는 백화점 명품관. 3년 전만 해도 일주일에 사흘꼴로 출근 도장을 찍었다. 할 줄 아는 게 그거뿐이었으니까.

유리는 침침한 눈을 슥 비볐다. 쏟아지는 조명 때문에 눈이 아프고 정신이 어수선했다.

"아가타 매장은 안 가 보셔도 돼요? 그동안 신상이 엄청 많이 나왔는데. 아, 그러고 보니 아가씨 지금 하신 목걸이……."

김 씨 아주머니가 유리의 목에 걸린 자수정 은술병을 뒤늦게 발견했다.

"그건 어느 브랜드 제품이세요?"

"브랜드는 아니고, 공방에서 주문 제작한 거예요."

"정말 예뻐요! 누구한테 선물 받으신 건가요?"

대답 대신 유리는 목걸이를 더없이 소중하게 거머쥐었다.

"저…… 아주머니. 죄송한데 잠깐 핸드폰 좀 빌려주시면 안 될까요? 제 핸드폰을 떨어뜨리고 와서."

"아, 네네. 쓰세요. 근데 누구랑 통화하시게요?"

"그냥…… 바 직원한테요. 제가 갑자기 이렇게 떠나 와서 걱정 많이 하고 있을 거예요."

핸드폰을 받아 든 유리는 저를 멀뚱히 보는 김 씨 아주머니에게 넌지시 말했다.

"죄송한데 잠깐만 자리 좀 비켜 주실 수 있나요? 좀 사적인 얘기라……."

김 씨 아주머니가 망설이는 눈빛을 하자 유리는 얼른 덧붙였다.

"어디 도망 안 갈게요. 다른 사람은 몰라도 아주머니를 곤란하게 해 드리진 않을 거예요."

김 씨 아주머니와 떨어진 곳에서 유리는 외워 둔 번호를 눌렀다. 신호음 두 번 만에 연결이 됐다.

– 여보세요? 혹시 유리야?

다급하게 묻는 목소리가 걸걸하게 갈라진다. 딱 듣기에 적잖은 마음고생이 실렸다. 유리는 울컥거림을 간신히 삼키고 말했다.

"응. 성진아, 많이 놀랐지? 미안해……."

– 지금 어디야?

지옥이라 말해도 그는 한달음에 달려올 기세였다.

"여기? 압구정 갤러리 백화점 명품관. 후훗, 아버지가 그동안 밀린 쇼핑 하라고 카드도 주셨어."

웃음 섞인 말소리를 내자 저편에서 무거운 침묵이 흘렀다. 지금 그녀가 웃는 게 웃는 게 아님을 뻔히 알아서이리라.

"성진아. 글쎄, 금유리 3년 새 완전 다른 사람 다 됐지 뭐야."

명품백, 주얼리, 구두…… 예전엔 여기서 눈 돌아가는 대로 손에 잡히는 대로 지르는 게 일상이었는데. 문턱이 닳도록 드나들어서 여기 직원보다 이곳을 더 잘 알 정도였는데.

"간만에 오니까, 눈에 들어오는 게 하나도 없어. 네가 작년 생일에 사 준 백보다 예쁜 백이 없고, 네가 준 목걸이보다 예쁜 게 하나도 없어. 괜히 비싸기만 하고. 도대체가 명품 맞나 몰라."

유리는 핸드폰을 귀에 댄 채 헤실헤실 웃었다.

"진짜…… 내가 지금 여기서 대체 뭐 하고 있는 건지 모르겠어. 대낮에 돌아다니는 바퀴벌레가 된 기분이야."

예전의 나, 지금 생각해도 너무 부끄럽고 한심해. 두 번 다신 돌아가고 싶지 않을 만큼. 이렇게 부끄럽고 공허한 줄도 모르고, 어떻게 얼굴 들고 다녔나 싶어.

너 아니었으면, 내가 과연 이렇게 달라질 수 있었을까?

– 야. 네가 왜 바퀴벌레야? 비유를 해도 꼭…….

저편의 성진이 기가 막힌다는 듯이 한 소리 했다.

– 차라리 올빼미라고 하자. 올빼미 중에서도 그 깃털 하얗고 진짜 예쁜

녀석 있잖아.

이 와중에 제가 아는 야행성 동물 중 가장 예쁜 녀석을 갖다 붙이려는 그 때문에 웃음이 났다.

“헤헤, 진짜 눈 부셔 죽겠다.”

– 넌 그래? 난 지금 눈앞이 캄캄한데…….

성진의 목소리가 잠겼다. 유리 목소리를 들으니 더욱 미쳐 버릴 노릇이었다.

“성진아. 너무 걱정 말고 기다려. 오늘 아버지한테 잘 말씀드려서 어떻게든 빠져나와 볼게.”

억지로 끌려온 마당에 호락호락 탈출할 수 있을 것 같지는 않지만. 뒷말을 삼킨 유리가 소리 죽여 숨을 고르던 차.

– 유리야. 나한테 생각이 있어.

성진이 낮고 단단한 목소리를 냈다.

❖ ✻ ❖

유리가 본가에 잡혀 들어왔단 소식을 듣고, 규진은 눈앞이 캄캄해졌다.

‘아버지께서 결국 다 아셨나 보구나.’

유리와 함께 사는 그 남자의 존재. 이 지경이 될까 봐 아버지의 굳건한 믿음을 배반하면서까지 숨겨 왔건만. 기어이 본가 사용인에게 포착되어 아버지께 보고가 들어간 모양이다. 그러니 아버지께서 이리도 급작스럽게 유리를 본가로 끌고 오셨을 테지.

한밤중에 규진은 급하게 차를 몰아 본가로 향했다. 선의의 거짓말이란 미명도 갖다 붙일 수 없는 자신의 비겁한 진실 은폐가, 결국 사태를 최악으로 치닫게 했다.

저를 향하던 유리의 경멸 가득한 눈초리가 떠올랐다. 여동생은 지난 세월 가족한테 감시당했다고 오해하고 있다.

이런 상황에 아버지가 유리와 그 남자를 갈라놓으려고까지 하시면…… 이번에야말로 부녀 관계는 돌이킬 수 없는 강을 건너고 말 거다.

자신이 유리에게 인간 대접 받는 건 포기했다. 그러나 아버지까지 그렇게 되는 건 차마 두고 볼 수 없다.

예전만 해도 다붓했던 부녀지간을 갈라놓은 건, 저니까. 연약한 유리의 날개를 꺾어 아버지의 기대에 부응 못 하게 했으니까. 그렇게 둘 사이를 멀어지게 했으니까.

이런 도움마저도 유리는 원치 않을 테지만, 어떻게든 아버지를 설득해 볼 참이다. 오빠로서 해 줄 수 있는 마지막 도리 같아서.

"아버지……."

사용인이 열어 준 현관문을 열고 응접실로 들어오니, 아버지 금 회장이 눈앞에 서 계셨다.

"오, 규진아. 유리 보러 온 거냐?"

규진은 아버지의 흔쾌한 인사가 당혹스러웠다. 눈 마주치기 무섭게 호된 질책이 날아오리라 생각했건만, 금 회장은 섬뜩하리만치 평온해 보였다.

"아버지. 긴히 드릴 말씀이……."

규진이 응어리진 말들을 꺼내려던 찰나, 유리가 계단으로 내려왔다. 그녀는 곧바로 규진의 시선을 피했다. 내리뜬 눈이 냉연하기 그지없었다.

"오, 유리야. 아까 백화점에서 산 옷이냐? 정말 잘 어울리는

구나.”

자수 원피스에 여름 레이스 카디건. 백화점 명품관에서 산 것치고 수수한 감이 있지만, 딸의 단아한 자태가 금 회장의 눈에 흡족하게 찼다. 김 씨 아주머니는 지금 아가씨가 걸친 것이 아울렛에서 집어 온 균일가 옷이란 사실을 함구했다.

‘저렇게 입고 맞선을 봐도 제법 괜찮겠어.’

금 회장은 마냥 흐뭇한 생각을 했고.

‘지금 당장 어디 나가려고 입은 것 같은데…….’

규진은 아뜩한 데 생각이 미치던 차.

띵동.

한밤중에 차임벨이 울렸다. 규진과 달리 예고에 없던 방문이었다.

“누구십니까?”

김 씨 아주머니가 인터폰을 귀에 대고 물었다.

“네? 유리 아가씨 손님이시라고요? 저…….”

그녀가 눈을 댕그랗게 뜬 채 무언가 더 물으려던 찰나.

삑.

유리가 다짜고짜 도어록 해제 버튼을 눌렀다.

“유리 아가씨…….”

김 씨 아주머니가 어안이 벙벙하여 유리를 보았다. 제가 잘못 들은 것이 아니라면, 인터폰으로 들려온 목소리는 분명…… 남자였는데.

사용인들이 뜨악하게 지켜보는 가운데, 유리는 직접 현관문을 열어젖혔다. 이윽고 한 청년이 응접실로 들어섰다.

“아…….”

그를 보자마자 규진은 탄식을 삼켰다.

남자는 들어오자마자 유리를 지그시 보았다. 마치 대화하는 듯 눈빛을 주고받은 남녀는 금 회장 앞에 나란히 섰다. 유리가 그에게 나직이 귀띔했다.

"성진아. 우리 아버지셔."

남자는 금 회장을 향해 정중히 허리를 숙인 후, 고개를 똑바로 들었다.

증류 소주처럼 쨍하니 맑고 뜨거운 기운을 발산하는 눈. 초면의 청년과 눈이 마주친 순간, 어떤 본능적인 예감에 금 회장의 등줄기가 바짝 굳었다.

KODAK PORTRA 400
KODAK PORTRA 400

## 9.
## 제가 몸이 많이 달아서요

'저 집에 우리 학교 애가 산대.'

중학교 1학년 때였던가. 친구들과 무리 지어 놀러 가던 길에 한 녀석이 말했다. 위로 한껏 치켜든 손가락 끝에 성채 같은 저택이 있었다. 돌담 너머로 보이는 건 그 집 지붕과 나무 우듬지, 파르스름한 하늘뿐이었다.

'저기가 5반에 있는 K그룹 회장 손자 집이었나?'
'아닐걸? 내가 알기론 우리 반…….'

성진은 친구들의 설전을 한귀로 흘렸다. 우리 학교에 잘사는 집 애가 한둘도 아니고. 저 집에 누가 살건 어차피 나하곤 평생 상관 없을 텐데.

18년 후. 성진은 다시 그 저택 대문 앞에 서게 되었다.

"유리네 집이, 여기였구나."

자세히 눈에 담으니 기억보다도 삭막한 집이었다. 세상과의 단절을 부르짖듯 높이 솟은 화산석 담벼락이 보기만 해도 숨이 막힌다. 저 안에 사랑마저 없다면 얼마나 감옥 같을지.

여름밤의 후텁지근한 바람이 유리의 울적한 한숨 같다. 성진은 얼른 차임벨을 힘주어 눌렀다.

육중한 성문이 열리고, 기화요초와 수석들로 가득한 정원에 눈길 한 번 안 주고 지나쳐, 성진은 황금글라스 금규석 회장의 저택에 입성했다.

사용인들이 양옆으로 도열했다. 왼편에는 오 실장, 오른편에는 규진을 낀 금 회장이 성진을 건너보았다. 흡사 황제가 외국의 사신을 접견하는 장면 같았다.

"짐 이리 주셔요."

김 씨 아주머니가 성진의 손에 들린 쇼핑백을 덜어 갔다. 안에 든 건 채운 시리즈 4종 선물세트. 작년 추석부터 판매 개시한 참술의 첫 패키지였다.

오늘 같은 날이 온다면, 머리부터 발끝까지 멋지게 보이고 싶었다. 정장도 새로 빼 입고, 처가댁 첫 방문 선물의 정석이라는 한우 선물 세트 사 들고, 여러 날 맹연습한 미소를 탑재한 채, 당당하게 그녀의 아버님을 뵙고 싶었다.

마침내 당신 딸을 잘 부탁한다는 최고의 결혼 승낙을 받아 내고 싶었다.

하지만 그건 다른 세상에서나 가능할 법한 일이다. 유리가 황금글라스 회장의 딸이기 전에 귀여운 막내딸이자 여동생으로서 듬뿍 사랑받아 온…… 애련한 상상 속의 세상.

유리 아버님, 한눈에 봐도 미소가 박해 보이시는 분. 의도적으로 말을 아끼시며 첨예한 눈빛을 휘둘러 중압감을 행사하시는 분.

그녀의 아버지이기 전에 회장님인 분의 시험대 위에 오르는 것이, 자신의 현실이었다.

성진은 곁에 있는 유리를 살폈다. 제 집인데도 불안감이 서린 그녀의 눈을 보고 있으려니, 긴장감을 거뜬히 넘어서는 어떤 화한 감정이 생겨났다.

"처음 뵙겠습니다, 아버님. 저는 복성진입니다. 유리와는 중고등학교 동창지간이고, 유리가 운영하는 홍대 아젤리아에서 바 매니저 일을 했습니다. 지금은 충남의 전통주 양조장에 근무하고 있습니다."

그리고 3년째 따님과 한 지붕 아래 살고 있는, 그녀의 연인입니다.

성진은 뒷말을 삼켰다. 어차피 다 아시고 유리를 끌고 오셨을 터, 굳이 덧붙인들 회장님 심기만 거스를 테지.

금 회장이 대뜸 물었다.

"우리 유리하고 학창시절에 그 정도로 절친한 사이였나?"

"중학교 1학년 때 같은 반이었습니다만, 솔직하게 말씀드리자면 그땐 많이 친하진 않았습니다."

"그럼, 우리 딸하고는 어찌 연이 닿아 술집을 차리게 된 건가?"

"제가 원래 선샤인주류에 근무했었습니다. 3년 전 불미스러운 일로 직장을 그만두게 되었는데, 유리가 바 운영을 도와 달라고 했습니다. 사실상 따님께서 절 거두어 준 겁니다."

3년 전이라. 시기를 곱씹어 보는 금 회장의 미간에 금이 갔다.

"그때 유리는 한창 혼담이 오가는 중이었는데, 자넨 알고 있었나?"

"맞선을 본 사실까진 알고 있었습니다."

"허어, 술을 거의 입에 대지도 않던 아이가 대체 왜 하필 그 타이밍에……."

금 회장이 쌍심지를 켜고 성진을 보았다. 혹여 네가 바람 넣은 거 아니냐는 의혹의 시선임을 성진은 모르지 않았다.

네. 못해도 재벌가 사모님으로 살아갈 운명을 타고났고, 술에 대해 잘 모르고, 굳이 알지 않아도 되었던 황금글라스 금 회장의 고명딸 금유리가 조주기능사 자격증을 취득하고, 머리와 가슴에 수백 가지 술과 칵테일 레시피를 품고, 앞으로도 더 많이 알아가기를 희망하는 오너 바텐더 금유리가 된 것이, 환한 햇살 아래 누리던 것들을 버리고 밤의 세계로 건너온 것이…….

믿기지 않게도…… 시작은 저 같은 놈 때문이었습니다.

"자네가 이 오밤중에 찾아온 이유는 대강 알겠네만, 우리 유리는 원래 그런 일을 할 만한 아이가 아니네."

금 회장이 칼을 휘두르듯 손을 내저었다.

"바텐더가 유흥업소 종사자와 다르다는 걸 모르는 건 아니지만, 매일 새벽별 보는 업인 건 매한가지 아닌가. 술이 들어가는데 마냥 점잖은 손님들만 있지도 않을 테고. 백번 이해하려 해 봐도, 여자가 하기엔……."

"네. 말씀하신 대로 결코 쉽지 않고, 남자한테도 험난한 일입니다."

"무엇보다도 지금 유리 나이가, 본인 하고 싶은 대로 마냥 두기엔 너무 늦었어. 자네 같은 요즘 청년이 보기엔 불합리하게 비치는 부분도 있을 테지만, 유리는 일반인 처녀하곤 입장이 달라."
성진은 목구멍에 맺힌 열 덩어리를 겨우 삼켰다. '요즘 청년' 정도로 지칭되는 자신은 당신 딸에게 구혼할 자격조차 못 된다는 말씀. 차라리 직설적으로 거부당하는 편이 낫겠다는 생각이 들 만큼 잔혹한 화법이시다.

넝마가 된 심장을 간신히 추스르고, 사랑하는 여자의 아버지에게 간곡한 말씀을 올렸다.

"저 역시 처음엔 유리에게 이 일이 어울리지 않는다고 생각했습니다. 집으로 돌아가라 말려 보기도 했습니다."

처음 아젤리아를 차렸을 때 허둥대고 버거워하던 유리의 모습이 아련하게 떠올랐다.

"피부 관리도 못 받고, 백화점 쇼핑도 못 하게 되고, 집안일 봐주는 분도 없이 혼자 살면서 취객한테 희롱당하기도 하고, 미성년자 출입 때문에 경찰 조사까지 받고……."

다 지난 일이건만, 새삼 언급하려니 입안에 피가 고여 드는 듯했다. 유리가 겪지 않아도 될 고생을 겪을 때마다, 흘리지 않아도 될 눈물을 흘릴 때마다…… 그 누구보다 자신이 원망스러웠던 당시의 참담함이 되살아나서.

"그렇지만 유리는 단 한 번도, 그만두겠다고 말한 적 없습니다."

성진은 호소하듯 금 회장을 보았다.

"유리가 사업을 시작할 땐 주류업에 종사하는 제게 어느 정도 영향을 받았는지 몰라도, 가게를 여기까지 이끌고 온 건 본인의 역량이고 의지입니다. 2년 넘게 칵테일 바를 운영하면서 홍대에 자리 잡는 것이, 호기심만 있어서 될 일이 아닙니다."

돌담에 낀 민들레 홀씨를 보듯 유리를 보았던 때가 있다. 하지만 그녀는 험지에서 기적처럼 예쁜 꽃을 피워 냈다.

어두운 밤에 빛나는 꽃을 심듯 은은한 조명을 가게에 들였다. 아낌없이 베푸는 성정을 십분 활용해 수많은 손님들에게 활기를 나눠 주었다.

새벽별 보며 나가는 손님들을 웃는 얼굴로 배웅했다. 대화를 나눠 보면, 그녀는 늘 일의 고됨보다 보람됨을 이야기했다.

"유리, 진심으로 즐기면서 일하고 있습니다. 홍대 아젤리아 오너 바텐더 금유리일 때, 그 어느 때보다 행복해합니다."

가슴을 움켜쥐고 싶은 충동을 억누르고, 성진은 정중하게 말을 이어 갔다.

"전 그런 유리를 진심으로 존경합니다. 앞으로도 하고 싶은 일 마음껏 하게 도와주고 싶습니다. 그러니 아버님께서도 부디 유리 본인의 의지와 재능을 존중해 주시고, 이대로 계속 행복하게 일할 수 있게 해 주셨으면 좋겠습니다."

"자네가 뭐라도 되는 줄 아는가!"

기어이 금 회장이 역정을 냈다.

성진은 이를 사리물었다. 그 말씀보다 훨씬 아프게 박히는 건, 어느새 제 손을 꽉 쥐고 바들바들 떠는 유리의 손이었다.

미안해. 정말 미안해.

어디 내놔도 자랑스러운 남자인 네가, 고작 이런 취급을 받게 해서. 나보다 훨씬 나은 여자 곁에서, 인자하신 장인어른께 귀한 손님 대접받을 수 있는 너였는데…….

내가 널 무리해서 욕심내지 않았다면. 아니, 처음부터 내가 이 세상에 태어나지 않았다면.

이런 수모를 당하는 네가, 이 생에 존재하지 않았을 텐데…….

그녀의 괜한 죄스러움이 맞잡은 손을 통해 고스란히 전해져 왔다.

성진은 유리의 가녀린 손목을 따사롭게 휘감았다.

인간 복성진. 법 없이도 살 사람이란 칭찬쯤은 수없이 들어 봤고, 강남 8학군에서 과외 한 번 안 받고 전교 등수를 다섯 손가락 안으로 유지했었고, S대 식품공학과 나왔고. 대한민국 굴지의 주류대기업 선샤인주류에서 잘나갔었고. 우리 술 품평회 대상 수상한 술까지 만들어 냈다.

남부끄럽지 않게 최선을 다해 살았지만, 이 정도 가지곤 회장님의 왕자님 리스트에 이름을 올릴 수 없다는 걸 안다.

'그 대단하신 집안이 과연 널 사위로 받아들일 거 같아?'

윤수영이 굳이 이르집어 주지 않아도, 언젠가는 이런 날이 오리란 걸 알고 있었다.

오늘 같은 날이 오면, 유리 아버님께 뭐라고 말씀드릴지.

고민하고 또 고민해 봤지만.

"금유리가 제게 얼마나 넘치는 여자인지 너무 잘 압니다. 지금도 제가 훨씬 나은 사람이었으면 좋았을 거란 생각을 미치도록 하고 있습니다."

유리가 황금글라스 금규석 회장의 딸이 아니었어도, 제겐 가슴이 벅차오를 만큼 넘치는 여자다.

"하지만 감히 말씀드리건대, 아버님께서 생각해 두신 남자들 중 그 누구도 절대, 유리를 행복하게 해 주지 못할 겁니다. 저 같은 '요즘 청년'과 달리하여 선별하신 기준이, 집안이나 재력뿐이라면 말입니다."

유리가 행복해질 수 없었던 이유가 대체 뭘까? 이토록 으리으리한 집에서 공주님처럼 모셔지면서도, 백화점 명품관에서 마음껏 쇼핑하면서도, 누구나 한 번쯤 꿈꿔 볼 삶을 살아왔으면서도, 왜…… 조금도 채워지지 않은 채로 집을 뛰쳐나온 건지.

쟁쟁한 왕자님들 다 마다하고 왜 하필, 복성진을 선택한 건지.

합리적인 이유를 대는 건 그녀 자신도 불가능하리라.

하지만 네가, 이렇게 좋은 집보다 나랑 한 지붕 아래 있을 때가 더 행복하다면. 백화점 명품관의 휘황찬란한 명품백과 주얼리보다 내가 선물한 가방과 목걸이가 더 좋다면.

'복성진 아니었으면 나는, 영원히 최선을 다해 보지 못했을 거야. 살지 못했을 거야.'

'나 진짜 너 말고는 다른 남자는 절대로 좋아할 수 없었어. 아무리 노력해도 도저히 안 됐어.'

널 행복하게 해 줄 수 있는 남자가, 정녕 나뿐이라면.

다른 놈한테 보내진들, 너는 새장을 옮기게 될 뿐이겠지.

"예전에 유리에게 약속했습니다. 죽도록 행복하게 살아갈 방법, 함께 찾아보자고."

금 회장의 존안이 험상궂게 구겨졌지만, 성진은 조금도 굴하지 않고 열띠게 말했다.

"전 이제 따님 없이는 단 하루도 못 삽니다. 그래서 금유리한테 목숨 걸었습니다."

성진은 유리의 가는 팔목을 구명줄처럼 붙들었다. 누군가 이 귀한 여자와 함께 살아갈 주제가 뭔지 묻는다면.

"금유리를 죽도록 행복하게 해 주겠단 약속, 제 목숨을 걸고 평생 지켜 나갈 겁니다."

평생 고민한들, 할 말은 이것뿐이란 결론을 낸 지 오래다.

유리는 벅차오르는 감정을 주체 못하고 성진의 팔을 꽉 껴안았다. 이 남자는 어쩜 이렇게 행복에 행복을 더하여 줄 수 있는 걸까? 이보다 더 행복해질 수는 없을 거라고 믿는 중에도, 이 남자 덕에 더 큰 행복을 알게 된다.

비록 생일이 하루 지나 버렸지만, 너무나도 감사하다. 이 남자가 존재하는 이 세상에 태어난 것이.

연리지처럼 맞붙은 연인 앞에서, 금 회장의 동공이 지진을 일으켰다. 체통을 지키느라 최대한 티를 안 내고 있지만, 이미 그의 머릿속엔 과부하가 걸렸다.

'이게 당최 다…… 무슨 말인지!'

그 자신이 소개한 대로라면, 그와 딸의 관계는 기껏해야 중고등학교 동창 겸 동업자…… 아닌가?

'자네가 뭐라도 되는 줄 아는가!'

오늘 처음 본 청년에게 불쾌감을 드러낸 건 순전히, 제3자 주제에 남의 집안일에 참견이 과하다는 생각에서였는데.

죽도록 행복하게 해 주겠다느니, 목숨을 걸었다느니 뭐니…….

딸 옆에 바짝 붙어서 심장이라도 꺼내 보일 기세로 비장한 말을 잔뜩 쏟아내는 사내의 태가, 마치…….

"아무리 아버님이셔도, 인간적으로 정말 너무하신 처사 아닙니까?"

금 회장의 머릿속이 정리되기도 전에, 며칠째 눌러 참은 성진의 감정이 먼저 폭발해 버렸다.

"유리 나이도 이제 서른이 넘었습니다. 본인 의사를 묵살하고 이런 식으로 강제로 끌고 오는 건, 설령 자기 집이라도 강압이고 폭력이라 생각합니다."

"저기, 자네 잠깐……."

"차라리 저를 끌고 오셔서 화가 풀리실 때까지 매질을 하시건 호되게 야단치시건 하지 그러셨습니까? 유리가 얼마나 겁도 많고, 잘 놀라는데……."

무언가 물으려던 금 회장의 말이 단숨에 씹어 먹혔다. 자식이 이미 눈이 단단히 풀렸다. 선비처럼 음전하고 올곧은 인상을 가진 녀석은 한눈에 봐도 '착한 놈이 화나면 더 회까닥 돈다' 과였다.

금 회장이 자신의 박력에 압도당했다는 거만한 생각을 할 리 없는 성진은, 돌처럼 굳은 회장님의 얼굴을 명불허전 무정함 정도로 해석했다. 그의 진심이 더욱 팔팔 끓어 나왔다.

"이거 하나만은 알아주십시오. 지난 3년 동안 저, 단 한 걸음도 따님에게 가벼운 마음으로 다가간 적 없습니다."

유리와 함께 일하기로 마음먹고, 한집에서 살기로 마음먹고, 키스하기로 마음먹고.

사귀자고 말하기까지, 사랑한다고 말하기까지, 처음 안기까지.

그녀에게 가는 걸음 하나하나에 이루 말할 수 없는 번뇌가 실렸다. 금유리는, 그 누구보다 자신에게 엄격한 인간 복성진이 결심에 결심을 거듭하여 도달한 유일무이한 여자다.

"아버지, 저도 드릴 말씀이 있어요."

그의 절절한 사랑을 확인하고도 가만히 있을 수만은 없어, 유리도 뜨겁게 입을 열었다.

"3년 전에 제가 집 나갈 때 물으셨죠? 따로 만나는 남자라도 있는 거냐고. 네. 저 이 남자한테 미쳐서 그랬던 거 맞아요. 하지만 그땐 진짜 저만의 일방적인 마음이고 바람이라서, 차마 이 사람 이름을 입에 올릴 수 없었어요."

금 회장은 물론이고 성진 역시 눈을 희번덕이며 유리를 보았다.

"그땐 그렇게 안 하면 매일 밤 이 사람이 제 꿈에 나타나 죽어버릴까 봐, 결국 저도 심장이 찢어져서 죽을까 봐……. 어쩔 수 없었어요. 이제야 말씀드려서 정말 죄송해요."

"유리야……."

성진이 목 메인 소리를 냈다. 3년 전, 저 때문에 이 자리에서 고개 숙였을 유리의 모습이 눈앞에 아른거렸다.

일방적인 마음이고 바람이어도, 단 하나의 길이라 믿고, 두려움도 야속함도 달게 받아들였을 그녀의 마음이 뼛속까지 들이친다. 뭐라 할 말이 없을 만큼 미안하고…… 고마웠다.

"성진이야말로 저한테 차고 넘치는 남자예요. 제 주제에 염치없지만, 제가 이 남자 아니면 도저히 살 수가 없어서, 그림자도 놓칠 수 없어요."

아버지와 똑바로 눈을 맞추고, 마침내 유리는 운명이 선물해 준 말을 하였다.

"아버지. 저는 이 남자 아니면, 결혼 안 할 거예요."

딸의 최후통첩을 들은 순간, 금 회장의 목이 기름칠 안 된 기계처럼 규진에게 향했다.

"규진아, 이게 전부 다…… 어떻게 된 거냐?"

규진 역시 황당하게 아버지를 보았다.

"아버지, 다 알고 데려오신 거…… 아니셨어요?"

"아니, 나는…… 그 홍대 상가 영감태기가 죽어도 건물 안 팔 거라기에……."

"유리야."

금 씨 부자가 뒤늦게 말을 맞춰 보는 사이, 성진은 유리와 눈을 맞췄다.

"지금 나랑 같이 나갈까? 모처럼 네 집에 왔는데 며칠 더 자고 와도 되고."

두말할 것 없이 유리는 그에게 손을 내맡겼다.

"나 너 오면 바로 나가려고 옷도 갈아입었어."

"자, 잠깐! 이 밤에 가긴 어딜 가!"

손을 맞잡고 현관문으로 향하는 두 사람을 향해 금 회장이 황망히 외쳤다.

"죄송합니다만. 유리 이제 아버님 따님이기 전에 제 여잡니다."

성진만이 잠시 뒤돌아 금 회장과 시선을 부딪쳤다.

"뭐, 뭐라고?"

"유리는 이만 제가 데려가겠습니다. 부녀간에 해후를 나누기엔 다소 짧은 시간이셨겠지만, 제가 따님 없이 며칠 혼자 지내다 보니, 몸이 많이 달아서요."

같은 남자끼리 무슨 의미인지 뻔히 아실 말을 무도하게 덧붙였다. 이제 그만 좀 놓아주십사 하는 마음에.

"저, 저런…… 유리야! 너 설마, 정말 이놈하고!"

뒤에서 아버지의 곡소리가 들렸지만, 유리는 성진의 팔을 잡아끄는 걸로 대답을 대신했다.

"성진아, 빨리 나가자."

"그래."

두 사람은 현관문을 열고 바람처럼 휙 나갔다.

"다, 당장 재들 좀 잡아 와!"

이성을 잃은 금 회장의 외침에 사용인 몇몇이 황급히 문으로 향하다 규진에게 제지당했다.

"안 돼! 그냥 가게 둬."

"앗, 하지만 부회장님……."

한바탕 난리가 난 금 회장의 저택을 뒤로 하고, 성진과 유리는 밤거리로 나왔다. 열대야의 무더운 바람이 얼굴로 쏟아졌다.

"덥다……."

좀처럼 덥다는 말을 하지 않는 유리가 뜨거운 숨을 뱉으며 말했다. 단지 날씨 때문만은 아닌 듯했다.

"어떡해. 나 지금 가슴이 막 벌렁거려……."

"유리야, 미안한데 심장 마사지는 택시 안에서 하자. 또 잡혀갈라."

"어, 알았어!"

사랑의 도피를 하듯 손을 맞잡고 밤거리를 내달리는 연인의 이마에 환희 어린 땀방울이 맺혔다. 평생 잊지 못할 여름밤이었다.

심장까지 푹 쪄 익는 듯한 밤이었다.

삽시간에 몸이 달아오른 건 단지 날씨 탓만은 아니리라. 택시를 타고 오는 내내 두 사람은 말없이 손을 포개어 올린 채 예열 상태를 유지했다.

유리는 좀 전에 벌어진 일이 꿈같았다. 어쩜, 성진은 추상같은 아버지 금 회장의 안전에서 그렇게 맞설 용기를 낸 건지. 덕분에 저도 용기를 냈고, 그 많은 사람들이 지켜보는 앞에서 거침없이 사랑을 말했다.

그가 나를, 내가 그를…….

우리가 얼마나 서로를 깊이 사랑하는지 눈물이 날 만큼 실감했다.

성진과 함께 자신이 선택한 미래를 당당히 밟아 나오던 순간의 짜릿함과 흥취는, 오늘 밤 안으로 진정되지 않을 것 같다.

에어컨 바람 솔솔 부는 택시에서 나와 길거리의 폭염과 맞닥뜨린 순간, 흥분이 빠르게 해동되었다. 심장이 녹아날 만큼 더운 피가 돌고, 땀방울이 환희처럼 피어났다. 두 사람은 열에 들뜬 몸을 간신히 추슬러 망원동 아파트 901호에 도착했다.

며칠간 비운 집은 숨 막히는 적막에 휩싸여 있었다. 늘 켜 두던 공기청정기를 꺼 놔서 그런지 공기가 약간 텁텁하게 느껴지기도 했다.

맑은 유리창에 비친 한강 물결을 본 순간, 만감이 교차했다. 이 집을 어떻게 대해야 할지 몰라 며칠 피해 있었지만, 막상 돌아오니 헤매던 영혼이 비로소 발 디딜 곳을 찾은 듯했다.

괜찮은 호텔에서 며칠 묵었고 방금 전까지 궁전 같은 본가에 있었지만, 역시 우리 집은 여기구나 싶었다.

이 집에서 성진과 함께 바라본 풍경, 나눈 이야기, 쌓아올린 추억. 제 인생에서 가장 소중한 순간들은 이 집이 허물리더라도 평생 가슴에 남을 테니.

문득 유리는 자신이 현관에 계속 우두커니 서 있었다는 걸 깨달았다. 이 집에 발을 들여도 되는 걸까…… 망설여지는 건 여전했다.

유리는 서글픈 숨을 내쉬며 구두를 벗었다. 그래. 이사 갈 집을 찾을 때까지만. 아주 조금만 더 여기서…….

유리가 결정을 내리자, 성진도 신발을 벗고 뒤따라 들어왔다.

"저기, 성진…… 읍!"

그를 부르려던 찰나, 고개를 위로 들린 채 입술을 빼앗겼다. 성진이 유리의 뒷머리를 안아 당겨 애잔한 입술을 격렬하게 빨아 삼켰다.

"허읍, 우읍……."

살짝 깨물린 입술에서 피 맛이 번졌다. 제 입술이 사흘간 물 한 방울 못 마신 사람에게 물어뜯기는 물그릇이 된 듯했다.

"우읍…… 하아, 성진아……."

그의 어깨에 손을 걸친 유리가 밭은 숨을 몰아쉬었다.

성진은 검게 이글거리는 눈으로 유리를 지그시 보다가, 또다시 다짜고짜 입술을 포개었다.

우읍, 읍. 유리는 화급히 그의 목 뒤로 팔을 둘러 간신히 몸을 지탱했다. 그의 입술 점막이 불에 달군 듯 뜨거웠다.

입술을 가르고 들어와 입천장을 훑는 혀끝도 불덩이 같다. 마치 그의 침샘에서 50도 넘는 증류주가 솟아나는 듯, 그의 타액이 섞여 든 입안이 화하게 얼얼했다.

엘리베이터 안에서 그가 아플 정도로 팔목을 감아 쥘 때부터 이렇게 될 거란 예상은 했다. 저부터가 이 더위에 시원한 소다수 대신, 그의 입술을 가장 먼저 떠올렸으니. 누구라도 미쳐 버릴 날씨였다.

요 며칠 일기예보를 볼 여력이 없었지만, 오늘 기상캐스터는 필시 이런 말을 하였으리라.

오늘, 대한민국 유사 이래 가장 뜨거운 밤이 닥쳐올 예정이니, 모쪼록 몸조리 잘하시길.

성진이 쪼는 듯한 키스를 퍼부으며 유리의 레이스 카디건을 벗겨 내렸다. 원피스를 더듬어 등 뒤의 지퍼를 찾아내 그녀를 휙 돌려세웠다.

"아……."

뒷덜미에 화인처럼 박혀 드는 입술의 감촉에 유리가 외마디 신음을 뱉었다. 지퍼가 부욱 소리를 내며 갈라졌다. 순순히 한 번에 열리지 않았다면 오늘 새로 산 원피스는 그의 손에 찢겨 나갔으리라.

자수 원피스가 허물처럼 발치에 떨어지고, 브래지어에 감싸인 가슴이 드러났다. 땀방울이 맺힌 하얀 살결이 윤습하게 반짝였다.

눈 깜짝할 새 속옷 차림이 된 유리 앞에서 성진은 셔츠 단추를 빠르게 끌렀다. 가장 아끼는 여름 정장 셔츠를 현관에 가차 없이 벗어 던졌다.

"우읍……."

호흡을 고를 새도 없이 성진은 다시 유리의 입술을 앗아 갔다. 그가 덥석 껴안아 오는 바람에 한데 엉긴 몸이 파도 맞은 종이배처럼 핑그르르 돌았다.

뒤에서 유리를 껴안고 성진은 그녀의 젖가슴을 받쳐 올렸다. 복숭아가 잘 익었는지 확인하듯 한차례 쓸어 만지더니, 브래지어 후크를 풀고 어깨끈을 끌어 내렸다. 현관 바닥에 허물이 하나 더 보태어졌다.

굵직한 손가락이 산호색 꽃판을 둥글게 덧그려 만지고, 꼿꼿한 정점을 쭈욱 꼬집어 올렸다.

"아흣……."

유리는 비음 섞인 신음을 흘렸다.

몸이…… 평소와 달라도 너무 달랐다. 그의 손이 조금만 스쳐도 쾌감의 파도가 덮쳐 온다. 가슴 전체가 음란한 멍울이 된 것 같았다.

성진은 달아오른 근육질 상체를 유리의 가녀린 등에 겹쳐 붙인 채, 그녀의 소담한 가슴을 유린하듯 움켜쥐고 주물렀다. 쫍, 쯔읍. 그의 입술이 유리의 목선에 불길을 냈다.

"아, 아아…… 서, 성진아……."

유리는 속수무책으로 신음을 흘리는 제 입을 틀어막았다. 판상형 아파트라 앞집 사람이 현관문에 귀를 대지 않는 이상 들릴 염려는 없지만. 바깥세상으로부터 고작 몇 걸음밖에 안 떨어진 지점에서 이러고 있으니, 괜히 제 신음이 더 크고 야하게 울리는 것 같았다.

평소 같으면 오히려 성진이 필요 이상으로 그런 부분을 의식하련만…… 그의 상태 역시도 평소와 너무 달랐다.

결국 유리는 참지 못하고 그에게 애원했다.

"성진아…… 제발…… 침대…… 꺄앗!"

어차피 이다음부턴 그럴 생각이었다는 듯, 성진은 반라의 유리를 답삭 안아 올렸다.

며칠 만에 들어와 보는 두 사람 만의 침실. 성진이 무르익은 유리의 몸을 침대에 눕히고 다리 사이로 자리를 잡았다. 버클 푸는 금속음이 들리고, 묵직하게 부푼 드로어즈 앞섶이 달아오른 여성을 짓눌렀다. 얇은 팬티를 찢어발길 기세로 거칠게 비벼 올리며 성진이 비로소 첫 마디를 뗐다.

"오늘 되게…… 뜨겁지 않아?"

날씨를 말하는 건지, 몸을 말하는 건지. 어느 쪽이건 다분히 즉물적인 말이었다.

"뇌까지 땀이 찬 거 같아. 나만 그런가?"

"흐읏……."

유리는 색정적인 신음으로 대답을 대신했다. 제 몸이 그답지 않게 거친 애무를 오히려 열렬히 반기고 있다.

이대로 둘이 함께 질척질척 녹아내리고 싶은 마음. 단단히도 미쳐 버린 마음. 지금 이 순간 그 미친 마음의 온도가 서로 한 치의 어긋남도 없이 같으니.

유리는 작은 눈물방울을 그렁그렁 매달고 성진을 올려다보며 애원했다.

"성진아 이제 제발…… 들어와 줘."

"안 풀어 줘도 진짜 괜찮겠어?"

유리는 발갛게 달떠 오른 얼굴로 정신없이 고개를 끄덕였다. 이번에도 역시…… 언뜻 들으면 선비적인데 곱씹자니 짐승 같은 말이었다.

팬티가 땀방울을 끌며 내려간다. 짓궂음인지 갈급함 때문인지, 성진은 땀에 젖어 돌돌 말린 천 쪼가리를 그녀의 한쪽 발목에 걸쳐 놓았다.

위쪽이 찢겨 나간 콘돔 포일이 이불 위로 떨어졌다. 희고 가느다란 다리가 성진의 어깨에 걸쳐졌다.

"아아……."

둔중한 쾌감이 유리의 전신을 훑었다.

"흣……."
성진 역시 아찔한 신음을 터트렸다. 오늘따라 그녀 안이 뜨겁다 못해 팔팔 끓었다. 마치 데운 꿀술에 저를 담가 넣은 듯, 허벅다리 위의 땀방울까지 자글자글 끓어 댔다.
사람의 체온상승은 분명 한계가 있다. 그러나 유리와 몸을 섞을 때면 제가 아는 인체과학은 무용해지곤 했다. 특히나 오늘은 온몸의 열센서와 땀샘이 모조리 고장 나 버렸다.
하긴 당연한가. 가만히 있어도 몸이 푹 익어나갈 이 열대야에, 우린 지금 영혼까지 뜨거우니까.
성진은 다리를 쭉 펴고 팔꿈치를 짚어내려 유리를 엎어누르듯 허릿짓을 했다.
"아흣, 아으윽!"
유리는 다리가 위로 쳐들린 채로 그를 받아들이며 날카로운 교성을 내질렀다. 매트리스의 탄성이 더해져 그가 더욱 깊고 묵직하게 박혀들었다.
"하아……. 아아……."
오래지않아 유리가 힘에 겨워했다. 그녀의 유연성이 좋은 편은 아니라는 걸 알았다. 성진은 제 어깨에 발붙인 그녀의 다리를 내려놓았다. 대신 가녀린 발목을 받쳐 들고 옆으로 활짝 펼쳤다.
벌어진 다리 사이로 절경이 펼쳐진다. 밤이슬이 흠뻑 맺혀 군데군데 꽃물이 든, 그녀의 빙옥빛 나신…….
"하아, 하아……."
성진이 왕성한 움직임을 잠시 멈추자, 그새 안달이 난 유리가 눈물을 글썽이고 있었다.
성진아, 사랑해. 하아, 제발…….

고혹적으로 풀린 다갈색 눈동자에, 그녀의 머릿속에서 엉긴 말들이 표류했다.

성진은 열증기 같은 숨을 토해 내며 밀어 붙였다.

유리는 제 다리 사이로 용솟음치는 성진의 조각 같은 몸을 넋 놓고 바라보았다. 뒤로 빠졌다 힘차게 밀려들 때마다 복근의 골 사이로 열땀이 주룩 흘렀다. 아랫배로 튀어드는 그의 땀방울이 촛농처럼 뜨거웠다.

"하아, 하아아……."

유리는 목뼈가 도드라질 만큼 헐떡였다. 얼굴로 피가 함빡 몰렸다. 자극이 너무 강해서 코피가 터질 것 같다고 말하기 부끄러웠다.

애처롭게 달뜬 그녀의 모습이 성진에게 홍수 같은 자극을 안겼다. 걷잡을 수 없는 불길 같은 상승 작용이 일어났다. 그는 점점 더 흥분했고, 유리는 숨이 넘어갈 듯했다.

"아……."

유리가 먼저 한차례 절정을 맞았다. 헉, 허억. 그녀는 어깨를 파들파들 떨며 간헐적으로 숨을 뱉었다.

성진은 쾌감으로 구겨진 그녀의 아랫배를 쓰다듬었다. 그의 손이 서서히 올라 그녀의 왼가슴에 얹어졌다. 이 안, 저를 오롯이 품고 세차게 뛰고 있을 작은 심장이 미치도록 사랑스럽게 느껴졌다.

절정의 전조가 등줄기를 훑는다. 성진은 앞으로 몸을 기울여 유리와 깊게 몸을 겹쳤다. 팔꿈치 하나로 몸을 지탱하고 남은 한 손은 그녀의 손과 포갰다. 격화된 몸짓에 유리의 입에서 뭉개진 교성이 터져 나왔다. 격랑 속에서도 서로를 담은 눈이 절절하리만치 애틋했다.
"읏."
뒤이어 찾아온 절정에 성진은 입술을 짓씹었다.
"성진아……."
유리가 쾌감의 여운이 가시지 않은 목소리를 냈다. 오늘 밤은 이걸로는 한참 부족하다는 걸 그도 잘 알 터였다.
"어쩌지. 콘돔이 이게 마지막인데……."
성진은 침대 위에 방치되어 있던 콘돔 포일을 손으로 쳐내며 통한의 한숨을 쉬었다.

'우와, 언제 이거밖에 안 남았데? 금유리. 우리 너무 야한 거 아냐?'

며칠 전, 콘돔을 넣어두는 침실 협탁 서랍을 열어 본 성진이 웃으며 기함했다. 지금까지 쓴 콘돔의 개수가 둘이 사랑을 나눈 횟수와 같았다.

'이참에 좀 특이한 거 주문해 볼까? 우리 마님 취향은 뭐야? 향기 나는 거? 아니면 얇은 거?'
'몰라……. 너 알아서 주문해 봐. 근데…… 향기 나는 것도 있어? 무슨 향인데?'

그렇게 한바탕 웃고 미뤘다가 너무 많은 일들이 벌어져서……. 지금 이 사달이 났다.
"최대한 빨리 편의점에 뛰어갔다 올게."

탁한 목소리로 뇌까리고 떨어져 나가려는 그의 팔을, 유리가 절박하게 붙잡았다.

“싫어, 가지 마. 그냥 하자. 지금 나가면 너 떠죽어. 난 지금 당장 죽을 거 같고…….”

“하지만…….”

성진이 주저하는 기색을 보였다. 그가 또 저를 너무 위해 주는 선비님으로 돌아가기 전에, 유리는 불쑥 아래로 손을 뻗었다.

“이러고 편의점 가려고?”

조금도 사그라지지 않은 욕정을 들킨 성진이 짧게 신음했다.

“아, 유리야, 잠깐만…… 거길 그렇게 만지면…….”

“오늘 밤은 단 1초도 나한테서 떨어지지 마. 하고 싶은 거 다 하게 해 줄 테니까. 응?”

그런 어마어마한 보챔이 그녀의 입술에서 나온 게 믿기지 않는 듯, 성진이 상기된 얼굴로 유리를 빤히 보았다. 유리는 할 수 있는 한 가장 달콤하고 도발적인 미소를 지어 보였다.

“선비님 체통이 있는데.”

녹고 또 녹아 형체만 간신히 남아 있던 복선비 최후의 이성줄이 그렇게 뚝 끊겼다.

그리고 성진이 하고 싶은 것은, 유리의 상상을 거뜬히 넘어섰다.

“헉, 헉…….”

“앗, 아응, 아앗!”

남녀가 가장 원초적인 모습으로 맞붙었다. 성진은 엎드린 제 여자에게 격하게 덤벼들며 포효에 가까운 숨소리를 토해 냈다.

유리는 피 몰린 얼굴을 아래로 떨군 채 짐승 암컷처럼 울부짖었다. 아마도 자신이 야만스러워하지 않을까 하는 우려에 지금껏 그가 시도하기 꺼렸을 자세. 듣던 대로 짐승적인 자극이 온몸을 관통했다.

"하, 너 진짜, 하아, 오늘, 왜 이렇게 예쁜 거냐고……."

극상의 쾌락에 심취한 그가 숨 가쁜 찬사를 늘어놓는다. 숨넘어갈 것 같은 와중에 유리는 웃음이 터졌다. 자기 등 뭐 볼 게 있다고 이토록 열광하는 건지.

그렇게 생각하다가, 어느 순간.

주체할 수 없이 뜨끈뜨끈 달아오른 손으로 엉덩이를 알알하게 움켜쥐다가도, 등허리에 피어난 식은땀이 별무리인 양 애틋하게 쓰다듬어 내리는 그의 손길이……. 가슴 떨릴 만큼 순수하게 느껴졌다.

이렇게 좋아 죽으려 하니 최대한 버텨 주고 싶은데, 한계가 와 버렸다. 슬슬 턱이 덜덜 떨리고 팔이 후들거리는 것이…….

유리는 울상을 지었다. 하여간 이놈의 저질 체력…….

성진이 한 팔로 그녀를 휘감았다. 가슴을 거머쥐면서 뒷덜미와 어깻죽지에 열띤 키스를 퍼부었다. 그가 예뻐 죽겠다고 하는 행동들이, 가뜩이나 위태로운 유리의 팔꿈치를 뒤흔들었다.

끝내 유리는 침대 시트에 얼굴을 처박고 말았다.

"헉, 허억……."

다 죽어 가는 숨소리로 항복 선언을 해 봤지만, 성진은 호락호락 놔주지 않았다.

그는 그녀의 상체를 번쩍 당겨 안았다. 유리의 상반신이 뱃머리의 인어상처럼 활짝 젖혀졌다.

"아, 아아, 서, 성진아, 아악!"

보기만 해도 무서워서 타 보지 못한 롤러코스터의 탑승감이 과연 이만큼 아찔할까? 목젖까지 찔러 오는 강렬한 감각에 유리는 비명을 내질렀다.

그녀의 목에 걸린 자수정 은술병 펜던트가 이리저리 뒤흔들리며 반짝였다. 뒤에 찰싹 붙어 거기에 온 힘을 집중하며 귓가에 훅훅 열숨을 뱉어 넣는 그는 이미 제정신이 아닌 것 같았다.

"으흑……."

쾌락이 너무 강해도 울음보가 터질 수 있는 거였다. 유리는 침대에 풀썩 엎드려 훌쩍였다.

성진이 불기운 가득한 몸으로 유리의 느즈러진 몸을 품었다. 손을 밑으로 넣어 그녀의 가슴을 달래듯 주무르며 물었다.

"미안해. 혹시 아팠어?"

그러면서 엉덩이 골에 비벼대는 건 힘이 하나도 안 빠졌다. 너무나도 무색한 사과였다.

"아, 아니…… 흑…… 사랑해."

사랑한다는 말의 쓰임은 참 무궁무진했다. 사과할 필요가 없는 눈물이라고, 굳이 풀어서 설명하지 않아도 되니.

그녀의 손가락에 제 손가락을 포개어 넣고, 성진은 다시 그녀 위로 몸을 겹쳤다. 비 웅덩이를 세차게 디디는 소리가 났다. 유리는 앓는 듯한 숨소리를 침대 시트에 파묻었다.

"……읏."

어두운 방 안에서 햇살보다 강렬한 빛이 쏟아진다. 성진은 유리의 몸 안에서 그 어느 때보다 강하게 전율했다.

그 한순간, 유리의 온 세포 역시 몸 안 깊숙이 밀려든 열화를 감지하는 데 여념이 없었다. 아랫배에서 낯선 꽃이 피어나는 감각…….

이 감각이 끌어들이는 오만가지 감정의 정체가 뭐기에……. 뜨거운 눈물이 핑 돌았다.

"유리야……."

그녀의 어깨에 턱을 걸쳐 놓으며 성진이 속삭였다.

"어떻게 하면…… 사람을 이렇게까지 사랑할 수 있는 걸까?"

유리는 돌아눕자마자 그를 부둥켜안고 뜨거운 키스를 나누었다. 그의 질문에 대한 답은 그 어떤 말로도, 그 어떤 몸짓으로도 완성할 수 없는 것이었다.

❖ ✲ ❖

"너 오늘 진짜…… 대단하다."

푸릇하게 밝아오는 새벽. 유리는 조금 얼떨떨하게 웃었다.

여전히 성진은 그녀를 덮어 누른 채였다. 이제야 기운을 소진하여 그녀의 가슴에 얼굴을 파묻고 찬찬히 호흡을 고르는 중이지만. 방금 전만 해도 침대 위는 두 사람이 자아내는 뜨거운 열기와 끈적한 소리들로 가득했다.

그녀의 몸에 저를 한 치라도 더 깊이 새기려 작정한 듯, 성진은 유리를 안고 또 안았다. 짐승의 욕정뿐만 아니라 정신적 갈망까지 고장 난 수도꼭지처럼 콸콸 쏟아져 나오니 밤이 속절없이 길어질 수밖에 없었다.

마치 영역 표시를 하듯, 그녀의 몸에 뿌려진 제 흔적을 손바닥으로 문대기도 했다. 지금 그녀의 몸에서 제 냄새가 진동하는 것이 퍽 마음에 들었다.

유리는 성진의 허리에 다리를 휘감은 채 기진맥진하여 웃었다.

"이거 무슨, 밀린 거 한꺼번에 하는 그런 거야? 내 생일에 못 했던 것까지 몰아서."

성진은 유리의 볼에 손가락을 쿡 찔러 넣었다. 이 아가씨가 같이 죽자고 달려들 때는 언제고, 이제 와서 능청 떨기는.

"하아…… 중3 때 체력장 오래 달리기 했을 때보다 더 힘든 거 같아. 그때 진짜 죽는 줄 알았는데……."

"운동 부족 금유리 앞으로 이렇게 운동시키면 되겠네. 산책 나가자고 조르는 것보다 이게 차라리 더 쉽다."

"꺄아……."

그새 상상해 본 듯 유리는 수줍게 웃음 지었다.

"성진아, 덥지? 에어컨 좀 틀까?"

"너 안 춥겠어?"

"난 이불 덮으면 돼."

유리는 몸을 일으켜 리모컨을 찾았다. 벽걸이 에어컨을 켜니 금세 방 안에 서늘한 공기가 차올랐다.

다시 성진 옆으로 가 눕자 그가 그녀를 품 안으로 들여 이불로 둘러쌌다. 유리는 성진이 만들어 준 포근한 이불 동굴 안에서 나긋나긋 웃으며 그와 마주 보았다.

"아무리 급해도 에어컨은 틀고 할 걸 그랬나 봐. 지금 온몸에 수딩젤 바른 거 같아."

날이 밝는 대로 시트와 이불을 빨아야겠다. 안 그러면 이 밤의 냄새가 평생 남을 테니까.

유리가 그렇게 생각하는 찰나, 성진이 속삭이듯이 말했다.

"유리야. 우리…… 혼인신고라도 하면 안 될까?"

"응?"

그의 품 안에서 나른하게 감기려던 유리의 눈이 반짝 뜨였다.

성진은 더할 나위 없는 진심에 애잔한 투정을 더하여 중얼거렸다.

"아까 아버님이 나한테 뭐라도 되는 줄 아냐고 물으셨을 때, 막 이런 생각이 들더라고. 제가 뭐냐면 금유리 남편입니다, 라고 말해 버릴 수 있으면 얼마나 좋을까 하고."

"내일이라도 당장 하자. 구청 9시부터 하지? 아, 맞다. 증인도 있어야 하는구나. 다희 언니랑 미나한테 해 달라고 하면 되겠다."

곧바로 구체적인 계획을 세워 버리는 유리를 보고, 성진은 푸시시 웃었다. 그만큼 저와의 미래를 확고히 생각해 주는 그녀가 고마웠다.

벅차오르는 마음을 주체하지 못해 그녀를 바짝 끌어안았다. 그 포옹을 다른 의도로 받아들였는지 유리가 자지러지는 웃음을 흘렸다.

"우리 이제 진짜 그만하고 씻자. 부부가 돼 보기도 전에 복상사하면 안 되잖아."

"그럼 너 먼저 씻어. 지금 같이 들어가면 솔직히 발정 안 할 자신 없어."

"아이, 너 정말. 오늘 몇 번이나 했는지 알아? 그 체력 나 반만 나눠 줘 봐. 못 당해 내겠어 진짜."

"흐암…… 그게 되면 나도 그러고 싶다."

도란도란 이어지던 말소리가 어느 순간 잠잠해졌다. 서로의 체온을 느끼며 까무룩 잠든 연인의 숨소리가 새벽녘을 수놓았다.

❈ ✱ ❈

"금규진. 이게 도대체 어찌 된 영문인지 똑바로 설명을 해 봐."

성진이 들이닥쳐 유리를 채 가듯 데려간 날, 금 회장의 저택에서도 불면의 밤이 펼쳐졌다.

"저번에 유리 얘기 하던 중에 네가 나한테 물었었지. 유리가 따로 결혼하고 싶은 남자가 있으면 어쩔 거냐고. 그게, 방금 그 청년을 두고 한 말이냐?"

"……죄송합니다."

"왜…… 나한테 숨긴 거냐. 얘기하면 내가 오늘처럼 유리 끌고 들어오기라도 할까 봐서?"

"그게…… 유리가 그 남자랑 같이 지내면서 많이 밝아진 것 같아서……."

"그래도 그렇지, 어떻게 나한테 한마디 언질도 안 줄 수가 있어? 아주 이 애비 혼자만 아무 것도 모르는 바보를 만들어 놨어. 하……."

금 회장이 관자놀이를 짚어 눌렀다. 몇 년 전만 같았어도 불같이 화내며 따져 물을 일. 허나 그의 연배에서 몇 년이란 어마어마한 것이었다.

"허어, 막내 딸자식은 지멋대로 뛰쳐나가 살고, 둘째 아들놈은 지멋대로 이민 가 버리고. 이젠 믿었던 큰아들까지…… 숨길 게 따로 있지. 자식 키워 놔야 다 소용 없어. 그래, 내가 인생을 헛산 게지."

이승에서 더 미련 가질 것이 없고 지난 삶을 헛헛하게 돌아보는 나이가 되니, 화내는 법이 줄어든 대신 신세한탄이 느셨다.

이젠 정말…… 앞으로 사실 날이 10년이 될지, 20년이 될지.

규진은 가슴이 선득해졌다. 이대로 아버지께서 한을 품은 채 가 버리시면. 유리는 부녀간의 정을 회복할 기회를 영영 잃어버릴 테고, 자신은 죽어서도 죄인으로 남으리라.

아버지의 신망을 잃는 게 너무나도 두려워 진실 고백을 미루고 또 미뤄 왔다.

허나 태산과도 같던 아버지의 삶이 막바지에 이르렀단 실감이 나는 순간, 평생토록 품은 두려움마저 넘어서는 절박함이 생겼다.

결국 규진은 비겁하리만치 무거웠던 입을 열었다.

"저기 아버지. 실은 제가…… 아버지께 숨겨 온 사실이 더 있습니다."

"또 뭔데. 유리와 관련된 거냐?"

"예. 진작 말씀드렸어야 했는데…… 제가 너무 못나고 비겁해서, 지금껏 숨겨 왔던 겁니다."

규진이 심중의 고름 같은 이야기를 모두 털어놓고 간 뒤, 한여름 금 회장의 저택은 시린 적막에 휩싸였다.

"유리야."

"으응……."

성진의 나직한 부름에, 죽은 듯이 자던 유리는 눈을 비볐다. 게슴츠레 눈꺼풀을 여니 정장 차림의 그가 보였다.

"어디 가게?"

"선샤인주류 강의하러."

"아, 맞다. 오늘 월요일이구나."

원래 선샤인주류 출강일에도 아침 일찍 충남 양조장에 출근하는 그인데. 침실을 채운 햇살의 밝기를 보아 오전 업무는 건너뛴 듯했다.

"지금 몇 시지……."

"오후 2시 15분입니다! 사장님."

"아이구, 너무 정신없이 자 버렸네."

유리는 멋쩍게 웃으며 이불을 덮어썼다. 미처 샤워도 못 하고, 성진이 외출 준비하는 동안 세상모르고 자고 있었으니. 충실하게 한 주를 시작하는 그 앞에서 괜히 쑥스러워졌다.

그가 온몸에 남긴 흔적들이 기분 좋게 욱신거린다. 어젯밤, 그리고 오늘 새벽까지 정말…… 대단했지. 굳이 거울 안 봐도 어디어디에 발간 키스마크가 피었을지 알겠다. 족히 일주일은 가지 싶다.

"마침 아젤리아 휴무라 다행이다. 푹 쉬어. 강의 끝나고 바로 올게."

성진이 아젤리아 얘기를 꺼낸 순간, 지난 한 주간 벌어진 일들이 유리의 뇌리를 거칠게 스쳤다.

3년 만에 찾아오신 아버지는 아젤리아 접고 본가로 들어오라 종용하셨고. 이 아파트의 주인이 2년 동안 아젤리아 단골 행세를 하면서 감시 비슷하게 저를 지켜본 외사촌 동생이란 사실을 알았고. 그 뒤에 큰오빠가 있다는 것도 알아 버렸고. 생일날 제 가게 앞에서 아버지에게 납치당해 본가로 끌려가기까지…….

성진이 데리고 나와 주긴 했지만, 아직 그 일들이 완전히 끝난 건 아니다.

내일부터는 아젤리아, 곧 자신의 한 주가 시작될 텐데. 내일을 맞는 것이 조금 두려워졌다.

혹시라도 또 그들이 가게로 찾아온다면 웃을 자신도, 울지 않을 자신도 없어서.

"하아……."

"왜 그래, 유리야?"

"아니, 그냥 좀 피곤해서……."

유리는 콧등까지 이불을 끌어 올려 근심 어린 표정을 가렸다. 그런다고 성진이 그녀의 울적한 눈빛을 못 알아볼 리 만무했다.

"유리야. 며칠만 아젤리아 일은 좀 쉬는 게 어때? 웬만하면 밖에 나가는 것도 조심하고."

"왜?"

"지금 당장은 너한테 세상이 좀 위험한 것 같아서."

신랄하게 중얼거리는 성진은 조금 화나 보였다.

"아까 다희 누님이랑 통화했거든. 누님도 그러더라. 며칠 쉬면서 상황 보는 게 낫지 않겠냐고. 혹시라도 아버님이나 네 큰오빠란 사람이 또 널 억지로 끌고 갈지 모르니까."

"응…… 네 말대로 할게. 솔직히 나도 그럴까 봐 불안하긴 해."

유리는 음울하게 고개를 끄덕였다.

"하아…… 지금 생각해 보니까 다희 언니랑 미나가 그날 얼마나 당황스러웠을까? 모처럼 열심히 준비해 줬는데. 이벤트 공지 보고 온 손님들도 다 헛걸음하시고……."

성진은 어쩔 수 없다는 듯이 한숨지었다. 자기 생일파티를 망쳤으니 가장 속상해야 할 사람은 그녀건만. 이 착해 빠진 여자는 주변 사람들에 대한 괜한 미안함부터 떠올려 버린다.

이불을 덮어쓴 채 눈꺼풀을 잘게 떠는 그녀를 보고 있으려니, 비장한 보호 본능이 샘솟았다.

이 여자가 너무나도 자랑스럽다. 그녀의 정성과 노력이 들어간 칵테일이 얼마나 맛있는지, 말갛게 웃는 자태가 얼마나 고운지, 이슬비처럼 촉촉하게 스미는 목소리가 얼마나 듣기 좋은지, 길 가는 사람마다 붙잡고 설파하고 싶다.

하지만 때론 오늘처럼 아무도 못 보게 꽁꽁 감추고 싶은 날도 있다.

"금유리."

성진이 유리의 이마를 쓸어 넘기며 속삭였다.

"마음 편히 쉬어. 다희 누님도, 미나도, 우리 아젤리아 단골들도, 이 정도 휴식은 충분히 이해해 줄 거야. 네 주변에 모인 사람들, 네가 생각하는 것보다 훨씬 좋은 사람들이야."

왜냐면, 세상에 둘도 없는 너의 향미를 알아본 사람들이니까.

"응……."

"그리고 유리야. 아직은 모르는 일이지만."

성진이 유리의 배 언저리를 짚었다.

"만약에 우리 아이…… 생기면."

우리 아이. 그 네 음절을 담는 성진의 목소리가 먹먹하게 잠겼다. 조심스레 가정해 보는 것만으로 그의 가슴에 얼마나 크고 소중한 존재로 박혀 드는지 알 수 있을 만큼.

"엄마가 될 너를 내가 열 달 동안 목숨 걸고 지킬 거야. 최선을 다해 좋은 아빠가 될 거고."

성진의 굵직한 다짐을 들으며, 유리는 제 심장이 조금씩 무거워지는 걸 느꼈다. 엄마. 그 한 마디만으로 제 심장도 단단해지기 위한 보강공사를 시작한 것처럼.

"그리고 네가 하루라도 빨리 아젤리아로 돌아올 수 있게 힘써 볼게. 열 살 터울 두 동생 놈 덕에 나름 육아 경험자거든. 네가 복귀할 때쯤 내가 일 쉬고 육아에 전념하는 쪽도 생각해 볼 거야. 그러니까 너무 걱정하지 마. 알았지?"

"하지만…… 그러면 네 술은……."

부모가 되면 남자든 여자든 제 꿈과 시간을 아이에게 상당 부분 덜어 줘야 한다. 그렇다 해도 그가 좋아하는 일을 내려놓겠다는 말만으로 마음이 무거워졌다. 지금도 그는 저 때문에 시간을 쪼개어 쓰는 판국인데.

미안한 마음이 고스란히 떠오른 유리의 얼굴을 보고, 성진이 단호하게 말했다.

"내가 아무리 술에 미친놈이라도, 내 인생에 너랑 우리 가족 이상으로 중요한 건 없어."

"으흑……. 너 진짜…… 왜 아침부터 사람 울리고 그래……."

기어이 맵짠 눈물이 솟아나 유리는 손목으로 눈가를 찍어 눌렀다. 아니다. 아침이 아니고 대낮이라 해야 맞는 건데, 부질없는 생각이 꼬리를 문다.

"하하…… 내가 너무 진지 먹었나. 생길지도 모르는 아이 때문에 아침 댓바람부터 너 울리기나 하고."

성진 역시 약간 물기 어린 웃음소리를 냈다. 뭐 어때. 네가 아침이라면 아침이지. 어차피 내 세상의 시계는 금유리 건데.

"그럼 나 다녀올게."

살포시, 그리고 뜨겁게 성진은 유리의 이마에 입술 도장을 남겨 두고 떠났다.

한동안 유리는 오후 햇살에 물든 천장을 올려다보며 뭉클하게 웃음 지었다.

세월 참…… 빠르네. 어느새 우리가 이런 이야기를 다 주고받게 되고.

수리를 떠나보낸 뒤 학교 뒷산에서 그에게 위로받은 열다섯 소녀였던 때가 엊그제 같은데.

친구의 연인이자 약혼자. 너무도 멀었던 그가…… 동업자가 되고, 연인이 되더니 이젠 남편이, 우리 아이의 아빠가 되려 한다. 꼭 이번이 아니더라도, 아기 천사가 우리 품에 날아드는 순간도 눈 깜짝할 새 찾아오겠지.

그와 함께 울고 웃었던 나날들. 그리고 앞으로, 우리 가족이 함께 수없이 울고 웃을 나날들.

지난날도 소중하고 보람차지만, 앞으로 더 길고 촘촘한 세월을 살아가야 해.

자잘한 걱정을 일소하듯, 유리는 크게 숨을 삼켰다.

그의 아내가, 우리 아이의 엄마가 될 거니까. 앞으로 더 많이 달라질 거니까.

강해질 거니까.

❖ ✻ ❖

"네에엑? 당분간 유리 씨가 못 나온다고요?"

퇴근 후 모처럼 아젤리아에 들른 설아가 경악성을 내질렀다.

"인스타에 공지 올려 드렸는데……."

"못 봤어요! 당연히 계실 줄 알고 걍 들이댄 건데……."

오늘로 몇 번째인지 모를 똑같은 대화 패턴. 미나는 한숨을 푹 쉬었다.

아젤리아 오픈 초기, 유리가 사장이라고 하면 손님들은 의아해했다. 특색 있는 옷차림에 다소 맹해 보이는 인상의 미인. 처음에 하는 일은 설거지나 화장실 청소 같은 허드렛일이었으니.

'진짜 저분이 사장님 맞아요?'

조심스레 속삭여 물었던 이들이 오고 또 와서 단골이 되더니.

'악! 사장님이 안 계시면 어떡해요!'

하나같이 나라 잃은 표정으로 유리를 찾았다.

"설마 저번 일 때문에 뭔가……."

설아는 지난번 방문을 떠올렸다. 등기 떼는 법을 알려 줬다가 한바탕 난리가 났었지. 좋은 마음으로 한 일이 괜한 평지풍파를 일으킨 게 아닌가 싶어 마음이 안 좋았다.

"아, 그거 때문은 아니고요! 유리 언니 집안에 일이 좀……."

"오신 김에 시원한 거 한잔 하고 가시겠어요? 날도 더운데."

다희의 물음에 설아가 허탈하게 중얼거렸다.

"유리 씨 있으면…… '아젤리아 러브 포션'을 만들어 달랄 생각이었어요."

다희와 미나는 탄식을 삼켰다. 아, 하필이면 유리 시그니처 칵테일…….

아젤리아 러브 포션. 설아처럼 크리미한 칵테일을 좋아하는 여성 단골들을 위해 유리가 창작한 칵테일이었다.

딸기 크림 리큐어 바하 로사Baja rosa를 베이스로 하여 우유 얼음과 냉동 딸기를 블렌딩한다. 잔 아래 수제 딸기청을 깔아 그라데이션 효과를 주고, 주문제작 틀로 몰딩한 꽃모양 파스텔 톤 초코칩을 가니시로 올린다.

"일단 제가 한번 만들어 드리죠."

다희는 티 나지 않게 침을 삼켰다. 레시피 숙지는 하고 있지만, 특급 호텔 경력까지 있는 그녀조차 자신 없어하는 칵테일이었다.

단골 개개인의 취향에 맞춰 테킬라나 보드카를 더 넣어 주기도 하는 유리가 직접 만들지 않는 한, 무엇보다도 그녀의 꽃 같은 미소가 곁들여지지 않는 한 이건 도무지 제 맛이…….

아니나 다를까, 완성된 칵테일을 한 모금 맛본 순간 설아는 침통한 표정을 지었다.

"저기…… 그렇게 별로신지요?"

"죄송해요. 맛은 있어요. 근데 역시…… 이 맛이 아니에요……."

그 순간, 아젤리아 중문이 열리고 낯익은 청년이 바 카운터로 쭈뼛거리며 다가왔다.

"저기, 유리 누님…… 아니, 사장님 안 계신가요?"

그날 이후 처음으로 얼굴 비친 박세현이 한 말에, 미나는 어처구니없어했다.

"와…… 진짜 개뻔뻔하다. 유리 언니가 왜 안 보이는지 그쪽이 더 잘 알 거 아니에요!"

"그, 그게 무슨 말씀이세요? 유리 누…… 아니, 사장님에게 무슨 일이라도 생기셨나요?"

미나는 며칠 전만 해도 최애 단골이었던 남자를 매섭게 째려보며 분통을 터트렸다.

"너무해, 정말! 그동안 바 카운터 점령해서 우릴 감시하고 노니 재밌디? 이, 이……."

다른 손님들이 지켜보는 앞이라 심한 욕은 못 하고, 마지못해 다른 비칭을 생각해 냈다.

"유사 작가야!"

"헉…… 유, 유사라니…… 어떻게 그런 심한 말씀을……."

세현에겐 그 말이 웬만한 쌍욕보다 큰 타격이 된 듯 보였다.

"유사 작가건 헤밍웨이 짭이건, 유리 큰오빠란 사람한테 가서 한 말씀 전해 주시죠."

다희가 세현을 써늘히 노려보며 말했다.

"이렇게까지 하니까 속 시원하시냐고. 이 여름에 참 시원해서 좋으시겠다고."

통렬한 빈정거림에 세현의 안색이 어두워졌다.

"흑……. 유리 씨…… 빨리 좀 돌아와요. 가뜩이나 요새 조사도 안 풀려서 죽을 맛인데…… 당신 칵테일이 요즘 내 삶의 유일한 낙인데……."

이 와중에 설아를 비롯한 단골들은 우리 유리 못 잃어 하면서 먹구름을 깔았다.

세오녀가 사라진 후의 신라 밤하늘처럼, 유리가 사라진 아젤리아는 달이 떠오르지 않았다.

❖ ✱ ❖

'규진이 너, 당분간 여기 발 들여놓지 마라.'

10을 기대하면 20을 해내고 100을 이룬 초엘리트 큰아들에게, 금 회장은 처음으로 대노했다.

규진에게 축객령을 내린 후, 그는 40년 세월 동안 무단결근 한 번 없이 다녔던 회사에 얼굴을 비치지 않았다. 마치 자신에게 형벌을 내리듯, 빈 둥지 같은 호화 저택에 틀어박혀 밥술도 거의 뜨지 않았다.

유리의 방. 주인 잃은 방을 볼 때마다 심적 고통은 더하여졌다. 금 회장은 숫제 자학하듯 그 방에 틀어박혔다.

욱신거리는 손으로 딸이 두고 간 물건들을 하나하나 어루만졌다. 인형 옷 같다고 그토록 구박했던 드레스 자락을, 며칠 전 떠나간 딸의 치맛자락인 양 부여잡았다.

제 엄마 목숨값도 못 하는 죄인 취급당한, 고작 열 살이었던 딸. 그토록 애지중지하던 반려견의 죽음이 마치 제 오판 탓인 양 매도당했던, 고작 열다섯이었던 딸. 이루 말할 수 없는 냉대를 참고 견뎌 온 딸.

딸애가 뼛속까지 얼어붙은 줄도 모르고 마냥 굼뜨다 다그쳤던, 못난 아비인 자신.

'그러니 네가, 이 집이 네 집 같지 않을 수밖에.'

이젠 지옥의 불구덩이로 보이지나 않으면 차라리 다행일 터다.

수백, 수천 번…… 금 회장은 유리의 여린 심장에 칼날이 박혀 들던 순간의 고통을 체험했다.

처음엔 큰아들이 원망스러웠다. 완벽하다 생각했던 큰아들의 유년기에 그런 끔찍한 이면이 있었을 줄이야. 자식 겉 낳지 속 낳지 않는다지만, 어떻게 그럴 수 있는가 싶었다.

그러나 며칠 지나고 나니, 모든 원망의 화살이 결국 제게로 돌아왔다.

'아니다. 이게 다, 내가 집안을 제대로 돌보지 못한 탓이야.'

사랑하는 아내와 사별한 후, 차라리 집에 틀어박혀 흐느끼고 싶은 본심을 죽이고 스스로를 밖으로 몰았다. 남은 젊음을 회사에 쏟아부었다.

그녀가 이 세상을 살다 간 증거이자 우리의 보물인 삼남매에게 어디 가서도 무시당하지 않을 배경을 만들어 주고자 하였다.

그렇게 황금글라스를 격 있는 회사로 키워 냈지만, 집 서까래는 썩어 문드러지고 말았다.

'여보, 이제 난 어쩌면 좋을까?'

차라리 이대로 아내를 따라가 버릴까 하는 생각이 들 만큼 눈앞이 캄캄했지만. 제 목숨이 붙어 있는 한, 딸애의 마음속 응어리만큼은 반드시 풀고 가야 할 숙제처럼 생각되었다.

비록 무심하고 야속했을지언정, 단 하루도 그 녀석 아비가 아니었던 적이 없었으니.

"오 실장. 내가 말한 건 알아봤는가?"

"네, 회장님."

오 실장은 수첩을 펼쳐 금 회장에게 건넸다. 안에 적힌 번호를 핸드폰에 찍으며 금 회장이 말했다.

"오후에 충남에 좀 다녀와야겠네."

❖ ✱ ❖

농업회사법인 참술 연구개발실. 동주는 핸드폰을 귀에 댄 성진을 흘끔거렸다.

"오늘 방문하신다고요. 그러시면, 저는 저녁 7시 이후에 시간 내 드릴 수 있습니다."

전화를 받은 성진의 표정이 무뚝뚝하게 굳었다. 말은 정중하게 하지만 낮게 깐 목소리에 달갑잖은 감정이 실렸다.

"그러면 이따 뵙겠습니다. 혹시 길 못 찾으시면 전화 주십시오. 제가 마중 나가겠습니다."

통화가 끝나자 동주가 대뜸 성진에게 물었다.

"혹시, 그 회장님?"

"어."

"헐! 진짜 황금글라스 회장님이 이 누추한 데 직접 행차하시는 겨?"

"동주야. 나한테도 살다 살다 이런 날이 다 온다."

"이런 날이 뭔 날인데?"

"그야, 회장님한테 물세례 맞고 돈 봉투 구경하는 날이지."

동주는 머리를 긁적였다. 이거 어디서 많이 본 상황인데…… 아무래도 무언가 단단히 바뀐 느낌이다.

"저기, 회장님이 얼마 주는지 후기 좀."

"그래. 궁금해서라도 한번 세 보긴 해야겠다."

성진은 실소했다. 당연히 한 푼도 안 받을 돈이지만 아버님, 전 대체 얼마입니까?

오후 7시. 그녀의 아버지답게 금 회장은 정해진 시간을 칼같이 지켰다.

## 10.
## 유일한 징검다리

“정원 우측에 주차장이 있습니다. 제가 지금 모시러 나가겠습니다.”

양조장에 도착한 금 회장을 맞이하러 나가던 차, 성진의 핸드폰이 반짝였다. 유리에게서 톡이 왔다.

[성진아. 혹시라도 우리 아버지가 너한테 연락해서 만나자거나 하시면 그냥 거절해 버려.]

“와…… 타이밍 기막힌 거 봐.”

성진은 혀를 내둘렀다. 이게 말로만 듣던 여자의 육감이란 건가?

[어차피 좋은 소리 안 하실 거니까…….]

“그래도 거절은 좀 아니지.”

성진은 저편의 그녀를 다독이듯 중얼거렸다. 텍스트만 봐도 염려 가득한 얼굴과 풀 죽은 목소리가 생생히 떠오른다.

성진은 가는 길에 핸드폰 화면 자판을 두드렸다.

[걱정 붙들어 매셔! 네 아버지가 아니라 할아버지가 오셔도 상관없거든. 우리 관계, 누가 뭐란다고 멈출 지점 아니잖아.]

또 무슨 말을 해 주면 네가 좋아할까, 안심할까 생각하던 중.

'난 얼마나 고민에 고민을 거듭했는데. 혹시라도 내가 애먼 처녀 혼삿길 막는 거 아닌가 해서…….'

새삼스레, 3년 전 유리와의 동거를 결심하면서 어머니께 늘어놨던 푸념이 떠올랐다.

격세지감 느껴진다. 그땐 정말 언감생심 유리와 어떻게 해 보겠다는 마음이 없었는데.

어떻게 해 보겠다는 마음은 없었다 치고. 과연 그때의 자신이 유리에게 전혀 마음이 없었을까?

스스로에게 물으니 곧바로 고개가 저어졌다.

아니. 그 어떤 도의적인 문제를 떠나, 복성진은 마음 없는 여자와 한집에서 살아갈 인간이 못 된다.

처음부터.

[금유리 혼삿길은 이 몸이 꽉 막은 거 알지?]

그렇게 톡을 쳐 보냈더니만.

[성진아…… 완전 사랑해…… 진짜로♡ ♡ ♡]

톡 창의 반이 하트로 메워졌다.

성진은 피식 웃었다. 하트의 향연 덕에 회장님과의 독대를 앞둔 긴장감이 다소 풀렸다. 이렇게 애교 많은 여자인 거 알고는 계시는지, 그녀 아버지께 감히 여쭙고 싶다.

애석하게도 그런 이야기나 하자고 오신 건 아닐 테지만.

성진은 재차 마음을 다졌다. 회장님한테 물을 맞건 불을 맞건, 돈 봉투에 얼마가 들었건. 당신께서 귀한 따님을 돌려 달란 말씀을 하시거든, 답은 하나뿐이다.

안 돼. 안 돌려줘. 돌려줄 생각 없어. 빨리 돌아가…… 주십시오.

"먼 길 와 주셔서 감사합니다."

채운 카페. 성진은 금 회장에게 가장 편안한 의자를 빼 주었다.

"마실 것 좀 가져다 드리겠습니다. 차는 드립커피, 녹차, 오미자에이드가 있습니다. 시원한 걸로 드릴까요?"

차분히 말하는 성진을 금 회장은 물끄러미 보았다. 그 짧은 순간 생각이 뭉텅이로 굴러갔다.

이 청년에 관한 것들, 서류나 탐문으로 알 수 있는 부분은 얼추 파악을 마쳤다.

복성진. 딸과 2년 반 정도 한집에서 산 동년배 청년. 두 사람 나이에 그 기간이면…… 사실혼 관계로 접어들었다 봐도 무방하리라.

비록 재계 뚜쟁이 리스트에 오를 만큼의 재력은 없으나, 학력이나 거쳐 온 직장을 보아 어디서 굴러먹다 온 놈팡이라고 매도할 급은 아니었다.

인간관계도 원만하고 주변 평판도 괜찮은 듯하니, 남은 건 직접 한번 보는 것이었다.

외모는 딸이 좋으면 되는 것이고, 몸은 건강하기만 하면 충분하니.

눈빛이라든지, 말과 행동에서 드러나는 인성 등…… 어른의 시선으로 볼 수 있는 영혼의 결을 확인하고자 하였다.

일단 눈빛은 티끌 한 점 없이 맑아 보인다. 딸의 돈을 노리고 접근한 놈팡이 아니냐는 의혹을 받는 것만으로도 혀 깨물고 죽으려 들 것 같다.

행동거지나 말씨도 구김살이 없으면서 격이 있다. 재계에서도 가정교육을 꽤 잘 받은 축에 드는 자제에게서 날 법한 귀티가 흐르니, 모친이 아주 훌륭한 분인 모양이다.

요새 보기 드문 청년이라 더욱 눈치채기 어려웠지.

저번에 봤을 땐 정말, 별 사심 없이 딸을 보필하는 충직한 직원 정도로 보였다. 설마하니 마누라 빼앗기고 눈 뒤집혀서 달려온 사내일 거라곤 상상조차 못 했다.

그렇지만.

'전 이제 따님 없이는 단 하루도 못 삽니다. 그래서 금유리한테 목숨 걸었습니다.'

종국에 내비친 진심은 델 듯이 뜨거웠지.

"변변찮은 것밖에 없어 죄송합니다. 그냥 냉수로 드릴까요?"

침묵이 길어지자 성진이 약간 굳은 얼굴로 재차 물었다.

금 회장은 그의 눈에 비친 경계심을 십분 이해했다. 저이 입장에선 마누라와 생이별시키려 든 피도 눈물도 없는 노인네일 테니.

그가 어떤 지레짐작을 하고 있는지도 알 만하다. 이 노인네가 돈 봉투라도 들이밀며 딸과의 이별을 종용하러 왔다고 생각하는가.

금 회장은 불온한 미소를 지었다.

그래. 반은 맞는 짐작이다. 네놈에게서 조금이라도 못 미더운

구석이 보이거든, 나는 이번에야말로 딸을 데려갈 작정이니까.

나는 3년 동안 딸을 방치한 천하의 몹쓸 아비고, 너는 그 3년 동안 딸의 곁을 지켰지만. 나는 여전히, 딸의 앞날을 위해서라면 그 어떤 원망도 들을 각오가 된 고약한 노인네다.

금유리는 네 녀석의 여자이기 전에, 내 딸이니까.

"마실 거라면, 그런 것만 있진 않을 터인데."

금 회장은 중후한 음성으로 말문을 트며 성진에게 쨍한 눈빛을 휘둘렀다.

"저번에 자네가 가져온 술들은 잘 먹었네."

"아…… 벌써 드셔 보셨습니까?"

성진이 다분히 놀란 표정을 지었다. 영락없이 버려졌으리라 생각하고 있었던 듯.

"그중에 채운여름이 자네가 만든 술이지?"

"네, 맞습니다……."

"어제 앉은자리에서 한 병 다 비웠네. 포트와인처럼 달달하니 술술 넘어가더군. 내 원래 단 술을 썩 좋아하는 편은 아닌데, 올라오는 향이 제법 괜찮더라고."

"입에 맞으셨다니 다행입니다. 저, 근데 그날 괜찮으셨는지요?"

"왜? 술병이라도 났을까 봐?"

"채운여름이 그래 봬도 18도짜리거든요. 거의 소주에 육박하는 도수인지라……."

간단히 말을 주고받는 중에도 금 회장은 성진의 표정 변화를 나노 단위로 들여다보았다. 허우대는 무도 선수처럼 훤칠한 녀석이 제가 만든 술 얘기에 금세 무장해제 돼 가지곤.

"제법 큰 상도 탄 술이더군. 직접 마셔 보니 받을 만하단 생각을 했네."

"아…… 감사합니다! 누구보다 아버님께서 그렇게 말씀해 주시니 정말 기쁩니다."

얼굴을 살짝 붉힌 채 얼떨떨하게 기뻐하며 솔직한 마음을 표현하는 것이, 제법 귀여운 구석도 있는 놈 같다.

"저, 그러시면 채운여름을 좀 가져다 드릴까요?"

"그 말은, 나랑 한잔하겠다는 건가?"

알코올이 들어갔을 때 훤히 드러날 제 민낯에 자신이 없다면 한 발 빼야 할 자리. 성진은 이채를 띤 눈으로 받아쳤다.

"아버님만 괜찮으시다면, 있는 대로 다 가져와 보겠습니다."

눈치하며 패기까지, 포장을 한 겹 벗겨 낼 때마다 드러나는 내용물이 제법 마음에 찬다.

금 회장은 입꼬리를 씰룩 올렸다. 술잔을 부딪치기도 전에 유쾌해졌다.

❖ ✱ ❖

초저녁에 시작된 술자리는 카페 창문이 짙은 밤에 물들도록 이어졌다.

"허허, 자네도 어지간히 황당했겠구만. 내 딸이지만 참…… 양의 탈을 쓴 망아지야."

성진이 유리가 집을 나온 내막을 알았을 때의 심경을 밝히자, 금 회장은 제가 다 민망해했다.

"말도 마세요. 제가 그때 얼마나 죽일 놈이 된 기분이었는데요. 정말, 유리는 저 따위가 뭐라고 그렇게까지…… 근데, 아버님. 우리 유리 망아지 아니거든요? 날개 없는 천사예요, 천사."

성진은 실실 웃으며 금 회장이 내민 잔을 공손히 받았다. 술이 제법 들어가는 바람에 팔불출인 거 다 들통 났다.

또 어떤 이야기엔 금 회장이 불같이 분노했다.

"저런 고얀……. 제왕금형라고 했나? 이제 거기하곤 끝이다! 내일 당장……."

"하하…… 그땐 나름 원만하게 합의하긴 했지만. 음, 뭐 그냥 아버님 좋을 대로 하시죠."

"자네 어깨는 지금 괜찮은 건가? 이런 고맙고 미안할 데가."

"걱정 마십시오. 그때보다 더 튼튼해졌습니다."

술도 이야기도 주거니 받거니. 두 남자는 서로의 잔을 끊임없이 채웠다.

"정말…… 우리 유리가 7분 안에 칵테일 세 잔을 만들어 냈단 말인가? 같이 시험 본 사람들 우수수 떨어지는 통에 유리 혼자만 붙었다고?"

"네. 한 달 넘게 정말 죽도록 연습했거든요. 그때 어찌나 대견하던지."

금 회장은 미간에 주름을 모았다. 원래대로라면 유리가 감당할 수 있기는커녕 도전할 엄두도 못 낼 시험이다. 성진이 말하는 유리가, 제가 마지막으로 기억하는 딸과 동일인물이라면 말이다.

유리에게 두 오빠만큼의 영재 기질은 없다는 건 알고 있었다. 그렇다고 기대치를 마냥 낮출 수는 없었다. 남부럽지 않은 환경에서 자란 아이니까. 앞으로 물려받게 될 가산을 스스로 지킬 능력 정도는 필요하니까. 무엇보다, 먼저 간 그녀의 딸이니까.

유리 역시 처음부터 무기력했던 건 아니었다. 잘은 못 해도 나름 열심히 해 보려는 의욕을 보였었다.

그랬던 딸이 언제부터인가 맥을 못 추더니만…… 열심히 하지도 않고, 심지어 해 보려 하지도 않았다.

유리의 빈 눈동자를 볼 때마다 금 회장은 섬뜩한 마음이 들었다. 마치 몹쓸 벌레가 딸의 속을 다 파먹어 버린 것 같아서.

다급한 마음이 앞서 점점 딸을 다그치게 되었다. 그럴수록 딸은 더 움츠러들고, 자신은 실망하고, 서로가 절망하는 악순환만 반복되었다.

'차라리…… 혼자 살게 해 주세요.'

유리를 본가에서 내친 날. 그 말을 들었을 때, 금 회장은 참담하고 화가 났다. 너는 뭐 얼마나 노력한 게 있다고 제 아비를 꼴 보기 싫은 사람 취급하나 싶었다.

이제야 알았다. 그때 딸은 정말로 살겠다고 나간 거였음을…….

금 회장은 성진을 똑바로 응시했다.

너는 어떻게 유리를 꽉 채워 줄 수 있었던 거냐. 달리 어떤 걸 가졌기에, 내가 천금으로도, 애끓는 부정으로도 하지 못한 일을 해낸 것이냐.

네가…… 내 딸을 살렸구나.

기적과도 같은 딸의 변화. 그 중심에 성진이 있음을 안 뒤, 금 회장은 그에게도 본격적인 관심을 주기 시작했다.

"청와대 만찬주라. 음…… 이 정도 술이면 충분히 노려 볼 만하다고 생각하네. 아마 그 업무는 농림축산식품부에서 주관하겠지. 나도 한번 알아봐야겠군."

"말씀만으로도 감사합니다."

"꼭 무슨 로비 같은 걸 하자는 게 아니야. 술 자체도 물론 좋아야겠지만, 그 정도 판은 응당 전략이 필요하지. 선정 주체나 기준 같은 걸 알아내면 어느 정도 길이 보일 걸세."

또 한 번 그녀의 아버지가 잔을 내민다. 잔을 맞부딪치며 성진은 생각했다. 이 자리의 느낌이 황송하리만치 좋은 건, 단지 알코올의 일시적인 변덕 때문만은 아닐 거라 믿고 싶다.

"아버님. 그런 것보다 제가 정말 부탁드리고 싶은 건……."

분위기를 틈타 성진은 용기를 냈다.

"지금의 유리 모습을 인정해 주시고, 지켜봐 주셨으면 하는 겁니다."

말끄러미 저를 보는 금 회장에게 성진은 최대한 정중하게 말씀드렸다.

"유리 걱정하시는 마음 충분히 이해합니다. 그래도 저번 일은 좀 과하셨습니다. 유리가 너무 놀라서 며칠간 일을 쉬고 있습니다. 지금 손님들이 유리 애타게 찾는답니다. 유리가 만든 칵테일이 아니면 싫답니다."

"……."

"유리는 이제 엄연히, 대체 불가능한 바텐더가 되었습니다."

호박 넝쿨이 굴러오는 순간조차 제 여자가 먼저인, 쨍하니 맑은 사내의 눈.

금 회장은 한숨을 내쉬며 고개를 끄덕였다. 기실 그 끄덕임은 며칠간 자신을 괴롭힌 수많은 물음에 대한 답이기도 했다.

"맘 편히 나가라 전해 주게. 두 번 다시 그런 일은 없을 터이니."

"감사합니다."

"생일파티 망친 것도 미안하다 전해 주고."

성진은 무거운 침을 삼켰다. 그것도 아셨나 보구나.

"허어, 언제 시간이 이리된 건지. 이대로 있다간 날밤 새우겠구만."

금 회장이 손목에 찬 시계를 확인하고 혀를 내둘렀다. 시간 가는 줄도 모르고 딸의 동갑내기 연인의 이야기에 푹 빠져 버렸다.

"이만 가 보겠네. 너무 오래 자네를 붙잡고 있었군. 내일 자네 일하는 데 지장되진 않으려나?"

"오히려 내일 하루 종일 즐겁게 일할 것 같습니다. 아버님이랑 이런 얘기를 나누게 돼서 정말 기쁘고 감사해서요."

금 회장은 흐뭇하게 고개를 끄덕였다. 이 청년의 겉과 속이 깔끔하게 맞아떨어진다는 건 오늘 충분히 알았다.

이 청년의 그릇이 얼마나 큰지도 알았고, 그 안에서도 넘쳐 나는 딸의 비중을 느꼈다.

"자네도 어서 올라가 봐야지? 유리 그 녀석이 오매불망 자네 기다리고 있을 듯한데."

"하하, 네. 저도 빨리 가 봐야지요."

"나랑 같이 서울 올라가겠나?"

"저는 양조장 정리를 해 놓고 가야 합니다. 먼저 올라가시지요."

성진이 난감하게 웃으며 사양했다. 오늘 기탄없는 대화를 나누긴 했어도, 회장님의 차까지 선뜻 얻어 타긴 어려운 감이 있었다.

"기다려 줄 테니 정리하고 오게."

금 회장은 그 심리적 거리를 성큼 좁히려 들었다.

"참. 내가 중요한 얘길 하나 빼먹었군. 자네의 중대한 오해를 풀어 줘야 하는데."

"어떤 오해…… 말씀이신지요?"
의아하게 묻는 성진에게, 금 회장이 짓궂게 웃으며 말했다.
"난 말이야, 유리한테 3년째 동거한 애인이 있는 거, 자네가 들이닥치고 나서야 알았어."
"……예?"
"난 지난 3년간 유리 근황을 규진이 통해서만 전해 들었거든. 규진이는 나름 유리 위한답시고 자네 얘기를 쏙 빼놓았고."
"아……."
성진은 스스로도 바보가 된 것 같단 생각이 들 만큼 멍한 탄성을 연발했다.
"허허, 덕분에 졸지에 부부 생이별시키려 든 고약한 노인네가 돼 버렸지 뭔가."
"저기, 아버님……."
"두 사람 관계를 내 진즉 알았다면, 저번처럼은 안 했을 텐데 말이야."
"저……."
"괜히 자네 '몸 많이 달게' 해서, 미안하게 됐네."
"……."
"어여 정리하고 나오게. 1분이라도 빨리 유리한테 가고 싶어서 몸이 달 텐데."
금 회장이 호탕하게 웃으며 카페를 나갔다.
성진은 제 목덜미에 손을 대 보았다. 불이 났다.
그럼, 설마 그날 나…….
"……오버 떤 거?"
그냥 오버도 아니고…… 개오버.

3년 전 크리스마스 키스 사건, 작년에 유리에게 부린 주사 등등……. 그 어떤 건도 찜 쪄 먹을 복선비 부동의 랭킹 1위 흑역사가 탄생하고 말았다.

"김 기사, 최대한 빨리 가지! 이 친구 몸 달아 죽지 않게."

시동 걸린 S클래스 벤츠 안에서 금 회장이 카랑카랑하게 말했다. 그 곁에 허리를 곧추세워 앉은 성진은 딱 죽을 맛이었다. 이것이 말로만 듣던 수치사 일보 직전의 느낌이로구나.

"도착할 때까지 1시간 반 정도 걸릴 듯한데, 얘기나 실컷 해 보는 게 어떤가. 어쩌다 자네가 우리 유리 없인 단 하루도 못 살게 된 건지."

'유리야, 나 좀 살려 줘…….'

성진은 유리에게 부질없는 텔레파시를 보내며 절규했다. 32년 평생을 통틀어 가장 두려운 1시간 반이었다. 대체로 마음이 넓지만 사람 놀려 먹을 때만큼은 제법 뒤끝 있는 유리의 성향이 아버님을 닮은 건가 싶다.

문득 불안해졌다. 이거 설마…… 평생 가는 건 아니겠지?

성진의 예감은 적중하였으니.

'복 서방, 이제 그만 가 보게. 한창 신혼이라 전보다 몸이 더 많이 달 텐데.'

'복 서방, 오늘 윤아 데리고 와 줄 수 있나? 내 손녀가 보고 싶어서 몸이 많이 다는군.'

'복 서방…… 앞으로도 지금처럼만, 우리 유리 몸 달게 사랑하고 아껴 주게.'

25년 후 이 세상 나들이를 마치고 기쁜 마음으로 사랑하는 아내 곁으로 가시는 그날까지, 아버님은 두고두고 놀려 먹으셨다.

❖ ✻ ❖

6월 중순으로 접어드니 하루하루가 변화무쌍했다. 서늘한 장대비가 후드득 쏟아지다가도, 또 어떤 날은 목을 틀어잡는 아지랑이가 거리에 피어올랐다.

"아버지, 저기 같은데요."

선샤인호텔 로비. 갈피를 못 잡고 두리번거리는 금 회장을 규진이 손잡고 이끌었다.

「프리미엄 우리 술 시음회」

세미나실 입구 앞 프레임 배너에, 그토록 찾아 헤매던 행사명이 적혀 있었다.

"흠. 장소가 썩 넓어 보이진 않구나. 여기 연회장 중 가장 작은 것 같은데."

일반인의 시선으로 보면야 골방이라도 특급호텔 세미나실이겠지만, 금 회장은 괜히 심기가 불편해졌다.

"김 회장도 참. 기왕 일 맡길 거, 넓고 좋은 방으로 내주면 좀 좋아?"

원래 선샤인그룹 김 회장 기분파인 건 재계에 소문이 자자했다. 고서열 그룹의 총수답게 기업의 세를 불리는 일엔 이악하지만, 부담 없이 쾌척할 만할 데선 의외로 한없이 옹졸해지는 작자였다.

"처음 말 꺼낼 땐 이 호텔 한식당에서 진행하라 했다더니, 왜 갑자기 말을 바꾼 건지."

"아무래도 부담됐던가 보죠. 시음회 때문에 한식당 일 매출 날리기는요."

"어쨌거나 그쪽에서 먼저 제안해 놓고 이러는 건 도의가 아니지! 하여간 싸고 좋은 것만 밝히는 마인드 하난 한결같구먼."

뿔난 금 회장은 급기야 이런 말까지 했다.

"저런 졸렬하고 추저분하기까지 한 집구석에 귀한 딸 안 보내길 천만다행이지."

지난번에 성진과 대화를 나누면서, 금 회장은 강두현이 얼마나 천하의 몹쓸 놈인지 알아 버렸다.

사람 하난 멀끔하고 총기 있어 보여 딸을 맡겨 볼 마음을 먹었건만. 직장 동료의 약혼녀를 꾀어내 깜냥이 안 되는 자리를 도모하고, 그런 주제에 유리의 하나뿐인 인생까지 꿀꺽할 요량으로 제 앞에서 추악한 속내를 감췄다니.

감쪽같이 속은 자신만 눈먼 노인네가 된 듯해 요 며칠 기분이 아주 더러웠다.

"그래도…… 잘할 겁니다. 워낙에 능력이 출중하니까요."

규진의 말에 주어가 생략됐다. 여전히 성진을 지칭할 말을 찾지 못한 탓이다. '성진 씨'라 칭하자니 매정하리만치 먼 느낌이고, 매제라 칭하긴 아직 시기상조니.

"금규진. 내가 왜 오늘 같이 오자고 했는지 알지?"

금 회장이 엄한 표정으로 규진을 보았다.

"그래도 네가 그 애 오빠야, 이 녀석아."

"예……."

"규현이 녀석은 아예 물 건너서 살림 차렸으니 앞으로 얼굴 볼 날이 많지 않을 거다. 나마저 가고 나면 가족이라곤 너랑 유리 서로밖에 안 남아. 내 말 무슨 뜻인지 알지?"

규진은 숙연하게 고개를 숙였다. 요즘 들어 아버지는 당신 가고 난 뒤의 일을 말씀하실 때가 부쩍 많아지셨다.

"가족끼리 죽을 때까지 이런 꼴로 지낼 수는 없지 않겠어?"

"죄송합니다……. 전부 다 제 잘못입니다."

"잘못한 거 알면 네 동생 마음 돌릴 방법을 최대한 찾아봐야지. 나도 그렇고. 같이 노력해 봐야지."

금 회장이 세미나실 안쪽을 보며 의미심장하게 중얼거렸다. 마치 저 안에 답이 있는 것처럼.

그 시각, 성진은 세미나실로 들어오는 손님들을 맞는 한편 준비한 자료를 점검하고 있었다.

비록 김 회장의 변덕과 김두빈, 강두현 배다른 형제의 기 싸움에서 파생된 시음회지만, 모처럼 찾아온 기회다. 오늘 시음회를 성황리에 마치면, 참술과 채운 시리즈는 수도권 업계인들에게 눈도장을 찍겠지.

물론 두현이 그리되게끔 호락호락 놔둘 리 만무했다.

'한식당 대관은 너무 과합니다. 일 매출 손해를 감수할 만큼, 전통주 시음회가 선샤인주류에 실질적 도움이 되는 행사일까요?'

'혹시라도 복성진이 형편없이 준비해서 선샤인호텔 이미지까지 실추시키면 어쩌시려고요.'

아마 그런 식의 입김을 받았을 김 회장은, 했던 말을 바꾸고 또 바꿨다. 결국 선샤인호텔에서 가장 작은 세미나실을 배정받았다. 일체의 비용을 부담하겠단 약속도 부침개 뒤집듯 바꿨다. 쥐꼬리만 한 예산을 쥐어 주면서 내실 있는 행사를 진행해 봐라 생색을 냈다.

'그래도 나한텐 차고 넘치더란 말씀!'

성진은 회심의 미소를 지었다. 선샤인주류 측에서 그런 식으로 나와 준 덕에 오히려 자유도가 높아졌으니.

오후 2시부터 5시까지 진행되는 행사. 처음 1시간은 업계인을 대상으로 특강을 진행하기로 했다. 수도권 한식당과 전통주점에 초대장을 보내 놓으니 정원이 금세 찼다.

'오, 자네가 그런 강의도 한단 말이지? 나도 들으러 가도 되나?'

금 회장의 말 한마디에, 성진은 저와 가장 가까운 자리를 하나 만들어 놓았다.

시음회장은 화려하지 않아도 품격 있게 꾸며졌다. 핑거 푸드가 먹음직스럽게 플레이팅되어 있고, 시음 테이블에 센터피스로 놓인 생화 캔들 라브라가 생기를 더했다.

"어서 오십시오! 일찍 와 주셨군요."

세미나실로 들어서는 금 회장을 성진이 반색하며 맞아들였다.

"모처럼 만들어 준 자린데 당연히 제때 와야지."

"이쪽에 앉으시면 됩니다."

자리에 앉은 금 회장이 넌지시 성진에게 물었다.

"미안한데, 자리 하나만 더 만들어 줄 수 있나?"

"아, 일행이 계신가요? 물론 됩니다. 잠시만 기다려 주시죠."

반가운 마음이 앞서 누군지 묻지도 않았다. 바깥에서 여분의 의자를 찾아 가지고 온 성진의 얼굴이 굳었다.

"하하, 내 큰아들일세. 유리한텐 큰오빠이고."

"……세팅해 드리겠습니다."

성진은 코스터와 시음 잔을 규진 앞에 세팅했다. 방금까지 감돌던 특유의 온기가 사라졌다. 심상찮은 낌새를 챈 금 회장이 눈을 끔벅이며 규진을 보았다. 사정 모르는 그로선 이번이 두 사람의 실질적 첫 만남인 줄 알았다.

규진은 곤혹스럽게 고개를 숙였다. 역시 뻔뻔하게 여기 오는 게 아니었다.

이윽고 특강이 시작됐다.

"안녕하십니까? 저는 참술 양조장의 복성진입니다. 주말에 귀한 걸음 해 주셔서 감사합니다. 아시다시피 이번 특강 주제는, '우리 술, 어떻게 고를까?'입니다."

성진이 빔 프로젝터에 PPT를 띄운 순간, 20대 초입의 여성이 서빙카트를 끌고 들어왔다. 두 여인이 뒤이어 입장했다. 정갈한 화이트 앤 블루톤 생활한복을 맞춰 입은 세 여인의 단아한 자태에, 장내가 산뜻하게 밝아졌다.

선녀 같은 이 여인들은 대체 누굴까? 참관객들이 궁금해하는 찰나, 성진이 정식으로 그녀들을 소개했다.

"오늘 강의 진행을 도와주실 분들입니다. 바 아젤리아의 오너 바텐더 금유리, 바 캡틴 유다희, 강미나 바텐더입니다. 제 개인적인 친분으로 특별히 모셨습니다."

공수 자세로 인사하는 그녀들에게 힘찬 박수가 쏟아졌다.

'유리야…….'

금 회장과 규진은 망연히 입을 벌려 유리를 보았다. 아버지와 큰오빠가 온 걸 아는지 모르는지, 유리는 성진 곁에 다소곳하게 섰다.

"본격적인 특강을 시작하기에 앞서, 간단한 퀴즈를 내 드리겠습니다.”

성진은 세 바텐더와 함께 참관객들의 시음 잔에 술을 따랐다. 시계방향으로 술을 따르던 중, 유리는 금 회장에게도 술을 따르게 되었다.

“아…….”

금 회장이 짤막한 탄성을 뱉었지만 유리는 일언반구도 없었다. 어떤 선이 보이는 듯, 그녀는 아버지의 잔에 정량의 술을 따라 내고 깔끔하게 트위스팅하여 술병을 거뒀다.

모두의 앞에 두 잔의 적색 탁주가 놓였다. 겉보기엔 완전히 똑같은 술인데, 굳이 두 잔씩 따른 걸 보아 뭔가 다른 건가 싶기도 했다.

“이 두 가지 홍국쌀 막걸리는 동일 양조장 제품입니다. 한번 드셔 보시고, 이 두 술의 차이점이 뭔지 한번 찾아보실까요.”

사람들은 저마다 비교 시음을 해 보았다. 어떤 이는 음! 하면서 고개를 끄덕이고, 어떤 이는 감이 영 안 잡히는 듯 고개를 갸웃거렸다.

“어떠셨나요? 두 가지 술의 차이점이 느껴지시나요?”

성진이 금 회장에게 불쑥 마이크를 들이댔다. 해맑게 웃는 녀석이 다소 짓궂다 느끼며, 금 회장은 나름 느낀 바를 말하였다.

“흐음, 하나는 생식 같고, 다른 하나는 익은 빵 같은 느낌이랄까.”

“선생님은요?”

성진이 규진을 건너뛰어 옆 사람에게 물었다.

“저도 비슷하게 느꼈어요. 하나는 누룩취가 좀 올라오지만 산뜻한 느낌이 나고. 다른 하난 구운 아몬드 느낌이 나면서 좀 더 달고 가볍단 느낌?"

"다른 분들도 비슷하게 느끼셨을 겁니다. 왜 이런 차이가 날까요?"

사람들이 서로 눈치만 보고 있자, 성진은 정답을 오픈했다.

"바로, 생주와·살균 막걸리의 차이입니다. 생식 느낌이라 하신 건 생막걸리고, 빵이나 구운 아몬드 맛이 나는 건 살균 막걸리입니다. 살균 막걸리는 열처리를 하기 때문에 색이 진해지고 익은 맛이 나게 됩니다."

"아……."

사람들이 탄성을 뱉었다. 업계 종사자여도, 생막걸리와 살균 막걸리의 차이를 유통기한 정도로만 알아 온 이들이 다수였다.

"막걸리에는 이런 고정관념들이 있습니다. 파전과 함께 먹는 술이다. 6도 내외의 저도수 탄산주이다. 한 병에 3천 원도 안 하는 저가 술이다, 같은 거 말입니다. 하지만 요샌 10도가 넘는 프리미엄 막걸리가 늘고 있습니다. 방금 시음하신 막걸리는 술샘 양조장의 10.8도짜리 프리미엄 막걸리, '술 취한 원숭이'와 '붉은 원숭이'입니다. 전자는 생주고, 후자는 살균 막걸리죠."

모든 막걸리가 6도짜리고 아스파탐을 탄 저가 술이란 인식은 이제 바뀔 때가 되었다.

"막걸리가 일반적으로 파전과 매칭되는 이유는, 둘 다 무거운 장감의 음식이기 때문입니다. 막걸리의 탄산이 파전의 기름기를 잡아 줘서기도 하죠. 하지만 모든 막걸리가 파전과 어울리는 건 아닙니다. 바꿔 말해, 다른 음식과 매칭할 수 있는 막걸리도 많다는 겁니다."

아젤리아 바텐더들이 시음 카트에서 갖가지 탁주를 꺼내 왔다.

비슷비슷한 아이보리 톤의 막걸리여도 저마다 품은 맛은 놀라우리만치 달랐다.

"허어, 이 막걸리는 아주 드라이하구만. 짚풀내 같은 것도 제법 강하고."

송명섭 막걸리를 시음해 본 금 회장이 혀를 내둘렀다.

"처음엔 헉 했다가도 계속 찾게 된다는 막걸리죠. 드라이해서 어떤 음식과도 무난하게 매칭할 수 있고요."

"금정산성 막걸리…… 이건 산미가 제법 강하네."

"원래 술 제조자 입장에선 산미 있는 술을 별로 선호하지 않아요. 술이 시었다는 인식이 있어서요. 하지만 요샌 맛있는 산미를 강점으로 내세우는 술도 많아지는 추세랍니다."

"어이고, 이건 또 되게 다네!"

"하하, 찹쌀막걸리라 그렇습니다. 찹쌀 함량을 높이면 감미료 없이도 달고 크리미한 술이 얻어지죠."

금 회장이 성진의 이야기를 흥미롭게 듣는 사이, 규진은 자꾸 유리를 흘끔거렸다. 유리는 서빙 카트 옆에 서서 정면만 응시했다. 빈틈없는 도우미 역할을 수행하기 위함인지, 아니면 애써 이쪽에 시선을 두지 않으려는 건지.

"이제 약주를 시음해 보겠습니다. 약주는 쉽게 이해하자면, 막걸리의 맑은 버전입니다. 막걸리 맛이 이토록 다양한 만큼, 약주 역시 다채로운 맛의 팔레트가 존재하지요."

우연찮게 유리는 규진의 잔에 술을 따르게 되었다. 이번만큼은 마음이 흔들렸던지, 정량보다 조금 넘치게 따랐다.

'오메기 맑은 술'이란 이름의 약주. 유리가 멀어진 뒤 규진은 처연한 심정으로 맛보았다. 제게 와 닿은 여동생의 숨결은 쓰고 텁텁하게 느껴졌던 데 비해, 술맛은 스위트 화이트 와인처럼 새콤달콤했다.

"향미도 술을 선택하는 기준이 될 수 있습니다. 해창막걸리처럼 꽃이나 풋과일 향미가 나는 술이 있는가 하면, 면천두견주처럼 100일 이상 장기 숙성된 약주는 열대과일 향미가 나기도 합니다."

"정말 맛있는 술이 많네요. 생각 같아선 다 갖다 놓고 싶지만, 사정이 여의치 않으니……."

한 한식당 사장이 푸념을 늘어놓았다.

"손님들은 생주를 선호하시지만, 유통기한이 대체로 2개월 내외라. 재고 쌓이는 걸 무시할 수 없더라고요."

"파시는 음식에 어울리는 술을 선택적으로 입고하셔도 괜찮습니다. 전류나 튀김 같은 기름진 음식을 판다면 산도가 높거나 탄산감이 있는 술을 택하시면 되고. 달콤한 찹쌀막걸리나 이화주를 디저트와 페어링한 구성도 생각해 볼 수 있죠. 전통주점을 표방하면서 주류를 주력으로 미는 식당이면, 잘 팔리는 술만 입고하기보단 다양한 술을 소량씩 구비하는 게 좋습니다. 그래야 손님들이 다른 술도 맛보려고 재방문하게 되거든요."

참관객들의 질문에 설득력 있는 논조로 찰떡같이 응답하는 성진을 지켜보며, 금 회장은 흐뭇한 미소를 지었다. 잘 자란 막내아들을 보는 기분이었다.

불현듯 유리 쪽을 보니, 성진을 바라보며 뿌듯한 미소를 짓고 있었다.

그토록 환한 딸의 모습이 보기 좋은 한편 씁쓸하였다. 그렇게 좋으면 좋다고, 진즉 말해 줄 수는 없었던 걸까. 물론 말 꺼낼 엄두조차 안 나게 한 아비 탓이겠지만…….

탁주와 약주 시음을 거쳐, 증류주 시음도 진행되었다.

"우리나라는 13세기경 몽골의 침략을 받는 과정에서 증류주가 들어왔습니다. 몽골이 병참기지로 삼았던 안동, 제주, 진도에서 안동소주, 고소리술, 홍주 같은 명주가 탄생했죠. 우리나라에 증류주가 전국적으로 퍼지기까지 얼마나 걸렸을까요?"

"그을쎄요, 한 삼사백 년 정도 걸리지 않았겠어요?"

한 사람이 취기에 힘입어 해 본 말에, 성진은 웃으며 고개를 저었다.

"정답은, 불과 100년입니다."

"아니, 진짜로요?"

"증류주가 너무 빨리 퍼져서 알코올 중독이 사회문제가 될 정도였습니다. 조선왕조실록에 이성계의 맏아들 방우가 소주를 과음해서 죽었단 얘기도 실려 있죠."

위스키나 브랜디를 얻으려면 포트 스틸이란 무겁고 귀한 금속 증류기가 필요했기에, 서양에선 증류주를 아무나 제조하지 못했다. 근데 우리나라는 어쩜 그리도 빨리 집집마다 소주를 내릴 수 있게 된 걸까?

"왜냐면, 집집마다 간이증류기가 있었기 때문입니다."

"아……."

성진이 내민 걸 보고 사람들은 감탄 어린 한숨을 뱉었다. 솥뚜껑 모형이었다.

"처음엔 솥뚜껑을 뒤집어 놓고 술을 끓여서 소주를 얻다가, 나중엔 아예 소줏고리를 만들어서 집집마다 돌려썼습니다. 우리나라에 옹기 기술이 발달한 덕분이었죠."

시간 가는 줄 모르게 진행된 특강은 어느덧 마지막 주제로 접어들었다.

"증류주의 빠른 확산에 힘입어, 조선시대에 또 하나의 주종이 탄생하게 됩니다."

성진은 채운 시리즈 패키지를 개봉했다. 탁주인 채운구름과 증류주인 채운이슬. 두 가지 술을 맞붙여 놓고 불쑥 물음을 던졌다.

"만약에 발효주에 증류주를 넣으면, 어떤 일이 벌어질까요?"

당연하게도 침묵이 감돌았다.

"일단 도수가 높아지겠죠? 그러면 효모는 자기 생존을 위해 알코올 생성을 멈춥니다. 하지만 효소는 미생물이 아닌 단백질이기에 전분분해를 지속하죠. 그 결과 전분은 알코올이 되지 않고 잔당으로 남게 됩니다. 이렇게, 독하고 단 술을 얻는 제조법이 존재합니다."

그렇게 말하며, 성진은 채운여름을 꺼냈다.

"이런 제조법이 탄생한 배경은, 여름에도 맛있는 술을 먹기 위함이었습니다. 아시다시피 우리나라의 여름은 술 빚기에 최악의 환경입니다."

무더운 날씨엔 잡균의 증식량이 효모의 증식량을 웃돌게 된다. 한반도의 여름은 습하기까지 하니, 누룩은 썩어 버리고 술은 시어지기 일쑤였다.

"하지만 발효주에 증류주를 더하면, 알코올 도수가 빠르게 높아지기에 술이 잘 상하지 않죠."

발효주는 부드럽지만 도수가 낮아 유통기한이 짧다. 증류주는 도수가 높아 오래가지만 거칠고 맵다.

하지만 이 둘을 합하면 발효주의 부드러움과 증류주의 저장성, 두 가지 술의 장점이 합해져 안정적이면서 맛 좋은 술이 된다.

여름 무더위를 이겨 낼 수 있는 술. 여름을 지내는 술. 이런 술을 바로.

"과하주過夏酒라 합니다."

성진과 유리의 시선이 마주쳤다. 유리는 빙긋 웃고는 서빙 카트의 채운여름을 꺼내 모두의 시음 잔을 채워 나갔다.

"비슷한 방식으로 만들어지는 술로 포트, 셰리 같은 서양의 주정강화와인이 있습니다. 이 술들의 출현 시기를 18세기 전후로 봅니다. 하지만 과하주는 1670대에 저술된 우리나라 최초의 한글 고조리서 음식디미방에 이미 상세한 레시피가 기록되어 있었습니다. 그렇다는 건, 우리나라 주정강화주의 역사는 서양보다 적어도 100년 이상 앞선다는 뜻이 됩니다."

금 회장의 미간에 굵직한 주름이 모였다. 우리나라 술을 낮잡아 본 건 아니지만, 이 정도로 우수한 수준인 줄은 미처 몰랐다.

"과하주는 우리 술의 주축을 이루는 주종이었지만, 1950년대 개정된 주세법에서 과하주란 이름이 사라졌습니다."

과하주를 제조해도 라벨에는 약주나 기타주류로 표기되는 게 지금 현실이다.

"그래서 이 술은 과하주인데도 품평회 때 약주로 분류되어 상을 받았습니다. 큰 상을 받아서 기뻤지만 한편으로 씁쓸하기도 하더군요."

그토록 사랑받았던 여름 나는 술이 잊히고 만 건, 사람들이 과하주란 이름을 접할 기회가 줄어든 탓인지도 모른다.

언젠가 제도적인 개선이 이루어질지 모르지만 술 제조자 입장에서 당장 할 수 있는 일은 향기롭고 맛있는 과하주를 빚는 일, 여름 하면 사람들이 이 술을 떠올리게 하고, 계속 찾게 하고, 두고두고 기억하게 하는 것이었다.

그런 마음으로 정성들여 만든 과하주, 채운여름.

이 술을 마신 이들에게 부디 이 정성스런 마음이 전해지기를. 이 여름에 마음까지 향기롭고 맛있게 채워지기를.

사람들이 술잔을 기울이는 찰나, 성진은 갈망하였다.

강의가 끝난 뒤 성진은 30분 넘게 사람들에게 붙들렸다. 한식당 사장들이 성진의 명함을 받아 갔다. 몇몇은 벌써 채운 시리즈 납품 문의를 해 왔다.

성진이 특강 때 소개한 다른 술 관련 물음에도 친절하게 답해주고 해당 양조장 연락처까지 알려 주니, 업주들은 더욱 그와 참술을 좋게 보았다.

프리미엄 우리 술 시장은 이제 겨우 걸음마를 뗐다. 양조장 간에 주질로는 양보 없이 경쟁하되, 시장을 알리는 일만큼은 상부상조해야 한다는 것이 성진의 지론이었다.

그의 취지에 공감하여 흔쾌히 술을 지원해 준 양조장이 많았던 덕에, 오늘 시음회는 모두에게 성공적이었다.

자유 시음 시간. 알음알음하여 찾아온 전통주 마니아들과 호텔 투숙객들이 세미나실에 모여들었다. 파트타임 행사 보조 도우미들이 술과 안주를 세팅하는 일을 맡았다.

한숨 돌린 성진은 아젤리아 바텐더들에게 고마움을 표했다.

“다들 오늘 정말 고생 많았어. 조만간 제가 맛있는 거 살게요.”

“어머나, 그럼 우리 막 비싼 데 가도 되니? 여기 호텔 뷔페가 두당 10만 원이던가.”

“이브닝에메랄드 호텔 뷔페는 어때용? 서울 3대 호텔 뷔페 중 요새 제일 잘나간대요.”

“하하, 유리랑 상의해서 잘 정해 봐요.”

다희와 미나의 너스레에 한바탕 웃으며 성진은 유리와 눈을 맞췄다. 서로의 입가에 미소가 피어난 찰나, 금 회장이 불쑥 끼어들었다.

“오늘 아주 재밌고 유익한 시간이었네. 강의를 아주 잘하더군.”

금 회장이 대견하다는 듯이 성진의 어깨를 툭 쳤다.

“감사합니다. 재밌게 들으셨다니 다행입니다.”

성진은 곁에 있는 유리를 슬그머니 보았다. 혹시나는 역시나였다. 그녀의 미소는 자갈 뒤로 숨는 송사리만큼이나 빠르게 사라졌다.

서먹한 딸의 시선 처리를 의식한 듯, 금 회장이 크흠 하고 헛기침을 했다.

“저…… 시음회가 5시까지라 했나?”

“네. 뒷정리까지 마치고 나면 6시 정도 될 듯합니다.”

“그럼 이따 저녁이라도 같이 먹지 않겠나? 유리랑 같이.”

“아, 저는 좋습니다만…….”

성진이 유리를 돌아보았다. 그녀가 눈을 깜박이며 아버지와 성진을 번갈아 보았다.

둘이 얼마 전에 술 한잔 했단 얘기는 들었다. 생각보다 괜찮은 자리였고, 아버님 그렇게 꽉 막히신 분은 아니더라고 성진은 말했지만, 솔직히 믿기 어려웠다.

자신이 완고한 아버지 곁에서 숨이 막혔던 세월이 몇인데. 불과 며칠 전만 해도 역시 아버지는 결코 변하실 분이 아니란 걸 뼈저리게 느꼈는데. 차라리, 성진이 저 생각하는 마음에 선의의 거짓말을 한 거라고 믿는 편이 쉬웠다.

근데 오늘 보니, 성진을 향한 아버지의 태도가 의외로 호의적이긴 하다. 심지어 저녁도 같이 먹자시고.

한순간 유리는 갈등했다. 여전히 아버지에게 서운한 감정은 남았지만, 성진의 입장을 생각해서라도 가야 하나 싶었다. 밥이 잘 넘어가진 않겠지만, 그래도 이대로 따라가면 어떤 물꼬가 트이지 않을까도 싶다.

지금으로선 정말 상상의 영역에 가까운 일. 그러니까 아버지께서 성진을 인정하고, 우리 결혼을 진심으로 지지해 주시거나 하는…….

행여나 하는 기대심리에 살짝 벌어진 유리의 입술이, 도로 얼어붙었다. 큰오빠 규진이 이리로 오고 있었다.

"아……. 규진이도 같이 먹으면 안 될까? 모처럼 같이 왔는데, 혼자만 보내기도 뭐하니."

금 회장이 규진에게 얼른 오라고 손짓했다. 금방이라도 떠나가 버릴 배를 붙들어 놓은 것처럼. 규진이 쭈뼛거리며 가까이 온 찰나.

"성진아. 미안한데 나 먼저 집에 가 있으면 안 돼?"

실낱같은 틈마저 꽉 닫힌 마음이, 유리의 얼굴에 고스란히 떠올랐다.

"미안해. 뒷정리까지 거들고 가면 좋은데 지금 너무 피곤해서."

"아냐! 얼른 들어가서 쉬어. 저녁은?"

"속이 좀 안 좋아. 그냥 건너뛰든지 이따 집에서 알아서 먹을게."

"그래……. 나도 시음회 마치고 바로 갈게."

유리는 규진을 휙 지나쳤다. 그녀가 일으킨 잔바람이 에어컨 바람보다 서늘했다.

"죄송합니다. 유리 컨디션이 안 좋아 보여서 저도 바로 들어가 봐야 할 것 같습니다. 그리고."

성진이 규진을 차가운 눈초리로 보며 덧붙였다.

"유리가 큰오빠분과 마주치는 걸 많이 꺼려 합니다. 앞으로는 오실 거면 미리 말씀을 해 주셨으면 좋겠습니다. 제가 다신 유리한테 무리한 부탁을 하는 일이 없게요."

당신과 마주치게 할 줄 알았으면, 유리를 부르지도 않았을 거란 말이었다.

"미안하게 됐네. 내가 괜히 멋대로……."

금 회장은 막막하게 한숨지었다. 연인조차 이 정도로 적대시할 정도면, 유리 본인이 규진에게 품은 유감은 얼마나 클 건가. 40년 넘게 최고 품질의 유리를 생산해 왔건만, 세상에서 가장 금이 많이 간 유리는 우리 집구석이로구나.

"그럼 유리 잘 부탁하네. 규진아…… 우린 이만 가자."

금 회장이 비칠거리며 세미나장을 빠져나갔다. 절도 있는 걸음새야말로 자타가 공인하는 그의 카리스마였건만, 이제 그는 허리 디스크 정밀검사 예약을 잡아 둔 상황이었다.

초라하고 쓸쓸한 아버지의 뒷모습에 규진은 억장이 무너지는 듯했다. 제가 너무 잘못 살아온 탓에, 기어이 아버지의 가슴에 대못을 박고 말았다.

어쩌면 좋단 말인가? 사죄의 말이나 방법을 제아무리 생각한들, 이젠 여동생에게 말도 못 붙일 지경에 이르렀으니…….

이제 남은 길은, 정말 하나뿐.

"복성진 씨."

여전히 써늘한 눈초리로 저를 보는 성진에게, 규진은 비장한 각오를 다지고 말했다.

"미안한데, 언제 한번 시간 좀 내 줄 수 있습니까? 복성진 씨 편한 날에……."

"뭐 때문에 그러십니까."

"긴히 나누고 싶은 얘기가 있습니다. 유리랑 관련해서요. 부탁합니다. 시간 많이 빼앗지 않을 테니."

여동생과 저 사이. 아마도 그가 유일한 징검다리였다. 설령 반도 건너기 전에 무너져 내릴지라도, 자신은 반드시 건너야 하는 죄인이었다.

쏴아아.

비가 엎지른 물처럼 쏟아지는 일요일 오후였다.

"어머, 어떡해. 아직 시멘트 덜 마른 거 같은데……."

창밖으로 근처 공사장을 내려다보며 유리가 발을 동동 굴렀다. 날이 궂으면 그녀는 바깥에서 고되어질 사람들을 걱정하곤 했다.

"유리야, 나 누구 좀 만나고 올게."

"응. 웬만하면 콜택시 불러서 가. 다 젖겠다."

"그럴게. 너도 이따 바 출근할 때 조심해서 가."

"잘 다녀와."

그녀의 따사로운 미소에 일순간 빗소리가 지워졌다.

집을 나서며 성진은 생각했다. 역시, 금유리에게 일부러 미움 사기도 참 힘들겠다고.

오늘 만나기로 한 상대는, 놀랍게도 그 불가능한 일을 해내신 분이다.

금규진. 그렇게나 잘나신 그녀의 큰오빠.

신사동 카페 철쭉예찬. 폭우가 내려서 그런지 주말 데이트 명소조차도 황량하리만치 공석이 많았다.

약속 장소는 성진이 골랐다. 상대방의 사회적 지위에 어울리는 장소는 아니었지만, 배려할 마음이 나지 않았다. 상대가 조금이라도 꺼리는 기색을 보이면 그걸 빌미 삼아 파투 낼 작정이었다.

그러나 남자는 두말 않고 응했고, 성진보다 일찍 왔다.

"미리 말씀드리지만, 다리 놔 드리려 온 거 아닙니다."

성진은 마주 앉은 사내에게 선을 그었다. 마흔을 앞둔 사내는 음울하게 고개를 숙였다.

"다만 유리에게 무슨 일이 있었는지는 알아야겠기에 나왔습니다."

"유리가…… 나에 대해 어떤 얘기를 했나요."

규진이 앞에 놓인 커피 잔을 하염없이 들여다보며 물었다. 할 수만 있다면 그 안으로 저를 욱여넣고 싶은 듯.

"학교 다닐 때 전교 1등을 놓친 적이 없으시고. 미국의 엄청 유명한 대학원 나오셨고. 모 대기업 회장 따님과 결혼도 하셨다는 것 정도, 들었습니다."

성진이 로봇처럼 읊어 댔다.
"유리 개, 열 가지 일을 당하면 그중에 한두 가지 겨우 말할까 말까라……. 남 탓해도 될 일까지 자기 탓으로 돌리는 여잡니다. 웬만해서는."
그래서 더, 말 안 해도 알 만한 분으로 보입니다. 당신이.
"혹시, 유리 죄인 취급하셨습니까?"

'나는, 죄인 같은 마음을 가져야 해…….'

유리가 그 말을 했을 때, 자기를 깎아내리는 것도 정도가 있다 싶었다. 답답할 만큼 져 주면서 살아온 네가 뭐 얼마나 대단한 죄를 지었다고. 오죽하면 이런 생각까지 들었다. 그녀가 몹쓸 최면에 걸린 건 아닌지.
"네. 제가 정말로…… 유리에게 그런 망언을 했습니다."
그 악독한 최면술사가 누군지 확실해졌다.
"왜, 그런 말을 하셨죠? 언제쯤에요."
"유리가 열 살 때였을 겁니다. 과외수업 듣다가 토를 하기에 그랬습니다. 너를 낳다가 우리 어머니가 돌아가셨으니 열심히 살아야 하는 거 아니냐는 식으로……."
"그게, 유리 탓입니까?"
성진의 목소리 온도가 극저점을 찍었다.
"물론 절대 아닙니다. 그때도 몰랐던 건 아니지만, 제가 너무…… 철이 없었습니다."
"철이 없는 정도로 여동생한테 그런 말이 나올 수 있습니까?"
자기라고 쌍둥이 남동생에게 말실수한 적이 없는 건 아니다. 돌아가신 아버지를 대신하여 훈육차 한 말이, 제가 생각해도 과했다 싶을 때가 종종 있었다.

하지만 저건…… 나가 죽으라는 말조차 반 농담으로 만드는 수준 아닌가.

"설마, 알 만하신 분이 유리가 오멘의 데미안이라도 된다는 망상을 하셨을 리는 없고."

이 남자가 원하는 게 실컷 욕먹는 거면 욕도 아깝다. 그래서 비꼬았더니.

"치졸한…… 화풀이였습니다."

마흔을 앞둔 사내는 체면조차 잊고 울먹였다.

스스로도 이해할 수 없었다. 어린 여동생에게 어찌 그리 잔혹했던지. 왜 아직까지도…… 그때 쥐어뜯은 여린 날개의 깃털 하나 찾아 주지 못한 건지.

이제야 규진은 비겁한 오빠로 살아온 죗값을 치르게 되었다.

그 시작은, 스스로 직면하기도 두려운 진실을 제3자에게 곤욕스러울 만큼 소상히 자백하는 것이었다.

❖ ✱ ❖

유리가 그토록 부러워한 규진의 명석한 두뇌는, 그 자신에겐 불행의 단초였다.

불과 일곱 살까지 함께 살았지만, 규진은 어머니와의 추억을 사진처럼 기억했다. 에피소드뿐만 아니라 감정의 색채도. 부모님이 서로에게 얼마나 애틋했는지도 알았다.

그래서 어머니를 여의었을 때 고통이 배로 선명했다.

어머니가 돌아가신 후의 세상은 너무도 달랐다. 아버지는 회사에서 살다시피 하시고, 화기애애하던 집 안은 숨 막히는 적막에 휩싸였다.

이 판국에 솔직히, 집에서 빼액 울어 대는 낯선 갓난아기를 기쁜 마음으로 받아들이긴 어려웠다.

오너가 잘 안 들어오게 된 집. 사용인들이 규진에게 귀띔했다.

'장차 아버님 회사를 물려받으실 몸이니…….'

아버지가 일에 전념할 때 규진 역시 학업에 몰두했다. 하나를 배우면 열을 알 때까지 집요하게 물고 늘어졌다.

'오, 규진이가 또 1등을 했다고?'

'규진아. 알아서 잘해 주어서 너무 고맙다. 누가 맏이 아니랄까 봐 아주 든든하구나.'

'네 엄마도 하늘나라에서 널 자랑스러워할 거야.'

아버지의 칭찬을 받으며 규진은 자신의 존재 가치를 확인했다. 당신의 큰아들 몫을 해내고 있다는 자부심. 사랑하는 아내를 잃고 힘겨워하는 당신의 짐을 덜어 드리고 있다는 뿌듯함.

완전무결한 성적표를 보여 드리기까지의 과정은 험난해도 거의 유일한 삶의 보람이었다.

반에서 1등 전교에서 1등을 거쳐, 규진은 전국에서 순위를 다투게 되었다.

시험에서 실수 한 번 하면 잃을 것이 너무 많아졌다. 한 문제라도 틀리면 모두가 나무에서 떨어진 원숭이 보듯 하였고, 규진은 그런 시선을 견딜 수 없었다. 시험철만 되면 저지르지도 않은 실수까지 상상할 만큼 예민해졌다.

자신을 향하던 엄격함이 바깥으로 창날처럼 뻗어 갔다.

그 표적이, 유리였다.

선행학습은커녕 자기 학년 공부도 버겁게 소화하는 애. 그나마 봐 줄 만한 피아노 연주마저도 손님 앞에서 선보이라면 형편없이 얼어 버리는 애.

'대체 왜 그거 하나 못하는 거지?'

여동생을 안쓰러워하는 대신 한심해하다가.

'재는 아버지한테 걱정만 끼칠 참인가? 막내고 여자애니까, 적당히 기대면 된단 마인드인가.'

고깝게 보기 시작했고.

'난 온갖 기대에 눌려 질식할 것 같은데, 넌 되게 속 편하게 사는군.'

불공평하다는 생각까지 하게 되었다.

전국의 수재들과 경쟁하는 금규진이 여섯 살이나 어린 여동생을 시기하다니. 스스로가 치졸하다는 생각도 해 봤다.

그렇지만 제 자신이 비정상인 걸 인정하면 버틸 수 있는 시기가 아니었다. 마음을 자정할 여유가 없었다. 차라리 여동생을 비정상으로 모는 게 쉬웠다.

한심하고 가증스럽다는 말, 넌 들어도 싸. 왜냐면 네가 약한 척 불쌍한 척하고 있으니까.

재수 없고 밉살스럽다는 말, 넌 충분히 들을 만해. 왜냐면, 네가 어머니 목숨값을 못 하고 있으니까.

그러니까 넌.

'죄인 같은 마음을 가져야 해.'

평지에서 걸린 고산병만큼 무시무시한 병은 없었다. 아버지도 선생님도 친구도, 심지어는 그 자신도 그게 병이란 걸 알아채지 못했기에, 아무도 바로잡아 주지 못했다.

규진 21세, 유리 15세. 규진이 군 휴가를 나와 보니 집안이 초상집 분위기였다. 유리가 다섯 살 때부터 애지중지 끼고 산 반려견 수리가 무지개다리를 건넜다. 듣자 하니 유리가 아버지한테 애원해서 그 늙은 개가 흉관 삽입 시술을 받게 했단다.

'그깟 개 유골함을 집 안에 들이자고?'
'나이도 적지 않은 개 몸에 칼 댄다고 할 때부터 알아봤어.'
'수리는 우리가 죽인 거나 마찬가지…….'

수리의 유골함 앞에서 무심코 말을 뱉던 중, 남동생이 팔을 툭 쳤다.

몇 걸음 떨어진 곳에 유리가 서 있었다. 여동생의 눈을 본 순간,

불유쾌한 기억이 떠올랐다.

어릴 적에 예쁜 나비를 잡은 적이 있었다. 생명이 너무나도 연약하단 걸 잘 몰랐기에 때때로 잔혹한 호기심이 솟았던 시절.

화려한 나비 날개를 손으로 문질러 보았다. 그랬더니 날개의 분가루가 전부 날아가 투명하게 되었다.

비닐 조각처럼 땅에 떨어진 나비를 본 순간, 뒤늦은 죄책감과 후회가 밀려들었다.

퀭하게 풀린 유리의 눈이, 그 섬뜩한 투명 날개를 봤을 때와 같은 감정을 불러일으켰다.

그 뒤로 유리는 규진 앞에서 완전히 입을 닫아걸고 눈도 마주치려 하지 않았다. 규진 역시 투명한 눈을 하고 다니는 여동생을 설설 피해 다녔다.

세월이 흘러 규진은 집안 짱짱한 미모의 재원과 결혼했고, 아들 하나 딸 하나를 얻었다. 아들은 제 부모처럼 영재 코스를 밟았지만 딸은 평범 이하였다.

'보바, 보바. 그것도 못 풀어?'
'에이, 데운쉬. 데운쉬!'

아들은 굼뜬 여동생을 조롱했다. 말문이 빠르게 트인 녀석은 언어를 교묘한 힐난에 써먹었다.

무언가 잘못되어 가고 있는 것 같다고 아내한테 말하니, 아직 어리고 철이 없어 그러려니 여기라 했다.

'솔직히, 오빠는 잘하는데 애는 누구 닮아 이러나 몰라. 시간이

지나면 차차 나아지겠죠?'

아내의 말을 들은 순간, 섬뜩한 깨달음이 규진을 강타했다.

내 아들과 내 딸의 원판이나 마찬가지인, 자신과 유리. 단지 어리고 철이 없어서 그랬던가? 간사하게 시간에 기댄 결과, 차차 나아졌던가?

아니. 자신은 어리고 철이 없어서 유리한테 그랬던 게 아니었고 10년이 지나도, 20년이 지나도…… 우리는 결국 나아지지 못했다.

내 아이들도 이대로라면…….

'흐아앙! 오빠 미워! 저리 가!'

딸이 비명처럼 울었다. 그 뒤를 집요하게 쫓아가며 아들이 말했다.

'그것도 못 푸는 주제에! 이쯤 되면 죄인이다, 죄인!'

아들의 입에서 그런 말이 나온 순간.

짜악!

'꺄악! 당신 미쳤어요?'

이성을 차리고 나니 손바닥에 불이 나 있었다. 아이들 울음소리와 아내의 비명이 오래도록 울려 퍼졌다.

❈ ✱ ❈

"천벌을 받은 게 틀림없다고 생각했습니다."

규진이 씁쓸하게 웃음 지었다.

"그 일 있고 나서 아들의 영재 교육을 중단했고, 온 가족이 상담 치료를 받았어요. 장장 2년이 걸렸죠. 갈가리 찢어진 우리 가족이 다시 붙기까지."

규진은 아들에게 잘못을 빌었다. 손찌검한 것뿐만 아니라 몹쓸 병을 대물림할 뻔한 것을.

아들과 딸은 화해했고, 우애 좋은 남매로 탈바꿈했다. 아들은 여동생에게 공부를 가르쳐 주었다. 느려도 기다려 주고, 못해도 괜찮다고 말해 주었다.

그 모습을 지켜보며, 규진은 몇 번이고 과거를 되돌리고 싶다는 생각을 했다.

할 수만 있다면, 자신도 유리에게 저렇게…….

"이제 와서 다 무슨 소용입니까."

성진은 고개를 가로저었다.

"그 얘길 들으니, 저는 더 화가 나는군요. 당신 자식들이 똑같은 상황에 처하고 나서야 겨우 심경의 변화가 생겼단 말 아닙니까. 유리 본인한테 미안한 게 아니라."

"아, 아닙니다. 그 전에도…… 유리에게 잘못을 빌고 싶었습니다."

"그래서 유리한테 사과하셨습니까?"

"아뇨, 아직……."

"어지간히 공사다망하셨나 봅니다. 유리 서른 살 다 돼서 집에서 뛰쳐나올 때까지도 못 하신 거 보면."

성진의 목소리에선 얼음이 뚝뚝 떨어졌지만, 그의 가슴은 뜨겁게 끓었다. 화가 나고 또 화가 난다. 정작 유리 본인은 제대로 화내 보지 못했을 거라 생각하니.

"저 중학교 2학년 때, 학교 뒷산에서 울고 있는 유리를 봤습니다."

얼마나 놀랐는지 모른다. 보통 때 같으면, 그녀처럼 겁도 많고 가냘픈 여자애가 들어올 장소가 아니었기에.

"왜 그런 데까지 들어와서 울고 있나 했더니……."

10년을 함께한 반려견을 잃었는데도, 품을 내어 주는 사람 하나 없어서였고.

'나 되게 한심하지?'

"왜 그런 말까지 하나 했더니……."

가여운 그녀를 오히려 한심하게 여기는 사람들 천지라 그랬던 거였다.

자신이 어설픈 위로라도 건네지 않았으면, 그날 그녀는 어떻게 됐을까? 어쩌면 그 깊은 숲속에서 나쁜 마음을 먹을 수도 있지 않았을까?

그러지 않아 천만다행이란 생각에 성진의 손끝이 살짝 떨렸다.

"그날 전 유리가 참 여리다는 생각을 했는데…… 단단히 착각한 거였어요."

알고 보니, 금유리는 정말 말도 안 되게 강한 여자였는데.

죽을 만큼 힘들어도, 진짜 죽고 싶어도, 꿋꿋하게 살아서 결국 제게 와 줬으니.

"복성진 씨. 제발…… 간곡히 부탁합니다."

의자 밀리는 소리가 났다. 카페 안 모든 이들의 이목이 몰렸다.

고급 슈트 차림의 금규진이 맨바닥에 무릎을 꿇었다. 모든 체면을 내버린 사내가 성진을 올려다보며 간청했다.

"유리가 저만 보면 무작정 피하는 지경인지라, 사과하고 싶어도 여의치가 않습니다."

"……."

"제가 유리에게 용서받는 건 감히 바라지 않습니다. 하지만 아버지까지 유리 못 보게 둘 수만은 없습니다. 둘 사이가 소원해진 것도 결국 제 탓입니다."

"……."

"단 한 번만이라도 좋으니, 제가 유리와 제대로 대화할 수 있게…… 도와주지 않겠습니까?"

아버지에게 막내딸을, 유리에게 아버지를 되찾아 주고 싶습니다.

기회가 주어진다면, 그 애한테 꼭 말하고 싶습니다.

죄인은 네가 아니라, 나였다고. 수리가 죽은 건 결코 네 탓이 아니라고. 천사 같기만 한 네게 몹쓸 말만 해서 미안하고, 죽도록 힘들어하는 널 위로해 주지 못해 미안하고, 모든 게 다 미안하다고.

이제는…… 너의 행복을 진심으로 바란다고.

"저는 못합니다."

성진은 진저리를 치며 고개를 흔들었다.

"늦어도 너무 늦었단 생각 안 드십니까?"

이 사내 때문에 유리가 겪었을 심적 고통…… 잠시 담아 본 것만으로 제 가슴까지 다 헐어 버린 듯했다. 가족간 다툼은 칼로 물 베기란 오랜 신념이 처음으로 흔들렸다.

가족이라고 사과의 시한이나 용서의 한계가 없을까? 가족이라고 억지로 화해하고 힘들게 얼굴 마주하며 살아야 할까?

이따위 가족이면 차라리…… 평생 안 보고 사는 편이 낫지 않을까?

"전 이만 일어나 보겠습니다. 안녕히 계십시오."

성진은 매몰차게 자리에서 일어섰다.

커피값을 계산하고 나니, 규진이 여전히 무릎을 꿇고 있었다. 일으켜 주고 싶은 충동을 간신히 억눌렀다. 발길을 잡아 두려는 수작일 테니까.

유리는 진짜 불쌍하지만, 당신은 불쌍한 척하는 거니까.

"저 갑니다!"

그쪽을 향해 한차례 크게 외치고, 얼른 카페 문을 닫았다.

쏴아아!

하늘에 구멍이라도 났나 싶었다. 이따금 번개가 물수제비처럼 구름을 가로질렀다.

콰르릉!

카페 유리창 너머로 무릎 꿇은 남자의 박제가 번쩍거렸다. 카페 점원이 다가가도 요지부동이었다.

"하……."

성진은 암담하게 한숨 쉬었다.

저 인간 대체 왜 저러나 싶고. 바깥에서 우산을 들고 선 채 2시간째 그 모습을 지켜보는 자신은 왜 이러고 있나 싶다.

저러다 그냥 가겠지 하는 마음으로 기다려 본 결과, 우습게 3시간째로 접어들었다.

망부석처럼 굳어 있던 규진이 드디어 움직였다. 그는 두 손으로 얼굴을 감싸 쥔 채 어깨를 흔들기 시작했다.

성진은 하마터면 우산을 떨어뜨릴 뻔했다. 저거 지금 설마…… 즙 짜는 거?

“왜 저러는 거야, 정말!”

성진은 발을 동동 굴렀다. 복성진, 너야말로 대체 왜 이러고 섰냐? 이 꼴 저 꼴 보지 말고 집에 가면 되잖아.

마음과는 다르게 발이 떨어지지 않았다.

규진은 무릎 꿇은 채 오열하다가 소강상태로 접어들기를 반복했다. 손님과 점원이 로테이션으로 그를 말렸다.

“아오, 미친놈! 내연녀한테 실연이라도 당했나!”

열 받은 카페 사장이 바깥으로 뛰쳐나왔다.

“에이 씨, 몰라! 그냥 경찰 불러야겠…….”

“자, 잠깐만요!”

성진은 황급히 달려가 핸드폰에 112를 치는 카페 사장을 제지했다.

“아, 좀 일어나요!”

성진이 규진 앞에서 울컥하여 외쳤다. 그의 몸에서 물방울이 뚝뚝 떨어졌다. 규진이 붉어진 눈자위로 물끄러미 올려다보았다.

“아니…… 이대로 있게 해 줘. 난 죄인 같은 마음을 가져야 해…….”

“여기서 이러시면 민폐니까 일단 좀 일어나시고…….”

“안 돼…… 유리가 겪은 고통에 비하면 아직 한참…… 모자라…….”

수시간 사이 규진의 정신은 아득히 먼 옛날로 퇴행한 듯 보였다.

"제발 좀 일어나세요. 일어나서 얘기해요."

"그러면…… 도와줄 거야?"

떼쓰는 사내아이가 된 다갈색 눈망울이 촉촉하게 빛났다.

"무릎은 유리 앞에서 꿇든지 하시라고요."

규진의 얼굴에 희미한 미소가 피어올랐다. 사실상 도와주겠다는 말이나 마찬가지기에.

"하……."

성진은 착잡하게 한숨지었다. 제가 생각해도 복성진은 정말 역대급 호구다.

별수 없는가. 애초에, 17년 전 학교 뒷산에서 울던 여자애한테 내민 손수건 한 장 때문에 인생이 송두리째 바뀐 놈이니.

KODAK PORTRA 400
KODAK PORTRA 400

11.

## 난, 너만 있으면 돼

"이럴 땐 매일이 정기휴무면 좋겠어."

아일랜드 식탁에 성진이 사 준 조가비 코스터를 깔고 칵테일을 내려놓으며 유리가 방글거렸다.

"아젤리아 러브 포션이네."

우유 얼음과 바하 로사를 블렌딩한 핑크빛 구름. 꽃 모양 초코칩 가니시에 파라솔 빨대. 집에서도 완벽한 비주얼이 감탄을 자아낸다.

간만이라 더 두근거리는 성진과의 칵테일 타임. 웬일로 도수 낮은 걸로 달라는 그의 주문에, 유리는 알코올 대신 사랑을 듬뿍 담았다.

"난 마가리타."

유리의 탁월한 선택에 성진은 속으로 쾌재를 불렀다. 유리는 자기 먹을 마가리타엔 테킬라를 2온스나 넣는다.

"짜안!"

유리의 들뜬 목소리와 함께 서로의 잔이 부딪쳤다. 그녀가 마가리타를 꼴깍꼴깍 마시는 사이, 성진의 목구멍에선 침이 더 많이 넘어갔다.

"왜 이렇게 진도가 느려? 혹시 맛이 별로야? 그냥 진피즈 만들어 줄 걸 그랬나."

"아니! 당연히 맛있지. 금유리 바텐더 시그니처인데."

"헤헤, 난 한 잔 더 해야지."

유리는 눈 깜짝할 새 두 잔째 마가리타를 제 앞에 가져다 놓았다.

성진은 눈동자를 굴렸다. 그녀의 페이스가 평소보다 빠르게 느껴지는 건, 단지 기분 탓일지도 모른다. 그녀가 취하길 기다리는 흑심(?)을 품은 상황이다 보니.

유리의 뽀얀 얼굴에 발그레한 홍조가 피었다. 이때다 싶어 성진은 넌지시 말했다.

"저…… 유리야."

"응, 왜?"

유리가 해죽 웃으며 되물었다. 너무나도 행복해 보이는 미소에 성진은 무거운 침을 삼켰다.

"아니 저…… 아! 어제 바나나 한 송이 산 거 벌써 다 먹은 거야?"

하, 젠장. 말 돌릴 거리도 참 없다.

"응. 미안…… 네 거 남겨 놓을걸……."

"아니, 내가 먹고 싶어서는 아니고. 요새 웬일로 그렇게 바나나를 잘 먹나 싶어서. 설마 바나나 다이어트 같은 거 하는 건 아니지?"

“아이, 그런 건 아니고…… 실은 그게…… 꺄, 몰라.”
유리가 무언가 말하려다 말고 발그레한 뺨을 감싸며 도리질을 쳤다.
바나나 잘 먹는다는 말 하나에 이 야릇한 반응은 뭐지?
순간 뇌리를 미세하게 스친 연상에 성진은 등골이 쭈뼛 섰다. 아니, 아니. 정신 차려, 복성진. 너 방금 그건 진짜 일상생활 불가능한 생각이다.
서얼마 금유리가 그럴 리가…….
유리가 눈을 슥 비볐다. 금유리의 주사, 수면형. 수마가 그녀를 가로채 가기 전에 할 말을 해야 한다.
“저, 유리야. 저번에 아버님이 널 납치…… 아니, 본가로 데려가셨을 때 말야.”
아버지 얘기가 나오기 무섭게 유리의 얼굴에서 웃음기가 빠졌다. 성진이 얼른 덧붙였다.
“우리가 오해를 좀 했더라고. 나도 그땐 아버님께서 우리 갈라놓으려고 그러신 줄 알았는데, 저번에 말씀 나눠 보니…… 그냥 너랑 긴히 얘기하고 싶으셨던 거래.”
“그래서?”
“어…… 그러니까 내 말은, 아버님도 저번 일 너한테 사과하고 싶어 하시는 것 같았고…….”
“됐어. 그 일 없었어도 딱히 달라질 것도 없는걸.”
연애한 이래 거의 처음이었다. 유리가 성진의 말을 자른 것이.
“아버지는 내가 밤일 그만두길 바라시지만, 난 절대 아젤리아 떠날 생각이 없으니까. 난 내가 바텐더라 생각하는데, 아버지는 내가 술집여자라 생각하시니까.”

"유리야……."

"그리고 어차피 요즘 청년 복성진한테 혼삿길 막힌 딸이라 비즈니스 카드로 써먹지도 못하는데. 딱히 내가 아쉽지도 않으시겠지."

유리는 손 받침을 한 채 배시시 웃었다. 다갈색 눈동자가 얼어붙은 강처럼 번들거렸다.

"성진아. 혹시라도 우리 가족이랑 나 사이에서 중간 역할 하겠다는 생각이면, 그러지 마. 네가 저번처럼 우리 아버지한테 무시당하는 거, 나 절대로 두 번 보고 싶지 않아."

"아니야, 유리야. 그건 아버님께서 우리 사이를 전혀 모르시는 상황에서……."

"저번 일 이후로 말야, 우리 가족 얼굴만 봐도 여기가 울컥 치밀어, 나."

유리가 가슴을 문지르며 애달프게 웃었다.

"나도, 오빠들처럼 전교 1등 성적표랑 명문대 합격통지서 아버지한테 가져다 드리고 싶었어. 돌아가신 어머니를 닮지 못한 게 내 잘못 같았어. 하다못해 맞선에서 나한테 과분한 남자 아무하고나 눈 맞았으면 좋겠다는 생각도 했지만……. 너 말고 다른 남자는 죽어도 좋아할 수 없어서…… 죄인처럼 수그리고 살았어, 나."

근데, 요새 와서 좀 울컥해. 안 한 게 아니라 못 한 것이 그 정도로…… 죽을죄를 지은 건지.

"바 운영하면서 사람들 만나 보니까…… 나처럼 공부 못하고 시집 못 간다고, 세상 모든 딸들이 죄인처럼 사는 건 아니더라고."

좀 못나도 예쁨받고. 실패해도 괜찮다고 위로받고. 무슨 꿈을 꿔도 지지받고. 가족들에게 무조건적인 사랑을 받는, 진정 부자인 사람들을 만나 보니까.

가족들에게 인정받고 싶어서, 사랑받고 싶어서. 30년 세월 동안 능력 밖의 일, 좋아하지도 않는 일을 해내려 애쓰고 좌절하길 수없이 반복했던 나 자신이 너무…… 초라하게 느껴지더라.

"그러니까 아버지는 잘나신 금규진한테 효도 실컷 받고 사시라 하고! 죄 많은 불효녀 금유리는 그저 울어야지."

닿지 않을 원망을 늘어놓으며 실쭉 웃는 유리의 모습에, 성진은 가슴이 미어졌다. 상상 이상이었다. 그녀가 제 가족에게 둘러친 벽의 높이와 두께가.

"나, 한 잔만 더 할래!"

유리는 비칠거리며 부엌으로 향했다. 위잉, 믹서기 안에서 얼음이 갈려 나갔다. 말릴 새도 없이 그녀는 프로즌 마가리타를 뚝딱 만들어 냈다.

"유리야. 그거 나 반만 덜어 줘. 너 좀 취한 거 같아."

"안 취했거든? 아무리 너라도 내 술은 양보 안 하는 거 알지?"

그 차가운 걸 유리는 흡입하듯 술술 비웠다. 속에서 치미는 울적한 불길을 잡기엔 제격이라는 듯.

구름 위에 앉아 있던 그녀를 툭 쳐서 떨어뜨린 기분이다. 미안한 마음에 성진은 애꿎은 칵테일 잔을 그러쥐었다.

"성진아!"

불현듯 유리가 큰 소리 내어 그를 불렀다.

"나 사랑해?"

"그야, 당연하지."

무겁도록 진지한 대답에 유리의 눈매가 황홀하게 휘어졌다.

"난 요새 너어무 행복해. 매일 눈뜰 때마다 행복하고, 잘 때는 또다시 눈뜰 생각에 행복해. 어쩌다 일어났을 때 네 얼굴이 보이면, 사랑이 이런 거라는 실감이 나."

먼저 깨어나 하염없이 날 바라보던 참인 너와 눈이 마주치는 순간도 좋고. 반대로 내 곁에서 편안하게 잠든 네 얼굴을 가만히 관찰하는 순간도 좋아. 뭐든 다 좋아. 미치도록 좋아.

"너 하나 보면서 행복해하기도 바쁘단 말야."

가족들에게 그깟 인정 그깟 사랑 받겠다고, 굳이 지금의 내 행복을 걸고 싶지 않아.

"난, 너만 있으면 돼. 네가 있어 주기만 하면 다 괜찮아. 그러니까 그냥 우리 둘이 죽도록 행복하게 살자. 응?"

천륜까지 가릴 태세로 높이 쌓아 올린 벽. 그 벽이 드리운 아늑한 그늘에서 유리는 더없이 행복하게 웃었다. 성진은 더는 아무 말도 할 수 없었다.

갑자기 유리가 손바닥으로 제 뺨을 찰싹 때렸다.

"야! 왜 갑자기 네 뺨을 때리고 그래?"

"잠 오려 해서."

"그럼 이제 그만 자자. 억지로 잠 쫓지 말고."

"싫어. 이대로 자긴 억울해. 모처럼 너랑 한잔하는 날인데."

"오늘만 날이냐. 자, 금유리. 이만 코 자자."

성진은 식탁 의자에 앉은 유리의 팔을 당겼다. 그대로 침실로 향하려던 차, 불현듯 유리가 성진을 앞질러 나왔다. 그녀는 성진의 얼굴을 덥석 붙잡고 까치발을 들었다.

"읍?"

얼결에 입술을 빼앗긴 성진의 눈이 크게 벌어졌다. 그녀 쪽에서 먼저 키스를 시작한 적이 없진 않지만, 지금 이 순간이 될 줄은 몰랐다.

유리의 한 팔이 그의 목을 휘감아 둘렀다. 서로의 입술이 더욱 깊이 포개어졌다. 테킬라와 라임주스의 독특한 향내가 혀뿌리를 휘감는다. 약간 차가운 그녀의 혀를 받아들이던 중, 성진의 등줄기가 오싹하게 펴졌다.

그녀의 손이 그의 아래를 은근하게 더듬고 있었다.

"읏……."

성진은 잇새로 탁한 신음을 뱉었다. 온몸의 피가 삽시간에 그녀의 작은 손아귀로 쏠렸다.

유리는 그의 허리춤을 움켜잡고 무릎을 꿇었다. 여름 파자마 바지가 단번에 끌어 내려졌다. 그녀가 몽마처럼 요염하게 입꼬리를 말아 올렸다.

"유, 유리야. 이게 무슨……."

"아이, 좀 가만있어 봐."

취기 때문에 걸걸해진 목소리로 그녀가 역정을 내자, 성진은 저로 모르게 차렷 자세로 섰다. 무릎을 꿇은 건 그녀인데 외려 자신이 위축되는 기분이다.

"나도 한 번쯤은 해 주고 싶었어. 맨날 받기만 해서……."

뭐, 뭐를?

성진이 물을 새도 없이, 유리는 드로어즈 밴드에 손가락 갈고리를 걸었다.

"500그램이나 쪘단 말야. 바나나 때문에."

잔뜩 심통이 난 눈빛으로, 그녀는 그런 말을 했다.

"이렇게까지 연습했는데 역시 맨정신으론 도저히 용기가 안 나서…… 모처럼 술 마시고 한번 해 보려니까, 넌 기분 꿀꿀해지는 얘기나 하고…….”

“잠깐만, 유리야. 너 설마 지금…….”

성진의 말이 끝나기도 전에 그의 발목에 감긴 바지 위로 드로어즈가 떨어져 내렸다. 일상생활 불가능한 상상이 그렇게 현실이 되고 말았다.

❈ ✱ ❈

깊은 밤의 침실. 한차례 폭풍이 지나간 뒤의 고요 같은 것이 맴돌았다.

침대에 누운 유리는 먼 꿈나라로 떠났다. 거기서도 뭔가 맛난 걸 먹는지, 잠든 그녀의 입가에 만족스런 미소가 걸렸다.

“하아…….”

반면 그 옆에 앉은 성진은 자괴감으로 밤을 지새우는 중이었다. 좀 전까지 인간과 짐승을 수시로 넘나드는 극한 체험을 한 탓에 몸도 마음도 너덜너덜했다.

“미안해! 괜찮아?”

유리는 무언가를 머금은 채 맹한 눈으로 그를 올려다보았다. 명백히 그녀가 초래한 사태인데도 성진은 식겁하며 사과했다.

“얼른 여기다 뱉어!”

성진이 헐레벌떡 달려갔다 와 그녀의 입술에 티슈를 대 준 찰나.

꿀꺽.

유리의 목울대가 크게 일렁였다. 완전히 벙찐 그 앞에서, 그녀는 천진하게 웃는 얼굴로 말했다.

"당도와 산미 밸런스가 잡힌 게, 딱 내 취향이야. 마가리타에 가니시로 올려도 괜찮겠다."

그 어마어마한 말뜻을 해석하는 걸로 마지막 소임을 마친 이성이 장렬히 산화했다.

성진은 유리를 침실로 끌고 가 침대로 내던졌다. 거칠게 그녀를 발가벗기고 설욕전을 치렀다.

"하, 벌써 홍수가 났네? 하긴, 그런 야한 생각만 잔뜩 하니 이렇게 되지."

그가 짓쳐들며 하는 말에, 유리는 입을 가리고 어깨를 흔들거렸다.

이거 봐라, 웃어? 성진은 그녀의 무르익은 가슴을 움켜잡았다.

"500그램 찐 거 다 어디로 갔어? 여기?"

"아응……."

호응하는 듯한 유리의 교태 어린 신음에 성진의 귀밑이 시뻘게졌다. 다른 커플들은 침대에서 이보다 더한 말도 주고받는 걸로 알지만. 그녀를 수치스럽게 하려고 한 말에, 역으로 저만 수치스러워졌다.

아…… 젠장, 틀렸다. 아까 그걸 이길 말이 도저히 떠오르지 않는다. 역시 자신은 이런 종류의 토크에 소질이 없나 보다.

머릿속이 새하얘진 채로 굳어 버린 성진의 모습에 만취한 유리가 빵 터졌다.

"아하하, 성진이 너 정말…… 남자가 이렇게 귀여워도 되는 거야?"

그 말에 성진은 울컥하여 그녀를 힘껏 치받으며 뇌까렸다.

"귀여움 받으려고 한 말 아니거든?"

"아앙!"

그녀가 자지러지는 신음을 뱉었다. 취기로 붉은 물이 점점이 오른 하얀 가슴이 마구 출렁였다. 하반신의 욕구가 해소될수록 성진의 머릿속은 자괴감으로 엉켰다. 제가 생각해도 말로 못 당하니 힘으로 밀어붙이는 짝이었다.

"하읏! 성진아, 너무 좋아……. 더, 더 세게 해 줘……."

심지어 그 힘마저도 그녀의 손바닥 안이었다.

"하……."

그녀 위에서 절정을 맞은 직후, 오묘한 패배감이 성진을 덮쳤다. 바로 그때, 아래 깔린 유리가 그를 힘껏 밀었다. 무방비하게 늘어져 있던 성진은 얼결에 바로 눕혀졌다.

공수교대를 하듯 유리는 그 위에 올라탔다. 그녀의 손에 벽돌색 넥타이가 들려 있었다.

"너, 지금 뭘 들고 있는 거야?"

어쩐지 요 며칠간 그게 안 보이더라니 언제 꺼내 갔어? 아니, 그보다 그거 가지고 뭐 하려고!

물어볼 게 너무도 많은 그의 입술에 유리가 손가락을 얹었다. 쉿. 묵음으로 속삭인 그녀가 그의 뒷목에 넥타이를 두르며 덧붙였다.

"한 번만 더 하면 안 돼? 나아, 해 보고 싶었던 게 또 있는데……."

성진은 화끈거리는 뒷목을 부질없이 주물렀다.

금유리의 주사, 수면형. 그리고 일정 확률로 선행되는 섹시한 만행. 술에 취한 그녀는 세상에서 제일 강력했고, 몸 마음을 당하니 입막음은 자연스럽게 이루어졌다.

"하……."

그녀가 깰까 봐 소리 죽인 한숨이 성진의 입에서 흘러나왔다.

'으이그, 이런 착하고 예쁜 딸을 푸대접하다니. 너희 아버님이야말로 기필코 후회하실 거다.'

3년 전, 유리가 살아온 얘기를 듣고 분한 마음에 했던 말이 떠올랐다.

화려한 겉모습과 달리 텅 빈 그녀의 마음을 엿본 날. 그녀의 아버지와 오빠도 그녀만큼 쓰리게 속을 파먹혀 봤으면 좋겠다고 생각했다. 평생 후회하며 데굴데굴 구르는 그들을 유리가 매정하게 받아 주지 말았으면 했다.

막상 그들이 마음의 형벌을 받는 모습을 보니, 통쾌하기보단 서글펐다.

자신이 징검다리가 되고자 함은 그녀의 가족을 동정해서가 아니다.

'난 죄인 같은 마음을 가져야 해.'

유리의 가슴 밑바닥에 오래도록 돋아난 가시를 이제 그만 빼 주고 싶다.

유리 아버님의 엄혹하신 면도 어쩌면, 딸의 장래를 걱정하는 마음이 너무 앞선 탓이 아니었을까? 당신의 서투름이 딸을 아프게 한 걸 깨닫고 나서 더 아프게 되신 분. 여전히 유리를 가슴 깊이 사랑하시는 분이다.

유리의 큰오빠도 비록 지탄받을 짓을 하긴 했지만 나름 뼈아픈 가책을 거쳤다. 만회할 기회가 주어진다면 헛되이 놓치지 않으리라.

자기 잘못을 좀처럼 인정하기 어려운 나이로 접어든 사람들이다. 이제나마 뉘우친 걸 보면, 아주 나쁜 사람들은 아니라는 생각이 든다.

그 어려운 회한과 깨달음이 유리를 위해 쓰이지 못한다면, 너무 아까울 것 같다.

유리는 자기 가족들을 두려워하고 원망하는 한편, 여전히 동경한다. 그들이 이제라도 그녀에게 진심 어린 사과를 전한다면. 인정의 욕구를 채워 준다면. 그녀 마음속 가시도 녹아내리지 않을까? 다시는 그녀 스스로 죄인을 자처하며 자조하는 일이 없지 않을까?

성진은 서걱거리는 시선으로 유리의 잠든 얼굴을 보았다. 산산이 깨어진 유리그릇이 너와 네 가족의 마지막 모습으로 남아 버리면, 너무 슬플 거야.

하지만 나는 벽 뒤로 숨어 버린 네 심정도 너무나 이해돼.

서른둘. 기대한 만큼 실망하기 지치는 나이. 우리도 그런 나이가 되었으니까.

가족의 인정과 사랑. 세상 사람들은 당연한 듯 누리는 것이 너에겐 지겹도록 손에 안 잡히는 뜬구름 같은 게 되어 버려서.

'난, 너만 있으면 돼.'

손 안 뻗어도 쏟아지는 내 인정과 사랑에 안주하며 살고 싶어졌고.

'네가 있어 주기만 하면 다 괜찮아.'

이제 그만 괴롭고 싶고. 마냥 행복했으면 싶고.

'그냥 우리 둘이 죽도록 행복하게 살자. 응?'

죽음보다 괴롭다는 절연의 고통마저 나와의 인연으로 파묻어 버리고 싶은.

네 말마디마다 핏방울처럼 맺혀 나온 네 심정이 그 누구보다 이해돼서.

나도 너무 아파.

"널 사랑하냐고?"

성진은 잠든 유리의 이마를 부드럽게 쓸며 중얼거렸다.

"응. 너무나도 사랑해."

너에 관한 한 모든 문제가 미치도록 어렵게 느껴질 만큼.

"사랑해, 유리야."

네가 떠안고 가기로 결심한 것마저도, 난 어떻게든 덜어 주고 싶을 만큼.

"정말…… 사랑해."

좋은 방법이 잘 안 떠올라서, 안타깝고 또 안타까워서, 이 밤에 가슴이 꽉 막힐 만큼.

❈ ✱ ❈

창 너머로 잿물 같은 구름이 깔렸다. 하느님이 매주 누군가를 지목해 그 사람 기분대로 날씨를 정한다면, 이번 주는 성진 차례였던 게 아닐까? 동주는 문득 그런 상상을 했다.

"슬슬 만찬주 선정 얘기가 나올 때도 됐는데, 너무 잠잠한 거 같지?"

디데이까지 만 두 달. 요새 언론의 주된 관심사는 아직까지도 정해지지 않은 정상회담 장소였다. 제주도가 될 수도 있고 제3국이 될지도 모른다 했다.

회담 자체가 결렬되는 거 아니냐는 우려의 목소리도 있었다. 정략적 의의가 깊은 문제들에 비하면, 만찬주는 나중 문제처럼 보이기도 했다.

이 고요 속에서 대한민국 술 제조자들의 가슴은 그 어느 때보다 격동할 테지. 무심함을 가장하면서도 은연중의 기대를 아주 내려놓진 못해서.

'어느 날 갑자기 청와대에서 연락이 왔지 뭐예요.'

만찬주를 배출한 양조장 얘기를 들어 보면 그야말로 신데렐라 스토리였다.

TV 광고는 언감생심. 제 지역에서 이름 알리기도 힘든 군소 양조장이 대다수인 전통주 업계. 만찬주로 선정된 술은 매출이 수배로 뛰고 양조장은 한층 높은 궤도를 타게 된다.

외부에 알려진 만찬주 선정 절차는 대략 이렇다. 외교부에서 꾸린 행사기획단 소속 소믈리에들이 전국의 수백 가지 전통주를 시음하여 후보를 추려 낸다.

자문위원들이 면밀히 평가하여 한두 가지를 선정하고 필요하면 외국 대사의 조언도 구한다. 청와대의 최종 검토를 거치면 비로소 우리 술의 국가대표가 결정되는 것이다.

양조장으로선 천상 기다리는 수밖에 없다. 신데렐라가 자신의 착한 마음씨를 믿었듯, 우리 착한 술을 믿으면서 말이다.

진심으로 승복할 수 있는 결과가 나와 주면 좋겠지만.

"강두현은 요새 뭐 해?"

"높으신 분 열심히 만나러 다니는 거 같더라. 걔네 아빠도 엄청 푸시해 주는 것 같고."

"하…… 이건 너무 불공평해. 우린 기다리는 것 말곤 아무것도 못 하는데."

그들만의 리그가 조성되고 있을지도 모른다는 불안감이 거의 확신으로 변했다.

"동주야. 앞으로도 기회는 많을 거야. 정상회담이 이번 한 번으로 끝날 것도 아니고, 참술도 계속 발전할 테니까."

성진은 다시 창 너머 풍경을 아련히 응시했다.

"난 요새 이런 생각이 들어. 앞으로도 기회가 있고 내가 더 열심히 해서 되는 일이면, 걱정거리도 아니라고."

혹시 유리 씨한테 뭔 일 생겼나? 만찬주 선정을 코앞에 둔 시점에 열혈 술꾼 복성진이 이리 초탈할 정도면.

동주의 짐작대로 성진의 마음은 온통 유리 생각에 절여졌다. 다른 문제는 문제처럼 느껴지지 않는 지경이었다.

"오늘 선샤인주류 마지막 강의랬지?"

“응. 오늘 수업 끝나고 종강 회식 있어.”
“부사장은 별말 없어?”
“한 달 더 해 보라고 권하지. 직원들 반응도 좋고 하니.”
강두현을 계속 견제하고 싶을 테니까.
“그쪽도 요새 골치 아픈가 보더라. 이러다 강두현이 진짜 만찬주 따낼 기세라.”
김두빈은 성진을 선샤인주류 기획개발팀장에 앉혀 두현의 출세가도를 막을 계획을 세워 두었다. 하지만 아버지 김 회장이 복병이었다. 만찬주를 향한 노인의 집착은 상상초월이었다.
김 회장은 만찬주 선정 결과에 따라 기획개발팀장직을 두현에게 주기로 마음을 굳힌 모양이었다. 나아가 선샤인주류 자체도.
“성진이 넌 어쩔 거야?”
“한 주 쉬면서 생각해 보겠다고 했어. 일단 부사장이 더 이상 3년 전 일을 이용하려 들진 않을 거야. 요 한 달간 나한테 그럴 의지가 없다는 걸 확실하게 보여 줬으니까.”
동주와 참술을 보호하겠단 당초 목적은 달성했다. 부가적인 소득도 있었다. 저번 시음회 덕에 서울 유명 한식당 몇 곳에 채운 시리즈를 납품하게 됐으니.
“이쯤에서 발을 빼는 게 낫겠지?”
깨진 유리그릇이 다시 붙는 기적을 바라는 상황이라, 다른 욕심을 품는 게 징글징글하게 느껴졌다.
“강두현도 이번 만찬주 차지해서 원하는 거 얻으면, 더 이상 우리랑 엮이지 않겠지.”
차라리 이번 한 번만 먹고 떨어지게 눈 감고 귀 막을까, 씁쓸한 생각이 드는 찰나.

"역시 난 분해. 그런 자식한테 만찬주를 맡겨야 한다니!"

동주가 두 주먹 불끈 쥐고 외쳤다.

"성진이 네 말대로 앞으로도 회담은 많을 거고 만찬주 될 기회도 그만큼 있겠지. 하지만…… 단 한 번이라도 우리 술 전체를 대표하는 자리잖아. 우리 술이든 다른 양조장 술이든, 그 자리에 최고 아닌 술이 올라가는 꼴, 난 차마 못 보겠어!"

동주의 순수한 분노를 지켜보며 성진은 부끄러움을 느꼈다. 참술에서 만찬주 타령을 가장 열띠게 해 온 건 자신이건만, 정작 만찬주의 무게를 제대로 가늠한 건 동주 같다.

"미안. 내 생각이 짧았어. 요새 나 왜 이러냐. 아무래도 맛이 간 거 같다."

"그럴 수도 있지 뭐. 너의 술 사랑이 둘째가라면 서러운 건 알지만, 세상에 마누라 문제보다 더한 고민이 있겠어?"

"하…… 그건 또 어떻게 알고."

"자식. 너랑 내가 하루 이틀 친구냐."

동주가 두툼한 손으로 성진의 어깨를 툭 치며 푸근한 미소를 지었다.

"며칠 전에 오동훈 씨랑 한잔하면서 강두현 얘기 했거든. 그 자식은 진짜 파도 파도 괴담만 나오더라."

"오동훈이면, 선샤인주류 전통주사업팀 오 주임?"

"응. 저번 실습 때 빚은 이화주 찾으러 왔었어. 먼 길을 두 번이나 와 줬으니 술 좀 풀었지."

"하여간 오동주 인심 후한 건 알아줘야 해."

"그 사람도 참 대단하더라. 어떻게 그런 놈 밑에서 2년이나 버텼는지."

동주는 오 주임에게 들은 괴담 보따리를 풀어냈다. 성진은 미간에 주름을 잡고 경청했다. 강두현이 훌륭한 관리자감이라 생각한 적도 없지만, 눈살 찌푸려지는 대목이 참 많았다.

"역시, 대기업 페이 높다고 마냥 부러워할 건 아닌가 봐."

부하 직원을 향한 폭언. 대놓고 무시하는 태도. 선샤인주류 전통주사업팀의 실상을 듣노라면 그런 상사를 견디는 게 대기업 직원의 소양인가 싶기도 하겠다.

"첫햇살 막걸리가 공격적인 마케팅이랑 대기업 후광 덕에 뜬 술이잖아. 저번 품평회 대상도 로비로 딴 거 맞대. 전통주사업팀 예산 대부분이 개발보단 그런 쪽으로 쓰였나 보더라고. 마니아들 사이에선 이미 오래 못 갈 술이란 말이 도나 봐. 시장 점유율도 점점 거품 빠지는 추세고. 만찬주 한 번 따고 손절하려고 기획한 술의 한계지."

"강두현 뜨고 나면, 팀 무너지는 거 시간문제겠네."

"강두현은 오히려 그걸 바란대. 자기가 손뗀 뒤에 전통주사업팀이 망하면 김두빈 부사장이 독박 쓸 테니까. 근데, 하…… 형제 다툼이 어찌 되건 간에, 2년 동안 그 팀에서 고생한 오동훈 씨랑 팀원들은 뭐가 되냐고."

동주는 한숨을 푹 쉬었다. 팀 공중분해 되면 자기가 과연 선샤인주류에 계속 남아 있을 수 있을지나 모르겠다고, 술에 취해 울먹이던 오 주임의 모습이 자꾸 눈에 밟혔다.

"개자식. 정말 지밖에 모르는 병에 걸렸나 봐. 이 업계를 우습게 보다 못해 더럽히고 있어."

"원래 그런 자식이니까."

그 탐욕에 종착지가 있기나 한지 모르지만. 당장 올라서기 위해서라면 누구든 거리낌 없이 발판 삼아 짓밟는 놈이다. 팀원은 말할 것도 없고 동료와 친구, 심지어 연인도.

"그리고 저기…… 성진아. 실은 나 며칠 전에 윤수영한테 말했어. 선샤인주류에 채운 시리즈 넘길 생각 전혀 없다고."

"아, 그랬어?"

"미안해. 너는 최대한 시간 끌라고 했지만…… 이게 점점 사람 할 짓이 못 되더라고."

윤수영과의 통화를 떠올리며 동주는 목을 움츠렸다.

처음엔 그녀의 안달난 목소리를 듣는 것이 통쾌했다. 지난 3년간 내가 겪은 지옥살이의 고통을 당신도 한번 느껴 봐. 잔뜩 벼르는 마음으로 뜨문뜨문 전화를 받아 주며 능청을 떨었다.

그러자 수영의 목소리에서 알코올취가 나기 시작했다.

"멘탈이 완전히 나간 것 같았어. 업무 시간에만 딱딱 전화하던 여자가 막 한잔 걸치고 새벽에도 전화하고…… 평소의 그 도도함은 어디 갔는지 막 사정사정을 하고. 이번 달 넘기면 절대로 안 된다고 막……."

수영의 변화가 어지간히 충격적이었던지, 동주가 '막'을 연발했다.

"마지막엔 전화 받으니까 아무 말도 안 하고 막…… 울기만 했어."

동주가 소름이 돋아난 팔을 문질렀다.

"오동훈 씨한테 듣기론, 윤수영이 그 팀 뒷돈 조달하는 역할을 해 왔나 봐. 그 여자가 영업부 경영지원팀으로 간 이유도 그렇고 그런……. 그런 위험까지 감수한 대가가 결국 손절이라니. 하긴, 그 탐욕스러운 놈이 처음부터 그 여자를 진지하게 만났겠어."

선샤인주류에 가는 길에 성진은 하늘을 한 번 올려다보았다. 뚝. 굵은 빗방울이 그의 허탈한 얼굴에 떨어졌다. 먹구름이 기어이 사나운 비를 쏟아 냈다.

❖ ✱ ❖

"으음! 역시 이건 유리 씨가 만들어 줘야 제맛이 난다니까."

설아가 아젤리아 러브 포션을 맛보며 기분 좋게 신음했다.

"그 집안일이란 건 어떻게, 잘 해결되셨나요?"

"이젠 괜찮아요. 저번에 저 보러 왔다가 헛걸음하셨다면서요? 미안해서 어떡해요."

"말도 마. 가뜩이나 여름이라 아젤리아 러브 포션 주문 폭주하는데, 내가 제맛 못 낸다고 손님들한테 얼마나 구박받았는지 아냐? 그렇게 컴플레인을 많이 당해 보긴 처음이다."

"헤헷, 다희 바텐더님 금손이신 건 잘 알죠! 그치만 역시 아젤리아 러브 포션만큼은 유리 씨만의 대체 불가능한 뭔가가 있달까."

설아의 너스레에 유리는 벙그레 웃었다. 대체 불가능. 그 말이 뭉클하게 곱씹힌다.

아젤리아에 복귀한 유리의 안부를 물으러 온 단골은 설아만이 아니었다.

"저…… 실례합니다."

박세현. 아젤리아의 헤밍웨이. 외사촌 누나와 눈이 마주치자 송구스러운 눈빛으로 묵례했다.

"오셨어요."

유리는 짤막한 인사로 답례했다. 그녀 특유의 온화한 톤이지만,

그녀를 잘 아는 사람이면 충분히 알아챌 정도의 냉담함이 실렸다.

"규진이 형한테 얘기 들었습니다. 본가에 한번 다녀오셨다면서요?"

정확히는 강제로 끌려갔던 거지만. 보는 이목이 있어 유리는 굳이 바로잡지 않았다.

"저기…… 누님. 정말로 이사 가실 건가요?"

"그 집이 세현 씨 집이 아니더라도 이젠 비울 때도 됐죠. 제가 남의 집에 너무 염치없이 오래 머물렀어요."

유리는 쓰게 웃었다.

"최대한 서두를 테니 조금만 더 기다려 줘요. 그리고 오늘은 꼭 계좌 적어 주고 가세요."

유리가 메이는 목을 가다듬었다.

"저도 제 남친도, 그 집에서 정말 꿈같은 시간을 보냈어요. 큰오빠와 저의 개인사를 떠나 세현 씨한텐 진심으로 감사해요. 많이 늦었지만…… 최소한의 보답은 받아 줬으면 해요."

유리가 잠긴 목소리로 감사를 표하자, 세현의 얼굴이 안타까움으로 물들었다.

"그렇게 하심이 정 편하시다면 어쩔 수 없죠. 근데, 누님. 저 역시 많이 늦었지만…… 꼭 드릴 말씀이 있습니다."

처음이었다. 거의 노트북만 상대하던 세현과 똑바로 마주한 것이.

"제가 한국에 회사를 차리면서 규진이 형한테 창업자금을 빌렸습니다. 형은 그냥 빌려주겠다 했지만, 아무리 가까운 친척 사이라도 거액이다 보니…… 제가 형한테 그 집이라도 담보 잡아 놓으라 했습니다. 물론 누님이 그 집 들어가신 뒤의 일입니다."

"……."

"무엇보다, 제가 지금까지 아젤리아 다닌 건 규진이 형이 시켜서가 아닙니다. 순수하게 이곳이 좋았어요."

처음엔 호기심으로 여길 찾았다. 외사촌 누나 얼굴은 한번 봐야겠단 생각에.

"처음 왔을 때, 마치 숲속의 비밀 선술집에 들어온 기분이었어요. 누님이 만들어 주신 칵테일을 맛본 순간, 맛이 어쩜 이리도 예쁠까 싶었어요. 요정의 술이 존재한다면 이게 아닐지. 여기에만 있는 푸근한 활기가 너무나도 좋아서, 오고 또 오게 됐어요."

아름다운 상상의 세계로 떠나기 바빴던 나머지 그만, 스스로를 밝힐 타이밍을 놓쳐 버렸다.

세현이 가방에서 랩핑된 책을 꺼내 유리에게 내밀었다.

"제 데뷔작입니다. 오늘부터 예약판매 시작했어요. 본업도 있고 취미로만 해 오던 거라 출간까진 꿈도 못 꿨는데, 결국 이렇게 완성했어요."

"어머나…… 세 권이나 되네요. 장르는 판타지인가요?"

"네. 여주인공이 메인이 돼서 활약하는 내용입니다. 로맨스 요소도 많고요."

"우와…… 표지도 예뻐요."

유리가 책을 이리저리 살피며 감탄을 연발했다.

"모 작법서에 이런 말이 있죠. 여주 캐릭터는 자신이 친구 삼고 싶은 사람으로 쓰라고."

세현의 따사로운 시선이 유리에게 와닿았다.

"쓰고 나니까, 여주가 누님이랑 참 많이 닮았더라고요."

처음에는 미운오리새끼 같았지만, 결국 아름다운 백조로 거듭나 만인의 사랑을 받게 되는.

"아젤리아와 누님 덕에 세상에 나온 책입니다. 제게 집세는 이걸로 충분합니다."

지난 3년간 베푼 호의도 모자라, 세현은 소중한 데뷔작까지 유리에게 얹어 주었다.

"항상 응원하겠습니다. 그럼……."

세현이 바람처럼 나갔다. 뒤늦게 진심을 전한 미안함이 컸던지 걸음이 너무 빨랐다.

가슴을 적시고 목까지 차오른 먹먹함을, 유리는 한참 만에야 겨우 가라앉혔다.

❖ ✲ ❖

"이 밤에 충남 내려가신다고요? 왜 갑자기……."

종강 회식이 한창인 청담동의 한 고깃집. 성진은 잠깐 빠져나와 어머니한테 온 전화를 받았다.

– 낮에 잠깐 잤는데, 네 아버지가 꿈에 나왔어. 배고프다고…… 밥 좀 달라 하더라고……. 그 모습이 어찌나 생생한지 지금 막 소름이 돋아. 도저히 꿈 꾼 것 같지 않아.

어머니의 목소리에 물기가 어렸다. 간만에 마주한 사랑하는 남편의 모습이 하필 그런 비참한 몰골이라니. 그 심정이 어떠실까?

– 간 김에 네 아버지 좋아하던 두견주도 한 잔 놓고 와야겠어.

"조심히 다녀오세요. 저도 조만간 한번 다녀와야겠어요."

통화가 끝난 후에도 성진은 한동안 바깥을 서성였다.

부모님은 그 시절에 흔치 않은 연애결혼을 하셨다. 중학교 때 처음 만나 친구이자 연인이 되고, 부부로 맺어졌다. 서로에게 첫사랑이었다.

아버지는 어머니를 누구 엄마란 말보다 연희라고 불렀다. 도망칠 데도 없는 집 안에서 술래잡기를 하는 부모님의 모습을 심심찮게 보았다.

아버지께서 돌아가셨을 때, 이 세상에 꼭 필요한 사랑이 하나 사라져 버린 것 같았다.

두고두고 슬프고 먹먹했다. 사랑이 아무리 크고 절실해도, 사랑할 수 있는 시간이 꼭 늘어나는 건 아니라는 서글픈 진실을 알려주고 간 당신의 죽음이.

어머니는 이루 말할 수 없이 힘겨워하셨다. 상실의 아픔도 컸거니와, 사실상 혼자 남겨진 탓이었다.

혼자 꿋꿋하게. 말은 참 쉽지. 자식이고 뭐고 하루에도 수십 번 극단적인 생각을 했노라고, 어머니는 뒤늦게 고백하셨다.

만에 하나 제게 변고가 생긴다면, 유리도 어머니와 비슷한 상황이…….

"재수 없는 생각 좀 작작……."

성진은 고개를 내흔들었다. 기분 좋게 취한 사람들이 2차를 부르짖는 상황이지만, 도저히 그럴 기분이 안 났다. 지금 당장 유리에게 가 봐야겠단 생각뿐.

"먼저 가서 죄송합니다. 제 몫까지 많이 드세요."

성진은 무르익은 회식 자리를 어렵사리 빠져나왔다.

이 시간에 여기서 홍대까지 버스가 빠를까, 택시가 빠를까. 걸음을 재우치며 생각하던 차.

길 맞은편에 곤혹스러운 상대가 보였다.
윤수영. 멀찍이서 봐도 확연히 말라 보였다. 피골이 상접한 수준이다.
혹시 강두현 만나러 온 거라면.

'난 이만 일어나 보겠습니다. 중요 거래처랑 선약이 있는 걸 깜박했군요.'

회식 시작하고 10분도 채 되지 않아 그런 말을 하면서 나가 버리던데.

'결국 손절이라니.'

낮에 동주가 한 말이 그녀의 인영에 불편하게 덧씌워졌다.
내가 상관할 바 아니야. 성진은 금세 냉정하게 마음을 다졌다.
사람을 잘못 본 탓에 갖은 고초를 겪다가, 결국 빈손에 혼자로 돌아가는 것. 어디까지나 본인이 감내해야 할 몫이다. 자신도 저 여자 잘못 본 탓에 인생의 쓴맛을 톡톡히 보지 않았던가.
못 본 척 스쳐 가는 게 이 밤에 서로에게 좋겠지.
그러나 수영과 어긋나는 순간, 그녀의 눈이 하얗게 까뒤집히더니.
털썩.
그대로 인도 위로 널브러졌다.
"윤수영!"
어깨를 두드리자 수영의 고개가 축 꺾였다. 그녀의 몰골은 겨우 내 독하게 나뭇가지를 붙들다 뜯겨 나온 낙엽 같았다.

❖ ✲ ❖

침상에 누운 수영의 눈이 질끈 감겼다. 그녀의 의식은 아우성 가득한 어둠을 영원처럼 헤맸다.

'오동주, 채운 시리즈 넘길 생각 없나 봐. 아무래도 복성진이 이미 아는 것 같…….'

'그건 이제 됐어.'

수영의 말이 끝나기도 전에 두현은 손을 휘적거렸다.

'아버지가 첫햇살 막걸리 분명하게 밀어주기로 약속하셨으니, 이번 만찬주는 따 놓은 당상이야.'

'그러면 이제부터 난…….'

'윤수영. 이제 날 위해 그만 애써도 돼.'

'무슨…… 말이야 그게?'

'저번에 말했을 텐데. 채운 시리즈 건 6월까지 해결 못 하면 우리 관계도 여기까지라고. 설마 빈말로 들었나?'

'아니…….'

'오피스텔 짐 정리할 시간 한 달 줄게. 카드도 다음 달까진 써. 아직 못 산 거 있으면 미리 사 놔.'

'강두현!'

악청을 내지르는 수영에게 두현이 신물 나는 웃음을 지었다.

'이제 그만 서로를 놔주고 생산적인 미래를 도모하자고. 우리 한가하게 연애 놀음할 나이는 한참 지났잖아.'

영업부 경영지원팀으로 소속을 옮긴 이후, 수영의 영혼은 15년 연인을 배신했을 때와는 비교도 안 되게 너절해졌다.

뭐 어때. 세상엔 이보다 더한 도둑도 많은데. 내가 안 해도 다른 누군가는 할 일이야.

자기합리화를 하면 할수록, 마음이 걸레로 닦은 창처럼 추저분하게 탁해졌다.

지난 2년 반 동안 맑고 밝은 마음은 사치라 여기고 살았다. 손을 더럽힌 만큼의 검은 대가는 돌아오려니, 막연한 기대를 위안 삼아 버텼다.

헌데 이제 와서 단물 쓴물 다 빨린 날 버리고, 너 혼자 뻔뻔하게 과거 세탁해서 생산적인 미래로 나아가시겠다?

'강두현. 네가 어떤 년을 만나건, 내가 낱낱이 까발릴 거야. 아, 언론 제보할 것도 한참 밀렸지. 네가 날 어떻게 이용해 먹고 버렸는지. 첫햇살 막걸리가 어떻게 품평회 대상 탔는지. 떠오르는 중소 양조장 참술 주식을 매입해서 무슨 짓 하려 했는지. 더러운 수작 부리는 데 들어간 돈의 출처가 어딘지!'

'윤수영. 지금까지의 정이 있어서 이런 말까진 안 하려 했는데, 나랑 그렇게 안전 이별하기 싫어?'

두현이 수영의 턱을 거칠게 잡아 올렸다. 입술이 닿을락 말락 하는 거리에서 잔혹한 비웃음을 퍼부었다.

'어디 좋을 대로 지껄여 봐. 그러고 나서 지켜봐. 세상이 네 마음대로 움직이는지.'

한때 달콤한 키스를 퍼부었던 입술을 폐타이어 보듯 하며, 그가 덧붙였다.

'어설프게 날 찌른 뒤엔, 네 신변은 나도 책임 못 져.'

잠자코 입 다문다 한들, 과연 이 남자가 곱게 내버려 둘까? 이미 너무 많은 걸 알아 버린 저를.

밤바다에 빠트려진 듯 눈앞이 캄캄해지고 숨통이 콱 막혔다.

"허억!"

"어머, 이제 정신이 드세요?"

약품 냄새가 코를 찌른다. 근처를 정돈하던 간호사가 수영에게 다가왔다.

병원 응급실. 여기가 어디냐고 묻기엔 너무도 직관적인 장소였다.

"제가 어떻게 여기 있는 거죠?"

기억하기로, 청담동 고깃집으로 향하던 길이었다. 강두현이 있고 복성진도 와 있다는.

나는 대체 누구를 향하는 걸까? 대체 무슨 말을 하고 싶은 걸까? 스스로도 종잡을 수 없는 마음이 어느 순간 의식을 먹어 들어

갔고, 마지막으로 성진의 환영을 봤다.

"길에서 갑자기 쓰러지신 환자분을, 지나가던 남자분이 발견하고 119 불러 주셨어요."

"……."

"요새 식사 잘 안 드시죠? 정확한 검사를 해 봐야 알겠지만, 영양실조에 의한 일시적 쇼크로 보여요."

"절 구해 준 사람은……."

"조금 전에 가셨어요. 그러고 보니 환자분을 아시는 분 같았어요."

"절 아는 것 같았다고요?"

"네. 환자분 보호자 부른다고 계속 전화하시던데, 통화 연결이 잘 안 되는 것 같았어요. 크게 걱정하지 않아도 될 것 같다 말씀드렸더니 연락처 남기고 가셨어요. 혹시라도 위급한 일 생기면 연락 달라며……."

길에서 만나도 서로 알은척하지 말자면서. 우린 이제 남보다 못한 사이가 됐다고 했으면서.

그런 상대에게조차 인의를 베푸는 남자는, 제 인생에 단 한 사람뿐이었다.

수영은 몸을 웅크려 말았다. 차라리 성진이 저를 버려두고 갔으면 좋았겠단 생각이 들었다. 이렇게 다시 눈을 떠서 사무치는 회한에 떨게 될 바엔.

❈ ✱ ❈

"잘 생각했어. 사내에 복성진 씨 팬이 많아졌는데, 이참에 확실하게 굳히면 좋지.”

성진이 교육 기간을 연장하겠단 뜻을 밝히자, 김두빈은 호의적인 반응을 보였다.

“기획개발팀장 건은 나 믿고 기다려 봐. 정상회담이 가까워지니 아버지가 괜히 바람이 드셔 가지고. 나이 먹으면 이래서 문제야. 이제 그만 자식들에게 맡기고 쉬실 때도 됐는데.”

“지금 보시는 문건은 뭔가요?”

“이거? 두현이가 요새 좋은 데 다니는 거 같아서 나도 참고하려고.”

배다른 동생을 사찰했단 말을 참 고상하게도 한다.

“요새 한식당 투어를 열심히 다니더군. 접대 상대방이 어지간히 한식을 좋아하나 보다 했는데, 아무래도 장소 자체에 어떤 공통분모가 있지 않나 싶어. 복성진 씨는 어떻게 생각해?”

성진이 보여 달란 말도 안 했는데, 두빈은 입수한 정보를 술술 오픈했다.

“흠, 글쎄요. 두현이가 이 한식당들에 어떤 비밀을 숨겼을까.”

리스트를 쭉 훑은 순간 머릿속에 섬광이 스쳤지만, 성진은 짐짓 모르는 척했다.

부사장실을 나오니, 강두현이 문 앞에서 대기 중이었다. 업무 관계로 불려온 듯했다.

지난 한 달간 어쩌다 마주치면 서로가 싸늘한 침묵을 고수하며 엇갈렸다. 두현은 들끓는 심사를 미물 대하는 눈빛으로 가장했고, 성진 역시 불편한 감정을 무심한 눈빛으로 가렸다.

그러나 두현이 스쳐 가는 찰나, 성진은 놈의 귓전에 툭 뱉었다.

“쓰레기 새끼.”

"뭐?"
"입 닫아. 부패한 음식물 냄새 나니까."
분노가 실려 더 명백한 시비. 두현이 완전히 돌아서서 날카로운 눈빛으로 응전해 왔다.
"윤수영 어제 길에서 쓰러져 응급실 실려 간 거, 넌 알기나 해?"
"하, 그래서?"
"그래서라니."
네 연인이잖아.
따져 묻는 게 무의미하다는 생각이 들었다. 인간이 지켜야 할 최소한의 도리. 놈한테 그런 게 남아 있었음 쓰레기라 부를 이유도 없을 테니.
"정 그렇게 걱정되면 간병이라도 하지 그래."
두현이 비릿한 웃음을 곁들여 덧붙였다.
"여차하면 다시 주워 가도 되고. 난 쓸 만큼 썼으니까."
찰나의 순간, 힘줄이 우둑 돋아난 성진의 손이 두현의 멱살로 뻗어 갔다. 하지만 놈과 닿기 직전 도로 손을 거뒀다.
정말 지저분해서 손도 대기 싫었다.
"넌, 이 업계에 얼씬도 해선 안 되는 쓰레기야."
쓰레기가 사람 먹을 걸 만드는 게 말이 안 되니까.
"네가 세계 정상들의 귀한 식탁에 쓰레기 냄새 묻히는 꼴, 도저히 못 보겠다."
"못 보겠다면 어쩔 건데?"
두현이 한껏 여유로운 느낌을 살려 되물었다.
"네가 믿는 구석, 어디 마음껏 믿어 봐."
성진은 조금도 위축됨이 없이 쨍한 눈빛을 쏟아 냈다.

"그러고 나서 지켜봐. 세상이 정말, 네 더러운 믿음대로 움직이는지."

부와 권력. 놈이 가진 것에 세상이 얼마나 크게 움직이는지 모르지 않는다. 하지만 세상사가 오로지 그것만으로 판가름 난다면, 사람이 희망하는 것이 의미를 지닐까.

성진은 놈이 끝내 가지지 못한 것에 모든 희망을 걸어 볼 작정이었다.

술의 향미를 움직이고, 나아가 세상까지 움직이는…… 정성.

❖ ✻ ❖

"허어, 우리나라에 이렇게 많은 술이 있었다니……."

빼곡한 전통주 리스트를 넘겨 보며 금 회장과 규진이 혀를 내둘렀다.

"여기가 우리나라 최대 규모 전통주점입니다. 입고된 술이 300가지가 넘을 겁니다."

"삼……백? 허허, 이거야 원. 나는 죽기 전에 다 먹어 보지도 못하겠군."

금 회장이 당신의 연배를 염두에 둔 한탄을 늘어놓자, 규진은 울적한 눈빛을 했다.

성진은 무거운 침을 삼켰다. 두 사람을 한데 모아 놓으니 이 세상 우중충함이 아니다.

턱을 괴고 앉은 금 회장이 성진의 얼굴을 훑더니, 꿀꿀하게 중얼거렸다.

"하, 자네. 보면 볼수록 참…… 인물이 잘났구만."

"그뿐인가요. 학벌도 괜찮고, 능력도 출중하고."
"사람 됨됨이도 이만하면 참 괜찮지. 인성 바르고, 다정다감하고."
"아…… 하하…… 과분할 정도로 좋게 봐 주셔서 감사합니다……."
성진은 애매한 웃음을 흘렸다. 칭찬인데 마냥 좋아할 수가 없고, 오히려 마음이 무거워지니…….
"이런 사내가 서방인데, 유리가 집에 들어오고 싶겠나."
"제가 유리라도 안 들어갑니다."
"……."
"하…… 아무래도 우린 틀린 것 같다. 앞으로 어찌하면 좋단 말이냐."
"휴…… 시간을 돌릴 수만 있다면……."
이러다 정말 이 테이블에만 비구름이 뜰 것 같다.
"진정하세요. 아직 낙담하긴 이르니까요. 다 함께 머리를 맞대고 지혜를 짜내 보자고요."
사랑하지만 너무 먼 우리 딸, 내 여동생에게 다가갈 방법 찾기. 오늘 성진이 이 모임을 주선한 목적이었다.
"일단 술이라도 한잔 하시고……."
술을 권하는 게 과연 잘하는 짓인가 싶었다. 이 아재들 술 들어가면 감정 더 격해져서 꺼이꺼이 울 기센데…….
"추천 도와드릴까요?"
한참 동안 주문을 미뤘더니 한 여자가 다가왔다.
"저희 가게에 워낙 술이 많다 보니, 30분 넘게 메뉴판만 보시는 분들이 많거든요."

여자는 평범한 직원 같지는 않았다. 생활한복에 앞치마를 두른 차림새가 평복 차림의 서버들과는 차별화된 느낌이었다.

"안주를 먼저 고르시면, 어울리는 술을 추천해 드릴 수도 있어요."

"안주랑 어울리는 술 찾을 때도 어떤 기준 같은 게 있나요?"

"그럼요!"

규진의 무심한 물음에 여자가 바로 눈을 치뜨고 답했다.

"마리아주Mariage라는 말 들어 보셨죠? 원래 결혼이란 뜻의 프랑스어지만 어울림, 궁합, 배합이란 의미도 있어요. 어울리는 남자와 여자가 만나야 잘 살듯, 요리랑 술도 어울리는 것끼리 붙여 놔야 성공합죠."

여자는 카랑카랑한 목소리로 일장연설을 늘어놓았다.

"요리랑 술을 결혼시킬 때 1순위로 고려할 건 무게예요. 가벼운 음식은 가벼운 술과 맞고, 무거운 음식은 무거운 술이랑 맞아요. 2순위는 향의 깊이. 향이 강한 음식에 밍밍한 술 갖다 붙이면 술맛이 죽죠. 이런 조건들을 맞춰 준 다음, 보다 깊은 맛의 조화를 꾀하는 게 페어링의 기본입니다."

여자의 말은 얼음을 깨부수고 식혜를 퍼내듯 시원시원하고 거침이 없었다.

"아…… 그렇군요."

규진은 열심히 고개를 끄덕였다. 많아 봐야 유리랑 비슷한 연배로 보이는데, 풍기는 내공이 보통을 넘는다.

대화를 지켜보던 성진이 여자에게 불쑥 물었다.

"저 혹시, 김진희 부사장님 아니신가요?"

"네. 저 맞는데요."

성진은 눈을 크게 뜨고 여자를 보았다.

자타가 공인하는 대한민국 넘버원 민속주점, 옥토끼주막. 막걸리 마니아 남매가 의기투합하여 차렸다.

특급호텔 셰프 출신 사장의 맛깔난 안주도 유명하지만, 전통주 소믈리에인 부사장 김진희의 존재야말로 이곳의 아이덴티티였다.

전통주 소믈리에. 전국의 수백 가지 우리 술을 평가하고, 나아가 우리 술과 다양한 요리의 마리아주를 제시하는 전문가.

전통주 소믈리에란 직종 자체가 언급된 세월이 얼마 되지 않았다. 더욱이 이 정도 규모 한식당에서 수백 가지 전통주를 소개할 역량을 갖춘 전통주 소믈리에는 정말 한 손에 꼽을 정도다.

전통주 소믈리에 경기대회 금상. 풍부한 실무 경력. 누구보다 검증된 실력자인 김진희는 국제행사가 있을 때마다 외교부의 러브콜을 받았다.

이번 정상회담에서도, 그녀는 수백 가지 우리 술 중 만찬주 후보를 가려내는 막중한 책무를 맡았으리라. 낮에 본 김두빈 문건에서 유추해 낸 사실이 정확하다면 말이다.

요새 강두현이 다닌 한식당의 공통점은, 전통주 소믈리에가 있다는 점이었다.

그들 중에서도 주축이 될 이 여자를 만나 보는 것이, 성진이 오늘 이곳을 찾은 이유였다.

일단 금 씨 부자와 가장 시급한 문제부터 의논하고, 가게가 한산해지면 김진희에게 말을 걸어 볼 참이었다.

불편한 대화가 될 가능성이 큰지라, 그녀를 대하는 마음이 벌써부터 무거웠다.

자기 일에 자부심이 크고 정직한 사람 같아 보이는데. 부디 보이는 대로의 사람이길.

"아버님, 고르셨어요?"

진희가 최연장자인 금 회장에게 수더분하게 물었다.

"으음…… 여기 자네 양조장 술도 있나?"

금 회장이 성진을 돌아보며 물었다.

"네. 저희 제품도 벤더 통해 이곳에 입고되는 걸로 알고 있습니다."

"그럼 술은 그냥 그걸로 시키지."

"어머, 어디 양조장이신데요?"

진희가 불쑥 끼어들었다.

"참술이요."

"참술이면 설마…… 채운 시리즈?"

"네. 맞습니다."

어머머! 진희가 입술을 막 빠끔거렸다.

"그럼 호, 혹시…… 오동주 씨 아니세요?"

영문 모를 격한 반응에 성진은 눈을 끔벅였다.

"저는 복성진인데요."

"그러면 같이 오신 분들은……."

행여 그들이 명 대장과 동주가 아닐까 생각한 듯, 진희가 금 회장과 규진을 번갈아 보았다.

"아뇨! 이분들은 그냥 제 지인입니다."

"아……."

진희가 애매하게 말꼬리를 흐렸다.

"저기요……. 오동주가 아니라서 미안합니다."

얼굴까지 살짝 붉혔던 그녀가 너무 대놓고 짜게 식어서, 성진은 그 말을 하지 않을 수 없었다.

"아뇨, 아뇨. 맨날 블로그로만 접하다가 이렇게 직접 뵙게 되어 영광입니다, 복선비 님."

"어, 저희 블로그 구독하시나요?"

"그럼요. 요새 그거 보는 재미로 사는걸요. 복선비 님은 딱 본인 글처럼 학구파 이미지시네요. 선비 님 글도 잘 보고 있습니다. 비록 댓글은 동주 씨 글에만 달지만."

그녀가 부루퉁하게 덧붙였다.

"동주 씨도 같이 오셨음 진짜 좋았을 텐데. 엄청…… 아니 조오금 아쉽네요."

"저, 혹시…… 동주랑 블로그 이웃 맺지 않으셨나요?"

무언가를 직감한 성진이 진희에게 물었다.

"네. 그냥 이웃도 아니고 서로이웃 맺었죠."

"그럼 혹시……."

성진이 손가락으로 그녀를 가리키며 물었다.

"마리아주 님…… 아니신가요?"

손가락 끝에 김진희의 해맑은 미소가 걸렸다.

"네! 저 맞아요."

KODAK PORTRA 400
KODAK PORTRA

## 12.

## P.S. I Love You

어느 저녁. 금 회장은 아젤리아를 찾았다.

"오셨어요."

짤막하게 인사한 뒤, 유리의 눈동자는 낮게 가라앉았다.

마른 천으로 기물 닦는 작업에 몰두하는 딸, 냉담한 침묵. 가로놓인 바 카운터가 세상 그 어느 벽보다 견고하게 느껴진다.

금 회장은 갓난쟁이 유리를 처음 품에 안았을 때의 다짐을 떠올렸다. 내 딸의 세상을 알록달록 고운 빛깔로 채우겠다는, 세상 모든 딸 가진 아빠의 마음이었지.

하지만 어디서부터 잘못된 건지, 과년한 딸의 눈에 어린 세상은 온통 잿빛이다.

밀려드는 회한에 금 회장이 우두커니 서 있자, 유리 역시 죄어드는 가슴을 견디지 못하고 말했다.

"죄송하지만, 전 본가로 돌아가지 않을 거예요."

"……."

"밤낮 바꿔서 하는 일 관둘 생각도 없고요."

"……."

"아버지가 뭐라 말씀하셔도…… 전 성진이랑 결혼할 거예요."

벽에 대고 하는 읊조림 같았다.

인정해 주지 않으셔도 돼요. 사랑해 주지 않으셔도 돼요. 더는 아무것도 안 바라요. 그저, 더 이상 괴롭지 않기만을 바라요.

아버지 앞에서 지레 체념하게 되어 버린 딸에게, 금 회장은.

"네가 원하는 길을 가거라. 아무 걱정 말고."

단 한 번도 연 적이 없었던 문을 활짝 열었다.

"네가 하는 일에 너무 무지했지, 내가. 알고 보니 조주기능사가 정말 취득하기 어려운 자격증이더구나. 자격증을 떠나 네가 일하는 모습을 잠깐만 지켜봐도, 그동안 얼마나 피나는 노력을 했을지 충분히 알고도 남아."

유리가 소중하게 품은 셰이커를 보며, 금 회장은 애잔하게 웃었다.

"네가 조금이라도 편한 길을 갔으면 하는 아쉬움이 여전히 없지는 않다만, 네가 얼마나 진지한 태도로 임하는지 이제 충분히 알았으니…… 네 뜻을 존중하마."

유리는 반신반의하는 눈빛으로 아버지를 보았다. 갑작스레 열린 새장에서 빠져나오길 망설이는 새처럼.

"그리고 네가 만나는 청년, 사람 참 괜찮더구나."

네가 예전보다 밝아지고, 열정이 생기고, 서운한 감정도 뚜렷하게 표현하게 된 건, 그 청년의 영향일 테지.

"사람 보는 눈 하난 네가 나보다 낫다."

결혼 반대는 언감생심. 내가 하지 못한 일을 대신 해 준 그에게 아비로서 백번 절해도 모자라다.

“지금까지 괴롭고 힘들었던 건 다 잊고 좋아하는 일 하면서, 네가 사랑하는 남자와 함께 밝고 행복하게 살아. 이 애비가 적어도 방해는 안 될 테니.”

“아버지…….”

“금유리. 네가 내 딸, 네 엄마 딸이란 사실은 하느님이라도 바꾸지 못할 거라 했지?”

금 회장의 주름진 손이 바 카운터를 넘어 유리의 머리에 사분히 내려앉았다.

“가족끼리 너무 서먹하게 굴지 말고 언제든 편하게 집에 와. 갖고 싶은 거, 원하는 거 있으면 얼마든지 다 얘기해. 내가 다른 건 몰라도, 딸이 아빠한테 저 좋아하는 남자가 누군지도 말 못 했단 게 얼마나 가슴 아팠는지 알아?”

“아버……지…….”

유리는 손으로 입을 틀어막았다. 아비로서 너무 당연한 말을 했을 뿐인데, 딸은 갑작스런 여름을 맞은 빙산처럼 일시에 흐무러진 감정을 수습하기 바빠졌다.

딸을 붙들고 한바탕 울고 싶은 심정을 누르고, 금 회장은 당신답게 투박한 당부를 남겼다.

“꼭 와라. 기다리고 있을 테니.”

“이렇게 사진 찍는 걸 좋아했던가?”

끝없이 펼쳐지는 사진들을 보며 금 회장은 혀를 내둘렀다.

성진이 가르쳐 준 유리의 인스타그램. 집을 나간 이후 딸의 일상을 담은 사진들이 있었다. 이런 게 있는 줄 진작 알았다면 매일 눈을 떼지 못했으리라.

<아젤리아 러브 포션. 올봄 시그니처 칵테일. 인기 만발♡>

<우리 선비님이 사 온 벚꽃 코스터. 대체 어디서 이런 걸 찾아오는 걸까ㅋㅋ>

<2년 단골 설아 씨. 드디어 사진 찍는 걸 허해 주셨다ㅎㅎ>

사진마다 유리의 애정 가득한 코멘트가 주석처럼 달렸다. 소소한 행복에도 감사하는 딸의 마음을 읽어 내리며, 금 회장은 애틋하게 웃었다.

그동안 참 재미나게 지냈구나.

사진들을 쭉 보면서, 금 회장은 며칠 전 옥토끼주막에서 오간 대화를 떠올렸다.

❖ ✱ ❖

“사람의 닫힌 마음을 여는 데는 역시, 진심만 한 게 없다고 생각합니다.”

성진은 금 씨 부자와 술잔을 부딪치며 말했다.

“유리에게 가장 미안했던 일이 뭔지 생각해 보시고, 서운함을 풀어 주시는 게 우선일 것 같습니다.”

“그것만으론 부족할 것 같은데…… 진심을 전할 방법이 또 없을까?"

저와 마주한 것만으로도 질겁하던 유리의 모습을 떠올린 규진의 낯빛이 어두워졌다.

"이를테면, 진심이 담긴 선물은 어떨까요?"

"선물이라. 하아, 글쎄……."

금 씨 부자는 착잡하게 한숨지었다. 지갑에 든 한도무제한 카드가 유리에게 얼마나 무용한지 알기에.

"자네가 힌트 좀 줄 수 없나? 우리 유리가 뭘 좋아하는지."

"나도 좀……."

"죄송하지만 전 그다지 도움이 못 돼 드릴 것 같네요."

성진이 난감하게 웃었다.

"유리는 제 선물은 뭐든 다 좋아해 줘서요."

금 회장과 규진은 얄밉다는 듯 성진을 흘겨보았다.

'딸자식 키워 봐야 다 소용없구만…….'

'부럽다, 자식…….'

"잘 아시다시피, 유리는 비싼 거라고 좋아하진 않습니다. 몇 천 원짜리 코스터라도 내가 이만큼 관심받는구나, 충분히 사랑받는구나 하는 느낌을 받으면 기뻐하더라고요."

관심. 새삼스러움 속에 사랑의 비법을 감춘 말이 금 씨 부자에게 강한 여운을 남겼다.

❈ ✱ ❈

유리의 인스타그램을 보면서 금 회장은 딸의 습관을 하나 알게 됐다. 사소한 선물이라도 반드시 사진으로 남기고 기쁘고 고마운 마음을 함께 기록해 두었다.

그러고 보니, 얼마 전이 유리 생일이었지?

유리의 절친들은 주로 어떤 선물을 하나 참고 삼아 보던 중, 눈에 띄는 걸 찾았다.

<선비님의 이번 생일 선물. 완전 취저ㅠㅠ 그림 대박 이쁨 ㅠㅠ!>

유리가 좋아하는 일러스트레이터의 삽화 모음집이었다.

유리가 찍어 올린 삽화 일부만 봐도 수려한 인물 묘사가 돋보였다.

검색해 보니 꽤 인지도가 높은 작가였다. 연인을 소재로 한 일러스트로 유명세를 타 대기업 외주 의뢰도 종종 받는 듯 보였다.

이 작가의 시간을 사는 게 쉽지는 않아 보이지만.

"이 사람이 유리를 그려 준다면……."

여기서 조금만 더 아이디어를 발전시켜 보는 것도 괜찮겠어.

금 회장은 유리의 인스타그램을 좀 더 탐방해 보았다. 사진의 반수 이상이 성진과 찍은 사진이었다.

"금슬이 참 좋구만……."

그렇게도 좋으냐. 웃음꽃이 만발한 사진 속 딸에게 조금 섭섭해지려던 차, 금 회장은 강한 끌림을 주는 사진을 찾았다.

<우리 선비님 진짜 선비 된 날^^ 아마도…… 우리 전생 모습?>

어느 봄날, 성진과 유리가 한옥마을에서 데이트하면서 찍은 사진. 성진은 선비처럼 도포에 갓을 쓰고, 유리 역시 고운 한복 차림

으로 다붓하게 붙어 섰다.

삽화 모음집. 한복 차림의 연인.

두 이미지가 금 회장의 머릿속에서 강력한 연상 작용을 일으켰다.

"채운 시리즈는 내용물은 참 좋은데, 병 디자인을 좀 더 신경 써야 할 거 같아요."

마리아주 김진희의 품평대로 채운 시리즈를 담은 유리 용기는 평범한 석류주병이고, 라벨은 깔끔하나 단조로운 감이 있었다.

"요새는 술의 외관도 우리 소믈리에가 술을 품평할 때 주요 채점 요소가 되거든요."

"사실 저도 그 생각은 계속해 왔지만…… 방향을 잡기 어렵더라고요."

멋쩍어하며 채운여름을 만지작거리는 성진의 모습이, 금 회장의 눈에 안쓰럽게 비쳤다.

"라벨을 스토리텔링에 활용하는 술들이 많죠. 술샘 양조장의 술 취한 원숭이 봐요. 원숭이들이 술 마시고 흥겹게 노는 장면을 라벨에 전통 문양처럼 표현했죠? 사미인주처럼 미인도를 내세워 여심을 공략하는 술도 있고."

고루한 항아리주병에서 빠져나와, 보다 넓은 세상으로 나아가는 우리 술이 늘고 있으니.

"보기 좋은 술이 먹기도 좋으니, 더 많이 선택받겠죠."

"그래. 백번 지당한 말이지."

금 회장은 고개를 끄덕이며 회심의 미소를 지었다.

아이디어가 완성된 마당에 지체하는 건 그의 성미에 맞지 않았다. 금 회장은 수년 전 인수한 디자인 유리 용기 전문 회사 아트글라스에 전화를 걸었다.

“날세. 내 아는 양조장에 375ml짜리 디자인주병을 하나 선물하고 싶은 데 말이야. 라벨은 어떤 식으로 만들 거냐면…….”

금 회장이 구상한 바를 말하니 아트글라스 사장이 견적을 뽑아주었다. 예상 소요 기간을 들은 금 회장이 역정을 냈다.

“에이, 그건 너무 길어! 최대한 빨리, 늦어도 2주 내로 쇼부를 보란 말이야! 뭐시라? 그 일러스트레이터 올해 스케줄이 벌써 다 찼다고?”

후우. 금 회장은 짧게 심호흡한 뒤, 의미심장하게 웃으며 말했다.

“별수 없군. 그에게 거절할 수 없는 제안을 하는 수밖에.”

강원도의 반려동물 봉안당.

“수리야, 안녕? 잘 지냈니? 나, 유리 남자 친구야.”

유리문 너머 작은 유골항아리에 성진이 정겹게 말을 붙였다.

남향으로 난 묘역. 따사롭게 비쳐 드는 햇살이 남겨진 이들에겐 위안을 줄 법했지만, 안에 넣어 둔 사진들은 뿌옇게 바랬다.

17년이나 된 수리의 사진 역시 세월을 피해 가진 못했다. 어린 유리의 품에 안겨 이쪽을 보는 검은 스코티시테리어가, 금방이라도 멍 하고 짖으며 달려 나올 것 같다.

그 앞에서 규진은 숙연하게 고개를 숙였다.

어쩌면 수리는 지금까지도 눈을 감지 못했을지 모른다. 언젠가는 유리 곁으로 돌아갈 수 있으리란 믿음에.

'그깟 개 유골함을 집 안에 들이자고?'

무정한 말로 유리에게 돌이킬 수 없는 상처를 입혔다. 여동생의 소중한 추억을 묵살한 어리석음이, 너무도 오랜 세월을 돌아가게 했다.

유리에게 가장 미안한 일이 이것이라 고백하니, 성진이 조언했다.

'이제라도 수리를 유리 품으로 돌려보내 주심이 어떨까요?'

처음에는 유골함을 되찾을 작정으로 왔다. 성진이 장묘업체 직원과 몇 마디 주고받더니, 뜻밖의 이야기를 들려주었다.

유골함보다 깨끗하고 아름다운 형태로, 수리를 유리 품에 안겨줄 방법이 있단다.

"시간이 많이 지나긴 했어도 가능할 것 같답니다. 수리가 형님을 기다려 준 모양이에요."

"하…… 정말 이래도 되는 걸까?"

결정을 앞두고 규진은 망설였다.

"멋대로 수리에게 손을 댔다고, 유리가 더 싫어하진 않을지."

혹여나, 더 상처 주진 않을지.

"두렵더라도, 용기 내셔야지요. 될지 말지 고민할 시기는 이미 한참 지나셨어요."

성진은 규진의 어깨에 힘을 실어 주었다.

“너무 걱정하진 마세요. 제가 아는 금유리는, 진심을 알아보는 현명함이 있는 여자니까요.”

사람의 마음을 여는 일. 결과만 고민한들 영영 원점으로 남을 뿐이다.

❖ ✱ ❖

“싫어. 난 큰오빠랑 눈도 마주치고 싶지 않아. 할 얘기도 없고…….”

성진이 규진을 만나 보란 얘기를 꺼내니, 유리가 대번에 찬물 맞은 표정을 지었다. 침대에 나란히 앉아 꽁냥꽁냥하며 그녀의 가슴을 예열시켜 둔 것이 별 효험이 없었다.

“너 요새 누굴 그렇게 만나러 다니나 했더니, 우리 아버지랑 큰오빠한테 불려 나간 거였어?”

“아니야, 내가 먼저 뵙자고 했어. 진짜로!”

“안 봐도 비디오거든? 둘이 너 불러내 놓고 나한텐 이렇게 말하라고 압박 줬겠지.”

아버님, 형님. 어찌하오리까. 당신들을 향한 유리의 신뢰도, 아스팔트 껌딱지도 이보단 높겠어요.

“신경 안 써도 된다니까 정말……. 넌 너무 착해 빠져서 탈이야.”

유리의 손이 은근슬쩍 성진의 파자마 단추로 뻗어 갔다.

“복성진. 안 되겠어. 나랑 놀기도 아까운 시간을 그런 데다…….”

“오늘은 야한 거 금지!”

등골이 쭈뼛할 만큼 능숙한 솜씨로 두 번째 단추까지 진출한 유리의 손을 성진이 황급히 붙들었다. 노림수가 막힌 유리의 한쪽 볼이 부풀었다.

성진은 감싸 쥔 그녀의 손을 달래듯 주무르며 말했다.

"유리야. 난 정말, 널 세상에서 가장 행복한 여자로 만들어 주고 싶어."

기쁨을 더해 주는 한편, 세상의 온갖 괴롭고 슬픈 일로부터 온 힘을 다해 널 지키고 싶어.

"그러기 위해, 가능하면 너랑 오래오래 살고 싶어."

성진은 확신했다. 돌아가신 아버지도 분명 어머니에게 이런 말씀을 하셨을 거라고. 사랑하는 여자를 위해 수없이 자신을 다지는 마음가짐, 당신이 물려주셨으니.

"하지만 네 곁에 머무는 시간을 내가 정할 수 없다 보니…… 나 스스로 자꾸 묻게 돼. 만에 하나 나한테 무슨 일이 생기면, 네 곁에 누가 남나."

"성진아……. 농담이라도 다신 그런 얘긴 하지 마."

순식간에 유리의 눈시울이 발개졌다. 금방이라도 눈물을 쏟을 듯한 그녀를 성진이 얼른 품 안에 들였다.

"미안해. 다신 이런 재수 없는 말 안 할게. 물론 우린 오래오래 행복하게 잘 살 거야. 근데 있잖아, 울 아버지가 나 6학년 때 돌아가셨다 보니 어쩌다 가끔…… 생각이 많아지더라고."

성진은 유리에게 나직이 속삭였다.

"우리 어머니, 아버지 돌아가시고 나서 진짜 힘들어하셨어. 의지할 사람이 하나도 안 남아서."

며칠 전 윤수영을 병원에 데려다주면서 더욱 뼈저리게 느꼈다.

역시, 세상에 홀로 남겨지는 것만큼 두렵고 비참한 일은 없다고.
"네 편이 되어 줄 사람, 많으면 많을수록 내가 안심이 될 거 같아."
"하지만 난 정말…… 너만 있으면 되는데……."
유리가 그의 온기 서린 옷깃을 잡고 울먹였다.
"너랑 한집에서 살게 됐고, 사랑하게 됐고, 결혼도 할 거고…… 이 세상에 더는 바랄 게……."
"에이, 얼마든지 더 바라도 되거든? 사람 욕심에 끝이 어딨냐."
욕심에 끝이 없는 만큼, 행복에도 끝이 없는 거야.
성진은 팔소매로 유리의 젖은 눈가를 훔쳐 내며 다독였다.
"너 행복하게 해 주겠단 사람들한테 너무 철벽 치지 말고, 빈틈을 좀 보여 봐. 믿기지 않을 만큼 행복해질걸?"
"하아, 그치만……."
유리는 풀 죽은 한숨을 쉬었다.
"어느 정도 느낌은 와. 아버지랑 오빠가 진심으로 나랑 화해하고 싶어 한다는 거. 하지만 이제 와서 자기들 멋대로 은근슬쩍 넘어가려는 느낌이라 좀…… 솔직히 이대로 받아 주긴 억울해."
언젠가 아버지와 오빠가 제게 손을 내민다면 황송한 마음으로 잡게 될 줄 알았다. 하지만 막상 그분들이 갈급하게 손을 들이미니, 청개구리처럼 꽁해져서 팔짱을 끼게 된다.
제가 생각했던 것 이상으로, 쌓인 게 너무 많았나 보다.
"나 완전 삐진 어린애 같지? 이 나이 먹고……."
"괜찮아. 그거 되게 자연스러운 감정이니까."
성진이 픽 웃으며 유리의 머리를 쓰다듬었다.
"지금까지 네가 설움받은 세월이 얼만데, 넌 이 정도는 삐지면 안 되냐?"

"그렇……지? 이 정도는 자연스러운 거지?"

"그래. 금유리 삐지면 얼마나 무서운지 이참에 확실히 아셨으니, 앞으론 잘들 하실 거야."

성진이 계속 편들어 주니, 본래 모질지 못한 유리의 감정은 꿀타래처럼 서리서리 풀어졌다. 성진은 그 틈을 은근하게 파고들었다.

"실은 나 요 며칠간 마음이 무거웠어. 네가 나만 있으면 된다고 하니까, 내가 마치 한 가족의 화합을 막는 몹쓸 놈이 된 것 같아서."

"아이, 말도 안 돼……."

"나도 생각 같아선 금유리의 사랑을 독차지하고 싶지만, 정말로 널 위한다면 역시 그건 도리가 아닌 거 같아. 하…… 네가 큰오빠를 딱 한 번만 만나 주면 이 마음의 짐이 덜어질지도……."

"알았어, 알았어! 만나 볼게. 그러니까 그런 표정 짓지 마. 응?"

짐짓 어두운 표정을 짓는 성진의 얼굴을 매만지며 유리가 울상을 지었다.

"기왕이면 다음 주 일요일 오후 3시 신사동 철쭉예찬에서 오누이가 감동의 상봉을 하면 좋을 것 같은데."

"와…… 복성진. 역시 큰오빠의 사주를 받은 거지? 치사해. 내가 너한테 한없이 약해지는 걸 이용하다니……."

"내가 어지간해선 미남계를 남용 안 하려 하는데, 이번 한 번만 넘어와 주시죠, 사장님."

"하아…… 역시 먼저 반하면 지는 거란 말이 맞나 봐……."

"고맙다, 골든글라스!"

성진은 유리를 옴짝달싹 못하게 껴안아 머리칼을 마구 헝클어 트렸다. 먼저 반했다는 이유로 제 말 한마디에 어려운 용기를 내 주는 여자. 이 샘솟는 사랑스러움을 어찌 말로 다 표현할까?

"꺄아, 하지 마!"

유리는 그를 밀쳐 내려는 시늉을 하며 까르르 웃었다.

어느덧 아늑하게 어두워진 침실. 기분 좋게 콩닥거리는 심장을 이대로 잠재우긴 아쉬웠던지, 몽글몽글한 속삭임이 오갔다.

"근데…… 오늘 진짜 야한 거 금지야?"

"흐음."

가슴팍을 파고들어 애잔한 속삭임을 흘리는 유리는 꽤나 매혹적이었지만, 성진은 부러 그녀의 이마를 가로막으며 뜸을 들였다.

"나 하고 싶은 거 하게 해 주면?"

"그게 뭔데?"

"금유리. 일단 나 독하게 한 잔 타 줄 수 있어?"

"어…… 지금? 만들어 줄 수야 있지만, 지금 술 마셔서 뭐 하려고?"

"저번에 한 플레이를 꼭 다시 해 보고 싶다. 이번엔 입장 바꿔서."

"저번이라면…… 언제 말야?"

유리가 눈을 느리게 끔벅이자 성진은 그녀의 볼을 꼬집으며 말했다.

"너 취해서 나 덮친 날."

"아……."

유리의 목소리가 기어 들어갔다.

"그, 그게…… 나 그날 너무 취해서 기억이 잘…… 혹시 내가 너한테 뭐 했어?"
"별건 안 했고, 다짜고짜 내 바지를 벗겨서……."
"꺄앗! 지, 진짜?"
"그뿐인가? 넥타이로 날 아주……."
"꺅!"
성진이 뭔 말을 꺼내기도 전에 유리는 제 볼을 잡아 늘리며 마구 꺅꺅댔다.
"마, 말도 안 돼! 내가 기억 못 한다고 어떻게 그런 거짓말을……."
"그러니까 내가 다 기억나게 해 준다니까?"
성진은 유리의 턱을 붙잡고 느물거렸다. 그 밤의 그녀처럼 불량한 느낌을 살려서.
제아무리 시대가 변해도 남자는 역시 낮져밤이지!
나름 굳은 신념이 만취 여왕의 벽돌색 넥타이에 꽁꽁 묶여 버린 날 이후, 성진은 설욕할 기회를 노려 왔다.
저번에 네가 한 말을 이길 말도 생각해 왔으니 각오하시죠, 마님.
"싫으면 이대로 굿나잇?"
"아, 알았어. 독한 칵테일 타 줄게. 그리고 넥타이도…… 써도 돼."
유리가 소심하게 허락하자 성진의 입에서 웃음이 끓었다.
"진짜 한다? 꽉 묶어 버린다?"
"그러든가……."
수줍게 눈을 내리깔고 투그리면서도, 실은 기대만발이었다.

1시간 뒤.

"역시 넌…… 뼛속까지 선비야."
제 가슴에 얼굴을 파묻고 잠든 성진의 머리를 쓸며, 유리는 약간 허탈하게 웃었다.

'에이, 맘 약해져서 도저히 못 하겠다! 역시 이게 내 취향이야.'

유리가 신경 써서 만들어 준 독한 한 잔에 취기가 오른 성진은, 벽돌색 넥타이를 댕기 삼아 그녀의 머리칼을 아주 예쁘게 묶었다.
복성진의 주사, 수면형. 일정 확률로 선행되는 깜찍한 만행. 그리고.

'금유리. 나한테 먼저 반해 줘서 고마워. 근데…… 지금은 나도 너한테 무지 반했거든. 예쁜 금유리, 천사 같은 금유리한테.'
'우리 진짜 행복하게 오래오래 살자.'

가슴을 적시는 자상한 고백하기.
"응. 우린 꼭 그렇게 될 거야."
유리는 잠든 그를 깊이 마주 안으며 속삭였다.
죽도록 행복하게 해 준다는 약속, 넌 자면서도 지켜 주니까.

❈ ✱ ❈

약속의 일요일. 규진을 만나러 점심께 나간 유리는 밤늦게야 돌아왔다.

"어땠어?"
성진이 유리의 어깨를 살살 주무르며 물었다.
"너무…… 부끄러웠어."
"진짜? 왜?"
"그동안 못되게 군 거 사과한 것까진 좋아. 근데…… 아무리 그래도 우리 나이에 무릎은 좀……."
유리가 발개진 얼굴에 손부채질을 했다.
"됐다고, 제발 좀 일어나라고 해도 말을 안 듣는 거 있지? 사람들이 다 쳐다보고, 카페 사장님이 와서 또 당신이냐고 막 뭐라 하고. 그렇다는 건, 전에도……."
"……."
"정말 너무 부끄러워서 얼굴 터지는 줄 알았어. 혹시 나이 서른 넘은 여동생을 괴롭히는 신종 수법이 아닐까 싶을 정도였어."
"하하……. 어렵게 만든 기회다 보니 형님께서 확실하게 진심을 표현하고 싶으셨나 봐."
"나도 그런 느낌은 받았어. 부끄럽긴 했지만…… 이제 좀 응어리가 풀리는 느낌이야."
유리의 입가에 스스로도 모를 희미한 미소가 걸렸다.
"왠지 앞으로 큰오빠 보면 무섭기보단 안쓰러울 거 같아."
그녀가 식탁 위에 쇼핑백을 올려놓았다.
"큰오빠가 준 건데 뭔지는 모르겠어. 집에 가서 열어 보래."
"마침 잘됐다. 나도 너 보여 줄 거 있는데."
두 사람은 식탁에 마주 앉았다.
"유리야. 이거 한번 봐 볼래?"
성진이 내민 컬러인쇄 출력물을 보고 유리의 눈이 반짝였다.

"우와, 이건 뭐야?"

유려한 몸체의 유리주병도 예쁘지만, 옆에 있는 일러스트에 눈이 돌아갔다.

"어? 이 그림 혹시……."

"맞아. 내가 저번에 너한테 생일 선물로 준 삽화집의 작가님 그림이야. 술병 라벨에 들어갈 거야."

"이대로 만들면 완전 심쿵이겠다. 그러고 보니 너 채운 시리즈 병 디자인 바꾸고 싶다고 계속 말했잖아."

"채운여름에 적용할 새 디자인 초안이야, 이거."

"우와…… 정말?"

유리는 벌어진 입을 다물지 못했다.

"일단 채운여름부터 이렇게 바꿔 보고, 반응 괜찮으면 나머지 채운 시리즈도 이런 식으로 만들 계획이야."

"반응 좋을 거야. 내가 지금까지 본 술병 중 제일 예쁘거든. 채운여름이 이 병에 담긴다니……."

지금 당장이라도 완성품을 만져 보고 싶은 듯, 유리는 종이를 연신 어루만졌다.

"근데, 나 왜 이 그림 어디서 본 거 같지?"

"이 사진 생각나서가 아닐까?"

성진이 기다렸다는 듯 핸드폰을 들이밀자, 유리는 아, 하고 탄성을 질렀다.

올봄에 전주한옥마을 놀러 가서 찍었던 사진. 사진 속 성진과 자신이, 일러스트레이터의 섬세한 필치와 수채화풍 색채로 곱게 재현되어 채운여름을 장식하게 됐다.

우와, 우와. 유리는 그림에 핸드폰을 대 보며 감탄을 연발하다,

땡그란 눈으로 성진을 보았다. 그제야 그가 모든 걸 털어놓았다.

"아버님이 우리에게 주신 선물이야. 주병은 아트글라스에서 제작한 거고, 아버님이 라벨 디자인을 이렇게 해 달라고 작가님에게 직접 의뢰하셨대."

"언제 이걸……."

"아버님도 최대한 빨리 해 달라고 여러 사람 엄청 쪼신 거 같더라고. 이건 초안이니까, 수정하고 싶은 부분 있으면 얘기하라고 주셨어. 너도 봐야 할 것 같아서."

"아버지가 어떻게 이런 아이디어를……."

돈도 제법 들었겠지만, 돈만 있다고 생각해 낼 수 있는 일이 아니었다.

유리가 성진을 보자 그는 곧바로 손을 내저었다.

"난 네 인스타그램 가르쳐 드린 거 말고는 아무 말씀 안 드렸어. 나도 아버님이 이거 주셨을 때 심장 떨어지는 줄 알았다."

유리는 하염없이 그림을 들여다보았다. 제 가슴을 이토록 꽉 채우는 선물을 준비하는 동안, 아버지의 빈 가슴은 어땠을까?

자식에게 최고 좋은 것만 주려고 한평생 뼈 빠지게 돈을 버신 아버지. 비록 주파수가 어긋났을지언정, 딸을 향한 당신의 기대는 하나였다.

행복하게 살아가리란 기대.

저 괴로운 것만 생각하고 도망친 못난 딸을 끝까지 포기하지 않으시고, 어떻게든 당신 손으로 다시 행복하게 해 주시겠다고.

당신의 진심을 외면하고 애써 웃으며 지냈던 딸의 모습도 예쁘다며 보시다가, 그 안에서 이 아름다운 주병의 모습을 보셨다.

"형님이 준 것도 열어 보자."

가슴이 너무 먹먹해서 일순 온몸이 멎어 버린 유리를 성진이 일깨웠다.

"왠지 긴장돼."

유리는 공연히 쇼핑백 손잡이를 만지작거렸다. 안에 든 상자를 열면, 나도 모르던 내 마음의 비밀 문까지 열릴까 봐. 상상도 못 한 감정에 휩싸이게 될까 봐.

"빨리. 나도 궁금해 미치겠다."

성진이 쇼핑백 안에 든 우드박스를 꺼내 유리 앞에 놓아 주었다. 유리는 심호흡을 하고 박스를 열었다.

작은 코르크 유리병이 나왔다.

"뭐지? 이건……."

유리병을 이리저리 돌려 보니, 수정 자갈 같은 것이 빛을 반사했다.

"유리구슬?"

유리라기엔 알마다 희부연 얼이 미세하게 서려 있다. 표면에서 반사되는 빛의 느낌도 쨍하기보다 영롱했다.

값어치보단 의미가 중요한 물건으로 보이는데, 큰오빠가 담은 의미가 대체 뭘까?

종잡지 못하는 유리의 귓가에, 성진이 나직이 속삭였다.

"유리야. 이제, 수리랑 함께 있을 수 있게 됐어."

"수리? 갑자기 무슨 말이야?"

너무 오랜만에 나온 이름에 고개를 갸웃거리다, 유리는 숨을 크게 마시며 병을 보았다.

"설마…… 이게 수리라는 거야?"

"응. 요샌 반려동물이 죽으면 이렇게 보석으로 만들어 간직하는 사람들이 많대."
"이게 어떻게 가능한 거야?"
"유골을 용융시켜 보석으로 만드는 기술이 있나 봐. 이렇게 하면 부패할 걱정도 없고, 답답한 유골함에 넣지 않아도 되지."
최대한 좋게 말하면서도 성진은 가슴을 졸였다. 좋은 게 좋은 거라도 유리가 어찌 받아들일지 장담할 수 없다.
이제 유리는 수리 사진 액자를 베개 밑에 넣어 두지 않는다. 스코티 펜던트를 목에 거는 날도 현저히 줄었다.
하지만 가슴 깊이 묻었다 뿐이지, 아예 없던 일로 한 건 아니다.
큰오빠와 맞닥뜨린 날, 수리의 무덤가에서 자란 가시덤불이 일시에 뒤틀리며 그녀의 심장을 피투성이로 만들었다.
무덤의 규모를 키운 건 수리가 아니다. 위로받지 못한 비통함과 이해받지 못한 원망, 그리고 너무나도 길었던 시간이다.
거대한 무덤가를 온통 뒤흔들어 놓을 물건. 파문의 결과는 긍정적인 쪽일지, 최악일지…….
유리의 다갈색 눈이 촉촉하게 젖어 들었다.
"유리야……."
혹시라도 네 예쁜 눈에서 피눈물이 나오면 나는 어쩌면 좋을까? 가슴을 죄는 걱정에 성진이 손을 뻗은 찰나.
유리의 눈에서 맑은 눈물이 툭 떨어졌다.
"수리가…… 예쁜 보석이 되었네……."
유리는 수리의 메모리얼 스톤을 가슴에 품은 채 한바탕 눈물을 쏟아 냈다. 그간의 설움이 모조리 녹아 나왔다.

'꼭 와라. 기다리고 있을 테니.'

아버지가 놓고 간 말씀이 온 가슴을 둥둥 울린다.

이젠…… 다 같이 행복해지고 싶다.

가슴에 새롭게 차오르는 갈망을 유리는 욕심껏 붙들었다.

❈ ✱ ❈

다음 날. 정기휴무인 월요일에 유리는 특별한 손님들을 맞아들였다.

기업가로서 한 주를 시작하는 중요한 요일임에도, 금 씨 부자는 만사를 제쳐 두고 아젤리아로 달려왔다.

바 카운터를 사이에 두고 금 씨 일가가 마주했다. 몇 걸음 물러나 그 광경을 지켜보며 성진은 흐뭇하게 미소 지었다. 정말, 나뭇가지에 앉은 아기 새를 보며 안달복달하는 호랑이 부자 같다.

"저……."

유리는 눈을 내리깐 채 뜸을 들였다. 원체 하늘 같던 아버지와 큰오빠. 새로이 시작해 보기로 했지만, 그들을 대하는 어려움이 아주 사라진 건 아니다.

금 씨 부자는 유리를 기다려 주었다. 이제부턴 그녀의 느린 걸음에 보폭을 맞추기로 하였으니.

"솔직히 아직도…… 아버지랑 큰오빠가 어려워요."

영화나 드라마를 보면 이런 상황에 서로 부둥켜 안고 울던데, 실제 상황이 닥치니 실감하게 된다. 눈물이나 포옹보단, 서로간의 노력으로 차차 좁혀야 할 거리임을.

"제가 두 분 살갑게 대하는 데 시간이 다소 걸리더라도 이해해 주셨으면 좋겠어요."

"그래. 어렵더라도 자주자주 만나 서먹함을 풀자꾸나."

금 회장은 너그럽게 웃었다. 딸의 소심한 성정을 생각하면 많이 다가온 것임을 알기에.

규진은 거의 처음으로 유리와 온전히 눈을 마주쳤다.

"언제 같이 술 한잔 하지 않을래? 그러고 보니 너랑 한 번도 술잔을 부딪친 적이 없어."

"그거 좋지. 조만간 온 가족이 모여 우리 집에서 한잔하자고. 여기 복 서방도 같이."

금 회장의 말을 가만히 듣던 중, 특정 단어에 성진의 눈이 크게 뜨였다.

제 귀를 의심해 보는 찰나, 금 회장이 아예 대놓고 성진에게 말했다.

"복 서방, 그날 술 협찬해 줄 수 있겠지?"

"아, 네! 물론입니다!"

성진이 신바람이 나서 외쳤다. 유리의 하얀 얼굴도 발그레해졌다.

복 서방이라니…… 완전 듣기 좋아…….

"저, 그리고…… 아버지께, 죄송하단 말씀을 꼭 드리고 싶었어요."

가족들이 나눠 준 훈기 덕에, 유리는 좀 더 용기 내어 속에 맺힌 말을 하였다.

"네가 죄송할 게 뭐가 있냐."

"아니에요. 아버지가 마련해 주신 결혼자금에 멋대로 손댄 것도 죄송하고, 집 나오고 제대로 연락 안 드린 것도 죄송하지만…… 아버지를 믿어 보려 하지 않은 게, 지금 와서 가장 죄송스러워요. 사고 치기 전에 먼저 아버지께 솔직하게 말씀드렸다면, 진지하게 들어 주셨을 텐데……."

벌써 목이 멘다. 이러면 안 되는데. 아직 드릴 말씀이 너무 많은데.

"저도 아버지에게 인정받고 싶었어요. 어디 가서 자랑할 만한 딸이 되고 싶었어요. 그런데 마음만큼 되지 않아서, 점점 아무것도 하기 싫어지고…… 이런 제 자신이 싫어지고…… 집 나올 때쯤엔, 될 대로 되라는 심정이었던 거 같아요."

지금은 하루하루 열심히 살아가고 있지만. 여전히, 앞으로도 아버지 속만 썩이는 딸이 되지 않을지.

"유리야. 넌 이미 충분히 자랑스러운 딸이야."

바 카운터에 놓인 유리의 손에 금 회장의 손이 포개어졌다.

"경영공부든 기술공부든, 결국 세상에 필요한 존재가 되기 위한 거 아니냐. 사람의 성공을 결정짓는 건 얼마를 벌어들였느냐가 아니라, 그 사람을 필요로 하는 사람이 얼마나 많으냐가 아닐까, 난 예전부터 그렇게 생각해 왔다."

"아버지……."

"일단 나랑 규진이랑 여기 복 서방이 너 없인 못 사는 사람들이고. 저번에 너 일 쉬었을 때 많은 손님들이 널 찾았다면서. 이만하면 넌 충분히 성공한 거야."

"나도 아버지랑 같은 생각이다. 이렇게 많은 사람들이 웃을 수 있는 가게를 차렸잖아."

"큰오빠……."

유리는 촉촉한 눈으로 아버지와 규진을 번갈아 보았다. 호랑이처럼 근엄한 얼굴로 미소 짓는 그들을 보고, 아기 새 같은 그녀도 따라 웃었다.

"참, 큰오빠. 세현이한테 말 좀 전해 줄래요? 아젤리아로 좀 놀러 오라고. 아젤리아의 헤밍웨이가 요새 안 오니 가게가 너무 허전한 거 있죠."

"그럴게. 참, 이번에 나온 세현이 소설 혹시 읽어 봤니?"

"네. 너무 재밌어서 날밤 새워서 다 읽었어요."

여주인공이 외로움을 잘 타는 게, 어찌나 날 빼닮았던지요.

"우리 작가님이 차기작도 꼭 아젤리아에서 완성하길 바라요. 대문호를 배출한 바가 되게요."

초저녁에 시작된 만남이 밤늦게까지 이어졌다.

세 남자는 바 카운터에 나란히 앉아 정담을 나누었다. 그 광경에 훈훈하게 마음이 들떠, 유리는 끊임없이 칵테일을 만들어 냈다.

"이 칵테일은 이름이 뭐냐? 얼핏 봐선 위스키 온더록 같은데."

"올드패션드예요. 이름대로 고전적인 칵테일이죠. 독한 위스키의 맛을 얼음과 설탕으로 풀어 주고, 비터와 오렌지 필로 향을 입혀요. 온더록스 잔도 원래는 올드패션드 전용 글라스예요."

"호오……."

"위스키 베이스 칵테일이 바텐더 손빨을 꽤 타요. 위스키 자체가 개성이 강하고 값비싼 기주고, 찾으시는 손님들도 마니아급이다 보니. 손님을 만족시키려면 연구를 많이 해야 돼요."

그렇게 말하며 유리는 금 회장의 눈치를 살폈다. 그는 딸이 듣고 싶은 말이 뭔지 알아챘다.

"맛있구나."

아버지가 부드럽게 웃으며 말하자, 유리의 얼굴에 일순 서린 긴장감이 풀렸다.

"유리야, 내 거는? 마티니인가."

"오빠 건 보드카티니예요. 진 대신 보드카를 기주로 쓰고, 젓지 않고 흔들어서 만들었어요."

"이 칵테일에도 어떤 의미가 있니?"

"으음, 뭐랄까…… 상마초 같아도 알고 보면 부드러운 남자 007의 칵테일?"

여동생이 막 던진 말을 규진은 찰떡같이 알아듣고 웃었다.

"이건 성진이 거."

커피 우윳빛 칵테일. 다크 럼 베이스에 깔루아, 아마레또, 베일리스, 우유를 셰이킹하고, 우유 거품 층에 초콜릿 조각을 가니시로 얹어 완성했다.

금 회장과 규진이 호기심을 드러냈다.

"복 서방 건 꽤 달달해 보이는구나."

"이 칵테일 이름은 뭐야?"

"이건…… 비밀이에요."

"허허, 자기 서방 칵테일이라고 특별히 좋은 건가 보구만. 아이고, 딸자식 키워 봐야 다 소용 없네."

"아이, 아버지랑 큰오빠 칵테일도 충분히 좋은 거거든요?"

"자네는 이 칵테일 이름 알아?"

"네. 저는 알죠."

"뭔데?"

"저도 비밀입니다."

금 씨 부자가 눈꼴시게 지켜보는 앞에서, 유리와 성진은 의미심장한 미소를 주고받았다.

유리가 성진에게 건넨 칵테일 이름은…….

'P.S. I Love You'

KODAK PORTRA 400

# 13.

## 최고의 선물

말쑥한 새 정장. 한우 선물 세트과 채운 시리즈 패키지. 오늘에야말로 성진은 예비 장인어른께 성의와 예를 다하였다.

"아버님, 절 받으십시오."

예비 사위의 큰절을 받는 순간, 금 회장의 가슴이 묵직하게 울렸다.

여보, 당신. 지금 지켜보고 있소? 우리 유리를 데려갈 사내는 말이야.

"제게 과분한 여자를 이 세상에 존재하게 해 주셔서 정말 감사드립니다."

우리 딸이 세상에 난 걸 진심으로 감사히 여기고.

"제 온 힘을 다해, 유리 행복하게 해 주겠습니다."

온 힘을 다해 가꿔 온 제 천금 같은 인생을 우리 딸에게 주겠다는.

"따님과 결혼하고 싶습니다. 부디 허락해 주십시오."

최고의 사윗감이라오.

"후……."

금 회장은 짐짓 능청스러운 한숨을 뱉었다.

"하루라도 빨리 데려가게. 양의 탈을 쓴 망아지 딸내미로부터 이제 그만 해방되고 싶어 내 몸이 많이 다는군."

"……."

"아이, 아버지!"

성진은 얼굴을 멋쩍게 붉혔고 유리는 금 회장의 어깨를 톡 때렸다. 아버지의 신소리 때문에 성진을 지켜보며 찔끔 나왔던 눈물이 쏙 들어갔다.

"복 서방, 나랑 유리도 사부인께 정식으로 인사드리려는데 언제가 괜찮으실까?"

"저희 어머니는 언제든 좋다 하셨습니다."

"오, 그러면 이번 주 토요일 점심은 어떠신지 여쭤봐 주게. 이브닝에메랄드호텔 한식당에 예약을 잡을까 하네."

"네, 정말 감사합니다! 아버님, 저희 정말 잘 살겠습니다."

온몸을 휩싸는 기쁨에 성진은 금 회장에게 거듭 허리를 굽혔다.

나야말로 감사하다네. 이 세상에 아직 자네 같은 청년이 남아 우리 딸과 연이 닿은 것이.

그 말은 상견례까지 아껴 두는 걸로 하고, 금 회장은 흐뭇한 미소로 답례했다.

이제 본격적인 혼사를 논할 때다.

"두 사람 일단 혼인신고부터 하는 게 어떠냐? 어차피 거진 부부로 살고 있으니."

"마침 오늘 다희 언니랑 미나가 혼인신고서에 증인 사인 해 줬어요. 내일 바로 구청 가서 접수하려고요."

"잘 했네. 그러면 식은……."

아무래도 올해 안으론 어렵겠지요. 성진은 속으로 중얼거렸다.

처참하게 파투 나긴 했어도 결혼 준비를 한번 경험해 봤다. '예식장 예약은 아묻따 1년, 늦어도 6개월 전'이란 상식 정도는 남았다.

그 외에도 올해 안으로 될까 싶은 것들이 잔뜩…….

"내년 봄 정도 보고 찬찬히 준비해도 되겠지만, 우리 딸은 올해 안으론 하고 싶겠지?"

"아버지, 저 내일 당장이라도 하고 싶어서 완전 몸 달아요."

유독 성진 앞에서 몸이 다는 건 금 씨 부녀간의 암묵적 약속이 된 듯했다.

"이 애비가 선샤인호텔이나 이브닝에메랄드호텔 정도면 편하게 말해 볼 수 있을 듯한데."

금 회장이 무심코 한 말에 성진은 기함할 뻔했다. 서울 양대 산맥으로 꼽히는 특급호텔 예식장이 편하게 말할 수 있는 장소라시면…….

"자네는 어디가 좋겠나?"

"전 유리 마음에 드는 곳이면 어디라도 좋습니다."

"하하, 우리 남자들이야 생각 같아선 정화수 떠 놓고 후딱 해치웠으면 하지. 유리야, 넌 어디서 결혼하고 싶냐? 따로 원하는 호텔 있어?"

기본 단위가 호텔이시구나. 성진은 얼떨떨하게 웃으며 유리를 살폈다.

“아버지, 실은 제가 예전부터 생각해 둔 게 있는데…… 말씀드려도 돼요?”

“물론이지. 네 결혼식인데.”

“그게요, 제가 원하는 곳에서 하면 아버지 손님을 다 못 받을지도 몰라서…….”

“그런 걱정까진 안 해도 된다.”

금 회장이 유리의 자그마한 어깨를 감싸 쥐었다.

“네 결혼만큼은 네가 원하는 대로 하게 해 주고 싶어. 황금글라스 회장의 딸이 아닌 금유리로서 결혼하도록 해.”

한마디로 우리 딸 하고 싶은 거 다해! 였다.

“화려한 결혼식이 싫은 건 아니지만, 저희 결혼을 정말 진심으로 축하해 주실 분들을 초대해서 간소하게 하고 싶은 바람이 있어요.”

유리의 바람은 성진의 평소 바람과 같았다.

“그래서 전, 이브닝에메랄드호텔 페리도트 하우스에서 결혼하고 싶어요.”

단지 간소함의 기준이 달랐을 뿐.

“아, 작년에 신축한 별관 말이지? 거기 수용 인원이 한 400명 정도밖에 안 되긴 해도 건물 천고가 높아 웬만한 대연회장 못지않다던데. 이브닝에메랄드호텔이니 보안이야 철저할 거고.”

“거기 나이트웨딩이 완전 낭만적이래요. 버진로드 걸을 때 은하수 속으로 들어가는 기분이라던데……. 야외 피로연장도 예쁘고…….”

두 손을 모아 눈을 빛내는 유리는 이미 반쯤 식장으로 걸어 들어간 듯 보였다.

"특히 하객들에게 주는 웰컴 칵테일이 그렇게 예쁘고 맛있대요. 피로연 때 제가 좋아하는 사람들이 저랑 성진이를 위해 축배를 들어 준다면 완전, 끝내줄 거 같아요……."

이만하면 유리 마음속에 어떤 그림이 있는지 충분히 알았다.

"오 실장."

"네, 회장님."

"청담동 정 마담에게 연락해서, 올해 10월 이브닝에메랄드호텔 페리도트 하우스 나이트웨딩으로 견적 뽑아 달라 하게."

"지금 바로 연락을 취하겠습니다."

"정 마담은 또 누구야?"

성진이 유리에게 속삭여 물었다.

"재계의 전설적인 웨딩플래너야. 그 사람 말 한마디면 예약이 꽉 찬 예식장도 홍해가 갈라지듯 열린대서, 웨딩계의 모세라 불려."

"하하…… 무시무시하게 대단한 사람이네."

"늦어도 3개월 안으로 기본적인 건 다 갖춰 결혼시켜 준대. 그래서 급하게 자식 결혼시키려는 재계 사람들이 많이 찾아."

"자식을 급하게 결혼시킬 일이 뭐가 있는데?"

"예를 들어 속도위반을 했다든지, 혹은 정혼자가 있는데 다른 사람과 눈 맞았다든지……."

"……."

"3년 전에 아버지가 그 사람 끼고 날 강두현한테 보내 버리려 할 땐 저승사자가 따로 없었는데, 지금은 완전 든든하다."

마냥 신이 나 재잘거리는 유리 옆에서 성진은 목을 가다듬었다.

자신이 결혼할 여자가 진짜 공주님이라는 실감이 조금씩 나기 시작했다.

❈ ✱ ❈

“기획개발팀장직, 사양하겠습니다.”

선샤인주류 부사장실. 성진이 김두빈과 똑바로 눈을 마주치며 말했다.

“모처럼 과분한 제의를 주셨는데 기대에 부응 못 해 드려 죄송합니다. 전통주 강의는 최선을 다해 마무리하고 가겠습니다.”

간이 배 밖으로 나왔군. 선샤인그룹 김두빈의 간택을 멋대로 삼켰다 뱉다니. 역시 처음부터 딴마음이었던 건가. 네놈 따위가 감히 이 나를 이용할 작정으로.

이 상황에 김두빈의 본심이 이와 다를 거라 기대하는 건, 너무도 순진한 발상이리라.

물론 그는 본심을 경솔하게 휘두르는 하수는 아니었다.

“솔직히, 주제도 모르고 날뛰는 두현이 녀석의 코를 납작하게 해 줄 사람이 필요했던 건 맞아. 하지만 난 단지, 서로의 이해관계가 일치한다는 이유만으로 사람을 쓰지 않거든.”

두빈이 성진을 지그시 보며 쓴웃음을 물었다.

“정말로 나랑 일해 볼 생각이 전혀 없나? 복성진 씨 같은 인재 다시 구하려면 내가 많이 힘이 들 것 같은데.”

역시 보통내기가 아닌 사내다. 돈도 인재도 차고 넘치면서. 늘 이렇게 아쉽고 목마른 눈빛을 하고서, 저를 위해 초개처럼 목숨을 바칠 장기 말을 착실히 늘려 왔을 테지.

"죄송합니다."

"복성진 씨 심정도 이해는 가. 회사를 위해 헌신한 직원을 헌신짝 버리듯 한 회사라, 아무래도 다시 정 붙이긴 어려웠겠지."

"아니요. 저는 여전히, 이곳을 사랑합니다."

성진은 홀가분하게 고개를 저었다.

"한때나마 대한민국 최고 주류회사의 일원이었단 사실이, 지금도 제겐 자랑거리입니다. 여기서 일하며 배운 것들이 두고두고 큰 자산이 됩니다."

꾸밈없이 맑은 사내의 웃음에, 두빈의 입가에 걸린 가식적인 웃음이 오히려 휘발했다.

"제가 사랑하는 선샤인주류가 앞으로도 대중들에게 사랑받길 진심으로 응원하겠습니다."

하, 말이나 못하면. 두빈은 별수 없다는 듯 웃었다.

"마음 바뀌면 언제든 찾아와. 마지막으로 점심이라도 같이 하면 좋은데 오늘은 내가 중요 거래처 임원과 선약이 있군."

"실은 저도 점심 약속이 있습니다."

성진이 웃으며 말한 순간, 책상 위의 전화기가 울렸다. 비서실장이 하는 말에 두빈이 눈을 치떴다.

"뭐라고? 황금글라스 금규진이 여기로 직접 왔다고?"

잠시 뒤, 두빈은 부사장실 앞에서 금규진과 악수를 나눴다. 오늘 점심식사를 함께하기로 한 주요거래처 임원이 그였다.

"소식 들었습니다. 유리 양이 10월에 결혼한다면서요?"

선샤인그룹과 황금글라스는 30년 세월 돈독한 관계를 유지했다. 양가 로열패밀리의 대소사를 빠짐없이 챙길 만큼.

"상대가 일반인 청년이란 말이 있던데, 사실입니까?"

"그렇습니다."

두빈의 은근한 물음에 규진이 부리부리한 눈빛을 했다.

"매제 될 사람이 비록 정재계 거물의 자제는 아니지만, 제 소중한 여동생을 안심하고 믿고 맡길 만한 사람입니다."

오호라. 별종 아가씨의 우격다짐으로 성사된 결혼인 줄 알았더니만, 꼭 그런 것만은 아닌 모양이군. 두빈은 대화의 노선을 눈치껏 취했다.

"하하, 역시 집안보단 사람 됨됨이가 중요하죠. 유리 양이 우리 두현이도 마다하고 선택한 청년이라 더욱 기대되는군요."

"지난 일은 다시 한 번 죄송하게 됐습니다. 두현 군도 더 좋은 인연 만날 겁니다."

"별말씀을. 다 본인이 불미한 탓이죠. 근데 웬일로 회사까지 찾아오셨습니까? 식당에서 기다리시지 않고."

"저희 매제를 데리러 올 겸 해서 왔습니다."

"그 말씀은…… 혹, 매제 될 분이 우리 직원입니까?"

"선샤인주류 직원이기도 했지요."

"하하, 대체 누굽니까?"

"부사장님 옆에 있는 친구요."

두빈이 고개를 돌리니, 만면에 미소를 띤 성진이 보였다. 규진이 그 곁에 우뚝 섰다.

"모처럼 모인 김에 정식으로 소개 드리지요. 제 여동생의 남편이 될, 복성진 군입니다."

'우리 가족이 된 걸 진심으로 환영해.'

유리네 본가에 정식으로 인사하러 간 날, 성진은 근처 몰트 바에서 규진과 따로 만났다.

'자네가 못난 내 손을 잡아 준 덕에, 우리 집에 드디어 봄이 왔어.'

'형님께서 어려운 용기를 내신 덕이죠. 참, 유리가 앞으론 무릎 좀 아끼시라고 형님께 전해 달랍니다.'

'이제 와서 미안한 얘기지만, 유리가 집 나갔을 때 자네에 대해 알아봤었어. 3년 전에 선샤인주류 퇴사한 거, 선샤인그룹 강두현 때문이지?'

'다 지난 일입니다.'

성진은 아무렇지 않게 웃어 넘기려 했지만, 규진은 사뭇 진지했다.

'난 내 가족을 위해서라면 얼마든지 무릎 꿇을 수 있어. 대신, 누구라도 내 가족을 건드는 건 용납 못 하거든. 우리 가족 털끝 하나라도 건드는 놈 있으면, 무릎 꿇는 것 이상의 대가를 치르게 할 거야. 그것이 선샤인그룹이라 할지라도.'

'형님.'

'복 서방. 잊지 마. 이제 자네 뒤엔 황금글라스가 있다는 걸.'

크리스털 온더록스 잔을 묵직하게 부딪치며, 규진이 다짐을 주었다.

'앞으론 그 누구의 눈치도 볼 필요 없어.'

돈독한 관계를 과시하듯 나란히 선 두 남자를 보며, 두빈은 입꼬리를 씰룩거렸다.

재미있군. 강두현이 쫓던 황금 새가, 강두현이 몰락시킨 남자의 품으로 날아들 줄이야.

운명이 워낙 짓궂은 장난을 좋아하니 세상이 이따금 정신 사납게 바뀐다.

이를테면 일개 복 대리가, 황금글라스로 대표되는 대한민국 최대 화학그룹의 부마가 된다든지.

"실례가 안 된다면 오늘 점심에 우리 복 서방도 끼워 주실 수 있을지요?"

극히 짧은 순간 두빈은 계산을 마쳤다. 이토록 정신 사나운 세상을 영리하게 사는 비결은.

"복성진 씨. 결혼 축하합니다."

바뀐 현실에 악수를 청하며 부드럽게 미소 짓는 것이다.

"앞으로 잘 지내봅시다. 내 도움 필요한 일 있으면 편하게 얘기하고."

두빈은 이 세기의 결혼이 대서특필 될 날이 기다려졌다. 배다른 동생의 얼굴이 꽤 볼만할 테니.

❖ ✱ ❖

10월 10일 토요일 저녁 6시. 결혼식 날짜가 잡혔다.

결혼 준비로 눈코 뜰 새 없이 바쁜 와중, 성진은 정상회담 만찬주 준비에도 박차를 가했다.

성진은 옥토끼주막에서 마리아주 김진희와 나눈 밀담을 떠올렸다.

“정상회담 만찬주는 8월 7일 금요일, 선샤인호텔에서 발표될 예정이에요.”

예상했던 대로 강두현이 만나고 다닌 전통주 소믈리에들은 행사기획단에 속해 있었다. 진희는 그중에서도 자문위원이었다.

“한국 술 어워드라고, 들어 보셨어요?”

“아뇨. 처음 듣는데요.”

“그러시겠죠. 이번에 갑자기 생긴 품평회니까. 이번 만찬주 선정 심사, 그 대회로 대체됐어요.”

선샤인주류와 선샤인호텔이 정상회담 공식 후원기업으로 나섰다. 만찬주 선정 절차에 선샤인그룹의 입김이 들어간 건 당연지사였다.

“전국의 전통주 대상으로 참가 신청을 받아 각 주종별 우수상, 최우수상, 대상을 가려요. 그리고 대상 받은 술 중 하나에 대통령상을 수여할 거예요. 그 술이 바로 이번 정상회담 만찬주가 되는 거죠.”

“참가 신청을 받는다는 건, 신청 안 하면 후보에서 누락된단 말이군요.”

“역시 복선비 님, 이 대회의 맹점을 바로 짚어 내시네요.”

진희가 신랄하게 웃었다.

“전국 양조장에 초청장을 뿌린다고는 하는데, 예산 문제로 일반우편으로 보낸답니다. 특히, 첫햇살 막걸리를 위협할 만한 양조장은 접수일 직전 아슬아슬하게 도착하게 보낼걸요?"

"정말 비열한 수작이군요."

"더 졸렬한 건, 선샤인주류가 대통령상에만 무려 상금 3천만 원을 걸어 놨단 거예요. 첫햇살 막걸리가 대통령상 받으면 어차피 회수할 돈이고, 그럴싸한 감투도 씌울 수 있겠죠. 한마디로 할 수 있는 지랄은 다 했…… 어머나!"

진희가 조신하게 입을 가리며 웃었다.

"오늘 제가 한 얘기 어디 가서 하시면 안 되는 거 아시죠? 동주 씨라도 절대 안 돼요!"

그녀가 정말 비밀로 하고 싶은 건 만찬주 선정 절차를 누설한 것보단 막판에 뱉은 욕설 같았다.

"자문위원이시니, 이번 정상회담 만찬주가 사실상 마리아주 님 손에 달렸군요."

"저 포함해서 자문위원이 4명이니, 2.5할 정도의 지분을 갖고 있죠."

"외람된 질문이지만, 심사 결과는 실제 주질과는 전혀 관계가 없을까요?"

자문위원들이 이미 강두현한테 포섭됐다면, 그 어떤 노력도 의미가 없다.

"음, 반반이랄까요."

"반반이라 하시면?"

"자문위원끼리 파가 갈렸거든요. 이번 한 번만 눈 딱 감고 첫햇살 막걸리 밀어줄지. 아니면 목에 칼이 들어와도 예년처럼 공정하게 선정할지."

"마리아주 님은 어느 쪽이시죠?"

"글쎄 강두현이, 첫햇살 막걸리 밀어주면 저 샤넬 백 사 주겠다네요. 죽기 전에 진퉁을 한 번 메는 게 소원이었는데. 오호홋!"

가살스럽게 웃어 젖히고 나서, 진희는 다시 신랄한 표정으로 돌아왔다.

"강두현 면상 본 날, 저 선샤인주류에 전화해서 앞으로 첫햇살 막걸리 안 받겠다고 했어요. 재고도 싹 다 치워 버렸고."

"하하, 완전 화끈하시네요."

"하필이면 자문위원이 딱 반으로 갈리는 바람에 한동안 의견 차이를 못 좁히다가, 최근에야 절충안을 냈어요. 각 자문위원이 가점 요소를 하나씩 제시하고, 블라인드 테이스팅 점수와 합산한 결과를 따르기로 했죠."

대중적 인지도와 매출. 두현에게 매수된 자문위원들은 첫햇살 막걸리에 유리한 지표를 가점 요소로 내세웠다.

김진희를 비롯한 공정파는 그에 방패처럼 맞설 조건을 내걸었다. 다른 한 사람은 양조장 위생 점수를 내세웠고.

"전 술의 활용도나 잠재성을 가점 요소로 삼았어요."

"그걸 어떻게 채점하시려고요?"

"흠. 예를 들면……."

"하아."

"왜 그래, 성진아?"

별안간 머리 위로 내려앉는 성진의 한숨에, 그의 품에서 잠들려던 유리의 눈이 반짝 뜨였다.

"아, 미안. 깼어?"

"아니, 아직 안 자고 있었어. 무슨 일인데 한숨 쉬어?"

“그게…….”

성진이 유리에게 핸드폰을 내밀었다.

[한국술 칵테일 경연대회]

“매년 A센터 호텔 쇼 부속 행사로 열리는 칵테일 대회야. 만찬주 선정하는 분이 이 대회를 주목하고 있대서.”

“그 칵테일 대회가 만찬주랑 뭔가 관계가 있는 거야?”

“이번 정상회담 환영만찬에 미니 햄버거가 오를 거래. 삼국 정상이 공통적으로 좋아하는 음식이거든.”

더욱이 현 미국 대통령은 술에 약한 편이라, 도수가 높은 만찬주는 사양해 왔다.

“그래서 이번 만찬주는 아예 도수 낮은 막걸리를 뽑든지, 탄산감이 있는 칵테일로 만들기 좋은 술을 뽑을 거래.”

“아…… 그래서 전통주 칵테일 대회를 참고하려는 거구나.”

요새 성진은 할 수 있는 건 다 해 보는 중이었다. 금 회장이 선물한 새 라벨과 주병을 적용한 채운여름 사진을 SNS에 자주 업로드하고, 양조장도 전보다 더욱 철저히 관리하고 있다.

선샤인그룹을 등에 업은 첫햇살 막걸리에 맞서려면, 가점 요소를 최대한 챙겨야 했다.

채운여름을 베이스로 한 칵테일을 내세워 좋은 결과를 얻는다면, 나름 어필이 될 텐데.

성진은 한숨을 푹 쉬며 포스터를 보았다. 수준이 점점 높아지는 대회라 들었다. 요샌 외국 유명 호텔의 바텐더도 종종 참가한다 하니. 저 같은 일반인이 맹연습을 한들 상위권 입상은 무리일 거다.

그래도 단 1점도 아쉬운 상황이라, 죽이 되든 밥이 되든 참가해 보려 했더니만.

“벌써 예선까지 다 끝나 버렸어…….”

“그러고 보니, 결선이 네 생일이네.”

“어, 그러네.”

“성진아. 혹시 그날 중요한 일정 있어?”

“아니, 딱히. 왜?”

“그날 꼭 시간 비워 놔야 해. 알았지?”

그녀와 사귄 이후로 세 번째 맞는 생일이다. 이번엔 또 얼마나 벅찬 감동을 주려고 이럴까.

“성진아. 이거 하나만은 알아줘. 어떤 술이 만찬주가 되건, 나한텐 네가 만든 술이 세계 최고의 명주야.”

가뜩이나 너란 여자는 존재만으로도 감동인데.

“우리 마누라, 나 때문에 잠 깨서 어떡하지?”

목소리만큼이나 은근한 손길이 유리의 가슴에 얹어졌다.

“자장가라도 불러 줄까?”

“아응…… 왜 말과 손이 따로 노는 거야…….”

야릇한 손장난에 유리가 새된 신음을 뱉었다. 아까 잔뜩 한 것이 오늘 그에게 받은 시달림의 끝이 될 줄 알았는데…….

“레슬링 한 세트 더 하면 잠이 잘 오지 않을까?”

“그, 글쎄에……. 오히려 날밤 새울 거 같은데…….”

말은 수줍게 해도 은근히 기대하는 눈치다. 기왕 이렇게 된 거, 성진은 자신의 만찬을 즐기기로 했다.

“에이, 모르겠다! 잠 올 때까지만 하자!”

“꺄아!”

성진이 이불과 함께 덮쳐 오자 유리가 짜릿한 비명을 내질렀다.

예비 부부의 밤이 속절없이 길어졌다.

❈ ✱ ❈

<이번 작업물의 의뢰인은 특별한 사연을 함께 보내왔다.

※ 사연의 주인공들의 동의하에 올려 본다. :)

한 여자가 있었다. 그녀는 한 남자를 오래도록 짝사랑했다.

남자는 오랜 연인과의 결혼을 앞두고 있었다. 여자 또한 집안에서 정해 준 상대와 결혼할 처지에 놓였다. 여자는 첫사랑을 가슴에 묻으려 했다.

그런데 남자는 파혼을 당했고 어려운 처지에 놓였다.

여자는 차마 남자를 모른 척할 수 없었다. 아버지가 정해 준 상대와의 결혼을 거부하고 그를 도왔다. 아버지의 진노를 산 여자는 집에서 쫓겨났다.

3년 뒤, 아버지가 여자의 SNS에 들어가 보니…….

사랑하는 남자의 연인이 된 여자가, 처음으로 행복한 미소를 짓고 있었다.

아버지는 매정했던 과거를 후회하고, 딸에게 줄 선물을 준비했다.

바로, 딸의 연인이 만든 술을 담을 예쁜 병이었다.

그렇게 나는 너무나도 아름다운 커플의 모습을 그리게 되었다.

사연의 힘 덕일까. 의뢰인이 주신 사진을 기반으로 거의 원테이크로 그려 냈고, 단번에 컨펌을 받았다!

(두 분 다 워낙 선남선녀라…… 내 그림이 실물보다 못한 느낌이…… ㅠㅠ)

채운여름. 이름도 맛도 참 예쁜 술이다. 마침 여름이네! XD 꼭 한 번 드셔 보시길.

-7월. 일러스트레이터 Z의 인스타그램에서 발췌>

고요한 밤하늘을 불시에 가로지르는 한 줄기 불꽃처럼, 채운여름은 뜻밖의 유명세를 탔다. 그 발화점은 채운여름 라벨 삽화를 작업한 일러스트레이터가 개인 인스타에 올린 글이었다.

아름다운 그림과 사연에 감동한 네티즌들은 SNS에 사연을 퍼나르기 시작했다. 그중 한 포스팅이 포털사이트 메인을 장식하면서, 불꽃이 동시다발로 터졌다.

<실제 연인을 모델로 한 술>

- 이 술 작년 품평회 대상도 탄 술임. 여기 양조장 전통주 마니아 사이에선 이미 유명함.

ㄴ 222 참술 술들 다 존맛탱.

- 나 이거 원본 사진 찾음ㄷㄷ 진짜 그림보다 실물이 대박. 남자 완전 잘생기고 여자도 존예…….

- 여자 ㅎㄱ글라스 회장 딸이라던데.

ㄴ ㅇㅇ 맞음. 집 나와서 차렸다는 칵테일 바 홍대에 있음.

- 홍대 ㅇㅈㄹㅇ? 거기 전에 재벌이 홍대 예술인들 밀어냈다고 욕먹은 데 아님?

ㄴ 얼마 안 가 다른 데로 이전했음. 그 건물 홍대 예술인들 다시 쓰게 해 주고 전 건물주보다 임대료 더 싸게 받는다고 함. 가게도 옮기고 나서 더 잘된다고…….

ㄴ 나 여기 단골인데 사장님 진짜 착하심…… 칵테일도 다 맛남.

- 아는 사람한테 들은 얘기임. 처음 하던 데가 미성년자 때문에

영업정지 먹었는데, 오히려 그 미성년자 거둬서 칵테일 가르쳐 주고 성인 되자마자 직원으로 들였다고…….

ㄴ 헐. 보살…… 파도 파도 미담만 나오네.>

채운여름의 유명세를 부풀린 이야기들은 얼핏 보면 시답잖은 가십거리처럼 보이기도 했다. 허나 그 이야기들이 세상에 알려지는 모습을 보며 성진의 심장은 격동했다.

지난 3년. 유리와 함께 정직하게 노력하면서 흘린 땀. 끊임없는 시행착오를 겪으며 흘린 눈물. 그것으로 굳어진 사랑이 없었다면, 오늘의 채운여름도 없었을 테니.

그 모든 이야기들이 채운여름의 원료나 마찬가지다.

"와…… 새 주병의 파급력이 어마어마하네. 이게 바로 스토리텔링의 힘인가?"

채운여름으로 핫한 세상을 스마트폰으로 보며 동주가 혀를 내둘렀다.

"이 기세면 만찬주 되기도 전에 채운여름 다 팔리겠어."

갑작스런 채운여름 대란으로 판매전담 직원의 업무량이 두 배가 됐다. 전국의 한식당에서 납품 문의가 들어오고 일반 소비자들의 택배 주문도 늘었다.

좋은 일이긴 한데, 성진은 당장 난감해졌다.

"이렇게 될 줄 알았으면 내가 지금 휴가를 내는 게 아닌데……."

"괜찮아! 아직까진 우리끼리 감당할 수 있는 정도니까 맘 편히 쉬어."

"그려 자식아! 푹 쉬고 와서 바통 터치나 해."

참술 직원들은 교대로 여름휴가를 다녀오기로 했다. 아젤리아

여름휴무와 맞추려다 보니 성진이 첫 타로 쉬게 됐다.

"그럼 저 먼저 퇴근할게요."

"잘 쉬고, 속도위반 베이비로 보답해도 좋다!"

"네네, 과속운전에 유의하겠습니다!"

명 대장의 너스레에 성진은 웃으며 참술을 나왔다. 유리와의 일주일. 꿀물 한 사발 같은 시간이 주어졌다.

❈ ✱ ❈

[[Web발신] 귀하께서 신청하신 혼인신고 처리가 완료되었습니다.]

어제 오후 늦게 구청에서 온 문자를 유리는 한 자 한 자 아껴 가며 읽었다. 잠드는 순간까지 보고 또 보고, 아침에 눈 뜨자마자 보았다.

눈곱 떼자마자 성진과 함께 주민센터로 갔다. 혼인신고가 처리돼도 가족관계증명서에 반영되기까진 며칠 더 걸리기도 한다고 들었지만 행여나 하는 마음에 가 보았다. 운 좋게도 바로 반영이 됐다고 증명 발급담당 공무원이 말해 주었다.

혼인관계증명서와 가족관계증명서를 떼서 집으로 돌아가는 길. 그 10분을 못 참아 유리는 성진이 든 대봉투를 붙들었다.

"성진아, 나 한 번만…… 더 볼래."

아까 발급받으면서도 확인해 봤지만, 밝은 햇살 아래서 한 번 더 보고 싶었다.

"얼마든지 봐."

유리는 성진에게 건네받은 혼인관계증명서를 읽어 내렸다.

「본인 : 금유리(金琉璃) 출생연월일 : 1989년 6월 6일
배우자 : 복성진(卜成進) 출생연월일 : 1989년 7월 19일
위 혼인관계증명서(상세)는 가족관계등록부의 기록사항과 틀림없음을 증명합니다.」

"발급시간 9시 34분. 발급담당자 김……."

"푸핫, 왜 그런 것까지 읽고 그래."

급기야 증명 하단까지 소리 내어 읽는 유리를 보고 성진이 웃음을 빵 터트렸다.

"성진아…… 저기, 나……."

목소리가 마구 떨려 나왔다. 5분만 더 가면 집인데, 난감하게도 길 한복판에서 걸음이 멈췄다.

3년 전 봄. 그와 다른 여자의 이름이 나란히 찍힌 청첩장을 소리 내어 읽었던 날. 세상이 끝나는 줄 알았던 그 순간이 엊그제처럼 생생해선지, 별스러운 걱정이 든다.

이 혼인관계증명서도, 순백색 구름이 뜬 하늘도, 혹여나 꿈이면…….

"아……."

볼을 꼬집힌 유리가 외마디 탄성을 뱉었다.

"꿈이면 어쩌나 생각하는 건 아니지?"

유리는 자신의 남편이 된 사람을 올려다보았다. 제 볼을 꼬집어 현실을 일깨워 준 그 역시도…….

"유리야, 우리 진짜…… 부부가 됐어."

격한 기쁨이 울음으로 화하려는 걸 간신히 참는 듯 보였다.

서로의 손을 꽉 맞잡으니 간신히 걸음이 떼였다. 건널목을 달리

는 차, 엇갈리는 사람들, 스쳐 가는 바람……. 일체의 소리가 지워지고, 심장이 쿵쿵대는 소리만 세상에 남았다.

엘리베이터 전광판 숫자가 느릿느릿 올라간다. 성진은 유리의 손을 힘주어 쥐었다. 그 악력에 손보다 심장이 더 찌릿했다. 제게 결코 뒤지지 않는 그의 마음이 느껴진다.

아니나 다를까. 집 안에 발을 들여놓기 무섭게 유리의 몸이 붕 떠올랐다.

"꺄앗! 성진아!"

성진은 유리를 답삭 안아 들고 침실로 직행했다.

"금유리."

침대에 그녀를 누인 그가 대뜸 말했다.

"여보라 불러 봐."

"여…… 여보……."

심장이 입 밖으로 튀어나갈 듯했지만 간신히 발음해 보았다. 그러자 성진이 유리의 등 밑에 손을 쑥 넣어 으스러져라 껴안았다.

"유리야, 고마워. 정말 고마워……."

눈 돌아갈 정도로 예쁜 네가, 착하디착한 네가, 날 남편 삼아 줘서 고마워.

고맙다는 말 한 마디에 꽉 눌려 담긴, 그가 말로 다 못 하는 마음의 소리가 귓전을 울린다.

"성진아…… 나, 나야말로 고마워. 흑……."

꿈이 이루어졌다는 실감이 나자 눈물이 핑 돌았다.

"야! 부부가 된 지 만 하루도 안 돼서 마누라 울린 남편 만들면 어떡해."

"나 이제 정말 잘 살아 보려고."

간신히 눈물을 삼킨 유리가 빛나는 눈으로 성진을 올려다보며 말했다.

"하느님이 내 평생 소원을 이뤄 주셨으니, 평생 감사하고 보답하는 마음으로 살래. 그동안 아버지한테 못 한 효도도 하고, 오빠들하고도 잘 지내고, 아젤리아 일도 계속 열심히 하면서…… 좋은 일 많이 할 거야."

"나도 평생 감사하는 마음으로 살 거야."

이미 좋은 일 차고 넘치게 해 왔으면서. 앞으로 더 큰 사랑을 세상에 나눠 줄 생각부터 하는 너와 함께 너른 길을 걷게 되어 감사해. 이 길에 발붙이기까지 힘겹게 헤맸던 나날조차, 이젠 그저 감사해.

"유리야."

"응?"

나직한 부름에 다갈색 눈이 곧바로 저를 담는다. 유리의 세상이 온통 그로 가득한 찰나, 성진은 불쑥 그녀의 입술을 취했다.

"우음……."

가볍게 입을 맞출 생각으로 시작한 키스가, 훨씬 길고 뭉근하게 이어졌다. 생각대로 되는 법이 거의 없다. 그녀의 입술이 좀 육감적이어야지.

"성진아, 저기……."

유리가 약간 부풀어 번들거리는 입술로 우물거렸다.

"설마 지금…… 하게?"

아직까진 이렇게 밝을 때 그와 몸을 섞은 적이 없었다. 하지만 이 시각이라고 아래에 닿은 단단한 걸 다른 수로 풀어 줄 수 있을 것 같지도 않다.

성진은 난감하게 웃었다. 처음부터 이럴 작정으로 침실로 데려온 건 아닌데. 이 역시 생각대로 되지 않는다. 그녀가 좀 매력적이어야지.

"우리가 부부가 된 날 뭐 할지 나름 스케줄을 짜 봤거든. 하, 근데 어쩌지."

그녀의 원피스를 최대한 빨리 벗길 방법을 궁리하며, 성진은 짐짓 한숨지었다.

"아무래도 순서가 뒤죽박죽이 된 거 같은데."

"그냥, 여보님 하고 싶은 거부터 해요."

유리는 쿡쿡 웃으며 대놓고 불을 당겼다. 부부가 됐다고 벌써부터 거침이 없어진 느낌이다.

이마에 하는 키스로 스타트를 끊으며, 성진이 나직이 속삭였다.

"이제부턴 부부관계네."

유리는 당장 생각나는 말을 했다.

"성진아. 정말…… 사랑해."

"나도 사랑해."

청초하게 밝은 방 안에서, 부부가 된 두 사람은 열렬한 사랑을 나눴다. 서로의 살결이 그 어느 때보다 뜨겁게 맞닿고 숨결이 알알이 섞였다. 마치 오늘부터 더 사랑해도 된다는 허락을 받은 것처럼.

첫 부부관계에 너무 큰 의미부여를 한 탓에 후폭풍 역시 거셌다. 성진이 세웠다는 계획은 낮 시간과 함께 훌라당 날아가 버렸다.

해가 저물 무렵, 두 사람은 동네 마실을 나왔다.

한낮을 무덥게 보낸 탓인지, 열기가 덜 가신 여름 저녁 바람마저 선선하게 느껴졌다. 건물 외벽에 서린 저녁의 색채가 유난히 고와 보인다. 아래로 포개어 맞잡은 손의 열기가 특히나 좋았다.

"좋다……."

성진이 훈기 도는 얼굴로 대뜸 중얼거리자, 유리 역시 나른하게 고개를 끄덕였다.

"응……."

망원시장 입구의 마라탕집에서 저녁을 먹기로 했다.

"나, 마라탕 처음 먹어 봐."

"진짜?"

"응……. 넌 먹어 봤어?"

"난 양조장 근처에 마라탕집 있어서 명 대장님이나 동주랑 가끔 먹지."

성진이 덧붙였다.

"망원시장의 그 집은 나도 처음 가 봐. 그러고 보니 집 근처에 있는데 왜 아직까지 안 가고 있었던 걸까? 거기도 나름 유명한 맛집인데."

"아마도…… 나랑 같이 가려고?"

유리는 어딘가 기분 좋은 미소를 머금었다.

"으음……. 뭐 넣으면 맛있을까?"

마라탕집. 수십 가지 꼬치와 야채 앞에서 유리는 선택장애에 빠져들었다.

"난 일단 양파는 비추. 괜히 무게만 잡아먹더라. 맑은 국물이 좋으면 떡볶이 떡이나 면도 너무 많이는 안 넣는 게 좋고. 고수는 넣을 거야? 호불호가 갈리는 재료긴 한데 안 넣자니 허전하고. 한두 줄기 정도만 넣을까? 그리고 깐양 이게 은근 가성비 끝판왕인데……."

마라탕 꿀팁을 좔좔 늘어놓는 성진을 보며 유리는 눈웃음을 흘렸다. 너 이러면 나 먹고 싶은 대로 넣으라고 집게를 넘겨준 의미가 없잖아.

결국 유리는 성진에게 집게를 넘겼다.

"여보님이 집도해 주시죠. 아, 저기 새우볼 꼬치 하나 넣어 줘. 맛있어 보여."

"오케이! 날 믿어 봐, 마누라."

여보란 말에 또 신이 난 성진이 빠르게 집게질을 했다.

"완전 맛있어……."

마라탕 국물을 떠먹어 보고 유리가 기분 좋게 신음했다.

"그치? 내가 여러 번의 시행착오 끝에 찾아낸 꿀레시피거든."

성진은 저 한술 뜨기 전에 새우볼을 찾아 유리의 앞 접시에 넣어 주었다.

"휴가 동안 어디 가고 싶은 데 있어?"

"글쎄…… 지금은 어딜 가도 사람들이 붐비겠지?"

갈 데를 못 정한 건 휴가 일정을 급하게 잡은 탓도 있지만, 원래 유리는 번잡한 곳을 좋아하지 않았다.

마라탕을 다 먹고 나서 유리가 말했다.

"성진아, 우리 그냥…… 쭉 집에 있을까?"

"아무 데도 안 가고?"

"응. 생각해 보니까, 망원동 주민 3년 차인데 아직도 안 가 본 데가 많아. 이 마라탕집처럼."

망리단길이라 불리며 멀리서도 찾아오는 동네인데, 정작 3년 차 주민이 여길 잘 모른다. 어쩔 수 없는 면도 있었다. 성진은 낮 동안 충남에 가 있고, 새벽까지 일하는 자신은 낮에 자야 했으니.

돌이켜 보니, 환한 햇살 아래 나란히 걷는 평범한 하루가 우리에겐 귀했다.

"그동안 안 가 본 맛집이랑 카페도 가 보고, 집에서 푹 쉬면서…… 우리 둘이 호젓하게 보내자."

하루하루가 견우직녀의 칠월칠석날인 것처럼 귀하게 보내자.

"그것도 좋지."

성진은 유리에게 티슈를 뽑아 주며 미소 지었다.

❖ ✱ ❖

일주일 동안 성진과 유리는 평범하고도 더할 나위 없이 행복한 시간을 보냈다.

줄 서서 먹는 망원동 맛집을 차례차례 섭렵하고, 화분으로 예쁘게 꾸며진 한낮의 카페에서 독서를 즐기기도 했다. 유리는 활자보단 성진의 얼굴을 더 많이 봤고, 성진은 그 열렬한 시선을 모른 척 넘어가 주며 속으로 웃음 지었다.

어느 하루는 온종일 비가 내렸다.

그날은 침대에서 거의 나오지 않았다. 몸의 대화가 소강상태로 접어들면 마음을 나누는 시간이 열렸다. 성진은 쑥스러워하는 유리를 끈질기게 졸라 흥미진진한 학창시절 이야기보따리를 풀게 했다.

"진짜 그때 나 때문에 일부러 차에서 내렸단 말야?"

"으응, 그냥 인사라도 하고 싶어서……. 그래 놓고 너한텐 우연히 마주친 척했지……."

"고마워."
"앗……. 왜 이제 와서 고마워하고 그래……."
"그냥, 그때 하나도 못 알아챈 거 미안해서. 지금이라도 고마워하고 싶어서."
"네가 미안할 게 뭐가 있어. 그땐 어쩔 수 없었잖아. 정말…… 너랑 이렇게 된 게 지금도 꿈만 같아."
"나 더 열심히 살아야겠다. 이런 사랑 받을 자격이 충분한 남자가 되게."
"내 사랑 받을 자격, 그냥 복성진이면 된다니…… 읍……."
사랑스러움을 이루 말할 수 없는 지점에서 그는 그녀의 입술을 빼앗았고, 말로 하는 대화는 일단락되었다.

금요일 저녁, 금 회장이 술 한잔 하자며 두 사람을 불러들였다.
"아버님, 잔이 또 비셨네요."
"허허, 고맙네."
김 씨 아주머니가 맛깔나게 부친 전이 고소한 냄새를 풍기는 가운데, 성진이 금 회장의 빈 잔에 채운여름을 따랐다. 장인과 사위는 십년지기 술친구처럼 잘도 주거니 받거니 했다.
"저기…… 큰오빠."
"아……."
불현듯 저를 부르는 소리에, 규진은 흠칫 놀라 돌아보았다. 유리가 술병을 들이밀고 있었다.
"잔이 비어서……."
"아, 그러네. 고맙다."
규진은 냉큼 잔을 내밀었다.

"저번에도 느꼈지만, 정말 술을 깔끔하게 잘 따르는구나."
"이게 제 일이니까요."
"넌 옛날부터 손이 야물었지."
규진의 칭찬에 유리는 보드라운 미소를 머금었다. 그 광경을 본 순간 금 회장은 온 세상의 근심거리가 다 사라진 듯하였다. 딸의 손에 들린 술병이 고맙고도 신성하게 느껴졌다. 술이 왜 신의 선물로 불렸는지 알겠다.
"저기, 아버지, 큰오빠. 혹시 이번 주 일요일 오후에 약속 있으세요?"
"이번 주 일요일 오후는…… 왜?"
"그날 뭐 있어?"
"아…… 혹시 선약 있으시면 어쩔 수 없지만요."
유리는 핸드폰 화면을 켜서 금 씨 부자에게 들이밀었다.
"실은 제가 전통주 칵테일 대회에 참가했는데, 그날 결선이거든요. 시간 되시면 보러 와 주실 수 있나 해서……."
"오 실장!"
"네, 회장님."
"일요일 골프 약속 캔슬해 주게."
"아앗, 아버지! 저 때문에 그러지 마세요! 설마 중요 거래처는 아니시겠죠?"
이 와중에 규진 역시 누군가에게 전화를 걸어 말했다.
"어, 난데. 일요일에 급한 일 생겨서 못 갈 거 같다. 미안하다!"
"큰오빠까지……."
유리의 말 한마디에 주말 스케줄을 너무도 쿨하게 정리해 버린 금 씨 부자는, 다시 유리의 핸드폰을 주목했다.

"양재동 A센터에서 하는구만. 입장권은 현장에서 파나?"
"저한테 초대권 있어요. 그거 제시하고 입장하시면 돼요."
"그나저나 너 정말 대단하다. 이런 대회도 나가고, 결선까지 진출하다니……."
"사실 턱걸이로 겨우 예선 통과했어요. 워낙 쟁쟁한 바텐더들이 많아서 현실적으로 참가에 의의를 둬야 할 판이지만, 가능하면 상을 타고 싶어요."
유리는 핸드폰에서 눈을 떼고 성진을 보았다. 예상대로 그의 표정이 꽤 볼만했다.
"유리야. 너……."
묻고 싶은 게 너무도 많아 보이는 그에게서 부러 시선을 떼고, 유리는 아버지와 큰오빠를 보며 웃었다.
"그 상을, 우리 신랑 생일 선물로 주고 싶거든요."

❈ ✻ ❈

"여기가 내 방이야."
크림펄 톤 마호가니 원목 가구의 향연이 펼쳐졌다. 거울 딸린 화장대, 베드벤치 붙은 퀸 사이즈 침대, 장롱에 3단 서랍장에 협탁까지. 그 모든 게 수납되고도 발 디딜 공간이 넘쳐 나는 방이었다.
"와."
성진은 감탄을 금치 못했다. 이런 방에서 생활하는 사람은 드라마 속에나 존재하는 줄 알았는데.
"성진아, 여기 앉아."
침대에 걸터앉은 유리가 제 옆을 짚었다. 드디어 그를 제 방에

들인 기쁨에 그녀는 해맑게 웃었다.

성진은 유리 곁에 털퍼덕 앉았다. 최고급 구스다운 이불의 쿠션감이 죽여준다.

“이제야 네 방에 와 보네.”

“나도 네 방 꼭 가 보고 싶어.”

“여기에 비하면 완전 누추할 텐데?”

“전혀. 네가 살았던 곳이란 사실만으로 나한텐 성지야.”

“하하, 성지일 것까지야.”

자못 진지한 말에 성진이 웃음을 터트렸다.

하긴. 금유리 특유의 포슬포슬한 아우라는 이 방의 크기나 구스다운 이불과는 하등 상관없으니. 자신도 그녀와 함께라면 어느 방이든 편안하고 아늑할 거다.

“이 방에 오니까, 새삼 우리 금유리 대단하네. 복성진 구해 준다고 이 멋진 방을 뛰쳐나왔단 말야?”

“망원동 아파트도 나한텐 충분히 좋아.”

“그래도 처음엔 지내기 좁고 불편했을 거야. 무섭기도 했을 거 같고.”

유리는 성진의 손에 제 손을 포개어 올리며 빙긋 웃었다. 좁거나 불편하다는 생각은 별로 들지 않았지만, 무서웠던 건 사실이다.

“실은 망원동 아파트에 온 첫날이, 너랑 이브닝에메랄드 호텔 바에서 만날 약속 잡은 날이야.”

“아. 나도 기억나, 그날.”

모든 자존심을 내버릴 각오에 심장이 아려서 뜬눈으로 지새웠으니까. 그땐 그녀의 의중을 헤아리기보다 제 마음 추스르기 바

뺐다.

“지금 생각해 보니까, 너도 진짜 그날 속이 말이 아니었겠다.”

“응. 이렇게까지 했는데 복성진 못 가지면 어쩌나 싶어서.”

지금은 이렇게 너스레처럼 웃으며 말할 수 있어서 얼마나 감사한지 몰라.

성진은 손바닥을 뒤집어 유리의 손을 꽉 맞잡았다. 내 몸도 마음도 평생 네 거라고 그녀에게 맹세하듯.

“그나저나 전통주 칵테일 대회는 어떻게 참가할 생각을 한 거야? 정말 내 생일 때문이야?”

“응. 그 대회가 만찬주랑 관계될 거란 생각까진 못 했지만. 내가 채운여름을 베이스로 한 칵테일로 상을 받으면, 너한테 뭔가 도움이 되지 않을까 싶었어. 호텔 쇼에 F&B 업계 사람들이 많이 온다니까.”

“조주기능사 시험하고는 비교도 안 되게 어려울 텐데.”

조주기능사 실기시험과 같은 제한시간 7분이 주어지지만, 대회는 그 시간 안에 해야 할 작업이 더 많고 보는 이목도 훨씬 많다. 도전하는 것만으로도 보통 용기를 요하는 게 아니다.

“언제 연습해서 예선까지 통과한 거야?”

“다희 언니한테 부탁해서 특훈을 받았지.”

다희의 지도를 받았다는 것만으로도 얼마나 혹독한 과정이었을지 알만했다. 그녀는 칵테일에 관한 한 가차 없으니까.

“간신히 예선은 통과했지만 현실적으로 동상도 타기 어려울지 몰라. 결선 진출자들이 장난 아니거든. 이브닝에메랄드 호텔 바텐더도 있고, 일본 긴자의 바텐더도 있고……. 아하하, 나 내일모레 완전 쩌리 되는 거 아냐?”

유리가 제 윗가슴을 마사지하듯 두드리며 웃었다.

"유리야, 난 네가 너무 스트레스 받지 않았으면 좋겠어. 마음만으로도 이미 충분히 고마워."

긴장감에 취약한 그녀를 무리시킬 바엔, 만찬주 가점을 포기하는 게 나았다.

"괜찮아. 며칠간 너랑 푹 쉬었더니 마음이 편해졌어. 결선 때는 좀 더 잘할 수 있을 거 같아."

걱정으로 굳어진 성진의 얼굴을 펴 주려는 듯, 유리는 나긋나긋 웃었다.

"솔직히, 내가 이런 대회 나가도 되는지 고민됐어. 나보다 경력도 많고 바텐딩도 출중한 바텐더들이 많이 참가한다는데. 괜히 나갔다가 망신만 당하는 건 아닐까 싶어서."

전혀 안 그래. 넌 그 누구와 비교해도 손색없는 바텐더야.

성진이 말하려던 차, 유리가 먼저 말했다.

"참가할까 말까 망설이다가, 오랜만에 기억이 났어. 너랑 홍대 바 투어했을 때 말야."

베테랑 바텐더들을 보고 나서 주눅이 든 나를, 네가 따스한 말로 일깨워 주었지.

"연기력이 부족해도 비주얼이나 예능감으로 승부하는 배우가 있듯, 바텐더도 제각기 다른 개성과 매력이 있는 거잖아."

그런 마인드를 가진 뒤로, 해 보기도 전에 지레 겁먹던 버릇이 많이 나아졌어.

"남들에겐 없는, 나이기에 가질 수 있는, 나만의 개성과 매력을 믿어 보기로 했어."

'역시 아젤리아 러브 포션만큼은 유리 씨만의 대체 불가능한 뭔가가 있달까.'

'여기에만 있는 푸근한 활기가 너무나도 좋아서, 오고 또 오게 됐어요.'

아젤리아의 단골들이 그랬듯.

"심사위원들이 경력이나 다른 무엇보다 날 선택하도록, 최선을 다할 거야."

"역시 넌, 최고의 바텐더야."

서로의 가슴이 꽉 맞붙도록 성진은 유리를 끌어안았다. 그의 심장박동을 느끼며 유리는 지그시 눈을 감았다.

더 높이 날 수 있을 거야. 3년 전만 해도 감히 엄두도 못 냈던 곳에, 결국 이렇게 왔으니.

❖ ✱ ❖

A센터 호텔 쇼 특설무대.

"안녕하세요."

"어머나, 이런 데서 또 뵙네요!"

관람석에서 마주친 성진과 김진희가 반갑게 인사를 나눴다.

"실례가 안 된다면 저희 여기 앉아도 될까요?"

"네, 그럼요! 어서 앉으세요."

진희가 흔쾌히 답하자, 한 무리의 남녀가 그녀 주변을 에워싸듯 앉았다.

금 회장과 규진, 성진의 모친과 쌍둥이 형제, 다희와 미나, 딸을 데려온 경민까지. 양가 가족과 친구들이 한날한시에 모였다.
"허허……. 일행이 엄청 많으시네요."
진희가 얼떨떨하게 웃으며 혀를 내둘렀다.
"제 아내가 대회 나온다니까 다들 응원하고 싶대서……."
"엇? 복선비 님 결혼하셨었어요?"
"예. 며칠 전에 혼인신고 마쳤고 식은 10월에 올립니다."
"어머나, 완전 축하드려요! 저도 가도 되나요?"
"와 주시면 영광이죠."
"그나저나 아내분이 정말 인복이 많은가 봐요. 다른 참가자 중 이 정도 응원단을 거느린 사람 아마 없을걸요?"
"실은 몇 사람 더 오기로 했거든요. 명 대장님이랑, 동주도……."
성진이 속삭이듯 덧붙인 말에 진희의 눈이 동그래졌다.
"진짜……동주 씨도 오는 거예요?"
"네. 혹시 괜찮으시면 같이 앉으시겠어요?"
"성진아!"
진희가 대답하려는 찰나, 저편에서 굵직한 목소리가 울렸다. 동주가 명 대장과 함께 이리 오고 있었다. 동주의 차림새를 보고 성진이 미간을 구겼다.
"아, 오동주! 내가 단정하게 좀 입고 오라고 했잖아. 그게 뭐냐고!"
"아니, 내 옷이 뭐 어때서?"
의문의 코디 지적질에 동주가 황당해했다. 반팔 셔츠에 여름 슬랙스. 격식 있진 않아도 딱히 흠잡힐 데도 없는 흔남 코디거늘.
"애초에 이런 데 오는데 왜 단정한 새 정장씩이나 입어야 돼?"
"풉! 복성진이 정장 빼입고 오라던가요?"

곁에서 듣던 경민이 웃음을 터트렸다.

"말도 마세요. 왜 나만 단정해야 하는지 이유도 안 알려 주고, 와 보면 알 거라고만 하고. 숭악하게 반바지 입고 오지 말라고 별의별 고나리질을 하는데, 간만에 엎어치기 할 뻔했지 뭡니까."

"다 널 위해서라니까? 아오, 답답해!"

"너야말로 단정함의 기준이 너무 극에 치우쳤단 생각은 안 드냐, 텐선비 놈아."

경민의 신랄한 딴죽이 곁들여지니 한 편의 완벽한 콩트였다.

"아, 다들 왜 이렇게 재밌으셔요!"

진희가 박장대소했다. 그제야 낯선 여인의 존재를 의식한 동주가 성진에게 슬쩍 물었다.

"근데, 이분은 누구셔?"

"나보다 네가 더 잘 아는 사람."

"그게 무슨…… 말이야?"

동주가 눈을 끔벅이며 진희를 보았다. 절세가인까진 아니어도 쾌활한 미소가 아리땁다. 제아무리 기억을 되짚어 봐도 제 인생에 이런 여인은 없었다.

"어쩐지, 어제 정장 얘기 하시길래 뭔가 했어요."

"무슨 말씀이신지 저는 잘……."

"어제 블로그 비댓으로 얘기했잖아요. 복선비 님이 이상하다고."

"아…… 아?"

동주가 입을 함지박만 하게 벌렸다.

"서, 설마…… 마리아주 님?"

"네에, 맞습니다. 반갑습니다, 오동주 씨!"

진희가 동주에게 과감하게 악수를 청했다. 얼결에 그 손을 맞잡은 동주는 반쯤 혼이 나갔다.

"제 옆에 앉으실래요?"

"아…… 네!"

진희의 옆자리에 앉으며 동주는 성진을 돌아보았다.

'성진아, 이거 때문에 그랬구나. 자식…… 고마워.'

감격에 겨워하는 동주에게 씩 웃어 주며, 성진 역시 눈으로 답했다.

'됐고, 나중에 그 비댓으로 날 뭐라고 깠는지 좀 보자, 친구야.'

"다들 일찍 왔네요."

양처럼 온화하지만 분명한 존재감을 풍기는 목소리에 모두가 돌아보았다.

"금유리, 대에박……. 너 오늘 완전 여신인데?"

"유리 언니, 한복 넘나 예뻐요!"

메꽃색 장저고리에 버건디색 허리치마. 꽃자수 덕에 그녀의 온몸에 꽃이 핀 듯했다. 저고리는 팔꿈치 기장이고 치마도 부하지 않아, 콘셉트 단아함 실용성 삼박자를 다 갖춘 차림새였다.

올림머리에 꽃가지 뒤꽂이를 한 유리의 자태는 가히 선녀 같았다.

"아버지랑 큰오빠도 선약까지 취소하고 보러 와 줘서 고마워요."

"유리야, 너 오늘 정말 예쁘다. 누가 납치해 가지 않을까 겁날 정도야."

"크흠!"

규진이 한 말에 콕 찔린 금 회장이 괜히 헛기침을 했다.

"유리야, 너 오늘 진짜…… 왜 이렇게 예뻐."

성진이 홀린 듯이 말했다. 지나가는 사람들도 한 번씩 돌아볼 만큼 예쁜 제 여자의 자태에, 심장에 무리가 올 지경이다.

"다들 귀한 주말에 시간 내 주셔서 감사해요."

유리는 응원하러 와 준 사람들에게 고마움을 표했다.

"방금 순번 제비 뽑았는데, 저 1번 당첨됐어요."

"진짜? 어떡하니! 완전 떨리겠다……."

경민이 유리의 가녀린 어깨를 주물렀다. 첫 순서라는 부담감만으로도 패널티가 다분한 순번 아닌가.

성진은 유리의 나머지 어깨에 힘을 실어 주었다.

"매도 먼저 맞는 게 낫다고, 맨 처음이 꼭 나쁘지만은 않아. 심사위원들이 가장 먼저 맛을 보니까, 가장 완벽한 칵테일 맛을 보일 수 있을 거야."

알코올음료를 시음하다 보면 혀가 굳는다. 심사위원들은 다섯 잔 단위로 휴식을 취하지만, 뒤로 갈수록 어쩔 수 없이 미각이 둔해질 거다.

"나도 잘됐다 생각해. 내 레시피가 산뜻한 느낌이라, 너무 순서가 뒤로 밀려도 곤란하거든. 빨리 끝내고 편안한 마음으로 다른 바텐더들 하는 거 보고 싶기도 하고."

"좋은 마음가짐이야, 우리 사장님."

다희가 마지막으로 유리에게 당부했다.

"저 테이블이 매일 만지는 아젤리아 작업대라 생각해. 여기 모두가 아젤리아 손님이라 생각하고. 그런 식으로 마인드컨트롤하면 하나도 떨리지 않을 거야."

그 순간, 장내에 방송이 울려 퍼졌다.

"지금부터 한국 술 칵테일 월드챔피언십 프로 부문 결선을 진행하겠습니다! 1번부터 5번 참가자는 대기실로 즉시 와 주시기 바랍니다!"

"아, 이제 가 봐야겠다."

"금유리, 파이팅!"

"최선을 다하고 올게요."

한 호흡으로 주먹을 쳐드는 지인들에게 뭉클한 미소를 남기고, 유리는 도전의 무대로 나아갔다.

특설무대 앞으로 구름 같은 인파가 모였다. 벨트 차단봉으로 분리된 테이블에 심사위원들이 앉았다. 베테랑 바텐더, 식품명인, 요리연구가로 구성된 전문가들이었다.

"엔트리 넘버 원, 무대 위로 올라와 주십시오."

"와아아!"

유리의 지인들은 물론이고 다른 참관객까지 의례상 환호하는 통에 장내가 떠들썩했다. 이 와중에 성진은 마음껏 박수 치지 못했다.

너무 시끄러워서 유리가 떨면 어쩌나 싶어서.

하지만 걱정은 금방 무색해졌다. 유리는 플라스틱 박스를 들고 힘차게 무대 위로 올라왔다.

"지금부터 준비 시간 2분 드리겠습니다. 시, 작!"

사회자의 말이 떨어지자 심사위원석 정중앙에 놓인 타이머가 돌아갔다.

제한시간 7분. 첫 2분은 세팅 시간이고 나머지 5분 내로 바텐딩을 마쳐야 한다. 게다가 유리가 참가한 프로 부문은 자기 칵테일에 대한 설명까지 곁들여야 한다.

유리는 플라스틱 박스에서 재료와 기물을 차례차례 꺼냈다. 라벨이 보이게 술병을 놓고, 바 스푼 꽂은 믹싱글라스와 믹싱틴 등의 기물들을 정 위치에 놓았다.

"1분 남았습니다."

다소 긴박감을 주는 사회자의 멘트에도 유리는 신속하고 침착한 움직임을 이어 갔다. 우드 플레이트에 잔 네 개를 올려놓고 손바닥을 펼쳐 들었다. 준비가 다 됐다는 제스처다.

"2분간의 준비 시간이 끝났습니다."

"후우……."

성진은 다희가 안도의 한숨을 내뱉는 소리를 들었다. 그제야 자신이 2분 가까이 숨도 못 쉬었음을 깨달았다.

"엔트리 넘버 원 금유리 인 코리아. 시작하도록 하겠습니다. 레디, 고!"

"안녕하세요. 바 아젤리아에서 근무하는 금유리입니다. 오늘 만나 뵙게 되어 반갑습니다."

반듯하고도 친근하게, 유리는 공수 자세로 방긋 웃으며 관중들에게 인사했다.

"다음 달에 삼국 정상이 한자리에 모이는 거 아시지요?"

유리는 잔을 눈높이로 들어 올려 이물질을 체크하는 모션을 취했다. 암 타월로 두 잔 정도를 닦아 냈다.

"우리나라에 오신 귀빈 분들께 제가 손수 웰컴 드링크를 만들어 드린다면 어떨까, 행복한 상상을 해 보며 이 칵테일을 창작했답니다."

멘트 하는 중에도 유리는 쉼 없이 움직였다. 잔마다 얼음을 채우고 바 스푼으로 한 바퀴 돌렸다.

"이 무더위에 기운을 북돋아 줄 웰컴 드링크, '채운평화'를 만들어 보겠습니다."

믹싱글라스를 앞에 놓고, 플라스틱 박스에서 술병을 꺼냈다.

"제 칵테일의 베이스는 채운여름이란 과하주입니다."

유리는 채운여름을 손바닥으로 받쳐 올려 좌우 관중에게 내보였다.

"과하주는 여름을 나는 술로, 한국의 주정 강화 와인입니다. 발효주에 증류주를 넣어 무더운 여름에도 술이 상하지 않게 한, 우리 조상의 지혜가 담긴 술이죠. 서양의 포트와인보다 무려 100년 먼저 만들어졌다네요. 도수가 다소 높지만 목 넘김이 좋고 달콤한 맛이 나죠."

관중들은 유리의 사근사근한 말씨에 홀리듯 빠져들었고, 그녀의 손에서도 시선을 떼지 못했다. 지거가 기울어 채운여름을 믹싱글라스 안으로 부드럽게 떨어뜨렸다.

"베네딕틴 DOM입니다. 최고의 신께 바친다는 뜻을 지닌 리큐어의 왕이죠. 상큼하고 새콤달콤한 맛을 위해 스위트 앤 사워 믹스를 넣겠습니다. 향긋한 단맛을 더해 줄 사과청입니다. 북한에는 우수한 사과품종이 많다고 하네요. 언젠가 통일이 된다면 꼭 그 사과로 청을 만들어 보고 싶은 바람이 있어요."

주입 재료를 차례차례 소개하고 계량해 넣으며, 유리는 믹싱글라스를 멋지게 채워 나갔다.

금 회장은 코가 시큰거렸다. 눈부시게 성장한 딸의 모습을 보고 싶었던 바람. 반쯤 포기했던 바람이 드디어 이루어졌다. 오늘이 정상회담보다 역사적인 날이다.

유리는 믹싱틴에 얼음을 채우고 믹싱글라스의 내용물을 부어

넣음과 동시에 기울여 꽂았다.

탁!

아젤리아에서 하던 대로 믹싱글라스를 차지게 때려 주고, 한 몸이 된 믹싱틴을 어깨 높이로 들어 올렸다. 좌중을 둘러보며 유리는 환한 웃음꽃을 피웠다.

"성공적인 정상회담을 기원하며, 셰이킹을 시작하겠습니다!"

달그락달그락.

유리가 셰이킹을 시작하자 관중들이 박수치며 환호했다. 온 세상이 부드럽게 섞이고 짜릿하게 합하여졌다.

이윽고 유리는 믹싱글라스를 뽑아냈다. 믹싱틴에 스트레이너를 꽂고 거름망을 대어 네 잔의 플루트 샴페인 글라스에 동량의 음료를 따라 냈다.

"짜릿한 탄산감을 위해 소다수를 넣어 주겠습니다."

소다수로 8부를 채우고 바 스푼으로 저으니, 황금빛 샴페인처럼 되었다.

"1분 남았습니다."

불쑥 나온 사회자의 말에 지켜보던 이들의 가슴이 더 철렁했다. 가녀린 몸으로 전혀 가녀리지 않은 바텐딩을 선보인 그녀에게 몰입한 나머지, 7분이 이리도 빨리 지나간 줄 몰랐다.

"아삭한 건사과를 가니시로 올리겠습니다."

건사과 슬라이스를 예쁘게 모아 꽂은 칵테일 픽이 림에 걸쳐졌다. 완성된 칵테일을 우드 플레이트에 올려 무사히 서비스를 마쳤다.

공수 자세로 돌아와, 유리는 마무리 멘트를 했다.

"이것으로 저의 손님맞이 준비는 모두 끝났습니다. 이제 여러분이 즐겨 주실 시간입니다. 감사합니다."

"금유리 바텐더, 첫 순서인데도 전혀 떨지 않고 정해진 시간 안에 아주 멋지게 웰컴 드링크를 만들어 냈습니다. 모두 박수 부탁드립니다!"

"와아아아!"

우레와 같은 박수 소리에 유리는 눈을 끔벅였다. 긴장이 일시에 풀려 나가며 아주 얼떨떨한 느낌이 들었다.

전혀 떨지 않았다고? 내가?

방금 전까지 신께서 제 몸을 빌린 모양이다. 그렇지 않고서야, 만년 겁쟁이 금유리가 이 많은 사람들 앞에서 어떻게…….

"유리야, 내려가자."

무대 위로 올라온 남자의 부름에 유리는 겨우 정신을 차렸다.

성진은 작업대 위의 술병과 기물을 치웠다. 유리와 진행요원이 해야 할 일을 빠르게 대신 해치운 그가 읏차 하고 플라스틱 박스를 들어 올렸다.

"하하, 본인도 이렇게 잘할 줄 몰라서 당황했나 봅니다. 지금까지 엔트리 넘버 원 금유리였습니다. 다시 한 번 격려의 박수 부탁드립니다!"

사회자의 위트 있는 멘트에 사람들은 다시 한 번 아낌없는 박수를 보냈다.

무대 아래로 내려온 순간, 별안간 성진은 플라스틱 박스를 바닥에 내려놓았다. 그리고.

"꺄앗!"

유리는 공주님처럼 안아 올려졌다. 3년 전 조주기능사 실기시험을 무사히 치러 낸 그 날처럼.

"진짜, 진짜 잘했어! 우리 마누라가 최고다!"

"서, 성진아! 얼른 내려 줘! 여기서 이러면 안 돼!"

"아, 복성진 이 텐팔불출 자식아! 빨랑 금유리 이리로 가져오지 못해! 나도 좀 안자고!"

"맞아요, 쌤! 여기 대기 중인 사람 완전 많거든요?"

"복 서방! 거기서 몸 달면 안 되네!"

주변 사람들의 성화에 성진은 벅찬 마음을 간신히 누르고 유리를 내려놓았다.

"성진아, 생일 축하해."

땅에 발을 디디자마자 유리가 나직이 말했다. 성진이 먹먹한 목소리로 화답했다.

"나, 오늘을 위해 채운여름 만들었나 봐."

아니다. 아예 말이지, 금유리와 만나기 위해 술꾼이 된 건가 봐.

"오늘 정말…… 내 인생 최고의 생일이야."

대회 결과는 더 이상 중요치 않았다. 그녀의 존재 자체가 이미 차고 넘치는 선물이기에.

KODAK PORTRA 400

# 14.
# 정상회담 공식 만찬주

“이건 우리 집안 가보로 대대손손 물려줘야지.”

“후훗, 성진아. 너 그 말 몇 번이나 했는지 알아?”

술 진열장에 모셔 둔 트로피 앞을 지나칠 때마다 성진은 가보 얘기를 빼놓지 않았다.

‘한국술 칵테일 월드챔피언십 금상’

“아무리 생각해 봐도 넌 대상감이었는데.”

“아이, 금상도 얼마나 감지덕진데! 나 진짜 상은 기대도 안 했거든.”

그와 함께 트로피를 보며 유리는 나직이 중얼거렸다.

“아직도 믿기지 않아. 내가 이렇게 큰 상을 탄 것도, 그런 엄청난 제안을 받은 것도…….”

칵테일 대회에서 있었던 일이 자꾸 떠올라, 유리의 가슴은 며칠째 진정되지 않았다.

"금상! 바 아젤리아 금유리 바텐더!"
"와아아!"
시상식에서 그녀가 호명된 순간, 금유리 응원단은 행사장이 떠나가도록 환호성을 질렀다.
요즘 들어 금유리 콩깍지가 두껍게 씐 금 씨 부자는 다소 아쉬운 듯 뒤끝을 부렸다.
"크흠, 난 내 딸이 대상 탄 사람보다 훨씬 잘한 듯한데."
"저도요, 아버지. 솔직히 우리 유리가 제일 잘했는데 말입니다."
"아, 아니에요! 오히려 제가 운이 좋았죠. 저보다 경력 많은 분들 천진데, 심지어 동상도 아니고 금상이라니……."
유리가 겸손하게 말하자 다희와 미나도 한마디씩 했다.
"아무리 경력이 많아도 이런 자리에서 안정적으로 바텐딩을 해내는 건 또 다른 문제야. 긴장을 해도 기본기가 탄탄하니 실전에 강하지. 평소에 워낙 열심히 하니까. 하긴, 누구 제잔데……."
"맞아요. 객관적으로 보려 해도 전 언니의 퍼포먼스가 가장 끌리더라고요. 보는 사람을 편안하게 해 주고, 묘하게 몰입되고……."
목에 칼이 들어와도 입에 발린 말은 안 하는 경민이, 일반인 두 배 볼륨으로 말했다.
"난 진지하게 금유리를 정상회담으로 보내야 한다는 생각이 들던데? 세계 정상들에게 오늘 한 대로 칵테일 만들어 주면 딱일 거 같아."
경민은 상상의 나래를 우주 끝까지 펼쳤다.
"남편은 만찬주를 빚고, 아내는 그 술로 만든 칵테일을 국빈들에게 대접하고. 캬……. 스토리텔링 기깔나네. 우리 여우본색이 화보도 찍고 독점 인터뷰 내보내면……."

"아하하……. 경민아, 그건 너무 나갔다."

"전 충분히 좋은 그림이라 생각되네요."

불쑥 끼어든 목소리에 놀라 유리가 돌아보았다. 어느새 다가온 진희가 방긋 웃고 있었다.

"경연 잘 봤습니다. 전 한식주점 옥토끼주막의 부대표 김진희라 합니다."

유리가 어리둥절해하자 성진이 귀띔했다.

"이분이 그 마리아주 님이셔."

"어머, 정말?"

유리가 반색하며 진희와 악수를 나누었다.

"남편한테 얘기 많이 들었어요. 참술 블로그에 좋은 조언 많이 해 주셨다면서요. 뵙게 되면 꼭 감사하단 말씀 드리고 싶었어요."

"하하, 별말씀을요. 참술 같은 훌륭한 양조장 덕에 저희 한식주점도 덕을 보거든요. 앞으로도 마구마구 도와드리고 싶습니다."

호탕한 말씨에서 느껴지는 영혼의 결이 맑다. 유리는 기분 좋은 미소를 머금었다.

"정말 감동했어요. 어쩜 이 많은 사람들 앞에서 별로 떨지도 않으시고 그렇게 웃는 얼굴로 칵테일을 만드실 수 있는지. 진심 존경스럽습니다."

"운이 좋았어요. 저 원래 엄청 떨어요. 사실 아까 어떻게 했는지도 기억이 잘 안 나는걸요."

"누구라도 긴장할 자리에서 잘하셨으니, 진정한 프로이신 거죠."

진희가 유리의 어깨에 터프하게 손을 얹었다.

"레시피도 제 마음에 쏙 듭니다. 이번 대회도 보니 대다수 칵테일이 증류 소주를 보드카처럼 활용한 것들이더라고요. 그게 나쁘다는 건 아니지만, 전통주 베이스 자체를 살린 레시피도 나와 줬으면 하는 아쉬움이 늘 있었거든요."

채운평화의 레시피는 달고 독한 과하주 채운여름을 보완하면서 특유의 향미를 살리도록 섬세하게 짜였다. 베네딕틴이나 사과청을 활용한 스토리텔링도 시기적절하다.

식전주로 쓰기에 제격인 산뜻하고 정결한 칵테일. 그 맛에 어울리는 퍼포먼스를 선보이는 바텐더. 이 두 가지야말로…….

"제가 찾던 이상적인 그림이라 해도 과언이 아닙니다."

유리를 보는 진희의 눈이 이채를 발했다.

"금유리 바텐더 님. 만찬주가 아직 정해지지 않은 마당에 성급한 제안일지도 모르지만, 만약 채운여름이 만찬주로 선정된다면, 꼭 부탁드리고 싶은 게 있어요."

"역시 그냥 해 본 말 아닐까 싶어."

유리는 얼떨떨하게 웃었다.

"나보고 정상회담 환영만찬에서 바텐딩을 하라니……. 에이, 설마."

"농담으로 그런 제안 할 사람 아니야."

술이든 사람이든, 우리나라의 격을 높일 것만 가려 뽑으려는 사람이니까.

"넌 일류 전통주 소믈리에한테 인정받은 거야."

유리는 목에 걸린 걸 삼켜 냈다. 그 어느 때보다 무겁게 와닿는 인정의 무게다.

떨면 어쩌나. 다 망쳐 버리면 어쩌나. 해 보기도 전에 무성한 걱정이 밀려든다. 앞으로 경력이 얼마나 쌓이건 금유리는 이런 식이겠지.

그래도 이런 떨림을 이겨 내고 나면, 더 떨릴 만큼 멋진 일이 생기더라.

이런 깨달음 덕에 금유리는 조금씩 달라졌고.

"정말 하게 된다면, 최선을 다해 보지 뭐. 아버지한테 자랑거리 하나 만들어 드릴 겸."

도전을 이어 갈 수 있게 되었다.

성진은 나날이 아름다워지는 제 여자의 뺨에 입을 맞추고 속삭였다.

"다녀올게."

"잘 다녀와. 오늘 하루도 힘내."

세상을 다 가진 기분으로 성진은 길을 나섰다.

❖ ✻ ❖

"복 대리…… 아, 아니 복 팀장님. 바쁘신데 와 주셔서 감사합니다."

"그냥 편하게 불러도 됩니다. 솔직히 저도 오 주임하고 함께 일했던 게 엊그제 같거든요."

경기도의 첫햇살 막걸리 양조장. 오 주임은 송구스러운 듯 성진과 동주의 눈치를 살폈다.

"저…… 두 분 여기 모셔 온 거 강두현이 알면, 저 바로 목 날아가요……."

적군을 심장부에 들일 만큼 도움이 절실한 상황이었다.

최근, 첫햇살 막걸리의 맛이 변했다는 컴플레인이 들어왔다. 제조공정이나 원료가 변한 것도 아닌데 말이다.

한창 만찬주 로비를 하고 다니는 강두현이 이 사실을 알면, 전통주사업팀 전원이 정상회담도 전에 목이 달아나고도 남음이다. 조용히 문제를 해결하고 싶었지만, 자신들의 능력으론 도저히 원인을 알 수 없었다.

고심 끝에 오 주임은 이화주 체험 건으로 친분이 생긴 동주에게 SOS를 쳤다. 그랬더니 동주는 술맛 보는 솜씨는 성진이 저보다 나을 거라 했다. 찬밥 더운밥 가릴 처지가 아닌 오 주임은 둘 다 공장으로 모셔 왔다.

"비밀 꼭 지켜 드릴 테니 걱정하지 마세요."

"그럼, 어디 술 상태 좀 볼까요."

오 주임은 발효조를 열고 원주를 퍼내어 성진과 동주에게 한 잔씩 주었다.

"음……."

"아, 이건……."

"어떠세요? 역시 뭔가 이상하죠?"

성진과 동주는 심각한 눈빛을 주고받고는, 다시 오 주임을 보았다.

"저희로선 도저히 원인을 찾을 수 없어서……."

"술에 문제가 생기면, 맛에 답이 있죠."

술도 여러 가지 병에 시달린다.

대표적으로 산패. 젖산균 증식이 효모 증식을 웃돌아 술이 시어지는 현상이다. 전분 호화가 제대로 되지 않았거나 당화력이 떨어지는 누룩을 쓴 탓으로 원인을 유추할 수 있다.

당도가 높고 알코올 도수가 낮게 나오는 감패, 발효조 품온 등의 환경이 효모가 활동하기에 적합하지 않아 알코올 생성이 제대로 되지 않았을 때 이런 맛이 난다.

불쾌한 누룽지 맛이 난다면 화락균 오염을 의심해 볼 수 있고, 종이 맛이나 흙 맛이 난다면 여과 문제일 가능성이 높다.

술을 빚는 일이란 미생물을 다스리는 일. 작은 무심함이 술을 병들게 한다.

"그럼 대체…… 이런 쇠 맛은 왜 나는 걸까요?"

오 주임이 참담한 표정으로 물었다.

"혹시 최근에 설비 새로 산 거 있어요?"

"아…… 얼마 전에 중고상한테서 발효조랑 제성기를 추가로 구입하긴 했죠."

"아무래도 그거 때문인 거 같은데요."

성진이 한숨 섞인 목소리로 말했다.

"중고 양조설비를 살 땐 조심해야 돼요. 오래된 양조장에서 쓰던 거면 아무래도 신식 설비에 비해 내구성이나 부식을 견디는 정도가 약할 수 있거든요. 기스가 심하지 않은지 내부 상태도 잘 봐야 하고요."

"그래서 중고 양조설비 사면 반 이상 버리고 시작한다는 말도 있죠."

성진과 동주가 차례로 들려주는 이야기에 오 주임의 안색이 흑빛이 됐다.

"예산이 부족해서 할 수 없이 가격 맞춰서 샀는데…… 그런 문제까진 미처 생각 못 했네요."

"지금이라도 중고 설비 다 빼내서 상태를 보심이 어떨까요."

"그래야겠습니다. 잘 알려 주셔서 감사합니다."
오 주임이 꾸벅 고개 숙여 감사를 표했다.
"사실 내년쯤 되면 이 양조장이 남아 있기나 할지 모르겠어요."
정신적 피로에 찌든 눈길로 발효조를 돌아보는 오 주임의 모습이 안쓰러웠다.
"제가 선샤인주류에 남아 있을지는…… 더 모르겠고."
"저기, 동훈 씨."
보다 못한 동주가 불쑥 말했다.
"저희 양조장 오는 건 어떠신가요?"
"하아, 저 따위가 그래도 될까요? 전 항상 루저였는데……."
"동훈 씨 이미 충분히 대단한 사람이에요. 선샤인주류 아무나 입사하는 곳 아니잖아요."
동주가 오 주임의 어깨에 손을 얹었다.
"선샤인주류만큼의 연봉을 약속드릴 수는 없지만, 저희 양조장이 술덕후에겐 최고의 직장이라 감히 자부할 수 있거든요. 명 대장님도 대환영하실 겁니다."
"정말…… 저 가도 돼요?"
오 주임과 눈이 마주치자 성진은 기꺼이 고개를 끄덕였다.
"오셔서 동주랑 오 브라더스 결성하면 딱이겠네요."
"하하…… 뭡니까, 그게……."
성진의 신소리에 오 주임이 어딘가 후련한 기색으로 웃어 젖혔다.
참술 양조장까지 제 차로 태워 주겠다는 오 주임의 성의를 한사코 사양하고, 두 사람은 시외버스터미널로 왔다.
"휴…… 이제 와서 바로잡는다 해도, 쇠 맛 나는 거 이미 시중에 꽤 풀렸을 거 아냐."

"그러게. 운 나쁘면 만찬주 블라인드 테이스팅에 들어갈 수도 있겠고."

본디 남의 불행을 즐기지 않는 성진과 동주는 착잡한 표정을 지었다.

"벌써 11시 반이네. 동주야, 배고프지? 뭐 좀 먹고 갈까?"

"그냥 간단하게 김밥이나…… 헉!"

분식집을 찾으려 두리번거리던 동주가 갑자기 소스라쳤다.

"왜 그래?"

"성진아, 저기……"

동주가 가리킨 쪽을 보고 성진의 표정이 굳었다.

윤수영. 이런 데서 불시에 마주쳐도 도저히 몰라볼 수 없는 여자가 다가오고 있었다.

무언가 하고 싶은 말이 있는 눈치였다.

"왜, 왜 다가오는 거야! 성진아, 그냥 무시하고 가자."

"동주야."

성진이 제 팔을 잡아끄는 동주의 손을 부드럽게 떼어 냈다.

"잠깐만 기다려. 나도 마침 저쪽에 할 얘기가 있거든."

동주가 멀찍이서 지켜보는 가운데 두 사람은 마주섰다. 수영이 퀭한 눈으로 성진을 꿰뚫듯이 보았다.

❖ ✽ ❖

어떻게 널 이런 데서 만나…….

전혀 예상치 못한 장소에서 성진을 본 순간, 수영은 가슴이 욱신거렸다.

얼마 전 길에 쓰러진 저를 가장 먼저 발견한 그가, 빈껍데기만 남은 제 앞에 또 이렇게 나타나 주었다. 우연이 이리도 연속되는 건, 15년 인연이 헛되지 않아서란 생각이 든다.

우연을 가장한 필연을 완성할 참으로, 그에게 다가갔다.

“여긴 무슨 일로 왔어?”

“너야말로 무슨 일인데?”

곧바로 싸해지는 성진의 표정에 수영은 아차 싶었다. 또 그가 싫어하는 역질문을 해 버렸다. 이제 그는 무조건 양보하고 넘어가 주던 다정한 남친이 아닌데.

“그냥…… 회사 출장.”

“너 영업부 경영지원팀 아니었어? 지원팀도 영업을 다녀?”

“그건 아니지만, 출장 나올 일 의외로 많아. 우리 팀 일이 영업사원 보조하는 거니까…….”

급작스레 밀려드는 현기증에 수영은 눈을 질끈 감았다. 요즘 들어 식사도 제대로 하지 않으면서 일을 강행하니 종종 이 모양이다.

“성진아, 있잖아…….”

저번에 구해 줘서 고마워. 요새 나…… 그 정도로 힘들어.

간신히 입을 뗐지만 차마 말이 안 나오는 순간, 성진이 구명줄을 던져 주듯 먼저 입을 열었다.

“윤수영. 마주친 김에 충고 하나만 할게.”

“무슨…… 충고?”

“지금 하는 일, 그만두는 게 좋을 거야.”

기대에서 너무나도 벗어난 말에, 수영은 입술을 짓씹었다.

“뜬금없이 무슨 말이야?”

“나 얼마 전에 너희 팀장이랑 술 한잔 했어.”
“네가 왜 우리 팀장이랑 술을 마셔?”
“그 사람이 김두빈 부사장 고등학교 친구인 거, 알고 있었어?”
“…….”
눈을 크게 치뜨는 수영을 보니, 굳이 대답을 안 들어도 될 듯했다.

‘왜 비밀로 하냐고? 하하! 나랑 부사장님 관계 알면 아무래도 불편해할 사람 많을 테니까.’

성진이 스카웃 제의를 받아들였을 때, 김두빈은 자신의 최측근들을 소개했다. 영업부 경영지원팀장도 그중 하나였다.

‘요새 영업부 예산은 잘 굴러가고 있지?’
‘말 잘 듣고 애사심 강한 팀원들 덕에 걱정 없지. 요샌 단속도 덜 빡세고.’
‘복성진 씨 앞에서 그런 얘긴 아직 이르지 않나.’
‘아하하, 내가 많이 취했나 보구만. 복성진 씨는 이런 거 몰라도 됩니다. 알면 다칩니다잉?’

딱 한 번 봤지만, 영업부 경영지원팀장이 풍기던 불온한 기운을 성진은 아직도 잊을 수 없었다. 좋은 머리를 나쁜 데 쓰는 전형으로 보였다.
“영업부 경영지원팀이 주류 리베이트를 움직인다는 건 공공연한 사실이지. 그런 검은 돈은 실무자가 마음만 먹으면 중간에서 빼

돌리기 쉽다고 들었고."

수영은 입술을 짓씹었다. 왜 나한테 이런 얘기 하는지 모르겠다고 시치미를 떼는 게 무의미했다. 그도 지난 두 달간 김두빈 곁에 머물며 보고 들은 게 있어 하는 말일 테니.

마음먹고 빼돌린 검은 돈이 어디에 쓰였는지도…… 넌 이미 알겠지.

"김두빈 라인인 경영지원팀장이 네가 한 일을 전혀 모르지는 않을 거야. 어떤 꿍꿍이가 있어서, 지금까지 모른 척한 건지도 몰라."

적당한 때가 오면 한꺼번에 터트릴 심산일 터다. 그때가 되면 강두현은 아마…….

"절대 널 도와주지 않을 거야."

"……."

"선샤인주류 곳간에서 난 것들, 이제라도 원위치로 돌려놔. 참술 주식부터 팔아. 네가 팔겠다면 유리가 매입가의 두 배를 줄 용의가 있댔어. 이대로 계속 들고 있으면 너한테 불리한 증거가 될지도 몰라."

"복성진, 넌 여전히 순진하네."

유리 얘기가 나오기 무섭게 수영이 일그러진 미소를 지었다.

"우리 정도 규모 주류회사에서 정석대로 회계 처리할 거면, 뭐하러 비싼 연봉 줘 가며 일류대학 경영전공자 쓰겠니. 윗돌 빼고 아랫돌로 괴는 것쯤 예사야."

"수면 위로 떠오르면 분명 문제가 돼."

"일 터지면 나 혼자 죽겠니, 설마."

"윤수영, 이거 정말 심각한 문제……."

"시끄러!"

수영이 쇳소리를 냈다. 성진과 마주 보고 있어도, 그녀가 마주한 건 어두컴컴한 심연이었다.

"설마 아직도 15년 사귄 남친 행세 하려는 거야?"

15년이나 사귄 널 배신하면.

"착각하지 마."

구질구질한 내 처지를 높일 수 있을 거라 착각했어.

"헤어진 지가 언젠데, 아직도 착해 빠진 방패 노릇 하려는 거야?"

너와 헤어지기 무섭게, 네가 막아 주었던 세상의 가혹함이 날 꿰뚫었어.

"정말, 염증 난다. 너란 남자."

구질구질한 내 인생에 유일하게 주어진 신의 선물인 널 후려친 나 자신이야말로, 염증 나는 여자야.

그래서 지금 죽도록 괴롭고…… 후회가 돼.

"복성진. 참견 말고 네 갈 길 가."

성진아, 살려 줘.

"금유리 기집애나 신경 쓰든가."

내게 돌아와 줘.

마음과 정반대인 말을 실컷 퍼부으면서도, 수영은 성진의 다정한 말을 기다렸다.

15년 연애를 했던 시절. 제가 눈먼 분노를 퍼부어도, 성진은 늘 그 밑에 깔린 절규를 고스란히 알아주었다. 지금 이 순간에도 그에겐 제 속이 훤히 보이리라. 헤어져 있던 시간보다, 함께 지낸 시간이 압도적으로 많으니까.

하지만.

"그래. 내가 좀 주제넘었다. 네 말대로 이젠 네 남친도 아닌데."

성진은 더 이상 가슴 아파하지 않았고, 조금이나마 내비친 선의마저 말끔히 거둬들였다.

"윤수영."

그의 부름이 선득하리만치 차분했다.

"불쾌했다면 기분 풀어. 그래도 한때 친구고 직장 동료였으니, 이 정도는 알리는 게 도리라 생각했어. 앞으론 보기 힘들 것 같기도 하고."

"앞으로 보기 힘들 거라니? 왜?"

"전통주강의 지난주에 종강했어. 앞으론 선샤인주류 갈 일 없어."

"하지만 너 기획개발팀 오기로 했잖아. 김두빈 부사장 스카웃으로……."

"안 하기로 했어. 솔직히 말하자면 처음부터 그럴 생각도 없었고."

앞으로 그와 접촉할 기회가 오지 않을 거란 말에, 기댈 구석이 갑자기 사라진 기분이었다.

"그리고 나 10월에 결혼해."

성진의 차분한 통보가, 날벼락보다 더한 굉음으로 수영의 전신을 흔들었다.

"……금유리랑?"

"응."

"말도 안 돼……."

거짓말이라고 말해. 농담이라고 말해. 현실이 아니라고 해!

수영의 본심이 터져 나오려던 차, 성진이 못 박듯 덧붙였다.

"법적으론 이미 부부야."

정오 즈음의 세상이 온통 캄캄해졌다.

"저번에 네가 우리 양조장 와서 나한테 했던 말, 곰곰이 생각해 봤어."

나의 최선이 네겐 최악이었단 말.

"충분히 그럴 수도 있었겠단 생각이 들어."

수영의 가정사를 안 뒤로, 그녀에게 조심스러웠던 것도 사실이다. 제 딴엔 배려한답시고 준 도움이, 그녀의 자존심을 다치게 했다. 연인이 아닌 보살핌의 대상으로 대한다는 오해를 불러일으켰다.

본의 아니게, 염증 나는 존재가 되었다.

"내가 미숙한 탓에 널 괴롭게 했던 거, 용서해 줘."

"아니…… 네가 날 용서 못 하는 거잖아."

모든 걸 정리하는 순간조차 다정한 그의 말에, 수영의 목소리가 떨려 나왔다.

"난 이미 널 용서했어."

"그럼…… 가지 마."

기어이 수영은 구차한 진심을 토해 냈다.

"용서한다며? 그럼 날 두고 가지 말아야지."

날 진짜로 용서하란 말이야! 나를 구원해 달란 말이야! 예전처럼…….

도를 넘은 생떼에, 성진은 완강히 고개를 저었다.

"내가 그 누구보다 널 믿었을 때, 넌 내 심장을 찔렀어."

피 한 방울도 안 남은 심장이 말라 죽었어. 다시는 널 사랑할 수 없게 되었고, 아무도 사랑할 수 없게 될 뻔도 했어.

그때 유리가 내게 다가왔지. 처음엔 그저 거대한 포도밭의 주인 같았던 그녀는, 알고 보니 나처럼 으깨진 포도였어.

우리는 서로 필요한 존재였고, 나아가 서로에게 없어선 안 될 존재가 되었어.

서로 기대고 내어 주고. 안기고 품어 주고. 함께 숙성되니 으깨진 포도가 와인이 되어, 새로운 피처럼 내 심장을 꽉 채웠어.

그렇게 내 심장의 주인이 완전히 바뀌었어.

"이제 나한텐, 유리 없이는 사랑이란 것 자체가 성립하지 않아."

그에게서 가슴이 미어질 만큼 향기로운 와인의 아로마가 풍긴다. 전 여친의 잡내가 비집고 들어갈 틈 따윈 없었다.

"처음엔 널 많이 원망했고 미련도 남았었어. 하지만 서로 인연이 아니라서 이렇게 될 수밖에 없었던 거라고 받아들였어. 나부터가 이젠 유리 없는 내 인생을 상상할 수 없으니까."

"성진아……."

수영이 애원하듯 흐느껴 보았지만…….

"나나 강두현보다 더 좋은 사람 만나서, 잘 살아."

그 말을 끝으로, 성진은 완전히 돌아섰다.

"성진아, 잠깐만! 복성진!"

수영이 비명처럼 그의 이름을 부르짖었지만, 성진은 돌아보지 않았다.

"웃기지 마! 어떻게 고작 3년 사귄 기집애가 네 인연이야?"

"……."

"네가 그 멍청하고 엉큼한 기집애랑 행복하게 잘 살 거 같아?"

"……."

"성진아, 흐흑……. 내가 다 잘못했어. 날 버리고 가지 마. 제발…… 나 정말 죽을 거 같아……."

피골이 상접한 몸에서 쥐어짠 기력으로 패악과 애원을 반복했지만, 그는 일언반구도 없었다.

"성진아, 빨리 가자! 한번 놓친 버스는 돌아오지 않아!"

동주만이 들으란 듯이 목청을 높였다.

그들이 사라진 뒤, 수영은 시외버스터미널 주차장 한복판에 주저앉아 울부짖었다. 이따금 행인이 괜찮냐 물으며 내미는 손을 뿌리쳤다. 나중엔 아무도 그녀에게 상관하지 않았다.

성진의 용서는 먼지 하나 없이 깔끔했다.

"오늘은 왠지 귀한 손님이 올 것 같군."

7월의 마지막 날 아침. 명 대장이 시리도록 푸른 하늘을 올려다보며 말했다.

"복선비! 똥주! 양조장 한번 돌아봐 주라! 어수선한 거 보이면 치우고."

평소에도 위생 면에서 한 점 부끄럼 없이 관리되는 양조장이다. 아침 댓바람부터 유난스레 지시하는 걸 보니, 손님의 기척을 귀신같이 알아채는 명 대장 특유의 촉이 발동한 모양이다.

그래. 당신의 그 촉이 참술을 성공적으로 이끌어 온 건 인정하는데.

"댁이 증류실에 세워 둔 아이언 법미 6기가 제일 어수선하다고요!"

성진과 동주가 이구동성으로 외쳤다.

명 대장이 예견한 대로, 점심시간 지나고 귀한 손님이 찾아왔다.

“연락도 없이 찾아와 죄송합니다. 정상회담 행사기획단에서 나왔습니다. 잠시 양조장 좀 둘러봐도 될까요?”

❈ ✱ ❈

8월 7일 금요일. 선샤인호텔 그랜드볼룸.

공기의 결까지 고급진 장소에서 초대받은 손님들이 스탠딩 파티를 즐겼다.

‘제1회 한국 술 어워드’

거대한 현수막이, 선샤인호텔에서도 가장 큰 규모를 자랑하는 행사장의 한 면을 덮었다.

두현은 강연대에서 마이크 높이를 조절하는 사회자를 바라보았다.

5분 뒤면 시상식이다. 각 주종별 우수상, 최우수상, 대상을 발표하는 것까진 우리 술 품평회와 유사하다. 첫햇살 막걸리가 탁주 부문 대상을 차지하고, 나머지 상은 그저 그런 들러리들이 나눠 가질 거다.

영예의 대통령상은 이번 행사의 후원자인 선샤인그룹 김 회장이 발표할 예정이다. 행사기획단 자문위원이 아버지에게 결과지를 건네는 퍼포먼스까지 각본에 들어 있다.

모든 게 완벽해 보이는 홈그라운드에서, 두현은 왠지 모를 불길함을 느꼈다. 자신이 매수한 행사기획단 자문위원이 며칠 전부터 전화를 안 받는 게 마음에 걸려서일까?

아니면, 코앞에 다가와 싱글벙글 웃는 복성진 때문인가.

“두현아. 나 진짜 감동받았다. 선샤인그룹이 이 정도로 전통주 업계를 신경 써 줄 줄 몰랐어. 만찬주의 격을 더욱 높일 품평회를 신설하고, 상금도 무려 3천만 원이나 걸다니.”

성진이 입에 침도 안 바르고 말했다.

“우편함 확인 안 했음 억울할 뻔했지 뭐야. 등록신청서가 우리 양조장엔 신청기한 마지막 날에 딱 오더라. 앞으론 좀 더 일찍 보내 주면 좋겠어. 몰라서 신청 못 한 양조장 되게 많을걸?”

행사기획단 중 누군가가 참술에 정보를 흘린 모양이군. 부글부글 끓는 속내를 감추고, 두현은 비릿하게 웃어 보였다.

“참술 정도 들러리면 괜찮지.”

“우리 두현이 자신감 대박인데? 하긴, 대통령상이라 쓰고 두현이 아빠상이라 읽어야 할 판이니.”

날 선 눈빛으로 대답을 대신하는 두현에게, 성진은 입술 끝을 올렸다.

“미안해서 어쩌나. 우리도 참가에 의의를 둘 생각은 없는데.”

두현은 성진을 무시하듯 시상대에 시선을 고정했다. 마음속은 좀 전보다 더 요동쳤다.

뭘 믿고 저렇게 여유가 넘치는 거지? 놈한테 믿는 구석이 있을 리가 없는데.

“지금부터 제1회 한국 술 어워드를 거행하겠습니다.”

사회자의 말에 기자들과 식음료 잡지 칼럼니스트들이 몰려들었다.

“탁주 부문 대상! 농업회사법인 선샤인주류의 첫햇살 막걸리!”

당연한 결과가 발표되고.

"약 · 청주 부문 대상! 농업회사법인 참술의 채운여름!"

"증류주 부문 대상! 농업회사법인 참술의 채운이슬!"

영 찜찜한 전개도 있었지만, 아직까진 각본에서 크게 벗어나지 않았다.

"이제, 영예의 대통령상 발표가 있겠습니다. 대통령상 수상품은 금번 남북미 정상회담의 만찬주로 활용될 예정입니다. 또한 선샤인주류에서 후원한 우수 한국 술 장려금 3천만 원이 상금으로 주어집니다."

그 순간, 두현은 저도 모르게 성진을 흘끔거렸다. 사회자를 보는 그의 얼굴에 환한 빛이 모여 있었다.

"대통령상은 선샤인그룹 김두원 회장님께서 친히 발표해 주시겠습니다!"

마이크를 넘겨받은 김 회장이 발표대에 섰다.

"어려운 환경에서도 우리 술 복원과 발전을 위해 힘써 주시는 전통주 양조장 관계자 분들께 진심으로 존경을 표하는 바입니다."

김 회장은 속보이는 연설문을 줄줄 읽어 내리고.

"대한민국 주류 역사의 산증인으로서, 청와대 만찬주를 배출하는 것이 제 개인적인 바람이기도 했지요."

대놓고 사심을 드러내기도 하며 홈그라운드의 이점을 마음껏 누렸다.

승리감에 도취된 김 회장에게 김진희가 발표지를 가져갔다.

"한국 술 어워드, 대통령상!"

두두두두두.

친숙한 시상식 드럼 소리가 장내를 울렸다.

"영예의 대통령상은……."

발표지를 의기양양하게 빼 든 김 회장이 말끝을 흐렸다.

"에…… 대통령상은……."

"하하하하!"

김 회장이 장난기가 동해 뜸을 들이는 줄 알고 몇몇 사람들이 웃었다. 두현만은 아버지의 상태를 알아챘다.

무언가 단단히…….

"……농업회사법인…… 참술의…… 채운여름."

잘못되었다.

와아아! 짝짝짝!

돌처럼 굳어진 두현을 스치고, 성진은 가장 밝은 곳으로 나아갔다.

"채운여름은 한국의 포트와인인 과하주를 복원한 술로, 아름다운 디자인과 탁월한 스토리텔링으로 청년들의 사랑을 받는 대세 전통주로 떠올랐습니다. 블라인드 테이스팅에서 소믈리에들의 압도적인 지지를 얻었으며, 불시에 진행된 양조장 평가에서도 우수한 점수를 받았습니다. 김 회장님께서 트로피를 전달해 주시겠습니다."

사회자의 말에 퍼뜩 정신을 차린 김 회장은 구더기 씹은 표정으로 성진에게 트로피를 내줬다. 성진은 90도 각도로 힘차게 고개를 숙였다. 회장님 정신 차리시라고 부러 그랬다.

진행요원이 성진에게 화사한 꽃다발과 3천만 원이 적힌 대통령상 피켓을 안겨 주는 모습을 지켜보면서, 김 회장은 아이고 한 마디 못 했다.

'이게 도대체 어떻게 된 거지?'

두현은 도저히 현실 감각을 되찾지 못했다. 발밑에 맨홀 뚜껑이 열린 듯했다.

두현이 처참히 내려앉는 동안, 성진은 기자들 앞에서 트로피를 들어 올렸다. 크리스털 트로피가 카메라 플래시 세례를 받으며 광채를 발했다.

지난 3년, 아니 32년 평생 최선을 다해 살아온 보상을 이제야 받았다.

❖ ✱ ❖

<채운여름, 남북미 정상회담 만찬주로 선정>

<과하주는 무엇인가? 한국의 포트와인. 서양보다 역사 100년 이상 앞서>

<30대 청년 주인酒人, 만찬주를 빚다>

"와…… 어제보다 기사가 두 배는 늘어난 거 같아."

핸드폰을 보며 동주가 혀를 내둘렀다. 대한민국에 이렇게 많은 언론사가 있는지 몰랐다.

"다들 어제 9시 뉴스 봤지? 우리 인터뷰 따 간 거 중간쯤에 나오더라."

명 대장도 출근하자마자 바뀐 세상 얘기를 했다.

"당연하죠. 성진이야 말할 것도 없고, 대장님도 화면발 잘 받으시던데요?"

"똥주 너도 엄청 잘 나왔더라!"

"하하, 방송 메이크업의 힘이죠, 뭐. TV엔 지나가는 행인으로라도 평생 나올 일 없을 줄 알았는데……."

이런 과분한 관심도 한때겠지만, 오늘만큼은 행복감에 푹 잠겨도 되겠지?

싱글벙글하는 동주를 지켜보며 성진은 흐뭇한 미소를 지었다. 녀석도 지난 3년간의 마음고생이 말끔히 씻겨 나간 기분이겠지.

"우리가 만찬주 따내니 좋긴 한데, 선샤인주류는 지금쯤 초상집 분위기겠다."

"초상집이면 차라리 다행이게. 난 지금 강두현이 살아 있긴 할까 싶다."

"음식은 정성이란 말은 만고불변의 진리여. 염불엔 관심 없고 잿밥에만 마음을 쏟으니 돈을 쏟아부어도 그 꼴 나지."

참술 3인방은 채운여름이 만찬주로 선정되기까지의 파란만장했던 과정을 회상했다.

분명, 이쪽이 한참 기우는 판이었다.

새 주병 덕에 마니아들에게 눈도장도 찍고, 유리의 선전으로 자문위원의 가점까지 땄지만, 선샤인그룹을 등에 업은 첫햇살 막걸리의 기세는 무시무시했다.

선샤인호텔에서 열리는 품평회, 매수된 자문위원. 편파판정 심판까지 있는 상대팀 홈그라운드에서 치르는 축구 경기와도 같았다.

음식의 기본인 정성만으로 결과를 낙관할 수 없었지만, 놀랍게도 첫햇살 막걸리는 기본 때문에 무너졌다.

'아무리 돈이 좋아도, 쇠 맛 나는 막걸리를 잡수시라고 세계 정상께 들이미는 건 너무 오늘만 사는 소믈리에죠.'

한국 술 어워드 직후 진희가 내막을 들려주었다. 블라인드 테이스팅에 쇠 맛 나는 막걸리가 걸려든 게 선샤인주류의 일차적 패인이었다.

'그쪽 편 자문위원들이 가점을 막 퍼 줘서 어떻게든 최종후보에는 올려놨지만, 블라인드 테이스팅에서 너무 낮은 점수를 받아 버려서 첫햇살 막걸리와 채운여름이 박빙을 이루게 됐죠.'

당락은 최후의 시험대인 양조장 평가에서 갈렸다. 매수된 자문위원들은 불시점검이란 룰마저 위반하고 선샤인주류에 몰래 사전 통보까지 해 줬지만.

'플라스틱 용기에 술을 보관하고 있었다더군요.'
'아…… 그러면 안 되죠.'

첫햇살 막걸리 양조장은 양조장 위생 평가에서 술을 보관하는 용기 일부가 플라스틱 재질인 점을 지적받았다. 플라스틱은 환경호르몬 문제도 있는 데다 알코올에 닿으면 추출이 일어난다.

결국 한국 술 어워드 하루 전 대통령상 수상자로 내정됐단 연락을 받은 쪽은, 두현이 아닌 성진이 되었다.

"강두현은 줘도 못 받아먹은 거네. 자식, 그러게 돈을 아낄 데 아꼈어야지."

"그나저나 만찬주 되면 없어서 못 팔게 된다던데, 아직은 조용한 거 같지?"

"역시 과장된 소문인가 봐. 하긴 만찬주 된다고 전통주가 그렇게 날개 돋친 듯 팔릴 리가…….”

“이제 양조장 내려가자고.”

연구개발실에서 나오려던 차, 성진의 폰이 울렸다. 포장판매 전담 직원한테서 온 전화였다.

“……그게 정말인가요? 저희 일단 그리로 가겠습니다.”

“왜? 무슨 일인데, 성진아?”

“아침부터 전화기에 불났대!”

부리나케 고객센터로 달려가 보니, 직원이 수화기를 귀에 댄 채 이면지에 메모를 휘갈기고 있었다.

“채운여름 때문이시죠? 아…… 그렇게 많은 수량은 대표님께 여쭤봐야 할 거 같은데요…….”

오전 그 잠깐 사이 얼마나 많은 주문을 받았는지, 재고 얘기까지 하고 있었다. 수화기를 내려놓기 무섭게 전화가 또 울렸다.

“어제 방송 때문인가 봐.”

“오늘은 우리가 도와드려야겠는데.”

성진과 동주는 온종일 고객 응대와 포장에 매달렸다. 대목인 명절 시즌보다 눈코 뜰 새 없이 바빴다. 나중엔 인당 구매 수량을 제한할 수밖에 없게 되었다.

만찬주가 되면 없어서 못 팔게 된다는 소문이 정말이었다.

❈ ✱ ❈

참술이 즐거운 비명을 지르고 있을 때, 선샤인주류 부사장실에선 고성이 울려 퍼졌다.

“대체 양조장 관리를 얼마나 개같이 했길래 일이 이 지경이 돼!”

며칠 전만 해도 음흉하리만치 기분 좋아 보였던 김 회장이 악귀로 돌변했다. 3년 전 성진이 깨진 소주병을 들이밀 때조차 태연했던 두현은, 아버지의 격노에 오금이 저렸다.

"죄송합니다, 아버지."

"아버지라 부르지도 마! 아직도 회사 집 구분이 안 돼?"

김 회장이 눈을 부라리며 두현에게 삿대질을 했다.

"망신도 이런 개망신이 없어. 그 많은 기자들, 업계인들 다 보는 데서 허! 내 머리털 나고 그런 굴욕은 처음이다. 나뿐만 아니라 선샤인그룹 전체가 웃음거리가 됐어! 네놈 하나 때문에!"

두현은 머리를 조아린 채 이를 사리물었다. 아흔아홉 번 잘해도 한 번 일을 그르치면 남보다 못한 취급. 이래서 혼외 자식의 신세란 더러운 것이다.

"회장님, 고정하시지요. 두현이가 지금까지 고생한 걸 고려해 주십시오."

두빈이 참담해하는 형의 가면을 쓰고 아버지를 말리는 시늉을 했다.

"두현아. 네가 별말 안 하길래 난 예산이 충분한 줄 알았다. 왜 형한테 진작 얘기 안 한 거야?"

역시, 때리는 아버지보다 말리는 배다른 형이 훨씬 혐오스럽다.

"책임지고 이 사태 수습해. 내일 이후로 쇠 맛 나는 막걸리 기사 하나라도 내 눈에 띄면, 네놈부터 가만 안 둘 줄 알아."

김 회장이 두현의 이마를 손가락으로 툭툭 밀었다. 운전기사에게 하던 버릇이 절로 나왔다.

"회장님, 걱정 마십시오. 제가 오늘 중으로 기사 다 내리고 정정 보도하게끔 조치하겠습니다."

두빈은 두현이 죄송하다고 납작 엎드릴 기회마저 은근슬쩍 앗아 갔다.

"줘도 못 받아먹는 반편이가 정녕 이 김두원이의 씨가 맞기는 한가 모르겠다. 친자 검사를 진즉 받아 봤어야 했어. 참내!"

노골적인 모욕을 가래침처럼 뱉어 놓고, 김 회장은 부사장실 문을 박차고 나갔다.

두현은 입을 꾹 다문 채 서 있었다. 새빨간 물이 귀밑까지 차올랐다.

"이만 나가 보지?"

가면을 벗어 던진 두빈이 비죽 웃으며 내쏘았다.

"네가 던져 준 일감 덕에 이 형이 지금부터 많이 분주할 거 같거든."

두현은 살기등등한 눈빛으로 전통주사업팀 사무실로 향했다.

오 주임. 목을 잘라 버릴 대상 1순위가 문 앞에 서 있었다. 도피성 연차라도 낼 줄 알았던 작자는, 오히려 기다렸다는 듯 입꼬리를 치켜 올렸다.

"아, 팀장님. 한참을 기다려도 안 오시길래 전 또, 회장님께 맞아 죽으신 줄 알았지 뭡니까."

"오동훈. 너 머리가 어떻게 됐어?"

"그러게 양조도구 제대로 된 거 좀 사 달라니까, 싸구려 중고 사라고 한 거 팀장님이잖아요. 그래 놓고 술에 쇠 맛이 나는 건 전부 우리 탓이시겠죠. 아, 이젠 억울해하기도 지치고."

오 주임이 주머니에서 흰 봉투를 꺼냈다. 얼마나 오래 품고 다녔던지 봉투가 너덜너덜했다.

"사직서 수리해 주십쇼. 저 참술 스카웃됐어요. 내일이라도 와 달라네요. 채운여름이 만찬주 돼서 엄청 바빠졌다고."

"단단히 미쳤군."

"팀장님. 사직서도 진짜로 내는 거고 참술 스카웃도 진짜니 사람 함부로 미친놈 취급하지 마십쇼. 기분 더러우니까."

오 주임이 강두현의 가슴팍에 봉투를 탁 소리 나게 붙였다. 전통주사업팀으로 강제 동원된 이래 보고도 못 본 척, 들어도 못 들은 척했다. 살아남기 위해 아이러니하게도 죽은 사람이 되었다.

"팀장님 말대로라면 저 하는 일이 하나도 없는 밥버러지 같은 새끼니까, 인수인계 할 것도 어차피 없잖아요? 발목 잡으시면 지난 석 달간 팀장님이 제게 하신 주옥같은 말씀 녹취한 거 노동청에 넘겨도 된다는 뜻으로 알겠습니다."

"꺼질 거면 빨리 꺼져."

"그래, 두현아! 함께해서 더러웠고 다신 보지 말자!"

오 주임은 사무실 안 팀원들에게도 들리도록 목청을 돋웠다.

인생에서 가장 어리석은 짓이 될 것 같아 미루고 또 미뤄 왔던 순간. 막상 저지르고 나니, 오히려 인생에서 가장 잘한 일처럼 생각되었다.

❖ ✱ ❖

"몸 아파 쉬겠다는 사람한테 미안한 말이지만, H주류도매 출고건 마무리하고 나서 쉬면 안 될까? 윤 과장 업무가 워낙 보안을 요하다 보니 대신해 줄 사람이 마땅히 없어요."

병가를 청하는 수영에게, 경영지원팀장이 짐짓 곤란한 듯 눈썹을 팔자로 휘었다.

"전통주사업팀이 대형 사고 치는 바람에 회사 분위기도 영 안 좋고. 아, 물론 전통주사업팀 사고 친 게 윤 과장 탓은 아니지만."

수영이 퀭한 눈으로 빤히 보자, 팀장이 어깨를 으쓱 올리며 웃었다.

"며칠만 더 기운 내 주라. 내 점심시간에 보약 지어 올게. 내가 윤 과장 많이 믿고 아끼는 거 알지?"

팀장의 손이 어깨 아래로 스멀스멀 미끄러져 내렸다.

"개자식."

수영은 사무실 문밖에서 뇌까렸다. 누구를 향한 욕인 걸까? 자신의 절박함을 약점처럼 틀어쥐고 저를 혹사시켜 온 호색한 팀장? 사람 뼛골까지 빨아먹고 고작 이거밖에 못 한 강두현? 아니면…… 비열한 인간들 사이에서 치이고 치인 끝에 헐어 빠진 겉가죽만 남은 어리석은 윤수영?

점심시간에 악착같이 몸을 추슬러 직원식당으로 향했다. 밥알이 모래처럼 씹혀도 몇 술이라도 뜨려 했다. 쓰러지지 않으려 했다.

이번에 쓰러지면, 다시 눈을 떴을 때 곁에 아무도 없을 테니까. 그런 현실과 맞닥뜨리는 게 진저리 날 만큼 싫으니까.

수영은 홀로 자리를 잡았다. 맞은편 테이블에 기획개발팀 여직원 무리가 앉았다.

"성진 팀장님, 이번에 와이프랑 잡지 화보 찍으셨어요."

"우와…… 비주얼 완전 연예인 커플! 어느 잡지예요?"

"여우본색이요. 여기 에디터가 복 팀장님 부부랑 절친이라 독점 인터뷰 땄대요. 두 분 러브스토리도 나온다는데."

"완전 재밌겠다! 이번 호는 꼭 사서 봐야겠네요."

수영은 핸드폰으로 복성진을 검색했다. 그녀들이 말하는 사진을 어렵지 않게 찾아냈다.

<내가 다큐멘터리를 찍고 싶은 사람들.

남편은 만찬주를 빚고, 아내는 세계 정상의 웰컴 칵테일을 만들고……. 대한민국 최고 술꾼 부부, 복성진 씨와 금유리 씨.>

신록이 아름다운 공원을 배경으로 서 있는 성진. 그 곁에 유리가 팔짱을 끼고 찰싹 붙어 섰다. 칵테일 대회 때 입고 나간 고운 한복 차림이었다.

성진은 채운여름. 유리는 셰이커. 서로의 상징물을 맞붙인 채 활짝 웃는 그들은 세상 더없이 완전하고 행복해 보였다.

"10월에 결혼식 하신대요."

"좋을 때 하시네요. 신부 집안이 집안이니 당연히 호텔에서 하겠죠?"

"어제 복 팀장님께 여쭤봤는데, 이브닝에메랄드 호텔 페리도트 하우스 나이트 웨딩이래요."

"우와, 요새 연예인들 거기서 많이 결혼하잖아요. 완전 워너비 식장인데……."

"혜리 언니, 우리도 가면 안 돼요? 이럴 때 아니면 발 디딜 기회도 없을 텐데에……."

"원래 비공개 예식이지만, 우리 팀은 대환영이라 하셨어."

"아, 정말요? 그럼 저 갈래요! 저쪽 세계의 유리 님께도 인사드리고 싶어요."

"역시 유리 넌 간다고 할 줄 알았다."

식사를 마친 기획개발팀 여직원들이 우르르 일어섰다. 수영을 발견한 혜리 주임은 보란 듯이 입꼬리를 휘며 스쳐 갔다. 결국 수영은 또 끼니를 걸렀다.

점심시간 끝나고 한참 뒤, 그녀는 자리에서 일어났다. 뇌리에 입력된 홍대 아젤리아 주소가 머릿속에 쳐진 거미줄을 거칠게 치웠다.

❖ ✲ ❖

"우와…… 웨딩드레스를 이렇게 만드는 거군요."

"원단 광빨 보게. 일류 디자이너의 오트쿠튀르 웨딩드레스는 격이 다르구만."

다희와 미나가 유리가 내민 핸드폰을 보면서 감탄을 연발했다.

유리의 웨딩드레스 제작을 맡은 디자이너가 보내온 사진. 1차 가봉을 마친 드레스가 제법 우아한 형태를 갖추었다.

"지금도 엄청 이쁜데, 완성되면 눈부셔서 쳐다보지도 못하는 거 아니에요?"

"제 말이요. 우리 유리 누님은 지금도 눈부시게 아름다우신데."

카운터 오른쪽 구석 자리에 앉은 세현이 한마디 거들었다. 그는 예전처럼 퇴근 후 아젤리아에 와서 글을 썼다.

"세현아."

유리가 사촌 동생에게 친근하게 말을 놓았다.

"집 팔아 줘서 정말 고마워. 지난 3년간 살게 해 준 것도 고마운데……."

"이렇게라도 도움 드려서 기쁩니다. 저도 예전에 규진이 형이 많이 도와준 덕에 한국에 무사히 자리 잡았으니까요."
아버지는 강남의 고급 아파트에서 신접살림을 차리는 게 어떠냐 하셨지만, 유리에겐 지금 사는 집만큼 좋은 곳이 없었다.
그 마음을 읽은 규진은, 세현과 협의하여 망원동 아파트를 유리에게 결혼 선물로 주었다.
딸랑. 불현듯 울리는 풍경 소리에 모두의 귀가 쫑긋했다.
"어서 오세요!"
미나가 얼른 앞으로 나서서 오늘의 두 번째 손님을 맞이했다. 첫 느낌이 왠지 모르게 어려운 여성이었다.
얼굴이 작다 못해 너무 마르셨네. 표정이 너무 차가워. 웃으면 예쁘실 것 같은데.
"혹시 일행이 있으신가요?"
"없는데요. 왜요. 여긴 혼자 오면 안 되는 곳인가?"
"아뇨! 저희 혼술 손님도 대환영입니다! 일단 편하신 자리에……."
"여기 앉아서 얘기해."
유리가 미나의 말을 끊고, 바 카운터 자리를 지목했다.
"그냥 서 있을게. 어차피 오래 있을 생각 없어."
"알았어. 너 편할 대로 해, 수영아. 여긴 무슨 일이야?"
말로만 듣던 성진의 전 여친 등장에 주변 사람들이 경악하는 가운데, 유리와 수영이 눈빛을 부딪쳤다.

## 15.

## 선택의 대가

"결혼 축하해."

축하가 아닌 이죽거림. 유리는 수영의 진의를 어렵지 않게 알아챘다.

"소원 성취해서 좋겠네. 내 남친 갖고 싶어서 15년이나 안달하더니."

"고마워. 사실 혼인신고 먼저 했지만."

유리는 선선하게 받아쳤다. 이 정도 억하심정쯤은 웃어 넘길 수 있을 만큼 사랑도 행복도 넘치니까.

수영이 흙을 움켜 뿌리듯 말했다.

"나 저번에 응급실 실려 갔는데, 성진이가 곁에 있어 줬어."

"……."

"어머, 설마 몰랐니? 내가 괜한 말을 했나."

"아니. 알고 있었어."

처연하기까지 한 수작에 유리는 허탈하게 웃었다.

"너 쓰러졌을 때, 성진이가 나한테 바로 톡 했거든."

"……."

"119만 불러 주고 온다는 걸 내가 굳이 부탁했어. 강두현이라도 불러 주고 와서 두 다리 쭉 뻗고 자라고."

일부러인 듯 조곤조곤한 어조에, 수영의 얼굴에 모멸감이 번졌다.

"고마워하지 않아도 돼. 성진이가 너 때문에 괜히 찜찜해하는 게 싫었을 뿐이니까."

그를 너무 잘 알고, 그를 믿었으니까.

"근데, 너 진짜 못됐다."

유리의 입은 웃지만, 다갈색 눈에 경멸감이 서렸다.

"여기까지 와서 굳이 그 얘기 하면, 내가 성진이에게 서운해하기라도 할 줄 알았어?"

오히려 몹시도 안쓰러웠다. 혹여나 믿음을 주지 못할까 봐 걱정하듯 실시간으로 톡을 보내는 그가.

제아무리 믿음을 쏟아부어도 밑 빠진 독 같았던 너 때문에 얻은, 지독한 후유증이겠지.

"못돼도 정도껏 못돼야지."

그의 선의를 곤경으로 갚으려 들고. 헤어졌어도 네 앞날을 응원한 그의 앞날에 넌 훼방만 놓으려 하니. 못되고 못된 너에게 허비된 그의 마음 씀씀이가 하나하나 아깝고 아파.

"이럴 거면, 네가 성진이랑 사귄 15년도 처음부터 나 주지 그랬어. 너보다 훨씬 소중하게 쓸 자신 있었는데."

"그러셨겠지. 넌 늘 여유가 넘쳤으니까."

수영이 탁한 눈으로 뇌까렸다.

"네 아버지는 회장님이잖아. 누구 아버지는 김밥 한 줄 살 돈도 안 벌어 오던데."

내겐 돈은커녕, 없느니만 못한 거밖에 없었어.

"금유리. 넌 아빠가 허구한 날 엄마랑 싸우면서 물건 집어 던지는 집에서 안 불안할 자신 있어?"

심장까지 피멍이 들어도, 사랑 타령할 자신 있어?

"지 마누라랑 딸 앞에서 대놓고 딴 년에게 전화를 했거든. 더 웃긴 게 뭔지 알아? 내 아빠란 사람, 그래도 한때는 복성진보다 더한 로맨티스트였다?"

사랑이 처참히 깨진 모습을 보고도, 사랑을 믿을 자신 있어?

"내게도 이런 비싼 술 잔뜩 있는 가게 차려 줄 아버지가 있었으면."

수영이 백바의 위스키들을 보며 비틀린 웃음을 지었다. 술병이 반사한 빛들이 그녀의 검은 눈 안에서 부서졌다.

"하고 싶은 거 다 하고 살아도 먹고 살 걱정 안 해도 되면, 그깟 사랑…… 복성진과 마음 놓고 했을 거라고."

"그랬구나."

유리는 서글프게 웃었다.

"난 네가 항상 부러웠는데. 공부도 잘하고, 뭐든지 열심히 하고."

내가 돈으로는 가질 수 없는 것들을 부러워할 때.

"악착같이 노력하면 뭐 하니. 너 같은 금수저 손바닥을 못 벗어나는데."

넌 노력하고도 가지지 못한 것들 때문에 아팠구나.

"너 같은 기집애만 보면 화가 나."

수영이 악에 받친 눈빛을 내쏘았다.

"나만큼 죽어라 노력 안 해도, 뭐든지 손쉽게 가지니까. 가진 것들이 더하다고, 친구 남친까지 넘볼 만큼 여유가 넘치니까."

유리가 눈을 내리깔았다. 말도 안 되는 억지란 걸 알면서도 가슴이 술렁였다.

"신이 나한테 너희 집이랑 우리 집구석 중 하나를 선택할 기회를 준다면, 난 망설이지 않을 거……."

"아줌마. 정신 차려요."

수영의 넋두리를 싹둑 자르는 말에 유리는 흠칫 놀랐다. 도저히 더는 못 들어 주겠다는 듯 미나가 앞으로 나섰다.

"본인이 불쌍한 점 하나 더 찾으면 뭐가 달라져요? 스스로 불쌍해지기 시작하면 진짜 불쌍한 사람밖에 더 돼요?"

"네가 뭘 안다고 떠들어."

"어떻게 아냐고요? 아줌마보다 더 불쌍해져 봤거든요. 우리 엄마는 내가 태어날 때부터 병원에만 계시다 돌아가셨고, 울 아빠는 10년 넘게 운영한 고깃집 고딩 양아치들 때문에 하루아침에 망해서 횟술하시다 뺑소니 사고로 돌아가셨어요. 살던 집도 경매로 넘어가서 여기 다희 언니 집에 얹혀살아요. 가뜩이나 돈도 없는데 공부머리도 없고, 심지어 성진 쌤 같은 남자도 없어. 와…… 내가 말했지만 나 완전 불쌍해."

'저기 미나야. 마지막 거는 모 배우님이 들으면 슬퍼하겠다…….'

이 와중에 유리와 다희는 속으로 중얼거렸다.

"유리 언니가 모두에게 사랑받는 게 고작 돈이 썩어 나서라고, 함부로 넘겨짚지 마요."

유리 주변에 사람이 모이는 이유, 다 같이 행복해지는 이유가 뭘까 생각해 봤다.

가진 걸 아낌없이 베풀고, 남의 호의를 고맙게 받아들이는 그녀의 마음 씀씀이 덕 아닐까?

당신처럼 베풀기는 더럽게 아까워하면서 남의 호의는 권리로만 알아 마음이 텅 빈 사람도 있으니. 역시 행복이란 누구나 잡을 수 있지만, 아무나 잡지는 못하는 것 같다.

"회피형 인간."

세현이 지나가듯 거들었다.

"그런 부류가 있답니다. 나만의 프린스 혹은 프린세스가 나타날 거라 믿으며 현재의 연인을 후려치면서 거리를 둬요. 근데 막상 다른 사람과 사귀게 되면, 떠나간 연인을 그리워하죠. 마치 세상에 존재하지 않는 유니콘에게 사랑을 맡겨 놓은 듯……."

수영이 쏘아보자 세현은 다시 노트북을 봤다.

"그냥 그렇다고요."

"윤수영 씨. 내 말이 팩트 폭력이 될지도 모르겠는데."

가만히 지켜보던 다희도 나섰다.

"이 정도 규모 가게는 재벌 아니어도 차릴 수 있어. 요샌 청년 창업지원 제도가 워낙 잘돼 있으니까. 우리 사장님이라면 형편이 어렵더라도 어떻게든 방법을 찾았을 거야. 그죠?"

다희가 찡긋 윙크하자, 유리는 진지하게 고개를 끄덕였다.

"소맥밖에 몰랐던 여자가 남자 하나 보고 피나는 노력을 거듭해서 여기까지 왔어. 우리 사장님처럼 하면 성공을 안 할 수가 없지."

일도 사랑도.

"윤수영 씨. 나도 한땐 침대에 꼼짝없이 누워 내 인생은 왜 이 모양일까, 세상을 원망했거든. 근데, 미나 말대로 스스로 불쌍해지니 진짜 불쌍한 사람밖에 못 되더라고."

수영은 다희의 시선을 외면했다. 산전수전 다 겪은 흔적이 보이는 여자의 눈빛이 불편했다.

"원래 자기 손톱 밑 가시가 제일 아픈 거니까, 수영 씨가 엄살을 부리고 있다는 말은 안 할게. 근데, 힘들면 힘들다고 말해. 도와달라고 해. 혼자 빈속으로 견디지 말고, 사람끼리 서로 채워 나가면서 살아."

너도 내심 그러고 싶겠지. 그놈의 자존심이 문제일 뿐.

"스스로에게 솔직해지지 않으면, 자기가 제일 힘들어."

수영은 홱 돌아섰다. 제 곁엔 아무도 없는데, 금유리 곁엔 현명한 사람이 넘치는 이 상황을 견디기 힘들다. 은연중에 얕잡아 봤던 졸부 기집애가 진짜 부자가 되었다.

인정 못해. 받아들일 수 없어.

수영이 뛰쳐나간 뒤, 유리는 한참 동안 복잡한 표정으로 생각에 잠겼다.

"유리 언니, 신경 쓰지 마요. 미친 여자의 발악 그 이상도 이하도 아니니까."

미나가 유리를 위로하는 찰나, 풍경이 울렸다.

"분위기 왜 이래요? 뭔 일 있었어요?"

오늘의 세 번째 손님은 설아였다. 그녀는 수영이 휘저어 놓은 분위기를 한눈에 알아챘다.

"아…… 별일 아니에요. 설아 씨 오늘은 되게 일찍 오셨네요?"

"사실 더 일찍 왔는데, 못 내려오고 있었어요. 어떤 여자가 계단을 점령해서 엄청 오래 통화하길래.”

“앗…… 아직 안 갔던가요?”

수영이 나간 지 10분이 넘었기에 당연히 갔을 줄 알았다.

“하, 진짜 가지가지 한다! 유리 언니한테 개진상 떨고, 손님까지 못 들어오게 지랄이야!”

“미나야, 저기 손님 앞인데…….”

“그 여자 여기서 진상 부렸어요?”

“아, 아뇨. 실은 제 친군데요, 그냥 개인적인 일이 좀 있어서…….”

“그 사람이…… 유리 씨 친구라고요?”

설아가 한쪽 눈살을 찌푸렸다. 뜻밖의 난관에 부딪친 사람처럼.

“그 친구분요, 혹시 선샤인주류 다니지 않나요?”

“맞아요. 어떻게 아셨어요?”

“아뇨, 그냥. 전화로 업무 얘기를 하도 디테일하게 하길래…….”

왜인지 설아는 애매하게 얼버무렸다.

설아는 그래스호퍼를 주문했다. 셰이킹을 하는 유리에게 그녀가 넌지시 물었다.

“유리 씨. 아까 그 사람이랑 많이…… 친해요?”

유리는 약간 망설이다 답했다.

“솔직히 그렇게 친하지는 않아요.”

그 대답에 설아는 묵음으로 중얼거렸다.

다행이다.

“주문하신 그래스호퍼 나왔습니다. 앗…….”

유리가 소서 샴페인 글라스를 건네기 무섭게 설아는 내용물을 원샷했다. 마카롱을 베어 물듯 칵테일을 아껴 마시던 그녀답지 않았다.

“잘 마셨습니다. 역시 맛있네요.”
“어? 벌써 가시게요?”
“급한 일이 생겨서 직장으로 복귀해야 할 거 같아요.”
“퇴근하신 거 아니었어요? 6시도 훨씬 넘었는데…….”
“저 잠깐 전화 한 통화만 할게요.”
설아는 누군가에게 전화를 걸었다.
“차장님. 아직 퇴근 안 하셨죠? 혹시, 오늘 밤 11시에 구로 쪽 같이 가 주실 수 있을까요? 자세한 건 제가 가서 설명 드릴게요.”
짧은 통화를 마친 설아는 칵테일값을 계산했다.
“유리 씨, 나중에 한가할 때 또 올게요.”
“네. 설아 씨도 조심히 들어가세요.”
설아의 미소가 어딘지 씁쓸한 느낌을 주었지만, 유리는 크게 마음에 두지 않았다.
며칠 뒤, 포털사이트 메인에 기사가 떴다.

<서울지방국세청, 무면허 장소 적재 주류 대량 적발>

“서울 남부직매장 담당 누구야!”
김 회장의 불호령에 선샤인주류 본사가 뒤흔들렸다. 부사장실로 불려온 영업부 경영지원팀장이 사시나무처럼 떨었다.
“저, 저희 팀 윤수영 과장입니다…….”
“대체 일 처리를 어떻게 했길래 창고를 들켜?”
“송구합니다, 회장님. 윤 과장이 그렇게 보안을 허술하게 할 사람이 아닌데…….”

술이 움직이는 길은 나라의 엄격한 관리를 받는다. 수입, 도매, 소매 전 유통단계가 면허취득대상이다. 주류제조업체는 반드시 면허가 있는 업장에만 술을 공급해야 한다.

선샤인주류도 표면상으론 정도를 걸었다. 그러나 선샤인주류의 제품은 암암리에 무면허 딜러의 수중에 들어오기도 했다.

일정 수준의 매출을 유지하려는 주류제조업체. 거래처와 결탁한 주류도매업체. 탈세를 위해 가짜세금계산서나 무자료 주류가 필요한 유흥업소. 그 사이에 끼어 재미를 보는 무면허 딜러.

누이 좋고 매부 좋은 일이란 뻔뻔한 신념하에, 이중장부와 주류 리베이트로 얽히고설킨 관계가 되었다.

어느 한쪽이 걸리면, 줄줄이 엮여 나올 수밖에.

며칠 전, 서울지방국세청 직원들이 구로구의 비밀 창고를 급습했다. 표면상 H주류도매 소속으로 된 무면허 딜러에게 넘기려던 주류를 몽땅 압수당했다.

중요거래처인 H주류도매는 고발 조치당했고, 선샤인주류 역시 남부직매장이 마비될 위기에 처했다.

“회장님. 문제는 그것만이 아닙니다.”

두빈이 김 회장에게 다급하게 속삭였다.

“국세청으로부터 주류 리베이트 사용 내역 소명 요구도 받았는데, 비는 부분이 꽤 있답니다.”

“하, 일 처리도 똑바로 못 한 주제에 중간에서 떼먹기까지 했어?”

“윤 과장이 그 자금으로 참술 주식을 매입한 듯합니다.”

“참술이면 이번에 만찬주 딴 곳 아냐? 거기 주식은 뭐 하러 사?”

"그게…… 죄송합니다. 아버지."

두빈은 털어놓기 꺼려 하는 기색을 내비치며 말했다.

"실은 윤 과장이 두현이랑 긴밀한 관계입니다. 잠깐 거쳐 갈 관계라는 생각에 미처 보고 못 드렸는데, 그 여자가 두현이의 사주를 받아 가장 유력한 경쟁자를 견제하려 한 것 같습니다."

"뭐야?"

김 회장의 안색이 퍼레졌다.

"지금 시기에 무슨 영화를 보겠다고 거길 건드려? 대기업이 만찬주 배출한 중소양조장 꿀꺽하려 든다는 기사나 뜨라고?"

"횡령자금 대부분이 전통주사업팀 비자금으로 쓰인 듯합니다. 이대로 일 커지게 두면 두현이도 다칠지 모릅니다."

"정신 빠진 녀석! 윽……."

김 회장이 뒷목을 잡았다. 사태가 이쯤 되면 화만 낸다고 능사가 아니다.

"당장, 그 계집애한테 주식 원상복귀 시켜 놓고 장부 맞춰 놓으라 해. 두현이 엮인 거 절대 외부로 새 나가지 않게 입단속 철저히 시키고."

김 회장이 두빈에게 대책을 지시하던 차, 전화기가 울렸다.

"지금 회의 중이야. 아무도 못 만난다고 했잖아. 뭐라고? 경찰?"

비서실장에게 역정을 내던 두빈이 눈을 흡떴다.

"경영지원팀 윤수영 찾는다고? 진짜 압수수색 영장이야?"

"그새 또 경찰에 새 나갔어?"

패닉 상태에 빠진 김 회장이 고함을 질렀다.

"안내데스크에 빨리 전화해! 오늘 출근 안 했다 말하라고. 김 팀장은 당장 가서 윤 과장 뒷문으로 퇴근시켜!"

"이미…… 안내데스크에서 출입카드 내줬답니다. 경찰이라고 지레 겁먹었나 봅니다."

"이런 멍청이들! 제대로 된 놈이 하나도 없어!"

김 회장이 고래고래 소리를 지르며 문을 박차고 나갔다.

그가 시야에서 사라지자, 김두빈과 경영지원팀장은 간악한 미소를 주고받았다.

계약직 안내데스크 직원은 오늘부로 잘리겠지만 섭섭지는 않으리라. 경찰이 오면 통과시키라는 두빈의 지시를 이행한 대가로 퇴직금을 두둑이 받을 테니.

한편 수영은 망연자실하여 앉아 있었다. 에어컨 바람이 감도는 사무실이 지옥의 불구덩이 같다.

수년째 들키지 않고 잘만 해 왔는데. 국세청에서 대체 어떻게 안 걸까?

마음에 걸리는 일이 하나 있었다.

며칠 전 아젤리아에 갔을 때. 지하 계단을 오르던 도중 딜러에게서 전화가 왔다. 지가 말귀를 못 알아먹어 놓고, 퇴근 시간 이후에 전화해 새로 옮긴 창고 위치가 너무 복잡하다며 짜증을 부리는 그쪽 담당에게 화가 치밀었다.

그쪽이 할일을 A부터 Z까지 읊어 주고 나니, 계단 입구에서 기묘한 표정으로 저를 내려다보는 여자가 시야에 들어왔다.

만에 하나 그 여자가 국세청 직원이었다면…… 너무 많은 말을 지껄였다.

침착해 윤수영. 이러고 있을 때가 아니야. 엉망이 된 퍼즐을 끼워 맞춰야 해.

가까스로 정신을 다잡으며 소명자료를 준비하려던 차.

"윤수영 씨 되십니까?"

한 무리의 경찰이 그녀를 에워쌌다.

"우리 서에서 수사 중인 업무상 횡령사건 관련하여 압수수색을 진행하고자 하니, 원만한 협조 부탁드립니다."

'수면 위로 떠오르면 분명 문제가 돼.'

마비된 머릿속에서 성진의 마지막 충고만이 부질없이 떠다녔다.

❈ ✱ ❈

"아버지. 천만다행으로 수사 지휘하는 검사가 제 고등학교 친굽니다."

서울 모 병원 특실. 김두빈이 울화통 때문에 몸져누운 김 회장 곁을 지켰다.

"제가 그 친구에게 잘 얘기해서……."

"웃기지 마. 네가 벌인 짓인 거, 내 모를 것 같아?"

김 회장이 침통한 표정을 꾸며 낸 아들을 가증스러운 듯이 노려봤다.

"단순 내부고발 정도로 압수수색 영장이 그렇게 일사천리로 나올 리가 없지. 이렇게까지 해서 득 볼 사람이, 너 말고 누가 있냐."

기어이 네놈이 배다른 동생을 칠 작정으로 벌인 일인 게야.

"아버지."

두빈이 정색하고 목소리를 깔았다.

"비록 어머니는 달라도 두현이는 제 동생입니다. 제가 어떻게 동생을 고발할 마음을 먹겠습니까? 기업인이자 형으로서 아버지의 기대에 부응하려 노력해 왔는데, 그렇게 말씀하시니 정말 서운합니다."

두빈이 의자에서 일어나 김 회장을 등졌다.

"제가 못 미더우시면 다른 임원한테 대응을 맡기시지요. 전 이만 들어가 보겠습니다."

"알았어, 이 녀석아!"

김 회장이 다급한 목소리로 두빈을 불러 세웠다. 자신은 꼼짝없이 침대에 누워 있어야 하고 아들은 칼을 쥐고 있다.

"아버지. 제가 두현이를 지킬 테니, 대신 한 가지만 약속해 주십시오."

의자에 도로 앉은 두빈은 아버지를 상대로 협상을 전개했다.

"두현이가 형사 처벌은 면하더라도, 회사 이미지를 실추시킨 책임은 물어야 한다 생각합니다. 두현이 인사를 전적으로 제게 맡겨 주십시오. 낮은 자리에서 다시 역량을 키우도록 하겠습니다."

"그 말은, 두현이를 강등시키겠다는 거냐?"

"가슴 아프지만 어쩔 수 없는 일입니다. 최근에 전통주사업팀 직원 몇 명이 사직했습니다. 리더십과 소통 능력이 부재한 탓 아니겠습니까."

"알아서 해. 이 이상 시끄러워지지 않게만 하라고."

만사에 질린 김 회장은 돌아누웠다. 눈이라도 붙여야 속 쓰림을 견딜 수 있을 듯했다.

금세 코를 고는 환자복 차림의 노인을 지켜보며 두빈은 싸느랗게 웃었다. 방해꾼을 제거하고 왕위를 계승할 날이 머지않아 보였다.

❈ ✱ ❈

'잘 들어. 윤수영 횡령 건은 어디까지나 개인의 일탈인 거야. 그 여자가 두현이에게 미쳐서 과잉 충성을 한 거고, 두현이는 전혀 몰랐다는 결론을 검찰에 넘겨야 해.'

"지금부터 진상조사위원회를 진행하겠습니다. 윤수영 과장은 질문에 성실하게 답변하기 바랍니다."

선샤인주류 소회의실. 수영은 3년 전 성진이 곤욕을 치렀던 자리에 앉았다.

"회사 공금을 사적으로 사용한 이유가 뭡니까?"

"……."

"대답 안 합니까?"

"……."

"윤수영 씨!"

수영은 눈을 질끈 감았다. 가시방망이에 얻어맞은 듯 골이 흔들린다. 어제도 하루 종일 경찰 조사를 받았다. 말이 수사지, 높으신 분들이 정한 결론을 도출하기 위한 유도신문이었다.

수영은 어렵지 않게 직감했다. 이 역시 자신의 억울함을 들어주기 위한 게 아니라, 회사와 로열패밀리의 총알받이를 만들어 내기 위한 자리란 걸.

빠져나올 길이 도저히 없다는 걸.

"대답 안 하는 거 보니, 혐의를 모두 인정한단 거지요?"

수영은 검붉은 피멍이 진 입술을 또다시 씹으며 굴욕의 눈물을 간신히 참아 냈다.

눈을 감아도, 눈을 떠도 악몽. 도저히 사람이 버텨 낼 자리가 아닌데, 성진은 어떻게 견뎠을까?

3년 전에 자신이 그에게 얼마나…… 못할 짓을 했던가.

❖ ✱ ❖

"에구머니나……."

성진의 모친, 연희는 아파트 현관을 나서자마자 보이는 광경에 흠칫 놀랐다.

"어머님! 안녕하세요!"

벤츠를 등진 유리가 폴더 인사를 했다.

연희가 유리를 직접 보는 건 이번이 두 번째. 처음 만난 것도 불과 얼마 전 상견례 자리에서였다.

마음속으론 매일같이 업고 다닌 아이지만, 자칫 자신의 존재가 부담이 되지 않을까 저어되었다. 성진을 통해 밑반찬을 전해 주는 것도 늘 조심스러웠다. 쥐면 꺼질까 불면 날아갈까. 유리를 귀애하는 마음만큼은 아들 못지않았다.

"어머님, 타세요."

유리가 뒷좌석 문을 열어 주었다. S클래스 벤츠 보닛 위로 햇빛이 자르르 미끄러진다.

"내가 정말 타도 되나……."

"그럼요. 어머님 편안하게 모시려고 기사님하고 같이 왔어요. 더우시죠? 어서 들어오세요."

유리는 연희의 등을 차 안으로 부드럽게 밀었다.

금 회장이 예단 명목으로 성진의 본가에 산더미 같은 선물을 하려 들자 연희는 정중히 사양했다. 귀한 집안에서 제 아들 사람 됨됨이만 보고 흔쾌히 사돈 맺자 하신 것만도 감사하고 몸 둘 바를 모를 지경이었다.

그러자 유리가 가방만큼은 꼭 사 드리고 싶다며 끈질기게 연희를 졸랐다.

'어머님이랑 같이 쇼핑 가서 가방 골라 드리는 게 제 버킷리스트 중 하나예요.'

그렇게까지 말하니 너무 거절하는 것도 도리가 아니겠구나 싶었다.

연희는 유리의 손을 잡고 난생처음 백화점 명품관 문턱을 넘었다.

"우와, 이 가방 어머님한테 완전 잘 어울려요!"

"아이고, 난 이런 건 됐어……."

연희는 연거푸 손사래를 쳤다. 거울에 비친 제 모습보다 가격표에 눈이 먼저 가는 건 어쩔 수 없었다. 0의 개수뿐만 아니라 맨 앞 숫자까지 상상초월. 가방 하나가 한 달 치도 아니고 석 달 치 월급 이상이다.

"진짜 잘 어울리시는데……."

유리가 모 애니메이션 장화 신은 고양이처럼 애처로운 눈을 했다.

연희는 난감하게 숨을 골랐다. 뭐라도 해 주고 싶어 하는 새아가의 마음은 고맙지만, 제 성격상 이런 비싼 가방이 수중에 들어오면 집에 신줏단지처럼 모셔 두기만 할 것 같다.

"아니…… 내가 새아가한테 변변하게 해 준 것도 없는데, 이렇게 비싼 가방 받기는 미안해서……."

"아니에요! 그동안 어머님이 만들어 주신 반찬 정말 감사히 잘 먹었어요. 맨날 받아먹으면서 선물도 제대로 못 챙겨 드려서 죄송했어요."

"아니다! 내가 그런 거라도 해 줘야지, 선물은 무슨!"

"저기…… 어머님. 우리 이러다 아니라는 말만 하루 종일 할 거 같아요."

"아하하, 그런가."

기묘한 실랑이를 벌이던 고부는 결국 서로를 보며 너털웃음을 흘렸다. 반찬이든 비싼 가방이든, 서로에게 보답하고 싶은 마음은 크게 차이 나지 않는다는 걸 깨달았다.

"정 그러면…… 가방 말고 다른 거 얘기해도 될까?"

"뭔데요? 말씀만 하세요."

"진주 귀걸이……."

연희가 나직한 목소리로 사연을 이야기했다.

"돌아가신 성진이 아버지가 내게 마지막으로 준 선물이란다. 10년 뒤에 알이 더 큰 걸로 사 준다 했었는데, 지키지 못할 약속이 됐지. 이젠 광이 많이 죽었어. 엄청 비싼 진주도 아니었겠지만, 내가 관리를 못한 탓인가 싶어."

그 얘기가 뭐라고 유리가 코를 흡 마셨다. 당황한 연희가 얼른 손을 내저었다.

"미안하다. 내가 괜히 칙칙한 얘기를 해 가지고. 어쨌든 나는 알이 너무 큰 건 부담스럽고, 한 요 정도 크기면 좋을 듯한데……."

연희는 검지를 구부려 소심한 크기의 진주알을 만들어 냈다.

유리는 부드럽게 미소 짓고는, 가방 매장 직원을 기습적으로 돌아보며 말했다.

"일단 이 가방은 계산해 주세요."

"아이고, 얘!"

"자, 이제 진주 귀걸이 보러 가요, 어머님."

유리는 연희에게 팔짱을 끼워 넣었다. 연희는 별수 없다는 듯 웃으며 며느리에게 이끌렸다.

고부는 다붓이 붙어 명품관을 돌아다닌 후, 라운지 카페에서 티타임을 즐겼다.

"어머님, 정말 예쁘세요."

연희는 유리가 내민 손거울에 제 얼굴을 비춰 보았다. 주얼리 전문 매장에서 산 새 진주귀걸이가 귀에서 반짝였다.

전문가의 조언대로 고른 귀걸이는 연희의 얼굴과 완벽한 균형을 이루었다. 크림색 진주에서 유리 광택이 흐른다. 진주가 원래 이 정도로 빛나는 보석이던가 싶었다. 작은 다이아몬드가 세팅된 화이트골드 귀침 장식도 과하지 않고 우아했다.

오래된 초상화에 귀걸이만 새로 그린 듯 어색하기도 하지만, 보면 볼수록 기분이 들뜨는 건 어쩔 수 없었다. 제 안의 반짝이는 걸 무척이나 좋아하는 여자를 오랫동안 잊고 살았다.

"저기, 어머님. 갑자기 이런 말씀 드리면 이상하게 들리실지 모르지만……."

유리가 수줍게 속삭였다.

"성진이 낳아 주셔서 감사합니다. 저, 성진이랑 결혼해서 정말 행복해요. 성진이랑 만나기 위해 이 세상에 태어난 거 같아요."

그 말을 들은 순간, 연희는 테이블에 올라앉은 유리의 손을 덥석 잡았다.

"성진이도 똑같은 생각 할 거야. 새아가 만나려고 이 세상에 태어나 술도 빚고 한 거라고."

3년 전 성진이 파혼당하고 직장도 잃었을 때, 혼자서 이 악물고 세 아들을 키워 낸 보람을 신에게 정면으로 부정당한 기분이 들었다. 죽으라는 법만 남은 듯한 세상에서 다시 희망을 붙들 수 있을까 싶었다.

그래도 결국 아들이 이토록 착하고 아름다운 배필을 만나고, 진짜 꿈까지 이뤘으니.

이런 고운 날을 맞으려 이날 이때껏 살아왔나 보다.

"어쩌면 돌아가신 사부인께서 새아가를 우리에게 보내 주신 게 아닐까 싶어."

절망에 빠진 우리에게 희망을 줄 테니, 당신 따님 잘 보살피라고.

"우리 진짜 엄마랑 딸처럼 지내. 내가 가진 건 별로 없지만 사부인 몫까지 잘해 줄게."

"감사해요, 어머님. 저도 꼭 어머님 꽃길 걷게 해 드릴게요."

유리는 감격에 겨운 얼굴로 연희의 손을 맞잡았다.

오붓하고 따스한 시간을 보내고 나니, 하늘이 발갛게 물들었다.

"어머님, 김 기사님 거의 도착했대요."

"후훗, 그래. 지금 나가자."

명품관 회전문을 나선 순간, 연희의 만면에 감돌던 훈훈한 미소가 증발해 버렸다.

"어머님, 왜 그러세요?"

연희가 미간에 주름을 잡고 숨을 몰아쉬었다. 인자한 시어머니의 갑작스런 안색 변화에 놀란 유리는 그녀의 시선이 향한 쪽을 보았다.

"어머니……."

수영이 홀린 듯한 표정으로 다가왔다. 선샤인주류 본사 위치가 이 근처였음을 연희는 뒤늦게 기억해 냈다.

그래도 그렇지, 어쩜 이리도 고약하게 마주치는가.

"이런 데서 뵙네요……."

수영으로서도 정말 우연인 듯 보였다. 답지 않게 풀이 죽은 목소리가 의아스럽지만, 두 눈 가득한 놀라움이 연기로 보이지는 않았다.

"잘…… 지내세요?"

연희는 시선을 돌렸다. 공교롭게도 차 사고가 나 도로가 막혔다. 거의 도착했다던 사돈댁 차도 멈춰 섰으리라. 연희가 눈도 안 마주치려 하자 수영이 매달리듯 물었다.

"어머니, 잠시만요. 성진이 요새 많이 바쁜가요?"

연희는 수영을 외면한 채 차가운 말을 뱉었다.

"바쁘다마다. 양조장 잘되고, 새아가랑 식 올릴 준비하느라 요새 아주 행복하게 바빠."

말하는 중에 연희는 유리의 손을 꼬옥 잡았다. 아들의 전 연인과 며느리를 대하는 온도 차가 극명했다.

"성진이 결혼식장까지 들어가서 바람맞고, 잘만 다니던 직장 잘렸을 땐 혹시라도 나쁜 생각 할까 봐 하루하루 마음 졸이면서 지켜

봐야 했는데, 그 또한 지나가더구나."

"어머니…… 죄송합니다. 제가 백번 잘못했습니다."

수영이 팔을 붙들려는 듯 손을 뻗었지만, 연희는 뒷걸음질 쳐 피했다.

"이제 와서 나한테 죄송해한들 다 무슨 소용이야. 성진이 너 때문에 죽도록 고생하다 이제 겨우 한숨 돌리고 살아."

네가 찌른 게 차라리 내 심장이었다면, 널 용서했을까.

"어머니 제발 한 번만…… 성진이 만나게 해 주세요."

"왜?"

수영이 간청한 순간, 연희는 유리조차 흠칫 떨 만큼 차가운 목소리를 뱉었다.

"성진이 얼굴 보고 사과하고 싶어요. 제가 힘들고 괴롭게 한 일, 전부 다요."

이 정도인 줄 정말 몰랐어요.

"미안하다고, 저 같은 나쁜 여자는 잊고 행복하게 살라고, 말이라도 할 수 있게……."

"넌 정말 끝까지 네 생각만 하는구나."

연희가 넌덜머리 난다는 듯 웃으며 수영의 말을 잘랐다.

"사과를 할 마음이 아니라, 옛정 앞세워 결혼 앞둔 애 마음 심란하게 하려는 거잖아."

"아니에요, 어머니. 오해세요. 전 절대 그러려는 게 아니라……."

"오해 같은 소리 마. 싫어도 네 머릿속에 든 생각 뻔히 보여. 너한테 얕보일 만큼 나이 헛먹지 않았어."

연희는 더러워서 피하자는 생각을 바꿨다. 아들의 가정을 흔들려 드는 침입자에게 시퍼런 불꽃을 튀기기 시작했다.

“네가 정말 성진이에게 미안한 마음이라면, 조금이라도 성진이 입장을 생각한다면, 이 시점에 그런 뻔뻔한 부탁을 하지 않겠지. 내가 보는 앞에서 감히 우리 새아가를 무시하면서.”

“무시하려던 게 아니라고요! 제 말 좀 들어 보세요!”

수영이 울컥해서 목소리를 높이자, 연희는 오히려 목소리를 극도로 낮췄다.

“내가 이런 말까진 안 하려 했는데, 난 예전부터 네가 참 탐탁지 않았어.”

한기가 수영의 뼛골을 스며들었다.

‘성진아. 수영이가 목걸이 마음에 들어 했니? 어제 하루 종일 돌아다닌 보람 있었어?’

‘그냥…… 그런가 봐요. 하하, 여자들이 좋아하는 디자인은 뭔가 다른가.’

솔직히 어미로서 내 아들 혼자만 따스한 사랑이 안타깝고 자존심 상하고.

‘성진아, 수영이 정말 결혼 비용 전혀 부담 안 한다니? 수영이도 너랑 비슷하게 직장 생활 했잖아. 너도 먹을 거 입을 거 아껴 가며 열심히 모은 돈인데…….’

‘에이, 어머니. 그런 말씀 안 하시기로 했잖아요.’

이건 아니다 싶어도 꾹 참았다. 그래도 내 아들이 좋다는 여자니까.

"네가 우리 가족을 능멸하고 나서야, 땅을 치고 후회했다. 내 판단을 밀어붙일걸. 두 눈에 흙이 들어가는 한이 있어도 결혼 반대할 걸 하고."

"어머니, 제발…… 이렇게 빌게요."

수영은 연희 앞에 무릎을 꿇었다. 하루 종일 감사팀의 뭇매를 맞아 서 있을 힘조차 없는 마당에, 얼음송곳 같은 질타를 버텨 낼 재간이 없었다.

"한 번만 성진이 만나게 해 주세요. 미안하다고 딱 한 마디만 할게요. 제발요……. 성진이 안 보면 저 정말 죽을 거 같아요……."

연희는 눈을 질끈 감았다 떴다. 유리 덕에 행복한 하루였는데 갑자기 피로가 몰려왔다.

"성진이, 널 선택한 죄 하나로 호되게 대가 치렀어. 너도 네 선택의 대가를 달게 받아들여. 죽을 것 같은 괴로움도 네가 선택한 사람과 나누든지, 너 혼자 감당해. 더 이상 우리 끌어들이지 말고."

"……."

"다신 우리 앞에 나타나지 마. 길에서 눈도 마주치지 말고, 단 한 마디도 섞지 마. 한 번만 더 우리 새아가까지 거북하게 하면, 내가 가만있지 않을 거야."

꽉 막힌 도로를 간신히 뚫고 온 벤츠가 경적을 울렸다. 연희는 분을 가라앉히고 유리의 팔을 잡았다.

"아가. 흉한 꼴 보여서 미안하다. 어서 가자."

수영이 계속 무릎을 꿇었지만 연희는 앞길로 시선을 고정했다. 오히려 유리만 중간에 한 번 돌아보았다.

수영에게서 벤츠가 빠르게 떠나갔다.

❈ ✱ ❈

정상회담이 임박하니 만찬주인 채운여름을 비롯한 채운 시리즈의 관심도도 최절정에 달했다. 곧 다가올 추석 시즌 물량까지 준비하느라, 참술 식구들은 눈코 뜰 새 없이 분주해졌다.

“과하주가 생각보다 어려운 술이군요.”

성진한테서 연수를 받던 중 오동훈이 한마디 했다. 참술의 새 식구가 된 그는 지긋지긋한 만년주임 딱지를 떼고 과장 직함을 달았다.

“과하주는 이론상 가장 안정적인 술빚기가 가능한 주종이지만, 상업 양조 레벨에선 고려할 게 많아지니까요.”

과하주의 맛과 원가는 증류주의 도수, 양, 투입 시기에 좌우된다.

“증류주를 발효 단계 초반에 넣으면 알코올 발효가 일찍 멈추고 잔당이 남아 술이 달콤해지지만, 그만큼 원하는 도수를 얻는 데 필요한 증류주량이 많아지죠.”

“그러면 원가가 치솟겠군요. 증류주가 비싸니까요.”

“또 어떤 증류주를 쓸 거냐는 고민도 생겨요. 저렴한 주정을 써서 효율성과 원가절감을 취할지, 다소 비싸지더라도 우리 양조장 증류 소주를 써서 채운 시리즈의 아이덴티티를 강화할지. 타협점 찾기가 쉽지 않았죠.”

“그 어려운 타협점과 황금비율을 잘 찾아서, 결국 만찬주까지 된 거네요. 정말 대단하셔.”

동훈은 성진이 준 자료를 흥미로운 눈빛으로 읽어 내렸다. 일손이 하나라도 더 아쉬운 판이라 업무와 연수를 동시에 소화하면서도, 그는 즐거운 기색으로 적응해 나갔다.

"동훈 씨, 오자마자 환영회식도 못 해 주고 정신없이 부려 먹어서 미안해요. 명절 지나면 좀 나아질 거예요."

"전 정신없어서 오히려 좋은데요? 새로 옮긴 직장이 잘나가고 있으니까."

"하하, 그런가요."

"일도 재미있고, 무엇보다 마음이 편해서 좋네요. 요새 선샤인 주류 돌아가는 꼬라지 보면 하루라도 빨리 때려 치워서 다행이란 생각이 듭니다요."

"선샤인주류 요새 무슨 일이라도 있나요?"

의아해하는 성진에게 동훈이 핸드폰으로 인터넷 기사를 찾아 보여 주었다.

<서울지방국세청, 주류거래질서 위반업체 추가 적발. 주류대기업까지 연루된 것으로 확인돼.>

"여기 나오는 주류대기업이 바로 선샤인주류예요. 지금 남부직매장 면허 취소할지도 모른대요."

"어쩌다 면허 취소 얘기까지……."

"무면허 딜러에게 주류 넘겨주는 창고를 국세청에 걸렸대요."

무자료 주류 비밀창고. 성진도 선샤인주류 다닐 적에 풍문으로만 접했다. 그 위치는 선샤인주류 내에서도 영업부 소수 직원만이 안다 들었다.

"국세청은 거길 또 어떻게 알았대요?"

"담당 직원은 지가 유출한 거 아니라고 한다지만, 혹시 모르죠.

술집에서 떠들었는데 마침 옆자리에 국세청 직원이 딱! 있었다든지.”

낮말은 새가 듣고 밤말은 쥐가 들어 이루어지는 역사가 의외로 많으니까요.

“그 남부직매장 담당이 윤수영이걸랑요. 뭐, 이제 팀장님하곤 별 상관 없는 얘기겠지만.”

동훈이 성진의 눈치를 살살 보며 썰을 풀었다.

“윤수영, 잘못하면 구속될지도 모른대요.”

❈ ✼ ❈

“횡령한 금액이 꽤 큰가 봐.”

성진이 전한 수영의 소식에 유리의 표정이 심란해졌다.

“수영이가 그 돈 개인적으로 쓴 것도 아니고 전통주사업팀 예산으로 썼다며? 강두현이 시켜서 한 일일 텐데, 구속돼도 그쪽이 먼저 돼야 하는 거 아냐?”

“개인의 일탈이라는 뻔한 레퍼토리로 몰아가려나 봐. 혼외자식이어도 왕자는 왕자라는 거지.”

“어떡해……. 성진아, 실은 얼마 전에 수영이가 아젤리아에 왔었어.”

경사를 앞둔 그가 좋은 것만 생각했으면 하는 마음에 굳이 털어놓지 않은 일을, 유리는 양심 고백하듯 털어놓았다.

“수영이가 계단에서 업무 전화를 하는 걸 설아 씨가 들은 거 같아.”

“설아 씨라면, 국세청 공무원이라는 손님?”

"응. 그러고 보니 올해부터 서울지방국세청에서 일하신댔어."
"거기 소비세팀이라고, 주류관련 단속업무를 하는 팀이 있거든. 어쩌면 그쪽 분일수도 있겠다."
"수영이랑 친하냐고, 설아 씨가 나한테 물어봤었어. 별생각 없이 안 친하다고 해 버렸는데……."
"윤수영 일은 너랑 전혀 관계없어."
성진이 유리의 괜한 자책감을 냉정하게 일축했다.
"설령 네가 절친이라 했어도 눈감아 주진 않았을 거야. 잘못된 걸 바로잡는 게 그 사람 업무니까."
유리는 며칠 전 마주친 수영의 모습을 떠올렸다. 사람 많은 대로변에서 처참하게 무너져 내렸던 그녀.
그날 그렇게 두고 온 게 더욱 마음에 걸렸다. 마치 사냥꾼에게 쫓기다가 살려 달라고 비는 사슴을 뿌리친 것 같아서.

❖ ✱ ❖

'윤 과장이 회사를 위해 궂은일 마다 않은 건 내 알지. 근데 말야, 지금은 윤 과장이 회사에 남아 있으면 서로에게 하나도 도움 안 돼.'

권고사직이라는 높으신 분들의 의중을 전하며, 경영지원팀장이 눈을 부라렸다.

'나도 피해자라고! 윤 과장이 보안 관리 허술하게 하는 바람에 대기발령 나게 생겼어.'

매번 이런 패턴이었겠구나. 검은 돈 만지는 판에 끼워 주는 조건으로 직원 개인 통장을 쓰게 하고 자신은 뒤에서 조종만 하다가, 문제가 생기면 직원을 총알받이로 내세웠겠지.

팀장 자신도 일단 관리 책임 부실이라는 죄목으로 대기발령이 나지만, 일이 잠잠해지면 슬그머니 제자리로 복귀할 테고. 또다시 뱀의 혀를 놀려 새로운 총알받이를 찾겠지.

부당해고 구제신청. 언론제보. 궁지에 몰린 수영은 손에 잡히는 대로 돌을 던졌다. 하지만 세상은 싸늘하리만치 잠잠했다.

진흙탕에 돌을 던지면 파문이 일어날 거란 발상부터가 잘못된 거였다.

수영이 출근을 강행하자 팀장은 일을 주지 않았다. 후배 직원들도 수영에게 인사하지 않았다. 팀장은 점심을 산다며 수영을 뺀 인원수를 식당 예약하도록 신입 여사원에게 지시했다.

하루 종일 유령 취급을 받고 오피스텔로 돌아온 순간, 눈앞에 보이는 광경에 할 말을 잃었다.

강두현과 저만이 도어록 비번을 아는 오피스텔 문이 열어젖혀져 있었다. 명품 가구들이 우악스레 끌려 나간 흔적이 낭자했다.

'두현이가 그 계집애랑 놀아난 흔적부터 말끔히 정리해.'

어떤 분의 지령인지 너무도 뻔하다.

신발장에 두어 개의 봇짐이 있었다. 큰 건 옷 뭉치고, 작은 건 장신구 뭉치였다.

매 시즌 백화점 신상 옷, T사 C사를 비롯한 명품 브랜드 주얼리. 보자기 안에서 구겨지고 뒤엉킨 그것들만큼 구질구질한 건 이 세상에 없으리라.

수영은 그들이 먹고 떨어지라고 남겨 준 짐짝을 힘껏 걷어찼다.

마음만큼 시원하게 날아가지 않았다.

"하…… 아하하……."

하얗게 말라붙은 입술에서 모기 울음소리 비슷한 것이 맴돌았다.

사랑 대신 택한 모든 것들로부터 버려진 날. 그토록 두려웠던 순간이 막상 닥치니, 스산한 해방감이 밀려왔다.

❈ ✱ ❈

「남북미 정상회담 공식 만찬주」

그런 포스터가 붙은 민속주점에서, 수영은 채운여름을 두 병 샀다.

삶의 의미를 되새기는 생명의 다리, 마포대교. 밤이 깊어 사람의 발길은 끊기고, 펜스 너머로 검은 강물이 사납게 넘실댔다.

"복성진. 네가 만들어서 그런지 역시 맛있네. 이럴 줄 알았음 한 병 더 살걸……."

18도짜리 과하주를 두 병이나 단숨에 비운 탓일까. 웬만큼 술에 강한 수영도 걸음이 휘어졌다. 소중한 사람과 만찬처럼 즐기라고 만든 술일 텐데. 성진의 순수한 취지를 부정하듯 채운여름을 독배로 삼았다.

"근데…… 얘넨 뭐야?"

수영은 채운여름 라벨 속 남녀를 꼬나보며 혼잣말을 했다.

"아하, 이거 복성진이랑 금유리라고 그린 거?"

한없이 다정한 미소를 짓는 남자. 그 곁에서 눈꼴시게 고운 미소를 짓는 여자. 둘 사이에 감도는 따사로운 기류까지도, 너무도 그들을 닮은 일러스트였다.

수영은 일그러진 얼굴로 병을 내던졌다.

쨍그랑!

유리병은 깨졌지만 라벨이 질기게도 온전한 형태로 남았다. 수영은 라벨 속 연인을 악착같이 짓밟았다. 그러다 샌들 밖으로 삐져나간 발가락에 유리 파편이 박혀 들었다.

“아윽!”

수영은 다리 난간을 움켜잡아 입술을 짓씹었다. 핏빛으로 물든 사위에 성진의 모습이 어린다.

‘윤수영. 잘 살아 봐. 지독하게.’

합정역에서 저와 강두현이 키스하는 모습을 목도하고 깨진 술병으로 자해를 했던.

그가 우리 연놈 대신 흘렸던 피가 지금 제 발에서 흐르고, 그가 흘린 피눈물 역시 결국 고스란히 제 피눈물로 돌아왔다.

“우흐흑…….”

수영은 난간을 붙들고 통곡했다.

미안해, 성진아. 착한 널 그리도 잔혹하게 배신해 놓고, 지독하게 잘 살지도 못해서.

마음이 파탄 난 사람의 눈에, 글귀가 맺혔다.

「당신은 어떻게 생겼나요?」

마포대교에 유독 투신자가 많아, 난간에 이런 글귀들을 새겼다고 들었다.

「눈, 코, 입, 귀, 이마…….」

자기 몸에 애착을 가지란 말일 텐데, 수영은 자신이 산산조각 나는 모습을 떠올렸다.

「말 안 해도 알아.」

알긴 뭘 알아. 실소를 흘리고 다른 글귀를 보았다.

「같이 걸어요.」

수영은 난간 너머의 시커먼 강을 보았다. 어느 순간, 강의 물결이 영화관 스크린처럼 아스라한 영상을 비추었다.

자신이 걷지 않은 길의 광경이 펼쳐졌다.

3년 전, 자신은 마음을 고쳐먹고 순백의 드레스를 입는다. 얼른 식장으로 달려가 성진의 손을 잡는다.

버진로드 위에서 그와 맹세의 키스를 나눈다. 우리가 부부가 된 뒤로, 금유리는 더 이상 동창회에 나오지 않는다.

성진이 그토록 원했던 한강공원 근처의 아파트 전세를 신혼집으로 얻는다. 한강변에서 그와 조깅을 하며 10년 내로 이 집을 아예 우리 집으로 만들기로 다짐한다.

보고 또 봐도 질리지 않는다는 듯, 성진은 직장에서도 집에서도 다정한 눈길을 보낸다. 그에게 아내의 생일이나 결혼기념일 이상으로 중요한 약속은 없다.

결혼 1년 만에 그의 아이를 가진다. 눈물을 쏟아 낼 듯 감격한 그가 아내의 배를 어루만진다. 수영아, 나 진짜 좋은 아빠가 될게, 라고 속삭이면서.

자상한 남편. 예쁜 딸. 어릴 적 학대의 기억 따윈 말끔히 잊고, 윤수영은 오래오래 행복하게…….

"웃기지 마……. 아주 소설을 써, 윤수영."

환상이 걷혀 나간 강의 물결 위로 다시, 가로등 불빛만이 처참히 부서졌다.

"남자들 어차피 다 똑같아. 복성진도 우리 아빠나 강두현이랑 다를 거 하나 없을걸? 나한테 금방 질려서 딴 년 만나러 다녔겠지. 우리 딸한테도 질렸을 거고."

말과 따로 노는 생각, 생각과 따로 노는 말을 되풀이하다, 수영은 깨달았다.

내가 완전히 부서졌구나.

구질구질해지기 싫다고 그 길을 가지 않았는데, 이 길의 끝은 더 추하고 꼴사나운 거지 기집애구나.

추하다. 지친다. 이제 그만하자.

수영은 다리를 몇 바퀴 왕복해 걸으면서 봐 둔 지점으로 향했다. 보수가 덜 된 탓에 자살을 막기 위한 미끄럼 방지 장치가 무용지물이 된 곳. 와이어의 간격도 마음만 먹으면 충분히 넘어갈 만해 보였다.

외로운 길을 떠나기 전, 수영은 핸드폰을 꺼냈다. 홍대 아젤리아를 검색하니 사업장 전화번호가 나왔다.

수영은 저열한 미소를 띤 채 통화 버튼을 눌렀다.

“금유리. 나야, 윤수영.”
칼날처럼 스산한 바람이 강을 할퀴고 다리 위를 휩쓸었다.

「바람 참 좋다.」

때마침 눈에 띄는 난간의 문구가 얄궂다.
“작별 인사 하려고 전화했어. 내가, 좀 먼 데 갈 거거든.”
– 수영아? 갑자기 무슨 말이야? 너 지금 어디야?
“여기? 마포대교. 왜? 배웅이라도 해 주게? 올 거면 너 혼자 와. 경찰이나 구급대원 보이면 바로 뛰어내릴 거니까.”
– 수영아! 잠…….
유리의 말이 끝나기도 전에 핸드폰 전원을 눌렀다. 화면이 검게 꺼진 핸드폰을 힘껏 던졌다. 퐁당 소리와 함께 강에 빠진 핸드폰은 두 번 다시 떠오르지 않았다.
수영은 난간을 디뎠다. 방해꾼이 오기 전에 이 지긋지긋한 삶을 끝내리라.

❈ ✱ ❈

“……독한 기집애.”
수영이 질린다는 듯 뇌까렸다. 저 아래 시커먼 강물보다, 제 옷깃을 필사적으로 붙든 하얀 손이 무서워지려 했다.
“독한 기집애니까 온 건데.”
유리가 악문 잇새로 말했다.
다른 사람이 보이면 뛰어내리겠다는 수영의 말을 곧이곧대로 들은 유리는, 오밤중에 홀로 달려왔다.

유리가 마포대교에 도착했을 때, 수영은 난간을 디디고 서서 철제 와이어를 붙들고 있었다. 앞뒤 잴 것 없이 난간 너머로 팔을 뻗어 수영의 옷깃을 움켜잡았다.

"수영아, 이러지 좀 마, 제발……."

수영이 손에서 힘을 뺄수록 없는 힘을 더 짜내야 했다.

"유리야."

수영이 처음으로 유리를 살갑게 불렀다.

"나 있잖아, 학교 다닐 때 부모님한테 2천 원 달란 말도 눈치 보면서 했어. 딸이 그 돈으로 도서관 가서 김밥 한 줄 사 먹겠다는데, 그것도 아깝다는 인간들이었거든."

심중에 맺힌 말을 훌훌 털어놓았다. 마지막 가는 길에 벗어 놓는 신발처럼.

"그래도…… 그때가 좋았는데. 공부만 잘 해도 구질구질한 게 감춰지니까. 금유리 같은 애의 부러움도 다 받아 보고."

"수영아, 제발…… 한 번만 다시 생각해."

숨조차 쉬기 힘든 와중에 유리는 수영을 설득했다.

"여기서 끝내기엔 네 삶이 너무 아깝잖아. 너 정말…… 열심히 살아왔잖아."

"유리야, 만약에 나도 너처럼 부유한 부모님 만났으면. 아니, 날 사랑해 주는 부모님 만났으면, 내 인생이 달라졌을까?"

"응…… 넌 똑똑하고 뭐든지 열심히 하니까…… 당연히 더 잘됐을 거야."

"그렇지도 않아. 왜냐면, 나란 인간 자체가 글러 먹었거든."

수영이 흐느끼듯 웃으며 고개를 저었다.

"단돈 백 원, 고작 김밥 한 줄에 벌벌 떠는 거지같은 기집애였지만, 그래도 성진이 가질 기회만큼은 나한테 먼저 왔었는데……."

'성진이야말로 너한텐 신의 선물 같은 존재잖아.'

3년 전 경민이 날린 일침을 떠올리며, 수영은 쓰게 웃었다.

더 이상 사랑을 믿지 않는 듯 굴었지만, 실은 그 누구보다 사랑받고 싶었어. 신께서 그런 내게 성진이를 보내 주셨지. 나한테도 차고 넘치는 사랑을 주려 하셨지.

신이 넉넉하게 베푼 15년이란 시간 동안, 난 그 사랑을 시험하기만 했어.

신이 주신 선물의 가치를 의심하고 깎아내리기만 하다 결국 내던졌으니, 신의 미움을 살 밖에.

"성진이가 그렇게 날 아껴 줬는데도 자꾸만 뭔가 불안하고 두려워서…… 내 인연이 아니라고 생각했어. 그래서 놔 버렸는데…… 성진이 아닌 사람은 더욱 사랑할 수 없었어."

수영은 끝끝내 제 입으로 인정하기 싫었던 사실을 고백했다.

"난, 사랑 자체를 할 줄 모르는 인간이야."

아무도 사랑하지 못해서, 영원히 아무에게도 사랑받지 못할 거야.

"아니야, 수영아. 처음부터 사랑할 줄 아는 사람은 없어. 내가 겪어 보기론 그래."

유리는 흐느끼듯 숨을 몰아쉬었다. 이미 두 팔에 아무 감각이 없다. 힘이 부치는 와중에도 수영의 마음에까지 팔을 뻗었다.

"나는 서른 다 되도록, 사랑뿐만 아니라 아무것도 할 줄 몰랐어.

집에서 쫓겨나 대책 없이 칵테일 바 차려 보고, 나 자신이 생각보다 훨씬 한심한 인간이란 걸 깨달았어."

바로 곁에 있어도, 성진이는 한동안 나한테 너무나도 멀었어. 잘해 보고 싶단 마음만으로 내가 하루아침에 딴사람이 되는 게 아니었으니까.

계산대만 지키는 사장. 김 기사, 김 씨 아주머니 없인 아무것도 못하는 기집애. 여자이기 전에 한 인간으로서도 그에게 당당히 나아갈 수 없었어.

나 어쩌면 평생 사랑 한 번 못 받아 보는 거 아닐까. 널 잊지 못하는 듯한 그를 보면서 생각하던 때가 있었어.

"뭐부터 어떻게 해야 할지 몰랐어. 그저…… 포기만은 할 수 없었어."

포기하지 않았기에, 처음부터 차근차근 시작했어. 서른 다 돼서 술을 배우고 집안일도 배웠어. 한 걸음이 안 되면 반걸음만이라도 나아가려 해 봤어.

평생이 걸리더라도 개의치 않기로 다짐하고 나니, 어느새 그도 내게 다가와 있었어.

"처음부터 지금까지 할 줄 알았던 게 하나도 없어. 지금도 그래."

촉촉하게 젖어 빛나는 유리의 눈이, 빛이 죽은 수영의 눈을 간절히 보았다.

"수영아. 포기만 안 하면, 넌 나보다 더 잘할 수 있어. 나보다 훨씬 똑똑한 네가, 죽을 용기로 살면 못 할 게 뭐가 있겠어? 일도 사랑도, 처음부터 차근차근 다시 시작해. 내가 도와줄게. 그러니까 제발 나랑 여기서 나가자. 응?"

수영은 어느새 흥건하게 젖어 든 두 뺨을 느끼고 쓰게 웃었다. 이렇게나 펑펑 울게 될 줄 몰랐다. 이제 저에겐 피 한 방울도 안 남은 줄 알았는데.

얼굴 마주칠 때마다 미운 말만 잔뜩 듣고도, 아직도 날 돕겠다는 말이 나오는…… 호구 천치 기집애.

그런 네가 난 여전히…… 얄밉기만 하니.

역시 난, 뼛속까지 글러 먹은 대가를 치러야 한다는 생각이 들어.

"유리야. 그동안 미안했어. 성진이한테도 모든 게 다 미안하다고 전해 줘."

"수영아?"

"행복하게 살아, 진심이야."

"수영아, 지금 무슨 말을……."

들릴 듯 말 듯 한 수영의 말에 귀 기울이느라 순간적으로 유리의 팔 힘이 빠졌다. 그 찰나, 수영은 그녀의 팔을 쳐 냈다.

그리고 까마득한 허공에서 지그시 눈을 감았다.

KODAK PORTRA 400
KODAK PORTRA 400

# 16.
# 씻어 낸 듯 맑은 밤

'수영아, 수영아…….'

말이 들렸다.

그 의미를 해석하느라 멈췄던 사고가 돌아가고, 눈 감기 전의 일 역시 되짚어졌다.

아아, 맞아. 나는 윤수영이고, 마포대교에서 삶의 마침표를 찍었어.

한강 다리에서 투신하는 건 고층 건물에서 뛰어내리는 것과 같댔다. 수면에 닿는 순간 대부분 기절에 이르고, 그렇게 돌이킬 수 없는 강을 건넌다지.

그렇다면 여긴, 돌이킬 수 없는 강 너머인 걸까?

'정말, 못돼도 정도껏 못돼야지…….'

타박하는 말이, 제 인생에 대한 가차 없는 평가로 들렸다. 지옥의 심판관일지도 모른다. 윤수영 못된 거 한눈에 알아봤으니.

'사람 속 그만 썩이고, 제발 눈 좀 떠…….'
참으로 닮은 목소리를 가진 이였다. 끝끝내 친해지지 못했지만, 세상에서 가장 맑다는 것만큼은 인정할 수밖에 없었던 사람과.
서글픔과 묘한 안도감을 느끼며, 수영은 눈을 떴다.
"수영아!"
저세상치곤 너무도 강렬한 데자뷰였다. 약품 냄새, 하얀 천장, 그리고 천장보다도 창백한 금유리의 얼굴.
"괜찮아? 혹시 속이 아프거나 하진 않아?"
"콜록!"
대답 대신 기침이 터졌다. 무의식중에도 연거푸 기침을 했던지 목이 찢어질 듯했다. 비단 목뿐만 아니라 온몸이 뭇매를 맞은 듯 아프다.
희박한 호흡으로 산소를 그러모으는 몸이 징글맞게 느껴졌다. 사람 목숨 참으로 독하고 질기구나.
"나…… 어떻게 산 거야……."
"어떻게 살긴. 119 분들이 구해 주셨지."
수영이 묵음으로 한 말을 용케 알아들은 유리는, 그녀가 눈 감은 수시간 동안 벌어진 일을 설명했다.
수영이 물에 빠졌을 때, 수상구조대가 근방에 있었다. 새벽이어도 보는 눈이 있어서, 유리가 수영을 붙들어 놓은 사이 119에 제보가 들어갔다.
강의 유속이 평소보다 느렸던 것도 천운이었다. 수영은 골든아워 내에 구조됐고, 치명적인 내상도 면했다.
"윤수영. 죽었다 산 소감이 어때?"
그렇게 묻는 유리 역시 침대 위였다. 가까스로 웃음 짓는 입술에 피딱지가 앉았다.

수영은 고개를 떨구었다. 안 물어도 알 것 같다. 기다리는 입장에서 어떤 곤욕을 치렀는지.

그때, 유리의 핸드폰이 진동했다. 침대 위에 축 늘어져 있던 유리가 얼른 자세를 고쳐 전화를 받았다.

"어…… 성진아……. 지금 병원 도착했다고? 우리 1층 응급실 입구 쪽 침대에 있어."

그의 이름을 들은 순간 수영은 모골이 송연해졌다.

성진이 저를 살해하려 들어도 할 말이 없다. 결혼식 두 달 앞둔 신부를 이런 일에 휘말리게 했으니. 뛰어내리기 전엔 아무것도 두렵지 않았는데, 막상 살아남으니 모든 게 두렵다.

"유리야!"

응급실 입구에 나타난 성진이, 수영에겐 왠지 모르게 낯설었다. 저렇게 절박한 표정은 처음 봐서일까. 아니면, 애간장 녹는 목소리로 다른 여자 이름을 부르짖어서일까.

"유리야, 유리야!"

성진이 걸걸한 외침으로 유리를 불렀다.

"성진아, 여기야, 여기!"

거의 코앞에 있는 침대도 못 찾을 만큼 정신이 나간 모습에, 유리가 애타는 목소리로 성진을 불렀다. 그토록 찾아 헤맨 목소리에 그가 바로 돌아보았다.

제 여자에게 닿기까지, 성진은 단 1초도 다른 데 시선을 주지 않았다.

"유리야, 너……."

성진은 순간 목이 메여 말을 잇지 못했다. 가뜩이나 하얀 여자가 더 새하얗게 질린 모습을 보니 기가 막혔다.

"난 괜찮아. 좀 피곤하고 팔이 당기는 거 빼곤……."

말을 끝내기도 전에 그에게 와락 끌어 안겼다.

"성진아……. 진짜 많이 놀랐구나……."

"놀란 정도가 아니라 나 진짜, 심장 떨어지는 줄 알았어."

이미 숨 막히도록 안아 놓고, 성진은 유리를 가둔 팔에 자꾸 힘을 실었다.

"이 한밤중에 갑자기 전화해서 한강 다리랑 응급실이란 말을 하니까!"

"에이, 설마 내가 뛰어내렸을까 봐. 그럼 내가 직접 전화하지도 않았지……."

"너 같으면 이 상황에 그런 이성적인 판단이 되겠냐고! 나 정말…… 별의별 생각을 다 하면서 왔어. 너 앞으로 다신 한강 다리 근처에 가지도 마."

"알았어. 다신 안 갈게. 이것만은 입장 바꿔서 생각하고 싶지 않네."

유리는 성진을 마주 안은 채 그의 등을 토닥이듯 쓸었다. 많이 걱정할 줄은 알았지만…… 그의 마음 크기는 늘 제 생각 이상인 것 같다.

"성진아, 저기……."

"미안해."

할 말을 그에게 빼앗겼다.

"아이, 네가 왜 미안해. 오히려 내가……."

"미안해. 내가 다 미안해……."

또다시 말을 뺏긴 유리의 눈망울이 흔들렸다. 그가 울먹이며 하는 말에 너무나도 많은 마음이 읽혔다.

수영이 물에 빠진 뒤, 너무 많이 울었고 너무 많이 소리를 질렀다. 할 수 있는 게 수영이 빠진 지점을 지목하는 것뿐이어서 피가 말랐다.

병원에 도착했을 즈음엔 어지럼증까지 느꼈다. 환자가 하나 더 늘까 염려됐던지 의료진이 제게도 간이침대를 내줬다.

얼마나 힘들었는지, 얼마나 무서웠는지, 그에게만큼은 내색하지 않으려 했건만.

그는 제 얼굴을 보자마자 다 알아 버렸다.

무섭게 해서 미안해. 울게 해서 미안해.

어떤 식으로든 이런 일에 휘말리게 해서 미안해.

지은 죄도 없이, 하염없이 미안해하는 그의 품에서, 유리는 참았던 눈물을 왈칵 터트렸다.

"으흑……. 성진아……."

내가 더 미안하다고 하려다…….

"사랑해."

더 옳은 말을 했다. 성진이 고개를 마구 주억거리며 화답했다.

"나도 사랑해. 나 진짜, 너 없인 단 하루도 못 살아."

원망조차 듣지 못한 수영은 허탈하게 그들을 건너보았다. 세상에 단둘이 남은 듯 끌어안은 남녀를 침대에 꼼짝없이 누운 채로 보고 있으려니, 희미한 웃음이 차올랐다. 자존심이 상하면서도 어딘가…… 홀가분했다.

이젠 받아들이는 수밖에 없었다. 이들이야말로 죽음도 갈라놓지 못할 인연임을.

❈ ✲ ❈

선샤인주류 기획개발팀 과장. 강두현이 끌어내려진 자리는 열흘째 공석이었다.

'지겨운 왕자의 난이 드디어 끝났구만.'

'나라도 쪽팔려서 출근 못 하긴 하겠다. 팀장님 소리 듣다가 과장 소리 어떻게 듣겠냐.'

'에이, 자리만 잡아먹을 거면 빨랑 관두지. 지야 굳이 이 일 안 해도 먹고살 걱정은 안 해도 되겠지만.'

'집에 처박혀 뭐 하고 있으려나? 돈이 썩어 나는 분이니 소주는 좀 거시기하고, 고상하게 위스키에 몸 재우고 있나?'

'하하하!'

쨍그랑!

온갖 수군거림과 비웃음. 그 모든 게 들리는 것처럼 두현은 술병을 내던졌다.

박살 낸 거울도 수입 가구고, 내던진 술병은 반도 채 안 마신 로얄 살루트 38년산이다.

근신 중에 또 말썽을 일으키면 카드까지 정지시키겠단 김 회장의 엄포를 생각하면 다소 위험부담이 있는 행위였다.

"개자식들."

두현은 덫에 물린 야수처럼 흉포하게 으르렁거렸다.

말이 강등이지 사실상 매장당한 거나 마찬가지다. 다른 계열사로 옮겨 간들 이미 그곳을 장악한 정부인의 자식들이 선샤인주류의 전례를 빌미 삼아 그저 그런 보직을 던져 주겠지.

선샤인그룹의 큰 조각을 찢어 가지겠다는 야심이, 말짱 헛꿈이 됐다.

자신을 무너뜨린 것이 제 얕은꾀임을 깨달을 위인이었음 이 지경이 되지도 않았으리라.

두현은 핸드폰을 집어 들었다. 액정이 깨진 화면에 가십 기사가 떠 있었다.

< '채운여름 연인' 만찬주 속 실제 커플, 10월 화촉>

"복성진, 내가 꿈 깨랬잖아. 채운여름이 만찬주로 될 일은 절대 없을 거라고."

그 자리가 원래 제 자리였어야 한다는 얼토당토않은 생각을 하며, 두현은 누군가에게 전화를 걸었다.

"나 실장, 심부름할 일이 하나 있다."

❖ ✱ ❖

이슥한 밤. 야음을 틈타 두 개의 그림자가 참술에 숨어들었다.

양조장 방화. 내키지는 않지만 뿌리치기엔 대가가 제법 큰 의뢰였다.

찾아가는 양조장이란 거창한 타이틀 달아 봤자 밤엔 허술한 시골 양조장일 뿐이지. 끽해야 당직자 한명 정도 있으려나. 손 더럽힌 짬이 몇 년인데, 그 정도쯤은 충분히 처치 가능하지.

두 괴한은 구렁이처럼 참술의 담을 넘었다. 참술의 모든 걸 태울 인화물질과 함께.

'쉽구만, 쉬워.'

시골 양조장의 무방비함에 오히려 측은지심이 들려던 차.
"아조씨들! 거기서 뭐 하세요?"
"헉!"
인화물질이 든 말통의 뚜껑을 비틀던 괴한들이 화들짝 놀라 뒤를 돌아보았다.
"형, 나랑 미나 말고 오늘 놀러 오기로 한 사람 또 있었어?"
이게 어찌 된 영문인가? 아무도 없을 거라 믿어 의심치 않았던 한밤의 시골 양조장에서 다수 장정에게 뒤를 잡혔다.
"성진 쌤. 저거 인화물질 같은데요? 어머낫! 혹시 아저씨들 방화범?"
심지어 여자애도 있었다.
한 남자가 두 괴한에게 손전등을 들이댔다. 멀쩡하다 못해 잘생긴 남자의 옷차림이 그들을 더욱 당혹스럽게 했다.
'뭐, 뭐야? 시골 양조장에 웬…… 총잡이?'
건맨 코스튬을 한 성진이 짐짓 거들먹거리는 투로 말했다.
"안녕하세요? 농업회사법인 참술에 오신 걸 환영합니다."
본인은 자기 룩에 어느 정도 동화된 듯 보였다.
"채운 카페 이용 시간은 오전 11시부터 오후 6시까지고 월요일 휴무입니다. 당연히 지금은 문 닫았고요."
"그리고 양조장 체험프로그램은 사전예약 필수입니다."
동주가 한마디 거들며 성진 곁에 우뚝 섰다.
"선물은 주시면 감사하지만 그런 머리 아픈 냄새가 나는 건 사양하겠습니다."
"술의 불맛은 증류기로 내는 거지, 그런 질 떨어지는 걸로 입히는 게 아닙니다."

말은 정중히 하지만 두 사내의 눈에선 불길이 치솟고 있었다. 체격하며 기백까지, 따로 떼 놔도 무시무시한 장정들이었다.

"씨발, 튀어!"

침입자들이 말통을 버려두고 갈라져서 달아났다.

"와, 나 촬영장 온 줄. 완전 전형적인 깍두기 단역 대사를 치면서 튀냐."

혀를 차는 성재 곁에서, 성진 역시 지극히 친숙한 대사를 외쳤다.

"놈들을 쫓아!"

시골 양조장의 담벼락 안에서 격렬한 추격전이 벌어졌다. 발 빠른 성재가 한 사내를 금방 따라잡아 백태클을 걸었다.

"아악! 이 자식이!"

흙바닥을 뒹군 사내가 품을 뒤져 흉기를 빼 들었다.

"와, 치사하게 암기 쓰는 거 보소?"

"위험해요. 배우는 몸을 아껴야지."

동주가 전투태세를 취한 성재를 한 팔로 가로막았다.

"진정하시고, 일단 내려놓고 얘기하시죠."

무술 유단자에게도 흉기를 든 사람은 위험한지라, 동주는 원만한 대화를 시도했다.

"저희 이미 경찰 불렀어요. 곧 도착할 겁니다. 이러시면 선생님 죄만 무거워집니다."

"염병 떨지 말고 저리 비켜! 이 근육돼지 새꺄!"

"근육 뭐요?"

동주가 뚜둑 소리 나게 목을 돌렸다. 통통한 건 인정이지만 돼지는 노 인정인데.

"선생님의 연약한 멸치 뼈를 바스러뜨리고 싶지 않습니다. 좋은 말로 할 때 내려놓으시죠."

"아오, 씹!"

몰릴 대로 몰린 괴한이 퇴로와 가까운 성재 쪽으로 달려들었다. 거기까지가 오동주 인내의 한계치였다.

손에 들린 흉기를 단박에 쳐 낸 발차기를 시작으로.

"아악, 사람 살려!"

"와우, 콤보 오지게 들어가네."

업어치기 안아조르기 연계로 정의구현 당하는 괴한을 지켜보며, 성재는 엄지를 척 들었다.

한편 나머지 한 놈은 미리 만들어 둔 퇴로를 향해 필사적으로 달렸다. 뒤쫓는 발걸음 소리가 끊겼다. 동료에게 추격이 집중된 탓이려니 했다.

반쯤 방심하고 담을 넘은 순간.

찰칵.

"으헉?"

불시에 터지는 플래시에 괴한은 눈을 질끈 감았다.

"아저씨, 마스크 벗겨지셨어용."

일부러인 듯 미나는 괴한의 얼굴에 폰카 플래시를 연거푸 쏘았다.

방금 전까지 담벼락 안에 있던 여자애가 어떻게 저를 앞지른 걸까? 지름길로 왔나 보다. 아니면 이년이 구미호거나.

"당장 안 지워?"

괴한이 눈을 부라리며 손을 쳐들었다. 여자애 하나쯤은 그거면 충분하다 생각했다.

"아저씨, 뒤 봐요 뒤!"

미나가 갑자기 눈을 댕그랗게 뜨며 뒤를 가리켰다.

"뭐……."

얼결에 괴한이 뒤를 돈 순간, 앞도 아니고 뒤도 아닌 옆에서 건맨이 덤벼들었다.

"으아아악!"

세상이 180도 휘돌았다. 저 하늘의 달이 한 번 보이고, 이윽고 무수한 별이 쏟아졌다.

❖ ✱ ❖

"이번에 저희 양조장이 경비시스템을 갖췄거든요. 지인들하고 모여 CCTV가 작동하는 모습을 감상하던 차에, 마침 이분들이 화면에 딱 잡히시더라고요."

"타이밍이 아주 절묘했군요."

두 방화미수범을 앞에 앉혀 두고 수사관이 고개를 끄덕이며 타이핑을 이어 갔다.

'귀한 술 만드는 곳인데 잘 지켜야지.'

양조장에 금규진이 한번 다녀간 이후, 고화질 CCTV가 참술 곳곳에 깔리고 24시간 교대 근무 경비원도 왔다. 매제에게 주는 결혼 선물이었다.

"정상회담 앞두고 큰일 날 뻔했군요. 범인이야 잡으면 된다 쳐도, 실제로 방화가 났다면 그 귀한 술들이……."

"저도 지금 가슴을 쓸어내리고 있습니다. 미치도록 화도 나고요."

사정 청취를 지켜보던 계장이 성진을 훑어보고 한마디 했다.

"설마 그거 진짜 총은 아니시겠죠?"

"아, 이건…… 나름 조지 스미스 코스프레라고 해 본 겁니다."

뒤늦게 제 꼬락서니를 자각한 성진이 민망한 듯 웃었다.

"그게 누굽니까?"

"더 글렌리벳 증류소의 설립자입니다. 스코틀랜드에서 최초로 합법적인 위스키 제조면허를 취득한 사람이죠. 면허 제도에 반발하는 밀조자들로부터 자신과 술을 지키기 위해 늘 쌍권총을 지니고 다녔답니다."

성진이 홀스타에서 모형 권총을 멋들어지게 빼 들었다. 이 밤에 제 술을 지켜 낸 건 조지 스미스의 가호 덕분이려나.

"아, 그렇군요. 근데 왜 그 사람처럼 입고 계시죠?"

"내일 C대학 특강 때 입으려고 빌렸습니다. 잠깐 한번 입어 볼 생각이었는데 이 한밤중에 뜻밖의 손님들이 오셔 가지고."

"정말 대단한 열정이시군요. 대학 특강에 그렇게까지."

"그게…… 아하하, 제가 제자와의 내기에서 져서 이렇게 됐답니다."

성진은 경찰서에 같이 온 미나에게 원망의 시선을 보냈다. 미나는 짐짓 딴청을 부리며 웃음을 참았다.

저 꼬맹이랑 간만에 웃음 참기 내기를 했다가 '제 개그는 방패예요. 창의적이죠.' 따위에 뿜어서 아재 인증 제대로 해 버렸으며, 패배의 대가인 수치플레이를 최대한 완화하여 이 꼬락서니에 이른 것이라고, 이 심각한 상황에 털어놓을 순 없었다.

"혹시 이 사람들을 아시나요?"

"아뇨, 전혀 모릅니다. 저희 양조장 그 누구의 지인도 아닙니다."

"본격적인 수사를 해 봐야 알겠지만, 이 사람들도 누군가 시켜서 한 일 같거든요. 범행도 양조장에 CCTV 깔린 줄 몰랐던 거 빼면 치밀한 계획하에 이뤄졌고. 혹시 최근에 사이가 틀어진 사람은 없는지요?"

"제가 살면서 누군가에게 원한 살 짓은 한 적 없지만, 짐작 가는 사람이 있긴 합니다."

"그게…… 누구죠?"

"잠깐 전화 한 통화 하겠습니다."

차가운 분노를 가라앉힌 성진은, 규진에게 전화를 걸었다.

"형님, 늦은 시간에 죄송합니다. 지금 통화 괜찮으신지요? 긴히 상의 드릴 일이 있습니다."

❖ ✱ ❖

"아버지는 왜 이렇게 외진 데서 저녁을 먹자는 거지?"

"가든 형태의 고깃집이랍니다. 최근에 생긴 곳이라 저도 정확히는 모르겠습니다."

두현을 평생 보지 않을 기세던 김 회장이, 갑자기 저녁 식사를 하자고 했다. 아버지의 노여움이 겨우 풀리려는 징조인가 싶어 두현은 냉큼 응했다.

그러나 서울 외곽 어디쯤으로 간다던 차는 서울을 벗어나고도 한참을 더 달렸다.

"이 거리가 어딜 봐서 서울 외곽이지?"

"……."

"나 실장. 당장 주소 대. 우리 지금 가는 곳."

"……."

"나 실장! 귀 먹었어? 내 말 안 들려?"

"……죄송합니다, 도련님."

나 실장은 두현이 수족처럼 부리는 사람이지만, 그의 생계는 예전부터 김두빈에게 달려 있었다.

'며칠 전 지시하신 일이…… 어그러지고 말았습니다.'

나 실장은 두현을 이름 모를 야산의 폐창고에 데려다놓았다. 차 문이 열리고 사내들이 두현을 강제로 차에서 끌어냈다.

"너희들 뭐야? 이거 안 놔?"

사내들이 패악을 부리는 두현을 폐창고 안으로 밀어 넣었다.

창고 안에 어깨들이 진을 치고 있었다. 그들 역시 돈으로 움직이되, 두현의 말 한마디에 벌벌 떠는 사용인들하곤 전혀 다른 부류였다.

김두빈이, 폐창고와 안 어울리는 앤틱 의자에 앉은 채 두현을 맞이했다.

"이게 지금 뭐 하는 짓입니까?"

"전달 못 받았나? 가족끼리 저녁 먹자고 불렀다."

"하, 아버지인 척 날 불러내서, 야산에 날 매장이라도 하시려고요?"

"식사 예절을 봐서 정말 그렇게 할 수도 있으니 경거망동 마라. 그리고 오늘 귀한 손님들도 초대했으니, 즐거운 대화 나누도록 해."

두빈이 손짓하자 폐창고 문이 다시 열리고, 두 남자가 들어왔다.

황금글라스 부회장 금규진, 그리고 옆에.

“복성진.”

두현은 어금니를 으득 문 채 성진을 보았다.

부처님 미소도 세 번까지라 하였다.

자신은 몇 번을 참았던가. 무릎 꿇린 두현을 내려다보며, 성진은 지난 일들을 헤아려 보았다.

세 번이 뭔가. 족히 그 배수 이상 참았지.

강두현이 오만하리만치 흉흉하게 올려다본다. 두 눈에 쓰인 말이 고스란히 읽힌다.

여기서 나가기만 해. 배로 되갚아 줄 테니.

개선의 여지라곤 눈곱만큼도 없는 눈초리를 보니, 화내는 것도 살면서 꼭 필요한 일이란 생각이 들었다.

그래. 오늘은 화 좀 내자.

“그저께 밤에 저희 양조장에 불미스러운 일이 있었습니다.”

성진이 두빈을 보며 운을 뗐다.

“괴한 둘이 몰래 담을 넘어와 양조장에 불을 지르려다 체포됐습니다. 지금 경찰서 유치장에 있고 구속수사가 진행될 거라 합니다.”

정말 화재가 났다면, 재산 피해만으로 끝나지 않았으리라.

“정상회담에 만찬주를 납품하지 못할 뻔했을뿐더러, 누룩실이라도 탔다면 저희가 수년간 고생해서 얻어 낸 술맛을 잃었을지 모릅니다.”

환경이 바뀌면 미생물이 바뀌고 술맛이 틀어진다. 수십 년 경력의 명인조차 양조장 환경이 바뀌는 걸 두려워한다.
"저희 양조장에 불 질러서 얻을 거래 봐야, 제 피눈물 정도일 텐데요."
성진이 두현을 내려다보며 신랄하게 웃음 지었다.
"술보다 그걸 더 맛있게 즐길 변태 자식이, 제가 아는 사람 중에 딱 하나인지라."
"심증이랄 것도 없는 걸로 개지랄을 떠는군."
두현이 독기가 잔뜩 오른 눈으로 두빈에게까지 욕지거리를 했다.
"이봐요, 김두빈 형님. 얼마나 대단한 건수 잡아서 이러나 했더니, 고작 저 자식 헛소립니까? 아버지가 알면 가만 계실 것 같……."
깡!
용역 깡패의 쇠파이프가 섬뜩한 금속음을 내며 두현의 바로 옆을 찍었다.
"손님 말씀 아직 안 끝났다."
두빈이 서늘하게 경고하는 가운데, 규진이 점잖은 투로 대화에 끼었다.
"어제 우리 변호사 통해 피의자들과 접선해 봤어요. 내가 성격이 급해 경찰수사 결과만 기다릴 수 없어서 말입니다."
복 서방 일이 곧 우리 집안일이고, 참술 양조장 역시 황금글라스만큼 중하니까.
"최대한 선처해 주겠다 하니 순순히 털어놓더군요. 의뢰인이 나성권이란 사람이라던데, 두현 군 개인비서 아닙니까?"
"하…… 맞는 것 같군요."

두빈이 한숨 섞인 목소리로 시인했다.

"그 사람이 몸통인지 꼬리인지 밝혀지는 건 시간문제겠지요."

"그럼 나 실장을 먼저 묶어 놓고 겁박이든 고문이든 해 보시든가. 나 실장이 밖에서 무슨 짓거리를 하건 밑도 끝도 없이 내 책임이 됩니까?"

"두현아. 아직도 사태 파악이 안 되는 거냐?"

두빈이 넌덜머리가 난다는 듯 관자놀이를 꾹 눌렀다.

"넌, 황금글라스 금 회장님 사위를 건든 거야."

3년 전 호구 천치처럼 착하게 당해 준 복성진 대리가 아니라.

"지까짓 게 넘어도 되는 선이 어디쯤인지도 전혀 감을 못 잡으니. 이래서 첩년 자식은 거두는 게 아닌데."

"하, 지금 말 다했습니까? 나도 피차 그쪽 형 대접하고 싶지도 않지만, 이제 대놓고 막 나가기로 작정하……."

두빈은 그 말을 끝까지 듣지 않았다. 신사의 가면을 벗어던진 그가 의자에서 벌떡 일어나 배다른 동생을 냅다 걷어찼다.

"아버지께서, 네가 황금글라스에 한 짓 보고받고 하신 말씀이다."

"우욱……."

"친히 골프채 잡고 널 때려죽이겠다고 하시는데, 진심 같아서 내가 너 빼돌린 거야. 못 믿겠으면 풀어 줄 테니 아버지께 가 봐. 어디가 더 안전한지 알게 되겠지."

비로소 강두현의 눈에 공포감이 서렸다. 정녕 아버지가 돌아섰다면…… 지금 저를 둘러싼 용역 깡패 따윈 정말 아무것도 아니다.

"강두현. 네가 비록 우리 아버지 젊은 날 한때의 춘정의 산물일지라도, 우린 너 가족 대접해 줬다. 유학도 보내 주고, 충분히 품

위유지하며 살 만큼 해 줬어."

눈치껏 조용히 살라고 베푼 것들이, 네가 뭐라도 된다는 착각만 심어 준 거야.

"네가 집에서 사용인들한테 갑질하고 회사에서 로열패밀리 행세하며 유세 떠는 거 다 눈감아 줬어. 심지어 회사에 기여하는 유능한 직원 모함하고 공 가로채도, 가족이란 원죄 하나로 네가 싸지른 똥 다 덮어 줬다. 근데, 누가 너한테 30년 지기 거래처까지 건드려도 된다고 했지?"

수습할 능력도 없으면서.

적서를 떠나 한 인간으로서 아무 짝에 쓸모없는 녀석.

"어딜 회사까지 말아먹으려 들어. 이."

"커억!"

"배은망덕한 새끼가."

"윽!"

짧은 일침을 씹어뱉는 와중에 두빈은 치미는 분기를 발길질로 해소했다.

"고정하시죠. 그쯤 하면 말로 해도 충분히 알아들을 겁니다."

말로만 말리는 규진의 표정은 무감정했다. 이미 밟혀 죽은 개미를 보듯.

"혹시 금 회장님도 알고 계십니까?"

"아직까진 저랑 복 서방만 압니다. 아버지 귀에 들어가면 당장 선샤인그룹 모든 계열사 납품을 전면 중단하라 하실지도 모릅니다."

"그러시고도 남죠. 원체 아닌 건 아닌 분이시니."

그렇게 되면 황금글라스도 큰 거래처를 잃겠지만, 선샤인그룹 역시 질 좋은 유리 제품을 효율적으로 공수할 길이 막막해진다.

문제는 그뿐만이 아니다.

이 일이 언론에 보도되기라도 하면, 선샤인그룹 총회장의 핏줄이 한 일이니 마땅히 선샤인그룹이 한 일처럼 될 터인데.

정상회담 직전에 만찬주에 불을 지르려 했으니. 대기업이 중소 양조장에 헤살을 부렸단 맹비난이 쏟아지는 건 차치하고, 자칫 청와대의 권위에 도전하려 들었다는 위험천만한 오해를 살 수 있음이다.

협상에 실패할 경우 치르게 될 천문학적인 대가를 생각하자니, 기업가로서 산전수전 다 겪어 온 두빈조차 모골이 송연해졌다.

"그래도 저한테 먼저 연락 주신 건, 만회할 기회를 주시려 함이겠지요?"

"복 서방이 원하는 대로 해 주셨으면 합니다. 매제가 두현 군 때문에 워낙 마음고생을 심하게 한 터라, 집안 생각해서 마냥 참아 달라고만 할 수는 없어서요."

규진의 말에 두빈이 바로 성진을 보았다.

"일단 전, 이 인간 같지도 않은 놈 때문에 여러 사람이 피해 보는 건 원치 않습니다. 잡균 하나 때문에 30년 묵은 술독을 깨면 아깝고 미련한 짓이니까."

두빈은 속으로 가슴을 쓸어내렸다. 공을 쥔 상대가 누구랑 달리 사리분별력이 있어 다행이다.

"복성진 씨, 3년 전 일도 그렇고 못난 동생 때문에 면목이 없습니다. 내가 이 자식을 어떻게 처분하면 마음이 풀리겠습니까?"

"죽여 주시죠."

일말의 망설임도 없이 나온 요구였다.

"15년 사귀고 결혼까지 앞뒀던 여자, 몸 바쳐 헌신한 직장, 죽도록 노력해 만든 술을 한 번도 아니고 두 번. 매번 제 목숨과도 같은 것들만 노렸으니, 저도 이젠 상응하는 걸로 받아 내야겠습니다."

분노도 억울함도 닳아 없어진 끝에, 뼈 같은 결론만 남았다.

"전, 더 이상 이 쓰레기와 공존할 수 없습니다."

성진의 진심을 충분히 알아들은 두빈이 긴 한숨을 뱉었다.

"복성진 씨의 심정 충분히 이해합니다만, 아무리 못났어도 저희 아버지 핏줄인지라……."

"생각했던 것 이상으로 동생이랑 사이가 좋으시군요. 이렇게까지 정성 들여 잡아다 주신 성의에 조금 감동할 뻔했는데, 결국 쇼였던 겁니까?"

성진이 입술 끝을 비죽 올려 내뱉은 비꼼에 두빈의 눈썹이 꿈틀거렸다.

"부사장님처럼 몇 대 까고 풀어 주면, 이 자식이 과연 뭐부터 할까요? 양조장이 아니라 사람 잡는 사람을 사겠죠. 나 참, 왜 이렇게 뻔해 죽겠지? 이 새끼한테 당해 본 느낌 아니까?"

자조적인 농을 치며 성진이 곪아 터진 웃음을 흘렸다.

"제가 두 집안의 우정을 너무 과대평가했나 봅니다. 아무렴 30년 지기 거래처가 진짜 가족만 하겠습니까. 그럼 어쩔 수 없는 걸로 알고……."

"다신 이 자식 때문에 거슬릴 일 없도록 조처하지요."

두빈이 반쯤 돌아선 성진의 발걸음을 붙들어 놓듯 말했다.

"어떻게 거슬리지 않게 해 주신다는 건지, 구체적인 방안을 들을 수 있을까요."

"해외로 보내 철저한 관리 감독하에 둘 겁니다. 다신 이런 헛짓거리 따위 꿈도 못 꾸게."

깡!

두현이 꿈틀대기 무섭게 쇠파이프가 벼락처럼 코끝을 스쳐 꽂혔다. 두 사람에게 달려들기는커녕, 찍 소리도 못 할 지경에 이르렀다.

"가택 연금을 시키겠단 거군요. 이 녀석이 순순히 끌려가서 갇혀 줄까요? 막말로 이 녀석이 당장 그쪽 집안이랑 연 끊고 도망가도, 먹고사는 데 별 지장 없을 텐데요."

"절대 선샤인그룹에 불응 못 합니다, 이 자식은."

성진이 못 미덥다는 듯이 말하자, 두빈이 서릿발 같은 목소리를 냈다.

"그날로 대한민국 어디에도 발 못 붙일 거니까. 이 녀석 모친도 우리 스폰 덕에 뜬 배우라, 내려앉히는 거 일도 아니고. 내일 당장이라도 두 모자를 빌어먹는 거지로 만들 수 있어."

말은 성진에게 하지만, 사실상 두현에게 들려주는 섬뜩한 경고였다.

"아하, 이 자식이 3년 전에 제 취업길 막았을 때처럼 말이죠? 뭐, 좋습니다. 해외로 보내는 건 어렵지 않다 치고, 입국 횟수는 어느 정도까지 허용하실 참인지요?"

두현이 무력하게 성진을 올려다보았다. 차갑게 깔보는 눈이 말한다.

어때?

"1년에 한 번은 너무 정 없으니까 석 달에 한 번? 아니면 한 달에 한 번 정도?"

남이 네 인생을 가벼운 탁구 한 게임 하듯 툭툭 쳐 대는 기분이.

"집안 행사 때마다 꼬박꼬박 불러들일 건가요?"

네가 나한테, 여러 사람에게 그랬던 것처럼.

"차후로도 우리는 이 녀석을 입적할 계획이 없고, 일체의 집안 행사에서 배제할 겁니다. 입국은 부득이한 경우에만 허용하고, 이틀 이상 체류하지 못하게 하지요."

두빈이 시퍼런 눈으로 단언했다.

"죽은 것처럼 살게 한다는 겁니다."

"한 가지 더. 이 자식이 다신 식음료업계에 발을 들이지 않았으면 합니다."

인간쓰레기가 만든 쓰레기를 누군가가 먹고 마시는 불상사가 없게.

"오늘 이후로 전 강두현이 죽은 걸로 알겠습니다. 제가 죽은 사람과 마주치거나 버젓이 돌아다니는 소식을 접하는, 말도 안 되는 일 안 겪게 해 주실 거라 믿습니다."

"복 서방, 너무 염려하지 않아도 돼. 한번 하신 말씀 꼭 지키시는 분이니까. 안 그렇습니까?"

다짐을 구하듯 묻는 규진이 두빈과 팽팽한 시선을 교환했다.

"물론입니다. 우리는 30년에서 그칠 게 아니라 100년, 200년 묵은 술독이 될 사이니까요."

"그럼, 믿어 보도록 하겠습니다."

성진이 씩 웃으며 말했다.

"역시 부사장님이십니다. 이렇게나 명쾌한 절충안을 내 주시고. 이렇게 원만히 해결될 걸, 제가 괜히 일을 크게 키울 뻔했군요."

성진이 그 말을 한 순간, 두현은 섬뜩한 깨달음을 얻었다.

김두빈이 겉으론 곤욕스러운 표정을 짓고 있지만, 속으론 웃고 있으리라. 배다른 동생을 해외로 쫓아낼 확실한 구실을 챙겼으니까. 그야말로 울고 싶던 차에 복성진이 뺨 때려 준 격이다.

복성진은 알고 때렸을 테고.

두 달여간 김두빈 곁에 있어 봤으니, 이 협상의 결말도 뻔히 예측할 수 있었겠지.

차라리 놈이 전면전을 하자고 설쳤다면, 아버지 김 회장은 선샤인그룹을 지키기 위해서라도 저를 감쌌을 거다. 길어야 1, 2년 정도 살고 한고비 넘겼을 일인데.

그 정도로 못 끝내 준다는 듯, 성진은 두빈에게 접근해 손 안 대고 코를 풀었다.

서로를 적당히 이용해 먹은 상도덕 넘치는 협상을 마친 두빈이 짐짓 긴 한숨을 뱉으며 말했다.

"이거면 됩니까?"

"물론 이거만으론 부족합니다. 강두현, 일어나."

성진의 말 한마디에 어깨들이 눈치껏 두현을 일으켜 세웠다.

"강두현. 다음에 걸리면 면상이라고, 내가 작년에도 말했고 3년 전에도 말했던 것 같은데."

뼛속까지 얼어붙게 하는 눈빛으로 실소하는 성진. 그것이 두현에겐 마지막 그의 모습이 됐다.

"이 꽉 물어."

퍽!

지켜보는 이들의 골이 다 흔들릴 지경이었다. 두현이 바닥에 추레하게 코피를 묻히며 널브러졌다.

정권지르기 한 방을 끝으로 성진은 말끔히 돌아섰다. 마음속으로 두현에게 품은 원한을 소각해 없앴다. 앞으로는 놈에게 아까운 감정을 소모할 일도 없을 테니.

며칠 뒤 두현은 식음료업계와 무관한 선샤인그룹 삼류 계열사로 전출됐고, 금세 필리핀지사로 발령 났다.

타국에 유폐당하다시피 한 두현은 재기와 복수의 기회를 노렸지만, 선샤인그룹 차기 후계자 김두빈에게 철저히 마크당했다.

두현은 끝끝내 스스로 만든 수렁에서 벗어나지 못했다. 매일을 술로 보내고 특히 현지인들을 업신여겼다. 그것이 화를 부른 걸까.

5년 후, 김 회장 별세 한 달 뒤 강두현은 인근 숲에서 참혹한 변사체로 발견됐다. 극심한 원한의 흔적이 온몸을 덮어 형체를 알아볼 수 없을 정도였다.

범인은 끝내 잡히지 않았고, 그의 죽음은 한인을 노린 강도 피살로 잠정 결론이 났다. 김두빈의 조처로 성진은 뉴스에 나온 한인 A씨가 누군지 몰라도 되었다.

서자의 반란은 비장미도 없었고 로맨틱하지도 못했다.

8월 31일. 제주도 프레스센터.

"후우……."

만찬장 앞에서 유리는 심호흡을 했다.

저 문 너머에서 국빈들이 기다리고 계신다. 자신은 서빙카트를 끌고 그 앞으로 나아가, 삼국 정상께 바텐딩을 선보이고 칵테일을 드리게 된다.
심장이 터질 것 같다. 조주기능사 실기 시험을 치를 때보다도 더.
"성진아, 나 이상한 데 없지?"
유리가 성진을 돌아보며 물었다. 행사기획단은 만찬장 앞까지 그와 동행하여 긴장을 풀 수 있게 배려해 주었다.
"선녀처럼 예쁜 거 빼면?"
"아이, 진지하게 좀 봐 줘. 진짜 이상한 데 없지?"
설령 이상한 부분이 있어도 아무도 못 알아챌 거라고 성진은 생각했다.
국내 최고의 한복 디자이너가 지은 단아한 한복을 입은 유리를 보는 순간, 누구라도 넋을 놓아 버릴 테니.
"걱정하지 마. 최선을 다해서 7분 만에 칵테일 세 잔도 만들었고, 최선을 다해서 칵테일 대회에서 상도 탔잖아. 이번에도 최선을 다했으니, 잘할 수밖에 없지."
성진의 격려에 기운이 나면서 뭉클해졌다.
"성진아. 네 덕에 내가 이런 자리도 와 보네."
"데려다준 건 너지. 너 아니었으면, 꿈꿔 보지도 못했을 거야."
"유리 씨, 입장 대기해 주세요."
무전으로 신호를 받은 진행요원이 말했다.
"잘하고 와. 우리 마누라 화이팅!"
"응. 다녀올게."
서빙카트를 문 앞에 대며 유리는 다부진 마음을 먹었다.
어쩌면 여기 계신 분들도 나만큼이나 긴장하고 계실지도 몰라. 워낙에 말 한마디의 무게가 어마어마한 자리니까.

칵테일이란 활력을 주는 음료. 나의 소임은 활력을 전하는 것.

그 활기로 회담이 잘되어서, 많은 사람들에게 평화가 찾아왔으면 좋겠다.

그러니 나부터가 가슴을 쭉 펴고 웃어야지. 힘내야지.

만찬장 문이 열렸다. 유리는 빛나는 눈으로 서빙카트를 밀었다.

❖ ✱ ❖

씻어 낸 듯 맑은 하늘이 펼쳐진 9월의 밤.

성진은 이브닝에메랄드 호텔 라운지 바의 창가 자리에 앉아 있었다. 3년 전 봄, 후원자를 초조하게 기다렸던 바로 그 자리였다.

그땐 남는 대로 앉았던 자리지만, 오늘은 부러 이 자리를 예약했다.

"성진아, 일찍 왔네. 너무 오래 기다린 건 아니지?"

이제는 아주 친근한, 양처럼 온화한 목소리. 성진은 웃는 얼굴로 돌아보았다.

"오, 너 그 옷!"

촘촘한 꽃자수 패턴. 찻잔을 엎은 듯 풍성한 스커트. 어스름한 바에서도 눈에 확 띄는 오더메이드 드레스를 입은 유리가 방긋 웃었다.

"이 옷 기억나?"

"당연하지. 3년 전에 너 그 옷 입고 나왔잖아."

우리가 처음 함께하게 된 날. 그 밤에 나눈 대화도 생생하게 기억나는걸.

"오랜만에 입어서 그런가. 뭔가 좀 어색해."

"난 왜 그때보다 더 예뻐진 거 같지?"

그땐 왜 몰랐을까? 네가 뭘 입어도 예쁘다는 걸.

3년 전엔 첩첩산중이었던 그의 마음이, 이젠 이렇게 눈만 마주쳐도 전해진다.

사실 유리는 성진보다 한발 앞서 도착했다. 피아노 뒤에 몸을 숨겨 잠시 그를 지켜보았다.

반쪽이 된 얼굴로 초조하게 핸드폰 시계를 확인하던 그를 훔쳐보며 가슴이 미어졌던 3년 전 그날이 엊그제 같건만. 이제 그는 사뭇 여유롭게 저를 기다렸다. 만경유리 너머로 펼쳐진 아름다운 야경을 감상하면서.

"뭐 마실래? 난 진피즈면 되고, 넌? 이번에도 우유 들어가는 무언가?"

성진의 짓궂은 물음에 유리는 미소 띤 얼굴로 고개를 젓고는 서버에게 말했다.

"진피즈랑 마가리타 주세요. 마가리타 베이스는 패트론 실버로 해 주시고요."

잠시 뒤 서버가 칵테일 두 잔과 빌지를 사분히 내려놓았다.

"근데 성진아, 웬일로 여기로 오라고 한 거야?"

"우선, 우리 사장님께 드릴 게 있어서요."

성진이 통장을 내밀었다. 펼쳐 보니 의미심장한 액수가 찍혀 있었다.

'150,000,000'

"언제 이 돈을……."

"개인적인 저축이랑 품평회 상금 등등. 동주랑 마을 어르신들이 축의금 조로 보태 준 것도 있고."

마을 어르신이란 3년 전에 성진이 손해를 벌충해 준 이들이었다. 성진에게만 모든 짐을 지웠다는 자책감에 시달려 온 이들은, 성진의 결혼 소식을 듣고 다소나마 마음의 빚을 갚았다.

“사장님, 사양하시면 안 됩니다. 나도 사양하는 거 실패했거든.”

“너한테 이 돈 보내면서 속으로 빌었었는데.”

통장을 보는 유리의 눈에 감회가 어렸다.

“이 돈을 돌려받지 않게 해 달라고. 돌려받더라도, 가능한 아주 늦게 받게 해 달라고. 그 전에…… 네가 내 옆에서 행복해지게 해 달라고. 정말…… 어거지 같은 소원이지?”

성진이 저를 지그시 보자 유리가 우물거렸다.

“아, 물론 지금은 기쁜 마음으로 받을 수 있어. 여기 담긴 네 마음도 고맙고, 동주 씨랑 다른 분들 성의도 감사해.”

“이 아가씨가 처음부터 평생 날 안 놔줄 작정이었구만?”

성진의 능청에 유리도 능청으로 받아쳤다.

“그걸 이제야 안 건 아니지?”

“에이, 설마! 내가 그 정도로 둔탱이로 보여?”

“푸흐흐…….”

유리는 웃고 말았다. 다른 여자하고 사귀지도, 결혼도 말라는 특약을 걸 때만 해도 너무 속 보이는 거 같아서 걱정됐는데. 폭풍 같은 연정도 우직한 선비님 앞에선 가랑비가 되었지.

사랑해 마지않는 내 남자지만 솔직히 너 좀…… 둔한 건 맞는 거 같아.

“와, 그 웃음 뭐야? 지금 당신 남편 비웃는 거야?”

성진이 발끈하는 시늉을 하자 유리는 더욱 웃음보가 터졌다.

성진은 웃는 아내를 지그시 바라보았다. 희고 가는 목에서 자수정 은술병이 반짝인다. 옷이랑 헤어는 3년 전처럼 꾸몄으면서 스코티 목걸이는 깜박했나 보다. 아니면, 제가 준 부적만큼은 한시도 떼 놓지 않으려 함이었을까.

이런 사소한 모습 하나하나가 예쁘다. 이렇게 예쁜 줄도 모르고 살았던 나날이 기억나지 않는다.

시작은 가랑비였을지언정, 지금은 그녀에게 흠뻑 젖었다.

"벌써 잔이 비었네?"

"오늘 완전 술술 들어가."

"그땐 몰랐지. 금유리가 이렇게 잘 마시게 될 줄."

"너도 한 잔 더 할 거지? 이번엔 뭐 마실래?"

"이번엔 서로 골라 주는 거 마실까?"

"응, 좋아."

성진이 손짓하자 서버가 왔다.

"네그로니 주세요. 베이스는 비피터 진으로요."

유리가 먼저 성진이 마실 걸 골랐다. 그가 진피즈 다음으로 애음하는 칵테일을 그의 취향에 맞게 커스터마이징했다.

제 차례가 되자, 성진이 씩 웃으며 말했다.

"전, '금유리' 주세요."

"금유리? 뭐야 그게?"

유리가 얼떨떨하게 웃으며 성진과 서버를 번갈아 보았다. 어처구니없는 주문을 받고도 서버는 성진과 의미심장한 미소를 주고받았다.

잠시 뒤.

"우와……."

유리가 탄성을 질렀다. 주변의 손님들도 서버가 들고 온 걸 신기한 듯 바라보았다.

장미꽃잎이 깔린 서빙보드 위, 장미꽃 가니시를 올린 칵테일과 작은 유리구두 한 짝. 세상에서 가장 예쁘고 향기로운 칵테일이 유리 앞에 놓였다.

유리가 넋 놓고 있는 사이, 성진은 반지 케이스를 열었다. 다이아몬드 솔리테어 프러포즈링과 자수정 이터니티 가드링을 꺼내 유리구두에 넣었다.

"유리야."

눈을 휘둥글게 뜬 그녀 앞에 무릎을 꿇었다. 순간적으로 머릿속이 하얘졌다. 젠장, 준비한 말이 갑자기 생각이 안 난다.

"이미 혼인신고도 했고, 정상회담 때문에 우리 둘 다 정신이 없어서 많이 늦어졌지만……."

하, 계획에도 없던 멋없는 TMI나 나오고 말이야. 여기서 조금만 더 정신줄 놓았다간…….

사랑해. 사랑해. 사랑해.

미친놈처럼 그 말만 해 댈지 모른다.

결국 성진은 준비한 멘트를 과감히 버렸다. 대신에 가슴에 뜨겁게 치미는 말을 했다.

"오늘 채운여름 보면서 생각했어. 이 술을 어떻게 만들었는지. 노력했지. 죽도록 했지. 누가 대신 해 준 것도 아냐. 하지만 모든 걸 걸고 나한테 와 준 여자가 아니었다면, 도저히 불가능했을 거야."

돈만이 아니라, 너무나도 큰마음을 아낌없이 준 네 덕에 가능했어.

"네 덕분에 지금의 내가 있어. 나조차도 몰랐던 나를, 네가 알게 해 줬어.”

성진의 고백에 유리의 눈가가 살짝 젖어 들었다.

지금의 나야말로 네 덕에 존재해. 나조차도 몰랐던 나를, 네 덕분에 알게 됐어.

“원금은 오늘 갚았지만, 이자가 정말 엄청나거든. 평생 네 곁에서 두고두고 갚아 나갈게.”

성진은 유리구두에 온 영혼을 담아, 유리에게 내밀었다.

“유리야, 나랑 결혼해 주라.”

유리구두를 건네받은 순간, 유리는 흡 소리 나게 눈물을 삼켰다.

짝짝짝!

축복의 박수 속에서, 성진은 유리의 왼손 약지에 프러포즈링과 가드링을 끼워 줬다.

“성진아, 나 방금 약속 지켜야 할 거 생각났다.”

“무슨 약속?”

성진이 내민 손수건으로 눈물을 닦아 내고, 유리는 라운지 바의 피아노 앞에 앉았다.

결혼행진곡. 오랜만에 만지는 건반인데도 그녀의 연주는 매끄러웠고, 어딘가 꽉 찬 느낌까지 들었다.

‘언젠가 네게 활짝 웃는 음색을 들려주겠다는, 나 자신과의 약속 말야.’

답례의 연주에 담긴 유리의 마음이 성진에게 고스란히 전해졌다.

KODAK PORTRA 400

## 17.

## 행복으로 돌아온 후원

신사동 카페 철쭉예찬. 수영은 그날의 소동 이후 처음으로 유리와 마주했다.

"성진이는…… 요새 잘 지내?"

"아주 잘 지내."

"지난번 일 때문에 나한테 많이 화나 있지?"

"응. 이렇게 너 만난 거 알면 나 엄청 혼날 거야."

그것도 유리가 최대한 좋게 한 말임을 모르지 않았다.

"내 남편 걱정은 내가 할 테니까, 넌 네 걱정이나 해."

유리의 담백한 일침에 수영은 음울하게 눈을 내리깔았다.

"참술 지분 전부 돌려줄게. 그거 때문에 만나자고 한 거잖아."

"그럼 인수가는……."

"필요 없으니 그냥 가져가. 대신 절차적인 건 알아서 해 줘. 미안하지만 이젠 도장 찍을 기운도 없어."

빛이 죽은 눈으로 수영이 손을 휘저었다. 지금의 그녀에겐 만사가 성가신 듯 보였다.

"전에 말한 대로 인수가는 네 매입가의 두 배로 할게."

필요 없다고 했잖아!

수영이 없는 기운을 쥐어 짜 역정을 내려던 차, 유리가 밀어붙이듯 말했다.

"우리 자문 변호사님이, 횡령죄는 피해액을 반환할수록 선처받을 가능성이 높아진댔어."

그거였어? 호구 천치처럼 비싸게 주식 사 주려는 이유가…….

"수영아, 우리 변호사님 한번 만나 보지 않을래? 부장판사 출신이고 경험도 많으셔서 도움이 될 거야."

테이블 밑에 감춰 둔 수영의 손이 바르르 떨렸다.

어쩐지. 자살 소동 이후, 생각했던 것보다 경찰에 덜 불려 갔다. 수사 강도도 확연히 체감될 만큼 약해졌다. 제게 독박을 씌우려던 노선을 모종의 이유로 철회한 듯했다.

역시 네가 손을 쓴 거냐고 물으면, 이 기집애는 시치미를 떼겠지.

이미 토해 낼 수도 없을 만큼 신세를 져 버렸다.

"마음 써 줘서 고마워. 하지만 날 그냥 죽게 놔뒀으면 더 고마웠을 거 같아."

수영이 물기 어린 목소리로 읊조렸다.

"집행유예를 받더라도 빨간 줄은 빨간 줄이야. 선샤인그룹에 찍혔는데 어느 기업에서 받아 주겠어. 어차피 커리어 끝장났는데, 굳이 네 변호사님 도움받으면서까지 재판 준비하고 싶지 않아."

"수영아. 와인이 부활을 상징하는 건 너도 알지?"

수영은 매가리 없는 한숨으로 대답을 대신했다. 알지. 예전에 성진이한테 들은 적 있으니까.

와인이 부활을 상징하게 된 건 피처럼 붉은 빛깔 때문도 있지만, 으깨진 포도가 활력의 음료로 거듭나는 과정이 사람들에게 극적인 감동을 심어 줘서일 거랬지.

"너 정도면, 죗값 치르고 나서 충분히 새 출발할 수 있을 거야."

유리가 수영에게 하얀 봉투를 불쑥 내밀었다.

"이건 뭐야? 설마 돈이야?"

"비슷한 거. 미리 말해 두는데 동정 아니야. 그냥 주는 거 아니거든."

"나한테 뭘…… 바라는데?"

"네가 다시는, 우리 앞에 나타나지 않길 바라."

수영이 허탈하게 웃었다.

"어차피 나 때문에 불안할 이유도 없지 않아? 복성진 이젠 너밖에 안 보이는 거 같던데."

"윤수영. 내가 왜 한밤중에 너 구한다고 한강 다리로 달려왔을 거 같아? 착해서? 아니면 정말 호구 천치라서?"

유리가 웃음기 뺀 얼굴로 말했다.

"네가 그런 식으로 가 버리면, 성진이한테 두고두고 한으로 남을 것 같았거든."

회한의 형태로라도 그가 널 떠올리는 게 싫었어.

"난 여전히 복성진 그림자도 내줄 생각 없어."

단 하루도, 단 한 순간도 말이야.

"정말…… 질린다, 너."

3년 전 이브 밤처럼 독점욕을 드러낸 유리 앞에서, 수영은 모든 전의를 상실한 듯 웃었다.

“너 무서워서라도 그림자도 안 비칠 테니 걱정 마.”

“그래, 수영아. 변호사님 명함은 봉투 안에 넣어 놨어. 수임료 걱정은 안 해도 되니까 부담 없이 연락해.”

유리는 홀가분하게 자리에서 일어났다.

“윤수영, 잘 지내. 다신 신경 안 쓰이게.”

“너도 복성진하고 잘 살아.”

유리는 수영의 커피까지 계산하고 나갔다. 홀로 남겨진 수영은 피곤한 기색으로 봉투를 집었다.

굳이 이런 돈 봉투 아니어도, 다신 너희들 앞에 얼씬거릴 생각도 없어. 나 따위가 흔든다고 흔들릴 너희도 아니고.

‘미안해. 그리고 고마워. 모든 게.’

오늘로 보는 게 마지막이 될 네게 끝내 이 말을 전하지 못한 난, 동정받을 자격조차 없는 년인걸.

그런 생각을 하며 봉투를 연 순간, 수영의 눈이 크게 뜨였다.

“이건…….”

유리의 ‘돈 봉투’는 수영을 예기치 못한 고민에 빠트렸다.

❈ ✱ ❈

3년 전 결혼식이 깨지고 난 뒤, 성진은 말 못 할 후유증을 앓았다.

남의 결혼 소식을 접하면 하루 종일 기분이 뒤숭숭했고, 우연히 결혼행진곡을 들으면 창자가 뒤엉켰다.

그리고 종종, 어두컴컴한 예식장에서 홀로 버진로드 위를 헤매는 악몽에 시달렸다.

꿈에서 깨도 절망에서 깨어나지는 못했다. 사랑을 잃은 현실이 꿈보다 끔찍했으니까. 두 번 다신 제 인생에 사랑이란 없을 거라 생각했으니까.

그랬었지만…….

"성진아, 성진아."

부드럽게 귓가를 간질이는 목소리에, 성진은 눈을 떴다. 제 인생의 어둠을 몰아낸 햇살이 미소 짓고 있었다.

"결혼하러 가야지?"

유리의 말에 퍼뜩 정신이 든 성진은 머리맡에 놓아둔 핸드폰을 확인했다.

10월 10일. 기나긴 터널 끝에 보이는 하늘처럼 아름다운 날이 밝았다.

❖ ✱ ❖

이브닝에메랄드 호텔 페리도트 하우스. 예식 시간보다 40분 일찍 온 경민이 성진과 악수를 나누었다.

"복성진. 아주, 완전, 진심 축하한다."

3년 전 그때보다 훨씬 고급인 턱시도도 축하하고, 활짝 핀 네 얼굴도 축하해.

"어떻게 동주랑 한 토씨도 안 틀리고 똑같이 말하냐."

"아, 그래?"

경민이 멋쩍게 웃었다. 친구의 행복이 달아나지 않게 붙잡아 두고픈 심정, 그쪽도 같았나 보다.

"유리 지금 신부 대기실에 있는 거 맞지?"

경민이 답지 않게 조마조마한 어조로 물었다. 성진이 안심시켜 주듯 웃으며 말했다.

"당연하지. 유리 여기 오기까지 나랑 계속 같이 있었어."

"휴우, 그럼 나 유리한테 가 본다."

"그래. 또 와 줘서 고맙다, 친구야."

"시끄러, 인마! 누가 들으면 재혼하는 줄 알겠네!"

입을 꿰매려 드는 경민의 손길을 거뜬히 피하며 성진이 하하 웃었다.

"이따 보자."

"그래."

경민은 기분 좋게 웃으며 신부 대기실로 향했다. 입방정 떨 여유까지 생긴 친구의 모습이 감격스러웠다.

자식, 이젠 정말 행복해 보이네.

"경민아!"

유리가 반색하며 경민을 맞아들였다. 다희, 미나와 함께 기념사진을 한가득 찍던 참이었다.

일류 디자이너가 유리만을 위해 두 달간 매달려 지었다는 웨딩드레스는 가히 천의무봉이었다. 사랑스러운 하트탑 하며, 숄더와 손목에 섬세한 자수를 짜 넣은 시스루 볼레로가 우아함의 극치를 찍었다. 풍성한 A라인 스커트에 은하수처럼 박힌 비즈들이 보는 각도를 달리할 때마다 광휘를 발했다.

비즈를 아낌없이 박은 웨딩드레스보다 눈부신 건, 새 신부의 환희로운 미소였다.

"누구 마누란지 환장하게 예쁘네. 데려가는 놈이 복 씨라 그런가, 아주 복 터졌구만.”

경민답게 거침없는 언변에 유리는 푸시시 웃었다.

“경민아, 와 줘서 고마워.”

“나야말로 고맙다. 이제야 좀 세상이 제대로 돌아가는 기분이야.”

경민은 고맙고도 대견한 친구와 진한 포옹을 나누었다.

“경민 언니도 여기 서 봐요. 우리 넷이 같이 찍어용.”

미나가 경민에게 손짓했다.

“자, 찍습니다! 하나, 둘!”

아젤리아 패밀리의 다정다감한 모습이 카메라에 한가득 담겼다.

황금글라스 금 회장 딸의 결혼식치고 예식장은 번잡하지 않았다. 금 회장은 막내딸 부부의 결혼을 진심으로 축복해 줄 이들만 가려 초대했고, 일체의 화환을 사양했다. 유리가 고대했던 대로의 오붓한 결혼식 풍경이었다.

경민, 다희, 미나는 유리가 마련해 준 앞쪽 하객석에 앉았다.

“와……. 저 결혼식 와 보는 건 첨인데, 여기가 젤 멋지단 건 알겠어요.”

미나가 입을 다물지 못하고 사방을 둘러보았다. 시선 닿는 곳마다 감탄할 것투성이였다.

꽃나무를 엮은 웨딩 아치에서 시작되는 버진로드는 그 자체로 하나의 거대한 화원이었다. 수만 송이의 순백색 꽃들이 전등처럼 반짝였다. 다른 별에나 존재하는, 스스로 빛나는 꽃들을 따 온 게 아닐까 싶을 만큼 신비로운 광경이었다.

아득히 높은 천장엔 광활한 우주가 펼쳐졌다. 초대형 크리스털

샹들리에가 은하처럼 빛나고, 그 주변으로 퍼져 나간 물방울 펜던트 조명이 주기적으로 점멸하며 다양한 별자리를 만들어 냈다.

"잠시 후, 신랑 복성진 군과 신부 금유리 양의 예식이 시작됩니다. 내빈 여러분께선 페리도트홀에 착석하여 주시기 바랍니다."

안내 방송을 내보내는 사회자는 9시 뉴스에 나오는 아나운서였다.

양가 친지들이 버진로드 주변에 모두 모이고, 이윽고 예식이 시작되었다.

"신랑 신부의 찬란한 앞날을 기원하는 의미에서, 양가 어머님의 화촉 점화가 있겠습니다."

단아한 한복 차림의 두 여인이 단상의 화촉을 밝혔다. 유리의 외숙모인 세현의 모친이 신부 어머니의 빈자리를 대신했다. 화촉 점화 후 연희는 감사를 담아 그녀와 맞절했다.

"이제, 신랑 복성진 군이 입장하겠습니다. 금번 남북미 정상회담 만찬주로 선정된 채운여름을 개발하기도 한, 우리나라의 자랑스러운 청년 주인酒人입니다."

웨딩 아치에 성진이 등장하자 우렁찬 박수가 쏟아졌다. 스포트라이트가 씩씩한 발걸음으로 나아가는 새신랑을 비추었다.

"다음은 신부 금유리 양이 아버지 금규석 님과 입장하겠습니다. 신부 역시, 금번 정상회담에서 국빈들께 칵테일을 대접한 자랑스러운 대한민국 대표 바텐더입니다."

스포트라이트가 측면의 암막 커튼을 비추었다. 커튼이 올라가며 걷히고, 금 회장과 팔짱을 낀 유리의 모습이 나타났다.

웨딩드레스의 수많은 비즈가 스포트라이트 불빛을 차르르 반사했다. 유리의 머리부터 발끝까지 별이 뿌려진 것처럼 보였다. 온

몸에 빛을 두른 새 신부의 아름다움은 실로 형언할 수 없을 정도였다.

부녀가 코앞에 오기까지 성진은 넋을 놓았다. 금 회장이 따스한 포옹으로 사위를 일깨웠다.

"축하하네."

금 회장은 유리에게도 덕담을 속삭였다.

"우리 딸, 행복하게 잘 살아."

금 회장은 딸과 사위의 손을 친히 맺어 주었다. 소임을 마친 그가 하객들에게 인사하자 또 한 번 우레와 같은 박수가 쏟아졌다.

혼주석의 연희는 벌써부터 손수건으로 눈물을 훔치느라 혼났다. 무엇 하나 감사하지 않은 게 없었다. 양옆에 앉은 쌍둥이 형제가 어머니를 토닥여 드렸다.

"오늘의 예식은 신랑 신부의 뜻대로 주례를 생략하였습니다. 신랑과 신부가 서로를 향한 진심을 담아 손수 작성한 뜻깊은 혼인 서약을 함께 들어 주시기 바랍니다."

사회자의 선언에 맞추어, 성진과 유리는 부부로서의 예를 갖춰 맞절을 했다.

"선서."

"선서……."

결혼서약의 순간. 성진은 담담히 발음하고, 유리는 약간 떨리는 목소리를 냈다.

"나 복성진은 오늘 기쁘고 감사하는 마음으로 사랑하는 여자 금유리를 평생의 반려자로 맞이합니다. 18년 전 두견중학교 한 교실에서 처음 만난 당신. 세상에서 가장 아름다운 모습과 고운 마음씨를 지닌 당신. 내게 너무나도 과분한 여자인 당신을, 나는 사랑하지 않을 수 없었습니다."

듣는 이들조차 뭉클해지는 결혼서약이니 당사자는 말할 것도 없다. 유리는 눈에 힘을 주고 간신히 울음을 참았다. 그가 저를 위해 준비한 말들을 하나도 빠짐없이 가슴에 새겨야 하니까.

"함께 살아감에 있어 다소의 다름에 부딪치더라도, 내가 먼저 양보하며 당신의 목소리에 귀 기울이고 당신의 마음을 살피겠습니다. 당신의 가슴이 떨릴 때마다 손을 잡고 지지대가 되어 주겠습니다."

그 어떤 슬픔도, 그 어떤 기쁨도 함께하겠습니다.

"당신은 나를 가장 나답게 해 주는 고귀한 사람입니다. 나 역시 당신에게 그런 사람이고 싶습니다. 당신을 더 잘 알기 위해 노력하고, 아는 대로 실천하는 남편이 되겠습니다. 영원히 당신과 함께할 것임을 이 자리의 모든 분들께 서약합니다."

이젠 유리의 차례다. 유리는 숨을 삼켜 잠긴 목을 풀고 목소리를 끌어 올렸다.

"나 금유리는 내 인생 최대의 꿈이었던 당신을 평생의 반려자로 맞이합니다. 18년 전 성실하고 정직하고 활기가 넘치던 당신을 처음 본 순간, 나의 운명은 당신을 향했습니다."

정면에 시선을 고정해야 하는 순간임에도, 성진은 저도 모르게 유리를 향해 살짝 고개를 틀었다. 눈가가 살짝 젖었지만, 유리는 진중한 얼굴로 자신의 혼인서약을 읊었다.

"내가 울 때면 당신은 어깨를 빌려주었고, 내가 떨 때마다 당신은 손을 잡아 주었습니다. 나 역시 당신에게 힘이 되고 싶습니다. 매사 최선을 다하는 당신을 본받겠습니다. 비록 가진 능력이 많지 않지만, 당신의 사랑에 나의 모든 것으로 보답하겠습니다."

나는 당신의 사랑으로 사는 여자입니다.

"당신은 내가 꿈을 향해 나아가게 해 주는, 최고의 남자입니다. 태어날 때부터 죽는 날까지, 난 당신만의 여자일 것입니다."

진솔하면서도 열렬한 사랑의 언어에 남성 하객들까지 눈시울을 붉혔다. 사회자가 프로답게 담백한 투로 성혼 선언을 했다.

"신랑 복성진 군과 신부 금유리 양은 양가 친지 여러분이 지켜보는 가운데 평생을 함께할 것을 맹세하였습니다. 술과 칵테일처럼 떼려야 뗄 수 없는 천생연분을 맺어, 서로가 같은 곳을 바라보며 나란히 걷는 부부가 될 것입니다. 부부는 서로의 반지를 교환하여 신성한 결혼서약을 재확인하기 바랍니다."

성진과 유리는 서로의 왼손 약지에 결혼반지를 끼워 주었다.

"이로써 본인은 혼인이 원만하게 이루어졌음을 하객 여러분께 엄숙히 선언합니다."

짝짝짝!

비로소 양가 친지들이 엄숙한 침묵을 깨고 힘찬 박수를 쳤다.

"이제 모든 분께서 기다리시던 순간이 왔습니다. 신성한 결혼식에 가장 중요한 순서이기도 하지요. 신랑과 신부, 맹세의 키스!"

처음부터 끝까지 정결한 투를 고수하던 아나운서 사회자가 개구진 투로 말했다.

꺄아, 어떡해…….

유리의 얼굴이 순식간에 발개졌다. 그와 꽤 많은 키스를 해 봤음에도 첫 키스처럼 떨린다.

"유리야."

다정한 부름에 유리는 바로 성진을 보았다. 그의 부드러운 미소에 심장이 금세 안정을 되찾았다.

그의 손이 조심스레 면사포를 헤치고, 그의 입술이 천천히 다가왔다.

가볍게 맞닿아 묵직한 잔상을 남긴 키스였다.

피로연이 열리는 야외 정원에도 꽃나무가 가득했다. 한복 차림의 신혼부부가 뜰로 나오자, 하객들의 환호성이 쏟아졌다.

"다들 잔 들어 주시죠!"

자연스럽게 2부 사회를 장악한 경민이 건배 제의를 했다.

"우리의 절친이자 가족인 복성진과 금유리의 앞날을 위해 치얼쓰하기에 앞서, 양가 부모님의 덕담 한 말씀 들어 보겠습니다."

금 회장과 연희가 차례로 덕담을 했다.

"복 서방, 앞으로도 지금처럼 우리 유리 몸 달게 사랑하고 아껴 주게."

"새아가 같은 천사가 우리 아들 믿고 사랑해 줘서 얼마나 감사한지 몰라. 두 사람 앞으로도 지금처럼 예쁘게 사랑하면서 건강하게 오래오래 살길 바라."

사전에 맞춰 본 것도 아닌데, 두 어른 다 '앞으로도 지금처럼'이라는 말씀을 하셨다. 당신 자식과 배우자를 얼마나 신뢰하는지 알 만했다.

"저도 한마디 해도 될지요?"

"넵, 하시죠."

규진이 유리를 보며 말했다.

"유리야, 사람들이 네 이름 들으면 우리 회사에서 따온 거 아니냐고들 하지만, 실은 돌아가신 어머니께서 지어 주셨어. 맑고 밝게 살아가란 의미에서. 정말로 그렇게 자라 줘서 고맙다."

큰오빠의 덕담에 유리는 감격에 겨운 미소로 화답했다.
“신랑 측 형제도 한마디 하겠습니다! 대표로 제가!”
성혁과 순번을 다투던 성재가 기습적으로 덕담을 했다.
“형은 우리한테 아버지나 마찬가지였어. 조카 태어나면, 형한테 받았던 사랑 듬뿍 돌려줄 거야. 그러니까 빨리 형수님이랑 좋은 소식 들려주기다? 알았지, 형?”
“저, 저도요! 유리 언니, 결혼 축하해요! 성진 쌤이랑 알콩달콩 오래오래 행복하게 사세요!”
미나를 시작으로 수많은 이들이 임의적인 발언권을 행사했다.
“복선비! 잘 살고, 올 때 선물로 허니문베이비 데려와라!”
“사장님! 애기 생기면 가게는 내가 잘 봐 줄 테니 부담 없이…… 후훗…….”
명 대장과 다희 두 스승이 짓궂은 덕담을 날렸다.
“성진아, 부럽다 자식! 유리 씨랑 행복하게 잘 살아.”
“너도 빨리 가, 인마. 네 인연도 그렇게 멀리 있지 않은 것 같구만.”
성진의 시선이 향한 곳을 무심코 봤다가, 동주는 부케를 들고 있던 김진희와 눈이 딱 마주쳤다.
“아이, 복선비 님도 참…….”
진희가 쑥스러운 듯 부케의 꽃잎을 매만졌다. 원래 다희가 받기로 했던 거지만, 요것이 너무나도 깔끔하게 제 품으로 날아들기에 별수 없이 잡았다. 어쩌면 이 또한 운명이 아닐까?
“누님! 결혼 축하드립니다! 화목하게 잘 사십시오!”
“유리 씨! 앞으로도 예쁘고 멋지게 사세요!”
아젤리아의 단골들까지 가세하자 경민이 혀를 내둘렀다. 아이

구야, 이러다간 끝이 없겠네.

“자자, 이만 컷! 나머지 덕담은 신랑 신부에게 개인적으로 해 주시고! 다들 잔 드시죠!”

경민을 따라 모두가 잔을 들었다.

“우리의 사랑스런 복성진 금유리 부부를 위하여, 치얼쓰!”

“치얼쓰!”

황금빛 칵테일이 연등처럼 떠올라 저녁 하늘을 밝혔다.

❈ ✱ ❈

‘흑…… 수리야……. 흐윽…….’

자신이 얼마나 외로운 인간인지 알아 버린 날이었다.

‘야! 여기 내 비밀 아지튼데. 거기서 뭐 해?’

한 남학생의 외침이, 학교 뒷산 진달래꽃을 붙잡고 늘어져 울던 유리를 일깨웠다.

세상에…… 성진아.

내 첫사랑인 너. 다른 반이 된 너. 다른 여자애의 남자 친구가 된 너를 어떻게 여기서 만나…….

‘마음이 편해질 때까지 얘기해 봐. 비밀 꼭 지킬게.’

그가 그렇게 속삭인 순간, 기묘한 깨달음이 찾아왔다.

성화처럼 따사로이 빛나는 진달래나무. 겨우내 검게 삭은 낙엽투성이 언덕에 깔린 그의 교복 재킷. 이토록 가슴 시린 광경을 수백 번 반복해서 보았던 기억이 되살아나고.

‘난 왜 항상 이 모양일까?’

‘앞으로 어떻게 살아가면 좋을지 모르겠어.’

'행여나 네가 내 옆에 있어 준다면…… 무언가 달라지지 않을까?'

수백 번 반복했던 하소연도 기억이 났다.

비로소 유리는 깨달았다. 이건…… 꿈이다.

이렇게 꿈에서 만나 제 얘기를 하면, 그는 늘 가만히 들어만 주다가 사라지곤 했는데.

'유리야. 나도 그랬어.'

처음으로 꿈의 내용이 바뀌었다.

'나름 최선을 다해 살았는데도 눈앞이 캄캄할 만큼 인생이 꼬였어. 어쩌다 내가 이 모양이 된 건지, 하루에 수백 번도 자책하고 절망했는데…… 네가 와 줬어.'

하늘의 달이라도 되는 듯 소중하게, 성진은 유리의 하얀 얼굴을 어루만졌다.

'내 곁에서 달라지는 널 보며, 나 역시 달라졌어. 한번 으깨졌다가 와인이 된 포도처럼.'

성진이 유리 곁에 바짝 붙어 앉아 속삭였다.

'금유리, 앞으로도 평생 내 곁에 있어 줘. 더 부드럽고 향기로운 술을 맛보게 해 줄게.'

그의 얼굴이 서서히 가까워졌다. 설마 하던 찰나, 그의 입술을 맛보게 되었다. 당황한 유리가 그의 어깨에 손을 얹었다.

'앗……. 성진아, 이러면 안 돼. 넌…….'

넌, 그러니까 넌…….

유리는 눈을 끔벅였다. 뒤늦게 머릿속 전구에 불이 들어왔다.

맞아. 넌 더 이상 다른 여자애의 남친이 아니라, 나의 ……이고. 우린 이제…….

"유리야."

나직한 부름에 유리는 눈을 떴다.

"잘 잤어?"

코앞에서 성진이 달콤하게 미소 짓고 있었다. 그의 날숨이 실크처럼 부드럽게 얼굴을 휘감는다.

"아……."

유리는 외마디 탄성을 흘리며 사방을 둘러보았다.

봄날 학교 뒷산이 안온한 리조트 침실로 바뀌고, 그의 재킷 대신 푹신한 침대 위였다. 검삭은 낙엽이 있던 자리에 꽃잎이 흩뿌려져 있었다.

"어머……. 내 정신 좀 봐."

유리는 푸흐흐 웃었다.

맞아. 난 드디어 그와 결혼했고, 지금 신혼여행 중이지.

그와 함께 세상에서 가장 아름다운 바다 몰디브에 왔다. 세상에 단둘이 남겨진 기분을 만끽하고 싶어서, 올 인클루시브 리조트 중에서도 가장 프라이빗하다는 곳을 골랐다.

리조트에 도착한 순간부터 꿈같은 시간이 펼쳐졌다.

에메랄드빛 바다를 배경으로 스냅사진도 찍고, 스노쿨링을 즐기며 알록달록 열대어들의 향연을 보았다. 중간에 나타난 바다거북이 뭐라고 깜짝 놀라, 바다 한가운데서 성진을 부둥켜안았다.

뷔페 음식이 끝내주게 맛있어서 평소보다 좀 많이 먹었더니 성진이 좋아했다.

해질녘이 되니 하늘과 맞닿은 바다가 자연의 마법을 보여 주었다. 메인 바에서 연자청색과 플라밍고색의 환상적인 그라데이션을 감상하며, 그 유명한 '모히또에서 몰디브 한 잔'을 했다.

온종일 지상 낙원을 누비다, 신혼부부는 서로의 손을 맞잡고 침실로 들어왔다.

침대를 로맨틱하게 장식한 이국의 꽃을 유리가 넋 놓고 바라보던 차, 성진이 꽃밭 위로 그녀를 쓰러뜨렸다. 꽃과 뒤섞인 제 여자는 안을수록 달큼한 향을 풍겼다.

다디단 꽃잠 뒤에도, 아직 밤이 좀 남았다.

"우리, 나가서 좀 걸을래?"

"응, 그러자."

유리가 흔쾌히 수락하자, 성진은 침대 밑에 개켜 둔 그녀의 원피스를 챙겨 주었다.

깊은 밤에도 로맨틱한 조명이 리조트 곳곳을 비추었다. 팔짱을 낀 신혼부부는 은은히 빛나는 판자길을 거닐었다. 바다를 가로지르는 길 끝에 벤치 그네가 있었다.

별이 쏟아질 듯 가득한 밤하늘. 시시때때로 유성우가 궤적을 그었다. 나란히 그네에 앉아 두 눈 가득 별을 쓸어 담던 중, 성진이 나직이 말했다.

"유리야, 나 아까 네 꿈 꿨다."

"정말? 나 뭐 하고 있었어?"

"두견중 뒷산에서 울고 있더라고. 예전에 수리 떠나보냈을 때처럼."

"아……."

어떻게 이런 우연이. 그 역시 저와 같은 꿈을 꿨단다.

"웃긴 게, 우리 둘 다 중학생인데도 난 우리 결혼한 게 분명히 기억나는 거야. 펑펑 우는 널 달래다가, 나도 모르게 뽀뽀까지 해 버렸어. 하하, 아무리 자각몽이라도 중딩 금유리한테 너무 심했나?"

괜히 쑥스러워져서 끅끅 웃는 성진의 어깨에, 유리는 가만히 고개를 기댔다.

"고마워. 꿈속까지 찾아와 줘서."

"앞으로도 우리 사장님 울면, 이 매니저가 어디든 찾아가 드리죠."

그녀의 머리에 제 머리를 겹쳐 기울이며, 성진이 덧붙였다.

"이 세상에서 가장 사랑하니까."

신혼부부의 발아래서 별을 품은 바다가 반짝였다.

일방적인 마음이고 바람이어도, 단 하나의 길을 믿었던 여자. 그녀가 건 모든 것이, 우주의 모든 하늘과 바다를 덮는 행복으로 돌아왔다.

–The end–

# 에필로그

1년 후.

"언니는 이번에 고향 안 가요?"

서호주 마가렛리버의 한 와이너리. 같은 팀 한국인 워커가 물었다.

9월. 한국은 이제 곧 추석 연휴다. 그곳은 이제 선선한 바람이 불어오겠지만, 이곳 남반구는 겨울의 끄트머리에서 봄맞이 준비가 한창이다. 지구 반대편이라기보다 다른 별에 온 것 같다.

수영은 작업하던 포도나무 가지를 마저 쳐내고 돌아보았다. 화장기 없는 얼굴이 말갛게 미소 지었다.

"응."

밀빛 뺨에 약간의 잡티가 생겼다. 지난 1년간 그런 것에 무심했던 사람에게 건강한 햇빛이 남긴 자취였다.

"어우, 나도 그냥 가지 말까요! 가 봤자 꼰대들 잔소리나 실컷

들을 텐데. 취직 언제 하냐, 시집이나 빨리 가라이…… 소개나 해 주고 그런 말을 하든가!"

내일모래 서른. 워홀러 중에 적은 나이는 아닌 그녀는 수영 옆에 서면 새처럼 재잘댔다.

처음 봤을 때 동년배 워홀러인 줄 알았던 수영은 알고 보니 나이 차가 좀 나는 언니였다. 호주의 맑은 공기 한번 마시겠다고 워킹홀리데이를 신청한 저와 달리, 수영은 일과 쿠커리 코스를 병행하며 제2의 인생을 진지하게 준비 중이었다.

"실은 나, 한국에 있을 때 대기업 다녔었어."

자기 얘기를 좀처럼 안 하던 수영이 말문을 트자, 여자의 눈이 동그랗게 뜨였다.

"우와, 어디요?"

"S모 주류라 해 두자."

"S면 설마 첫이슬 만드는 그? 허어, 거기 다닐 정도면 언니 스펙이……."

"난 인생에서 지금이 가장 편안해. 마음도 개운하고."

"하핫, 이 공기 좋은 포도밭에서 다 함께 가지를 치는 것이야말로 안빈낙도의 삶이다, 이거죠?"

여자의 너스레를 옅은 미소로 받아 넘기며, 수영은 잔잔히 곱씹었다.

안빈낙도安貧樂道. 오랜만에 한국인과 같은 팀이 되니 이런 말도 간만이다. 가난에 얽매이지 않고 나름 즐기면서 산다는 의미였던가.

예전에 몸과 마음을 옥죄었던 탐욕과 열등감의 사슬이 어렴풋하게 떠오른다. 명문대, 대기업, 플래티넘카드, 명품백……. 가지지 못해 불행하다 생각했던 것들을 가지면 가질수록 아이러니하게도 더 불행해졌다.

모든 것에 지쳐 생명을 놓아 버리려 했던 때 유리가 내민 돈 봉투 안에 든 것은.

「당신의 인생 제2막을 도와드릴 번호.」

다정다감한 필체로 쓰인 변호사의 번호, 그리고 호주 와이너리 소개장이었다.

인생 제2막이라는 문구는 의외로 강력한 힘을 행사했다. 일단 연락이나 한번 해 보자는, 전혀 없던 마음도 생기게 했으니.

그렇게 연이 닿은 변호사는 인생 플래너라 해도 될 정도였다. 횡령사건도 집행유예를 받아 내고, 호주이민성의 인맥을 활용해 수영이 원만하게 출국하게끔 도와주었다.

유리가 변호사 통해 전해 준 정착금은 아무것도 남지 않은 수영에게 단비와도 같았다. 덕분에 이렇게 주경야독을 하며 이민의 꿈을 키워 나가는 형편이 되었다.

가장 고마운 건, 늘 머리에 무거운 바위가 얹어진 듯한 느낌에서 해방된 거다.

처음 이곳에 왔을 땐 아물어 가는 딱지 주변에 일어나는 각질처럼 이따금씩 회한이 들기도 했지만, 이젠 지난 일은 거의 땅속 깊이 묻어 버렸다.

굵은소금처럼 까끌까끌하던 마음의 번뇌를 저 바다 같은 호주 하늘이 녹여 준 덕일까?

삶이 잔잔한 바다 같아졌다. 세상에서 가장 두둑한 돈 봉투를 준 후원자 덕에.

“가능하면 와인메이커가 되고 싶어. 언젠가 날 도와준 사람이 내 와인을 마시게 되는 날이 올까?"

"언니라면 충분히 가능할걸요? 술 관련 일 했었지, 영어도 되지! 지금 당장이라도 와인 만들어서 그분께 한 병 보내면 되죠!"

멋모르고 쉽게 말하는 여자 앞에서 수영은 그저 웃었다. 자기 이름으로 직접 와인을 보낼 생각은 없다. 금유리가 저 때문에 다신 신경 안 쓰이게 하는 게 후원의 조건이었으니까. 결과적으로 감사한 일이 됐지만, 얼마나 멀리멀리 보내 버리고 싶었으면 지구 반대편으로 갈 돈까지 줬나 싶다.

이 별에 새로이 심어진 포도나무로서 살아가련다. 조용히, 행복하게.

다만 가능하다면, 전 세계로 수출될 만큼 훌륭한 와인을 만들고 싶다. 금유리가 자연스럽게 맛볼 수 있게. 자신이 일군 포도로 만든 와인이 그녀의 피와 살이 된다면, 나름 보은이 되지 않을까?

"나, 정말 크고 야무진 꿈이 생겼어."

농업회사법인 참술 연구개발실.

"좋아, 좋아."

"뭐가 그렇게 좋아?"

혼자 헤벌쭉 웃는 동주에게 명 대장이 혀를 차며 물었다.

"그냥, 이 세상의 모든 게 좋습니다!"

올해 출시한 참술 신제품 약주 2종이 요새 핫하다. 미인의 꽃이라는 히비스커스 약주 '회춘'은 여성들에게 인기가 좋고, 봄에 나는 송순을 담은 약주 '청순'은 사회초년생에게 선물하기 좋은 술이라는 스토리텔링이 먹혀 들었다.

주류마니아 카페나 커뮤니티를 대상으로 한 시음 이벤트도 활기를 띠었다. 작년 채운여름 열풍을 기점으로 참술은 2030 주당들에게 강세를 보이는 인싸 양조장 이미지를 확립해 나가는 중이다.

옆 PC에서 실험 데이터를 취합하던 오동훈이 한마디 거들었다.

"전 아직도 꿈만 같습니다. 우리가 그 청은그룹에까지 납품하게 될 줄이야……."

작년에 청은그룹 부회장이 친히 성진을 찾아와 납품 제의를 해왔다.

미슐랭 3스타 한식당을 보유한 이브닝에메랄드 호텔. 부동의 마트 서열 1위 청마트의 주류 코너. 미식가들의 대호평 속에 가맹점 수를 꾸준히 늘려 가는 한식뷔페 청월. 그 모든 게 청은그룹 계열사였다.

규모 면에서나 홍보 효과 면에서나 참술의 기존 판로를 합친 것보다 큰 판이었다. 덕분에 채운 시리즈 출고량을 두 배로 늘려야 했고, 한동안 눈코 뜰 새 없이 바빴다.

시간이 쏜살같이 흐르는 와중에도, 안팎으로 경사가 이어졌으니.

"네, 여보님! 소인 전화 받았습니다."

동주가 날아갈 듯한 표정으로 전화를 받았다.

"고생은 자기가 훨씬 많죠. 오늘도 수고 많아요. 퇴근하고 바로 가…… 뭐라고? 알았어요! 지금 당장 갈게!"

핸드폰에 꿀을 뚝뚝 흘려 넣던 동주가 눈을 똥그랗게 떴다.

"뭐여? 집에 불이라도 났어?"

딱 그런 표정을 짓길래 명 대장이 물으니.

"대장님, 죄송한데 저 반차 쓰겠습니다. 분유가 다 떨어졌답니다!"

"불난 거보다 더한 비상사태 맞네."

곁에서 지켜보던 성진이 빵 터졌다.

"알았으니 가 봐."

동주는 브리프케이스를 둘러메고 성진과 동훈에게 마구 손을 흔들었다.

"동훈이 형, 성진아. 나는 간다. 뒤를 부탁한다!"

"그래. 내일 봐."

빛의 속도로 동주가 사라진 뒤, 성진도 명 대장에게 넌지시 말했다.

"대장님. 죄송한데 저도 반차 써도 될까요? 오늘 장인어른 생신이라 유리랑 같이 댁에 가기로 했거든요. 말씀드리려던 차에 동주 자식이 선수를 쳐 버리네요."

"알았어. 너도 여어 가 봐……."

두 남자가 연이어 사라진 자리. 남겨진 명 대장과 동훈이 너털웃음을 흘렸다.

"청은그룹 건보다도 상상 못 했죠. 설마 동주가 성진이보다 먼저 애를 볼 줄은……."

"그러게나 말이다. 진희 양 손도 제대로 못 잡는 거 보고 저거 장가는 가려나 했는데, 다 쓸데없는 걱정이었어."

성진과 유리의 결혼 후, 급속도로 가까워진 동주와 진희는 쾌속으로 진도를 뺐다. 먼저 결혼한 커플보다 아이를 가져 속도위반 결혼을 하게 된 동주는 진희의 오빠인 옥토끼주막 사장에게 흠씬 두들겨 맞았다.

동주가 화가 풀릴 때까지 때리시라고 등짝을 내드렸으나, 그의 근육 때문에 사장님 손만 아팠더란 슬픈 전설이 있다.

"하하, 그쪽 사장님이 워낙 시스콤이라. 국가대표급 전통주 소믈리에가 갑자기 쉬게 되니 대체인력 구하는 것도 큰일이었을 겨."

"그나저나 성진이도 좋은 소식 있어야 할 텐데 말이에요. 결혼한 지 벌써 1년인데."

"내가 간밤에 꿈을 꿨는데 말여, 성진이네도 조만간 희소식이 오지 않을까 싶어."

"오…… 대장님. 설마 또 예지몽이라도 꾸신 겁니까?"

손님의 기척을 귀신같이 알아채는 명 대장의 촉은 새 생명에게도 발휘되는 듯했다. 동주가 아이 소식을 전하기 바로 전날, 호랑이가 나오는 태몽을 대신 꿨었다.

이번에는, 화사한 진달래꽃 나무 아래 떨어진 보석을 줍는 꿈이었다. 무려 두 개나.

"왠지 느낌이, 쌍둥이일 거 같어."

"사장님, 망원동 댁에 도착했습니다."

"아, 감사합니다."

차 안에서 깜박 잠이 든 성진이 눈을 떴다. 근래 잠이 좀 부족했다. 생산량 증량에 참술 신제품 런칭에 곧 있으면 명절 대목도 다가오는지라.

그래도 금 회장이 붙여 준 운전기사 덕에 출퇴근도 많이 편해졌고, 이렇게 눈 붙일 짬도 생겼다. 무엇보다 유리를 한시라도 빨리 볼 수 있게 되어 좋았다.

아파트 단지 앞에 곱게 단장한 유리가 기다리고 있었다.

차에서 내리자마자, 두 사람은 자석처럼 포옹을 나누었다.

"우리 마누라 오늘 완전 예쁘네. 아버님 보여 드리려고 입은 거야?"

"응. 나 칵테일 대회 때 한복 입었던 모습 또 보고 싶다셔서."

덤으로 손수 칵테일을 만들어 드리려고 기물까지 챙겼다.

역시 오늘도 마음씨까지 예쁘다. 그새를 못 참아 성진은 아내의 볼에 살포시 입을 맞췄다. 남편의 부드러운 입술을 느끼며 유리는 지그시 눈을 감았다.

만난 지 어언 20년이 다 되어 가건만. 여전히 기다림이 설레고, 벅차오를 만큼 행복하게 해 주는 사람이다.

성진이 차 문을 열고 도어맨처럼 손짓을 했다.

"자, 어서 타시죠. 마님."

"아이, 왜 또 돌쇠 말투야."

뒷좌석에 나란히 앉아 금 회장 댁으로 향했다. 습관대로 유리의 손등에 제 손을 포개어 올렸다가, 성진이 눈을 끔벅였다. 그녀의 이마에도 손을 대 보았다.

"유리야, 너 열 좀 나는 거 같은데?"

"어…… 정말? 안 그래도 오늘 좀 나른하긴 해."

"혹시 감기 걸린 거 아냐?"

"그런가……. 환절기라 그런가 봐."

원래 유리는 환절기 감기에 잘 걸리는 편이었다. 다만 코가 막히거나 목이 따끔거리진 않는 것이 다른 때랑 뭔가 다른 느낌이긴 했다.

"그냥 좀 피곤한 거 같기도 해. 이상하네. 너 기다리면서 낮잠도 잤는데. 오히려 너무 많이 자서 그런가?"

"유리야, 컨디션 별로면 그냥 집에서 쉬는 게 어때? 나 혼자 다녀와도 되니까……."

"어, 아냐! 그 정도는 진짜 아냐."

울 아버지 간만에 딸과 사위랑 한잔할 생각에 며칠 전부터 들떠 계실 텐데. 그 기대를 깰 만큼은 아니야.

유리의 다갈색 눈에 비친 의지를 읽은 성진은 그녀의 손을 따스하게 감싸 쥐었다.

"아버님, 저희 왔습니다."

"오, 어서들 와!"

금 회장이 반색을 하며 막내딸 부부와 차례로 포옹을 나누었다.

이번 회장님 생신엔 온 가족이 댁에 모여 오붓하게 한잔하기로 했다. 특별히 초청된 한식 전문 셰프가 상다리가 휘어지도록 주안상을 차려 놓았다. 참술의 신상 약주 2종도 상에 올랐다.

"유리야, 어서 와라."

먼저 식탁에 앉아 있던 규진이 자리에서 일어나 여동생과 악수를 나눴다.

"작은오빠는요?"

"방금 공항 도착했다니까 1시간 좀 넘게 걸릴 거야."

"어서들 앉아. 우리끼리 먼저 한잔하자고."

금 회장의 갈증이 극에 달했다. 막내아들처럼 아끼는 사위가 빚은 신상 술을 맛보고 싶은 마음이 굴뚝같았지만, 온 가족과 먹으려 오늘까지 아껴 둔 터다.

유리 앞에 해파리냉채와 송이버섯 산적이 놓였다. 유리의 식성을 잘 아는 김 씨 아주머니가 부러 가깝게 놓은 것이었다.

좋아하는 음식 냄새에, 유리는 뜻밖에도 메스꺼움을 느꼈다. 목젖까지 훅 치미는 욕지기를 누르지 못해 헛구역질을 했다.

"욱……."

싱글벙글하며 서로의 잔을 채우던 세 남자의 시선이 번개같이 유리를 향했다.

"유리야, 왜 그래?"

아버지, 큰오빠, 남편이 거의 한 목소리로 묻자 유리는 민망해졌다.

"속이 좀 울렁거려서……."

"음식이 뭔가 이상한가?"

규진이 유리 앞에 놓인 음식들을 차례로 들어 올려 냄새를 맡았다.

"아뇨, 그건 아니고…… 오늘 제 컨디션이 별로인 거 같아요."

"혹시 점심 먹고 얹힌 거 아니냐?"

"아니에요, 아버지. 저 오늘 아무것도 안 먹었어요."

"점심은 왜 또 거른 게야?"

"그게요……. 실은 요새 좀 식욕이 없어서……."

유리가 한 말에 남자들이 더 심각해졌다. 그 가운데서도 성진의 표정이 가장 심란했다.

요새라면, 며칠 됐단 얘기잖아. 나 걱정 끼치기 싫다고 또 말 안 했구나, 너.

혹시라도 큰 병은 아니어야 할 텐데.

"안 되겠다. 아주머니, 유리 약 좀 사 먹여야 할 거 같은데요. 속 메스꺼울 때 좋은 약이 뭐가 있죠?"

"그 전에, 제가 아가씨한테 몇 가지만 여쭤 봐도 될까요?"

김 씨 아주머니가 유리한테 조심스레 속삭였다.

"아가씨, 잠깐만 이쪽으로 와 보시겠어요?"

김 씨 아주머니가 빈 방으로 유리를 데리고 들어갔다. 10여 분 뒤 두 여자가 상기된 얼굴로 나왔다.

"허허, 둘이 뭔 비밀 얘기를 하느라 문까지 닫아걸고."

"회장님, 저 편의점 좀 다녀오겠습니다. 아가씨 술 먹이지 말고 계셔 보세요."

"갑자기 왜?"

금 회장이 의아한 표정으로 김 씨 아주머니와 유리를 번갈아 보았다. 왜인지 유리가 혼이 나간 표정을 짓고 있었다.

"아가씨가 임신하신 거 같아요."

김 씨 아주머니가 속삭인 말에, 금 회장의 눈이 천지개벽을 맞았다. 곁에서 엿들은 규진과 성진 역시 앉은 자리에서 펄쩍 뛰어오를 뻔했다.

"뭐라고요?"

"진짜야?"

세 남자의 시선이 태양처럼 강렬하여 유리는 발갛게 익은 고개를 푹 숙였다.

아……. 만약 아니면 완전 민망할 거 같아.

이윽고 편의점에 다녀온 김 씨 아주머니가 유리에게 검은 봉투를 내밀었다.

"아가씨, 이거 두 개 다 해 보셔요."

"네……."

화장실에 들어간 유리를 기다리는 동안, 세 남자는 허리에 철심이라도 박힌 양 초긴장 상태를 유지했다. 눈앞에서 식어 가는 진수성찬과 방치된 술잔은 더 이상 안중에 없었다.

"저기…… 저……."

화장실에서 나온 유리가 차마 말을 잇지 못했다. 사고가 멈춘 사람처럼, 임신 테스트기를 쥔 채 눈만 깜박거렸다.

"유리야, 왜 그래? 뭐 문제라도 있어?"

참다못한 성진이 유리에게 달려갔다. 그녀가 쥔 임신 테스트기를 뺏어 든 순간, 그까지 덩달아 굳었다. 그 모습에 금 회장과 규진은 더욱 안달이 났다.

"아니, 대체 뭐가 나왔길래 그러는 거야!"

"저……."

그나마 심장 상태가 유리보다 양호한 성진이, 아주 바보 같은 질문을 던졌다.

"두 줄이면…… 임신 맞는 거죠?"

"두 개 다 두 줄인가?"

"하하…… 네……."

아빠가 된 성진이 얼떨떨하게 웃으며 말한 순간.

"다, 당장 여기 있는 술 다 치워!"

"허어…… 하마터면 큰일 날 뻔했네!"

"앗, 잠시만요! 치우지 마세요!"

호들갑을 떠는 아버지와 큰오빠를 유리가 만류했다.

"모처럼 모였는데 그냥 드세요. 저만 안 마시면 되죠."

"아니다. 너 임신했는데 우리가 앞에서 대놓고 술 먹는 건 좀 아니지 않냐."

"전 오히려 마셔 주길 바라요. 자, 다들 앉아 봐요."

세 남자의 혼란을 잠재우듯, 유리가 술병을 들어 올리며 나긋하게 웃었다.

"우리 아이를 위해 축배를 들어 주세요. 이 아이가 할아버지랑 삼촌한테 인사드리려고 오늘까지 기다린 거 같아요."

말은 차분하게 하지만, 지금 유리는 심장 마사지가 절실한 상황이었다.

믿기지 않는 듯 자기 배를 어루만지는 유리를 지켜보며, 금 회장과 규진 역시 만감이 교차했다.

유리가 세상에 나왔을 때, 마음껏 기뻐하지 못한 게 두고두고 미안했다. 제 엄마 배 속에 있을 땐 그토록 설레는 마음으로 기다렸던 딸이고 여동생이었건만. 아내를, 어머니를 떠나보낸 슬픔이 유리에게 향했어야 할 기쁨을 묻었다.

슬픔을 딛고 아름답게 자라난 아이가, 엄마가 되려 한다.

유리에게 미처 주지 못했던 것들, 새 생명에게 듬뿍듬뿍 주리라.

"유리야, 너도 잔 받아라."

금 회장이 유리의 잔에 물을 따라 주었다. 모두가 잔을 들어 올린 자리에서 금 회장이 말했다.

"유리랑 복 서방, 엄마 아빠가 된 걸 축하한다. 할아버지랑 삼촌한테 인사하러 와 준 우리 손주도 기특하고 고맙고. 이 세상에 온 걸 환영한다, 우리…… 음, 유리야. 태명은 뭐로 할 거냐?"

금 회장이 건배사를 하다 말고 유리에게 불쑥 물었다.

"만약 아이 가지면, 태명은 수리로 하려고 했어요."

그렇게 말하며, 유리는 성진과 뭉클한 미소를 주고받았다.

“그래 좋아. 내가 우리 수리, 하면 환영한다 한마디 해 주련. 우리 수리!”

“환영한다!”

어느 가을. 모두의 축복 속에 아기 천사가 찾아왔다.

❖ ✱ ❖

집에 돌아오니 자정을 훌쩍 넘긴 시각이었다.

고운 한복을 갈아입는 법조차 잊고, 유리는 거실 발코니 창문 앞에 오도카니 서 있었다.

강 물결에 부드럽게 녹아나는 도시 불빛. 커다란 다이아몬드처럼 빛나는 서울 밤하늘의 인공위성. 늘 보아온 광경인데도, 어느 것 하나 예쁘지 않은 게 없었다.

벌써부터 세상이 달라 보인다.

오늘부터 나는 엄마. 그는 아빠.

유리는 자기 배에 조심스레 손을 얹어 보았다. 아직은 납작하기만 한 이 배 속에 정말 아이가 찾아온 걸까? 나와 그의…….

“유리야.”

나직이 부르는 소리에, 유리는 뒤를 돌았다.

옷을 갈아입고 나온 성진이 저를 눈에 담고 있었다.

가만히 보고 있는 것만으로, 서로의 가슴에서 넘실대는 마음이 고스란히 전해져 왔다. 교차되는 만 가지 감정들. 넘쳐나는 행복감으로 귀결되는 마음.

성진이 유리에게 다가붙었다. 그의 한 손이 배 위에 얹어진 그녀의 손 위에 부드럽게 포개어졌다.

"정말……. 이 감정을 뭐라 표현해야 될지 모르겠다. 와이프 임신했을 때 남자들이 멍 때린다는 말이 이제 이해가 돼."

무언가를 콕 집어 표정으로 드러내기엔 너무나도 찡하고 벅차고 먹먹하고…… 그런 감정이었다.

경망스럽게 환호성을 지르고 싶다가도, 새 생명 앞에서 언행을 신중히 해야 한다는 생각에 충동을 누르게 되니. 제 감정인데도 오늘따라 참 쉽지가 않았다.

이러니 멍 때리게 될 수밖에.

너무 강하지는 않게, 성진은 유리를 끌어안았다.

"고마워, 여보."

유리의 임신 사실을 알았을 때 바로 이렇게 안으면서 이 말을 하고 싶었지만, 아까는 보는 눈이 있어서 참았다.

"미안. 술 냄새 좀 나지?"

귀한 손주를 보게 된 기쁨에 금 회장님은 오늘따라 약주를 거하게 드셨고, 성진은 유리의 몫까지 다 받아 마셔야 했다.

"우리 수리 아빠가 만든 술이라 오히려 향기롭고 좋은걸?"

"하하, 정말 우리 아이 태명 그걸로 정한 거야? 혹시 최근에 특이한 꿈 꾼 거 있었어?"

"그러고 보니 지난주에 도토리 두 개를 줍는 꿈을 꿨던 것도 같아. 이게 태몽일 줄은 몰라서……."

"두 개라고? 설마 쌍둥이는 아니겠지?"

"만약 쌍둥이면 '힐링이'도 추가하지 뭐."

유리가 사 모은 아가타 스코티 목걸이 중 가장 아끼는 녀석의 이름이었다.

"둘째 태명은 네가 지은 거나 마찬가지야. 네가 붙여 준 이름이니까."

"그렇게 말하니까 진짜 쌍둥이어도 좋겠다는 생각이 드네. 물론 자세한 건 산부인과 가 봐야 알겠지만."

그리 중얼거리며 성진은 유리를 더욱 깊게 안았다.

"아까 규진 형님도 어지간히 기쁘셨던가 봐."

규진 역시 금 회장 못지않게 약주를 하였고, 급기야 유리 앞에 무릎 꿇고 '유리야, 정말 고맙다.' 하며 울먹이기까지 했다.

"이쯤 되면 큰오빠 특기이자 주사는 무릎 꿇기야. 우리 부회장님 회사에서 회식할 때도 그러는 건 아니겠지."

"하하, 설마. 그나저나 우리 사장님은 아까 너무 안 먹더라?"

"으응, 그게……. 심장이 너무 떨려서……."

"그래도 이젠 잘 먹어야 돼. 알지?"

"응. 내일부턴 열심히 먹을게."

나만 먹는 게 아니니까.

"앞으로 먹고 싶은 거 있으면 참지 말고 얘기해. 새벽 비행기 타고서라도 구해 올 테니까. 가뜩이나 우리 금유리 식욕이 귀한데 말이지."

충분히 그리해 주고도 남을 사람임을 알기에, 유리는 쿡쿡 웃었다.

"오늘따라, 정말 예쁘지 않아?"

"응. 이 날개옷 입고 훨훨 날아갈까 봐 겁날 정도야."

눈앞에 펼쳐진 야경을 두고 한 말인데, 그는 완전히 다른 대상으로 알아들었다.

"아이 셋 낳더라도 평생 못 놔줍니다, 우리 사장님."

그의 짓궂은 말에 유리도 웃으며 받아쳤다.

"이제 우리 아이도 케어해야 하고. 앞으로 더 바빠지겠네요, 우리 매니저님."

그 순간, 성진이 무릎을 굽혀 유리의 배에 귀를 가져다 대었다. 아직은 너무도 작은 생명에게 나직이 속삭였다.

"좋은 아빠가 될게. 잘 부탁한다."

남자로서 수없이 그려 왔던 인생의 장면이었다. 이 아름다운 여인의 배에 안착하게 돼서 더욱 감사한 오늘이었다.

유리는 성진의 머리를 포근하게 그러안았다.

'죽도록 행복하게 살아갈 방법, 함께 찾아보자.'

으깨진 포도였을 적에 그와 했던 약속.

서로에게 빌었던 소원이, 소중한 꿈이…… 향기로운 와인처럼 무르익었다.

KODAK PORTRA 400

# 외전 1.

## 비 온 후 이야기

“자, 윤재야. 아, 해 봐. 아고, 잘 먹네!”

9개월 남아의 앙증맞은 입술에 작은 숟가락이 쏙 들어간 순간, 경민의 얼굴에 웃음꽃이 활짝 피었다.

“우리 윤후도 형아처럼 잘 먹어야지? 옳지, 잘했어요.”

바로 옆에선 유리가 미소 띤 얼굴로 동생을 먹이고 있었다.

간만에 경민은 망원동 아파트에 놀러 왔다. 자신보다 훨씬 늦된 나이에 쌍둥이 육아를 시작한 친우 걱정이 적지 않았다.

늘 허리까지 길렀던 웨이브 헤어는 어깨 기장의 단발로 정리되어 있고, 가뜩이나 조막만 한 얼굴이 화장기마저 없으니 더 애잔해 보인다. 그럼에도, 지금까지 봐 온 금유리의 모습 중 가장 아름답다는 생각이 들기도 했다.

“오늘도 잘 먹었어요. 예뻐요.”

유리가 아이들의 입술을 닦아 내며 조곤조곤 칭찬을 했다.

“매번 이유식 먹일 보람이 나겠어. 진짜 착하게 잘 먹네.”

“이거 아침에 성진이가 만들고 나간 거야. 내가 만든 건 가끔 뱉거든. 아빠가 만든 게 입에 더 잘 맞나 봐.”

“그래도 이만하면 천사지. 유진이 고 기집애 이유식 먹일 때 생각하면 내가 아직도 치가 떨린다. 내가 만들어 바쳐도 뱉고 사다 먹여도 뱉고. 콱 쥐어박고 싶은 걸 한 백만 번은 참았을 거다, 내가.”

“아하하, 유진이 되게 얌전하게 잘 먹었을 것 같은데, 의외네.”

식사를 마친 쌍둥이 형제는 아기 방에서 장난감을 갖고 놀며 꼼지락거렸다. 그러다 오후 햇살이 비쳐들 즈음 약속이라도 한 듯 나란히 붙어 스르르 잠이 들었다.

애들 잠 깨울세라 숨소리까지 죽이고, 경민은 잠든 얼굴들을 가만히 관찰해 보았다. 남자아이들이라 그런지 눈, 코, 입은 아빠를 빼다 박았는데, 미소 짓는 법에선 엄마가 보이는 듯도 하다.

“친구 애들이라서가 아니라, 커서 아주 미남이 되겠어. 벌써부터 떡잎이 보인다.”

경민의 나직한 중얼거림에 유리가 행복한 웃음을 지었다.

“응. 아빠가 워낙 잘생겼잖아.”

“너도 예쁘고.”

“고마워. 하지만 역시 애들은 성진이 판박이야.”

유리는 살그머니 손을 펼쳐 약간 기울어진 아이들의 머리를 고쳐 눕히고, 은연중에 중얼거렸다.

“진짜 우리 애들이라서가 아니라, 완전 잘생겼어. 볼 때마다 짜릿해. 늘 새로워.”

“얼씨구?”

"솔직히 아주 안 힘든 건 아닌데, 우리 아들들 자는 모습만 보면 눈 녹듯이 녹아 버려."

눈이 다 뭐냐. 아주 꿀이 뚝뚝 떨어지네.

손 받침을 하고 헤벌쭉 웃는 유리의 작태에 경민은 헛웃음을 흘렸다.

"아무래도 난 역시 얼빠인가 봐. 어쩜 애 아빠랑 애기들 얼굴만 보면 이리도 행복해질까?"

"자기 남편이랑 아들 외의 남자는 죄다 큰 바위 얼굴 보듯 하는 여자를 얼빠라고 하진 않지. 콩깍지라 할 수는 있겠다만."

"헤헤, 그런가."

손가락을 뻗어 아이들의 앞머리를 살포시 빗질해 주면서 유리가 속삭였다.

"하루하루 감사해."

"뭐가?"

"우리 윤재 윤후 무사히 태어난 거랑, 건강하게 자라 주는 거."

"그러게. 너 나한테 난임 검사 얘기까지 했었잖아."

"맞아, 그랬었지."

지금이야 별일도 아니었다는 듯이 웃지만, 경민은 한때 유리가 얼마나 심란해했던지 생생히 기억했다.

적지 않은 나이에 품에 안은 아이. 아이에게로 뻗어 가는 손길 하나 눈빛 하나에서 따듯한 모정이 묻어난다. 어엿한 엄마가 된 유리의 모습을 경민은 감회롭게 지켜보았다.

과거 29세의 우경민이 시간을 훅 뛰어넘어 지금의 금유리를 보게 된다면, 아마 기절초풍하겠지?

대책 없이 칵테일 바 차리고, 대책 없이 궁전 같은 집에서 쫓겨

나고, 대책 없이 핑크색 캐리어 하나 끌고 나와서는. 이렇게까지 했는데 성진이가 안 오면 어쩌지 하며, 물가에 내놓은 아이 표정을 짓던 네 모습이 엊그제 같은데.

결국 죽고 못 사는 남자와 똑 닮은 아들 낳아서, 여전히 죽고 못 사는 애 엄마가 되었네.

문득 짓궂은 마음이 동해, 경민은 유리에게 불쑥 물었다.

"너희는 생전 부부싸움도 안 하지?"

"응?"

역시. 그런 게 가능하냐고 되묻듯 똥그래진 눈 보게.

"어…… 아주 가끔?"

"예를 들면?"

"으음…… 성진이가 식사 때마다 나 밥 너무 조금 먹는다고 하고, 난 막 아니라고 하고……."

"그건 나도 복성진한테 전적으로 동의한다. 애 둘 엄마 몸매 맞냐? 제발 좀 먹어라."

"난 진짜 먹는다고 먹는 건데……."

"어쨌든 이건 기각. 또 뭐 없어?"

"으음…… 성진이가 일하다가 너무 늦을 때, 참다못한 내가 빨리 오라고 우리 애기들 안 볼 거냐고 막 폭풍 전화를 해서……."

"……에라이, 하나같이 사랑싸움이잖아, 요 기집애야."

"헤헤, 그런가? 꺄아, 경민아 아파."

경민이 소리 안 나면서도 제법 맵게 등짝을 때리자, 유리가 까르르 웃었다.

"그러고 보니 딱 한 번 좀 심각해진 적이 있었어. 그것도 부부싸움이라기보단 나 혼자 삐진 거지만……."

"와, 금유리 네가 삐질 일이 다 있어? 복성진한테?"

경민이 세상 오래 살고 볼 일이라는 반응을 보이는 걸 유리는 지당하게 생각했다.

제가 생각해도, 성진한테 서운함을 느낄 만한 일은 정말 손에 꼽으니까. 가만히 곁에 있어 주기만 하도 영혼까지 꽉 채워 주는 존재가 그인데, 하루하루 더 잘해 주기까지 하니까.

"진짜 별것도 아닌 일에 괜히 화를 냈었어. 그땐 임신 문제 때문에 내가 너무 예민해져 있었던 거 같아."

"충분히 그럴 수 있지. 너 난임 검사 얘기할 때 내가 다 심란하더라. 네가 어디 가서 힘든 티 내는 애도 아니라서, 나한테 말 꺼내기까지 얼마나 혼자 속 끓였을까 싶었고."

모르긴 몰라도, 너도 모르는 새 쌓인 게 툭 터진 날이었겠지.

"부처한테도 욱할 수 있는 게 인간 아니냐."

"어머, 신기해. 성진이도 그때 똑같은 말을 했는데."

"정말? 어디 썰 좀 풀어 봐. 복성진 기다리는 동안 그 얘기나 듣자고."

"아이…… 이 얘긴 좀 부끄러운데……."

유리는 조금 쑥스러운 듯 웃기만 하다가, 조곤조곤 이야기를 풀어냈다.

내가 그를, 그가 나를 얼마나 사랑하는지 새록새록 되새겼던 그 날의 이야기. 비 온 뒤에 굳은 땅 같은 이야기.

"휴우……."

기나긴 한숨을 토해 내며, 유리는 소파 의자에 몸을 깊이 묻고 배에 손을 얹어 올렸다. 마법이 시작되었다. 원래부터 통증이 심한 편이어서 새삼스럽지는 않았다.

지금 그녀를 정말 괴롭게 하는 건, 진통제로는 다스려지지 않는 통증이었다.

"이번 달도…… 꽝이네."

아랫배에 가해지는 통증이 오늘따라 더 날카롭고 야속하게 느껴졌다. 이번엔 일주일 정도 늦길래 혹시나 했는데. 모든 기대가 이 안에서 다함께 무너져 내리는 것 같았다.

"다희 언니. 죄송한데 저 오늘 마법통이 너무 심해서 출근 못 할 것 같아요. 정말 미안해요. 내일은 꼭 나갈게요."

쓰러질 염려보단, 손님들에게 못난 얼굴 보일 것 같다는 두려움이 더 컸다.

유리는 핸드폰을 한참 동안 만지작거렸다. 며칠간 썼다 지우길 반복한 말을, 오늘에야 겨우 경민에게 보냈다.

[경민아. 나 난임 검사 한번 받아 볼까 해.]

[아니, 너희 결혼한 지 얼마나 됐다고?]

[결혼한 지 1년이 됐는데도 아무 소식 없으면…… 의심해 봐야 한다고 해서…….]

의심. 스스로를 너무도 아프게 때리는 말이었다.

[너무 마음 조급하게 먹지 마. 아직 너희 충분히 젊어. 신혼 더 즐기고 나서 그런 쪽 알아봐도 안 늦어.]

경민이 하는 말들은 유리가 스스로에게 끊임없이 되뇐 말들이기도 했다.

관점에 따라 우리 나이가 젊다고 할 수는 있겠지만, 마냥 적지만은 않다는 것에 자꾸 생각이 미쳐서. 우리 이대로 괜찮을까 하는 불안감이 나날이 커져 갔다.

'나 만약 정말 난임이면 어떡하지?'

그대로 보내면 경민이 검사 받아 보기도 전에 바보 같은 소리 말라고 펄쩍 뛸 게 뻔해서, 유리는 톡창에 쓴 말을 도로 지웠다.

유리의 긴 침묵에서 짙은 번민을 읽었는지, 경민이 톡을 보냈다.

[정 걱정되면 복성진이랑 상의해서 병원 예약 한번 잡아. 난임 검사는 부부가 같이 받아 봐야 하는 거 알지?]

"휴……."

또 한 번 유리는 한숨을 길게 내쉬었다. 늘 철저하게 몸 관리를 해 온 그다. 정 문제가 있다면 제 쪽이겠지.

그래도 같이 검사를 받아 보자고 하면, 그는 어떤 반응을 보일까?

솔직한 고민을 듣고 나서, 이해해 주고 안심시켜 줄 수도 있겠지만.

이런 검사를 받으라는 말 자체를 불편해할 수도 있겠고. 너무 조급한 거 아니냐고 대수롭지 않게 넘기려 들지도 모르고.

가뜩이나 요즘 양조장 일도 바빠 보이고…….

"그래, 됐어. 말하지 말자. 괜히……."

고개를 한 번 내젓고 나서도, 유리는 더 깊어진 한숨을 연거푸 내쉬었다.

❖ ✱ ❖

참술 회의실. 성진은 명 대장과 머리를 맞대고 의논 중이었다.

"대장님. 이 생산량을 맞추려면 인력 충원이 불가피할 것 같은데요."

"그러게 말이다."

참술은 요새 즐거운 비명을 지르는 중이었다. 청은그룹과 채운 시리즈 납품 계약을 체결한 건 큰 도약의 기회였지만, 출고량을 지금 수준에서 두 배로 늘려야만 이행 가능한 내용이었다.

사람을 더 뽑는다는 것도 말처럼 쉬운 일은 아니었다. 여기 일은 힘만 써서 되는 일들이 아니니까. 미생물을 다루는 일인 만큼 술에 대한 기본 소양도 있어야 하고, 무엇보다 우리 술에 애정을 붙일 수 있는 사람이어야 했다.

채운여름이 만찬주로 선정돼서 참술이 유명세를 탄 뒤로 입사 지원자는 꾸준히 있어 왔지만, 명 대장의 눈에 마뜩하게 차는 인재는 그리 많지 않았다.

"그냥 내가 당분간 휴일에도 나와서 양조장 좀 볼게."

"대장님. 그럼 저도……."

"넌 됐어, 인마!"

성진의 말이 끝나기도 전에 명 대장이 손사래를 쳤다.

"마누라 얼굴 자주자주 봐야 별을 딸 거 아녀. 동주처럼."

"그 자식이 진희 씨랑 쾌속 우주선을 탈 줄은 몰랐죠. 그나저나 동주는 왜 이리 늦어? 또 애가 아픈가?"

호랑이도 제 말 하면 온다고 했던가. 성진의 말이 끝나기 무섭게 회의실 문이 열리고 동주가 나타났다.

"대장님…… 성진아…… 좋은 아침……."

"전혀 좋지 못한 아침으로 보이는데?"

다크서클이 볼 살까지 내려앉은 동주의 퀭한 눈을 보고 명 대장이 혀를 찼다.

"오동주. 너 설마 또 잠 못 잤어?"

"동현이가 밤새도록 울어서……."

동주는 눈을 반쯤 감은 채 비칠거렸다. 보다 못한 성진이 그의 어깨를 마구 흔들었다.

"오동주!"

"어, 어어…… 미안."

"안 되겠다. 너 휴게실에서 눈 좀 붙이고 와. 이대로라면 졸다가 발효조에 빠져 죽겠어."

"아냐, 성진아. 나 진짜…… 괜찮은데……."

말과 다르게, 동주의 눈꺼풀은 천근 무쇠보다 무거워 보였다. 쾌속 우주선을 타고 날아온 동주와 진희의 아기 천사님은 요새 낮과 밤이 바뀌어 부모의 혼을 쏙 빼놓는 중이었다.

"우리 물 들어왔을 때…… 노 저어야 하는데……. 할 일이…… 태산 같은데……."

눈앞에 아른거리는 책임 의식을 붙들지 못하고, 동주의 몸이 앞으로 기울었다.

"오동주!"

강제 동면에 빠져든 곰의 몸을 성진이 간신히 받쳐 들었다.

❖ ✲ ❖

"세상에……. 동주 씨 지금은 괜찮아? 병원 가 봐야 하는 거 아냐?"

성진의 전화를 받고 유리는 경악을 금치 못했다.

– 잠을 너무 못 자서 그런 것 같아. 진희 씨가 산후후유증 때문에 많이 힘들어해서 동주가 대신 아이 본다는 게…….

성진의 목소리에서 착잡한 마음이 고스란히 묻어 나왔다.

"동주 씨 며칠간은 쉬어야겠네. 혹시 주변에 도와주실 분은 없을까?"

– 진희 씨 어머님은 지금 오빠 쪽 아이 봐 주고 계시고, 다음 주에 동주네 어머님이 해외여행에서 돌아오고 나면 도와주실 수 있대. 그때까지만이라도 집에서 좀 쉬라고 했어.

"그래야지. 무리하다 또 쓰러지면 큰일 나니까."

– 그래서 유리야. 나 아무래도 이번 주는 집에 못 들어갈 것 같아.

"아……."

성진과 함께 남의 집 걱정을 실컷 하다가, 유리는 애매한 신음을 흘리고 말았다.

잠시 잊고 말았다. 가뜩이나 일손이 귀한 참술에서 핵심 멤버인 동주가 빠지면, 성진의 업무량이 그만큼 늘 수밖에 없다는 걸.

"그럼 잠은…… 양조장 숙소에서 자는 거야?"

– 그래야지. '회춘'이랑 '청순' 런칭도 거의 임박했거든. 마지막으로 체크해야 할 부분도 있고…….

채운 시리즈 이후 처음으로 내놓는 참술의 야심작이었다. 작년에 만찬주도 배출한 만큼, 참술의 신제품을 향한 외부의 관심과 기대가 어마어마했다.

이번에도 세간의 기대에 부응한다면, 참술은 반짝 성과에 그치지 않고 입지를 확고히 다질 수 있을 거다.

더욱이 성진이 주도해서 개발한 제품이다. 그가 이번 신제품에 얼마나 큰 애착과 책임감을 품고 있는지, 유리는 너무나 잘 알았다. 동시에 그가 얼마나 막중한 부담감을 감췄는지도…… 모르지 않았다.

대한민국 술꾼들에게 보다 완벽한 술을 대접하고 싶은 마음. 저도 한 사람의 술꾼으로서 너무도 와닿는 마음이었다.

하지만…… 이번 주만큼은 그와 단둘이 마주 앉아 이야기를 나눠 보고 싶었다.

우리 아이 얘기. 우리 얘기.

그래서 이번 휴일을 손꼽아 기다렸는데…….

"알았어, 성진아."

유리는 쓴 무언가를 애써 삼키고, 목소리에 미소를 실었다.

"너도 너무 무리하지 마. 너까지 쓰러지면 안 돼……."

– 하하, 걱정 마. 예전보단 나름 할 만해졌어. 식구들도 늘었고.

대기업 납품 계약도 따냈고, 신입 직원도 여럿 맞아들였다. 그래서 더, 성진이 참술에서 도맡아야 할 역할이 많아졌다. 참술의 창립 멤버이자 멘토로서.

그 입장을 그 누구보다 잘 아니까, 그를 도울 방법은.

"성진아, 그럼…… 다음 주에 보자."

미루고, 또 미루는 것이었다.

'우리도 아이 가져야 하는데…….'

……내 속마음을.

"그래, 금유리. 다음 주에 말하면 되지 뭐."

유리는 소파에 앉아 애써 웃음 지었다.

"우리 처음 사귈 때 비하면 이건 못 만나는 것도 아니잖아. 심하게는 한 달 넘게 얼굴 못 본 적도 있었는데. 까짓 거 일주일이 뭐……."

누군가에게 들려주기라도 하듯 자꾸 혼잣말을 하다가, 유리는 소리 없는 한숨을 쉬었다.

이 상황에 해야 할 말은 맞는데, 스스로 위안이 되는 말은 아니었다.

한여름에 유리는 몸을 웅크려 말았다. 침묵이 빙판처럼 깔리고, 속마음이 시린 강물처럼 흘렀다.

'때로는, 네가 조금만 덜 떠안았으면 좋겠다는 생각이 들어.'

'이런 것 저런 것 생각 말고, 집에 일찍 왔으면 좋겠어.'

'잠이라도 좀, 집에 와서 자면 안 돼?'

깊은 마음속, 최저층 감옥에 연금되어 있던 철없는 어른이 아우성을 치기 시작했다.

❖ ✱ ❖

일주일 뒤, 월요일.

유리는 망원시장에 가서 한가득 장을 봤다. 시어머니께서 전수해 주신 꿀팁을 활용해, 성진의 취향을 저격하는 저녁상을 차려 놓을 생각이었다.

참술의 퇴근 시간 즈음에 맞춰, 유리는 성진에게 전화를 걸었다.

"성진아, 오늘 몇 시쯤 와?"

– 집에 한 10시쯤 도착할 것 같아. 1차만 잠깐 들를 거라.

"1차라니? 너 오늘 어디 가?"

유리는 핸드폰에 대고 비명을 지르다시피 했다.

– 대학 칵테일연합 모임. 전에 얘기했던…….

"아……."

외려 당혹스러워하는 듯한 성진의 목소리를 듣고 나서야, 유리는 겨우 기억이 났다.

성진이 대학 시절에 가입한 칵테일 연합. 한 회기 회장까지 도맡을 만큼 열성적으로 활동했었다. 그중에서도 각별히 친한 멤버끼리 뭉쳐, 대학 졸업 후에도 1년에 한 번은 꾸준히 모였다.

성진이 구심점이 되는 만남이었기에, 성진은 그 모임만큼은 신경 써서 챙겼다.

성진이 그 모임에 불참한 해는, 파혼과 부당해고라는 최악의 악재가 겹쳤던 29세 때 한 번뿐이었다.

모임에 갈 때마다 성진은 유리에게 반드시 미리 말을 했다. 이번에도 한 달 전부터 그가 분명 언질을 줬었다.

'다른 요일이면 좋은데. 서로 시간 맞는 날이 하필 그날밖에 없더라고.'

'괜찮아, 성진아. 1년에 한 번 만나는 분들이잖아. 재밌게 놀다 와.'

양해를 구하는 그에게 흔쾌히, 오히려 등 떠밀듯이 답해 놓고, 어떻게 까먹을 수가 있지.

"아, 맞다. 그게…… 오늘이랬지. 내가 깜박했네."

– 유리야, 혹시 무슨 일 있는 건 아니지?

자신의 말 한마디면, 그는 그토록 소중한 모임마저 취소하고 집으로 바로 올 기세였다.

"아니, 그런 건 아니고……."

그가 한 달 전부터 미리 말한 약속을 까먹는 바람에 저녁 준비를 성대히 하는 바보짓을 저질렀을 뿐이라고, 어떻게 말할까.

– 최대한 일찍 들어갈게.

"응……. 잘 놀다 와."

유리는 애써 웃으며 통화를 마쳐 놓고.

"하아……."

속을 후벼 내는 듯한 한숨을 터트렸다.

정신을 차리고 보니, 시장에서 사 온 대파를 구깃구깃하게 움켜쥐고 있었다.

지금 이 순간, 불쌍한 대파는 누구 대신인 걸까? 정말로…… 멍청하기 짝이 없는 제 자신이 맞는 걸까?

"금유리. 일주일도 기다려 놓고, 고작 4시간 더 못 참아? 어차피 10시면…… 충분하잖아."

스스로에게 이쯤 물으면 마음속 누군가가 선뜻 답해야 하는데.

마음 한구석 어딘가가 동파된 것 같았다.

❖ ✱ ❖

성진은 10시 반쯤 돌아왔다.

"아, 성진아, 이제 왔……."

"미안, 유리야. 잠깐만……."

한눈에 보기에도 성진의 안색이 하얗게 질려 있었다. 그는 입을 틀어막고 화장실로 달려가 문을 닫아걸었다.

안에서 무슨 일이 벌어지고 있는지 알 만했다.

"뭐야. 대체 술을 얼마나 많이 마셨길래……."

거래처 임원과의 자리에서도 절대 과음하지 않는 그인데, 친한 사람끼리라 그런지 오늘만큼은 예외였나 보다.

"어지간히 재밌었나 봐……."

꼬는 듯한 혼잣말이 스스로도 마음에 들지 않았다.

금유리. 아마추어같이 왜 이래? 그도 한 번쯤은 친한 친구 모임 가서 술 많이 먹을 수도 있는 거잖아.

자주 이러는 것도 아니고, 1년에 딱 한 번인데.

지이이잉.

성진이 현관에 다급히 버려둔 핸드폰이 진동했다. 방금 온 톡 메시지가 화면에 떠 있었다.

[윤혜린 : 성지나 미안행ㅜㅜ 내가 괜한 얘길 했나 바……. 집엔 잘 들어갔어?]

여자 이름이란 걸 인지한 순간, 유리는 숨을 크게 마셨다.

진정해, 금유리. 칵테일연합 사람이겠지, 뭐.

근데, 괜한 얘기란 건 대체 뭐지?

이 끼 부리는 듯한 어체, 되게 거슬려.

뒤집어진 속을 간신히 가라앉히고 나온 성진에게 유리는 물을 건넸다.

"괜찮아? 나가서 숙취해소음료 좀 사 올까?"

"아냐. 술은 별로 안 마셨어. 그냥 좀 얹힌 것 같아."

"그럼 소화제……."

"밖에서 사 먹고 왔어. 걱정 끼쳐서 미안해."

성진은 유리의 머리칼을 귀 뒤로 쓸어 넘겨 주었다. 문득 무슨 생각이 난 건지, 그가 착잡한 한숨을 뱉었다.

"하……."

"성진아, 왜 갑자기 한숨 쉬어?"

"아니, 아무것도 아니야."

참술 신제품 런칭에 차질이라도 생긴 걸까? 동주 씨한테 또 무슨 일이라도 생겼나? 아니면 모임에서 모종의 일이라도 있었나?

모르긴 몰라도, 오늘도 금유리가 끼어들 공간은 안 보인다. 여자사람 윤혜린 씨가 말한 '괜한 얘기'는 또 뭐냐고 물을 타이밍도.

그래. 우리 남편 지금 컨디션도 영 아닌데, 내일 얘기하지 뭐.

내일 얘기한다고 큰일 날 것도 아니고, '괜한 얘기'도 어차피 별일 아닐…….

"유리야, 요새 뭔가 고민하는 거 있지?"

훅 치고 들어오는 그의 진지한 목소리에, 유리는 깜짝 놀랐다.

"내일 얘기해. 너 지금 몸 상태도 별론데……."

"나 정말 괜찮아. 정신 멀쩡해. 맥주 한 잔밖에 안 했고, 저녁 먹다가 얹힌 거야."

정말로 성진은 취한 기색은 없어 보였다. 눈빛은 평소보다도 맑아, 유리의 그늘진 얼굴을 고스란히 담고 있었다.

"아니야, 성진아. 오늘은 그냥 쉬고……."

"나 어차피 이대로라면 잠 못 자. 지금 네 표정 너무 걸려서."

결국 유리는 심호흡 한 번 하고, 마음의 준비가 많이 필요했던 말들을 꺼냈다.

"성진아, 우리 말야……. 노력한 지 1년이 넘었잖아."

"어……. 그렇지."

유리가 어떤 노력을 말하는 건지 유추하는 데 5초가 걸렸다.

"근데 아직 아무 소식이 없다 보니까 좀 불안해서…… 검사 한 번 받아 보는 게 어떨까 해서. 너 시간 될 때……."

“지금 난임 검사 얘기하는 거 맞지?”

“응…….”

난임 검사를 입에 담는 성진의 얼굴이 약간 굳어 있어서, 유리는 움츠리며 답했다.

“아니다, 성진아. 그냥 나 혼자 받으러 갈게. 넌 당연히 아무 문제없을 테니까…….”

“유리야.”

성진이 마구 얼버무리는 유리의 어깨에 손을 얹었다.

“우리 꼭, 아이 있어야 돼?”

성진이 그런 말을 한 순간, 낯선 사람이 유리의 영혼을 무단 점거했다.

“그게 무슨…… 말이야? 꼭 있어야 하냐니?”

비명처럼 되묻는 유리의 목소리에 물기까지 흠뻑 어려서, 성진은 당황했다.

“아니, 내 말은, 아이를 가지게 되면 네가 가장 고생하니까…….”

“정말 내 몸이 걱정돼서야? 네가 원하지 않아서는 아니고?”

평소 그녀답지 않은 억측. 그 정도로 화가 나 버린 그녀.

그녀의 상태가 심상치 않다는 걸 뒤늦게 깨달아 버렸다.

“성진이 넌, 이 문제 진지하게 고민해 본 적 있기는 해?”

“유리야…….”

인간 복성진, 살면서 이 정도로 말문이 막혀 본 적이 없었다. 하필이면, 그녀가 가장 오해하지 않았으면 하는 문제를 말하는 상황에.

“뭐야, 괜히 나만 고민했잖아. 넌 아무 생각도 없는데, 나만 혼자…….”

일주일을 기다리고, 4시간을 더 기다리고, 30분도 더 기다렸던 유리는, 이 순간 성진에게 단 5초도 주려 하지 않았다.

"넌 어차피…… 별로 원하지도 않는데."

"아니라니까! 유리야, 난!"

"흐윽……."

또르르 굴러 떨어지는 유리의 눈물 한 줄기에, 강한 반박을 하려던 성진의 시도는 무참히 가로막혔다.

"내가 못 미더워서 그러지? 아이 가져도, 엄마 노릇도 제대로 못 할까 봐."

요 일주일간, 나도 내 자신이 못 미더웠거든.

일어나지도 않은 일을 자꾸 걱정하는 내가. 네 앞에선 다 이해하는 듯 굴어 놓고, 뒤로는 은근히 꽁해지는 내가.

네 탓이 아니라는 걸 너무 잘 알면서도, 너한테 점점 서운해지는…… 나약한 내가.

"유리야, 미안해. 내가 말을 너무 잘못했어. 난 정말 그런 뜻이 아니……."

별로 잘못하지도 않은 네가 괜히 사과하게 만드는 내가…… 사실은 제일 미운 것 같아.

"됐어. 앞으론 그냥 이 얘기 안 꺼낼게."

유리는 어깨를 붙잡은 성진의 손을 떼어 냈다.

"나도 바쁘게 일이나 해야지. 아젤리아 신메뉴 열 개 개발하기 전까진 너 안 볼래."

"뭐? 유리야, 잠깐만! 그건 좀……."

"넌 어차피 나 한 달 넘게 안 봐도 살 수 있잖아. 나는 뭐…… 못 할 것 같아?"

"유리야, 진정하고 우리 얘기 좀 해."
"됐어, 놔."
쾅!
성진의 면전에서 유리의 방문이 쾅 닫혔다. 게워 내다시피 속을 퍼부은 날이었다.

❖ ✻ ❖

그날 성진한테 했던 말들, 보인 눈물…… 어느 것 하나 미치지 않은 게 없었다.
사과해야 돼. 진심이 아니었다고 말해야 돼.
한 달이 뭐야. 1분 1초라도 더 같이 있고 싶고, 하루라도 안 보면 눈에 가시가 돋친다고 말해야 해.
이성의 다급한 속삭임과는 다르게, 유리는 일주일간 청개구리처럼 굴었다.
"저기, 유리 언니. 오늘도 호텔에서 잘 거예요?"
"응……."
미나의 조심스러운 물음에 유리는 꿀꿀하게 대답했다.
"집 가기 무서워……."
그에게 했던 말들을 곱씹을 때마다, 제가 다 몸서리가 쳐졌다.
그한테서 온 엄청난 양의 톡을 열어 볼 용기가 나지 않았다. 그에게서 미친 듯이 걸려 오는 전화를 피하는 게 사태 해결에 전혀 도움 되지 않는다는 걸 알면서도…… 핸드폰에 손이 가지 않았다.
며칠만 그와 거리를 두자. 이 엄청난 자괴감부터 어떻게 좀 해보고 나서, 그의 얼굴 보자.

그게 좀처럼 되지 않았다.

"아예 친정으로 들어가 있지 그래. 별거의 필수 코스는 역시 친정 아니겠어?"

퇴근 준비를 하던 다희가 말참견을 했다.

"그건 안 돼요……."

"안 될 게 뭐 있담? 네가 친정 가면, 전후사정이 어찌 됐건 회장님이 '아무튼 내 딸 바람맞힌 사위 놈 유죄!' 하면서 성진이한테 결투를 신청하시기밖에 더 하겠어?"

다희한테 귀신같이 속내를 읽힌 유리가 고개를 마구 흔들었다.

"지, 진짜! 성진이는 아무 잘못 없어요. 오히려 제가 잘못한 거라……. 지금 당장은 성진이 얼굴 볼 용기가 안 나서 그래요."

미나가 유리를 달래듯 어깨를 주물렀다.

"언니. 그래도 오늘은 집에 좀 가요. 성진 쌤이랑 당장 말 섞기 힘들면, 얼굴만이라도 좀 비춰 줘요. 성진 쌤 지금 진짜 언니 걱정돼서 죽으려 그래요."

"성진이가 너한테도 톡 보냈어?"

"말도 마세요. 언니가 톡 안 보고 전화도 안 받으니까, 저랑 다희 언니 통해서 수시로 물어봤다고요. 언니 기분 괜찮은지, 오늘은 어디서 자는지."

"그래. 눈물 없인 도저히 못 봐 주겠더라."

미나와 다희의 말을 듣는 것만으로, 죽을상을 한 성진이 눈에 밟히는 듯했다.

"어떡해. 양조장은 제대로 나갔을까요? 신제품 런칭이 얼마 안 남았는데……."

잘 알면서 대체 왜 그랬어, 금유리.

저번에도 말이야, 노느라고 집에 안 들어온 것도 아닌데. 일주일간 친구 빈자리까지 채우느라 고생이 말이 아니었을 텐데. 일주일 고생 끝에 모처럼 회포를 푸는 자리에서조차 운 나쁘게 체해서 돌아온 그를 다독여 주지는 못할망정…….

그가 모임에 다녀온 직후에 화내 버린 것도 마음에 걸렸다.

원래 성진은 사람들과 어울리길 좋아하는 성격이었다. 하지만 수영과 연애할 적에 모임이나 친구 관계를 대폭 줄였다. 수영이 별로 좋아하지 않는다는 이유로.

성진과 수영의 기형적인 연애를 지켜보던 시절부터 다짐한 바가 있었다.

만약 나한테 기회가 온다면, 나는 그만의 영역이나 인간관계를 충분히 존중해 줄 거라고. 그를 곤란하게 하지 않을 거라고. 나는 다를 거라고.

그 다짐은 도대체 어디로 날아가 버린 걸까?

"이제 그만 봐줘라."

"어차피 봐줄 사람은 제가 아닌걸요……."

"사장님, 부부 사이에 한쪽만의 잘못이란 건 없거든?"

다희가 유리의 어깨를 세게 주물렀다. 유리가 아, 하고 신음을 흘렸다.

"넌 초보 아내고 성진이도 초보 남편이야. 별거 아닌 거 가지고 죽자고 싸우고, 죽도록 부끄러워질 수 있어. 이 정도는 지극히 자연스러운 거야."

머지않은 미래에 초보 엄마랑 초보 아빠도 될 테니까.

"이제 그만 용기 내서 집에 가 봐. 너도 성진이 죽도록 보고 싶잖아."

"네……."

유리는 조금 울먹이면서 고개를 끄덕였다.

❈ ✱ ❈

일주일 만에 와 보는 집이었다.

유리는 습관적으로 현관 바닥부터 확인했다. 성진의 구두는 안 보였다. 양조장 숙소에서 자고 있는 걸까?

잠깐 얄팍한 안도감이 들었다가 빠르게 휘발해 버리고, 서글픈 감정에 가슴이 꽉 막혔다.

"정말 많이 바쁜가 보다……."

씻고 잠이나 자자. 욕실로 향한 순간, 유리의 눈이 크게 뜨였다.

자신이 아끼는 파자마가 욕실 옆 협탁 위에 가지런히 놓여 있었다. 성진이 가져다 놓은 것 같았다.

"뭐지? 성진이 지금 집에 있나?"

하지만 집 안은 여전히 적막감에 휩싸여 있었다.

그가 언제 이걸 여기 갖다 놓은 걸까? 며칠 전일 수도 있고, 어쩌면 일주일 전부터 저를 기다리듯 계속 놓여 있었을지도.

파자마를 놓아두면서 그는 이런 생각을 했을까? 집을 너무도 좋아하는 아내가 어서 돌아와 샤워도 하고 편한 옷으로 갈아입었으면 좋겠다는 생각. 서운한 감정 다 가라앉히고, 편안하게 눈을 붙였으면 좋겠다는 생각.

그렇게 되도록, 자신이 잘 달래 주겠다는 생각…….

그 마음을 갈무리하듯, 유리는 파자마를 주워 들고 욕실로 들어갔다.

쏴아아—

머리 위로 퍼부어지는 샤워 헤드의 물줄기보다 뜨거운 물방울이 눈가를 흠뻑 적셨다. 머리를 감으면서 유리는 주책없이 훌쩍거렸다.

나 정말 왜 그랬을까? 왜 일주일씩이나 쓸데없는 자존심을 세웠던 걸까?

혹시, 내가 너무 늦어 버린 건 아닐까?

터져 버린 눈물샘이랑 시큰거리는 코를 진정시키느라 혼났다. 기나긴 샤워를 마치고 욕실 밖으로 나와 본 순간, 유리는 숨이 멎을 뻔했다.

"서, 성진아……."

팔짱을 낀 채 코앞에 서 있는 그. 상상도 못 한 광경이었다.

"집에 남편 놈 없는 줄 알고 안심했지?"

성진이 유리를 내려다보며 쓰게 웃었다.

"난 와이프가 속아 줘서 안심했는데. 구두 신발장에 넣어 놓고 침실에 좀 숨어 있었다고, 진짜 모를 수가 있냐."

"아……."

"근데 샤워하면서 왜 자꾸 훌쩍거려? 설마 감기 걸린 건 아니지?"

유리는 그저 가만히 눈을 내리깔았다. 제가 훌쩍거린 게 정말 감기 때문인지 분간 못 할 사람이 아니니까.

더는 농담할 기분도 안 난다는 듯, 성진은 유리의 손목을 잡아챘다.

"이리로 와 보시죠, 사장님."

"앗, 성진아. 저기, 잠깐만……."

"오늘은 도망 못 가."

낮게 으르며 더 힘주어 제 손목을 잡는 그를 차마 거스를 수 없었다.

성진은 유리의 몸을 침실로 밀어 넣고 문을 닫았다. 절대 도망가게 두지 않겠다는 듯 문에 기대어 선 그와 시선이 마주쳤다.

성진의 낯빛은 일주일 전보다도 핼쑥해 보였다. 격무 때문이기도 하겠지만 마음고생 탓이 더 큰 듯 보였다.

스위치가 눌린 듯, 유리의 입에서 흐느낌이 터져 나왔다.

"성진아, 정말 미안해. 흐윽, 내가 정말……."

그 순간 성진이 숨 막히도록 유리를 껴안았다.

"무슨 소리야. 미안한 건 나지. 착한 금유리 울리기나 하고. 바깥에서 고생하게 만들고."

내 멋대로 곡해하고, 내 멋대로 울고, 내 멋대로 뛰쳐나간 건데……. 착하긴 뭐가 착해.

눈물이 그렁그렁 맺힌 유리의 눈에서 그런 말을 읽은 듯, 성진은 고개를 가로저었다.

"내가 그날 말을 좀 더 섬세하게 했어야 하는데, 네가 충분히 오해할 만하게 말했어."

"아…… 아니야, 성진아. 괜찮아."

"네가 말로는 괜찮다고 해도, 사실 얼마나 많이 참고 양보해 주는지 잘 알아. 내가 그동안 너무 당연하게 받아들였던 것 같아."

말도 안 되는 소리였다. 오히려 그는 늘 고마워할 줄 알고, 어떻게든 답례하는 사람이었다. 절대, 호의를 권리로 아는 그런 사람이 아니었다.

"앞으로는 아무리 바빠도 일주일 넘게 집 비우지 않을게. 더 일찍 들어오려고 노력할 거고."

"이번엔 동주 씨랑 신제품 런칭 때문에 어쩔 수 없었잖아. 네가 항상 그런 것도 아니고……. 그냥 내가 너무 예민했던 거 같아."

"그래도 네가 뭔가 고민하는 눈치인데 굳이 모임까지 간 건, 내가 생각해도 선 넘은 거 맞아."

유리가 스스로에게 감춘 치사스러운 감정까지, 성진은 속속들이 알아주었다.

"어쩔 수 없었잖아. 한 달 전부터 잡은 선약인데……."

"유리야. 난 그 어떤 것보다 네가 중요해."

더 깊게, 성진은 유리를 품 안으로 끌어들였다.

"전에도 말했지? 내가 아무리 술에 미친놈이라도, 내 가족 이상으로 소중한 건 없다고."

유리는 그를 마주 안아 절절한 고백에 화답했다.

"성진아, 나도 네가 세상에서 제일 소중해. 너한테 양보하는 거 하나도 안 아깝고, 너한테 하나라도 더 도움이 되고 싶어."

네가 행복해지는 게 내 유일한 행복이야.

"지난주에 내가 한 말들, 정말 내 진심이 아니었어. 너한테 막 짜증 부리는 중에도 이게 아닌데 싶고, 내가 너한테 대체 무슨 말을 하는 건가 싶고, 손발이 막 떨리고…… 그랬어. 나조차도 내 자신이 너무 무서웠어."

유리의 말을 묵묵히 들어 주고 나서, 성진이 물었다.

"유리야. 넌 형제들하고 생전 싸워 본 적 없지?"

"……응."

하늘같은 두 오빠였다. 오빠랑 너나들이하며 치고받고 싸운다는 여동생 얘기는 늘 먼 나라 얘기 같았다. 물론 아버지께도 감히 대든다는 건 상상조차 할 수 없는 일이었다.
돌이켜 보니, 자신의 감정을 받아 줄 사람이 거의 없다시피 했다. 성진을 만나기 전까지는.
"그럴 거 같더라."
성진이 다독이듯 부드럽게 웃어 보였다.
"처음에 넌, 자기감정 드러내는 데 되게 조심스러운 타입 같았어. 특히, 화낼 때 버거워하는 느낌이었고."
성진은 유리가 처음으로 제 앞에서 격정을 드러내 보였던 날을 떠올렸다. 4년 전 아젤리아를 연 지 얼마 안 됐을 때, 나날이 악화되는 그녀의 건강을 염려한 자신이 아젤리아를 그만두겠다고 말했던 때 말이다.

'네가 여길 그만두면, 난 정말 죽어 버릴지도 몰라.'

그녀에게도 그 정도로 뜨거운 감정이 분명히 존재했다. 하지만 오랜 시간 제 감정을 억누르며 살아온 그녀는, 화내는 자신을 버거워했다. 마치 뜨거운 쇳덩이를 맨팔로 떠안은 것처럼.
"안 그래도 다희 언니나 경민이한테 매번 한 소리 들어. 사람이 너무 화를 참고 살면 안 된다고. 넌 인간이지 보살이 아니라고……."
"그래도 처음보다 많이 나아졌어."
이렇게 부부싸움도 다 하고 말이지.
"나도 널 만나면서 나름 많이 변했어."
그녀의 낯선 감정들을 지켜보면서, 스스로도 몰랐던 제 감정 역시 끌려나오는 걸 경험했다.

특히 4년 전 크리스마스에 강두현과 마주한 그녀를 봤을 땐, 제 마음도 용암처럼 팔팔 끓을 수 있다는 걸 알았다.

금유리를 기점으로, 복성진 감정의 온도계는 단위가 달라졌다.

이번 일만 해도, 금유리 때문에 하루에도 수천 번씩 온 마음이 냉탕과 온탕에 절여지는 경험을 했다.

아젤리아로 쳐들어가 그녀를 품 안에 가두고 싶은 충동을 천 번도 눌러 참았다. 화해의 말을 준비하면서, 그녀의 새가슴이 깨지지 않고 열릴 수 있게 인내했다.

그마저도 오늘 한계에 다다른 차였으니. 마침 그녀가 와 주지 않았다면 제가 무슨 짓을 했을지 모르겠다.

지난 일주일 하루하루, 유리를 너무도 사랑한다는 새삼스러운 깨달음을 얻었다.

"앞으로도 네 마음 편한 대로 해. 화내는 게 참는 것보다 힘들면, 참아도 괜찮아."

유리는 30년 가까이 나름대로의 삶을 살았다. 그 누구라도, 심지어 성진조차도 영원히 변화시키지 못할 부분이 있을 거다.

"그래도 어쩌다 화내는 걸 너무 부끄럽게 생각하지 않았으면 좋겠어. 누구 말마따나 금유리 보살 아니니까, 부처한테도 욱할 수 있는 거잖아."

유리가 품 안에서 조금 떠는 것 같아서, 성진은 그녀의 등을 쓸어 주었다.

"앞으로도 우리끼리 서로 화내고 짜증 부릴 수 있어. 그러더라도 감정 좀 가라앉히고 이렇게 예쁜 금유리 얼굴 보면서 얘기하면 금방 또 풀리겠지."

화내는 순간조차, 서로 사랑할 테니까.

"금유리. 화나면 차라리 날 마구 때려도 좋으니까, 제발 도망만은 가지 말자. 약속."

"응……."

성진이 내민 새끼손가락에 유리는 기꺼이 손가락을 걸었다.

울던 얼굴로 아이처럼 웃는 그녀를 보면서, 성진은 또 한 번 자신이 많이 변했다고 느꼈다.

그녀의 애잔한 입술이 코앞에 있으면, 참을 수 없게 된다는 것.

"우응……."

2주 만에 맛본 아내의 입술. 심장이 녹아내리는 것 같다고, 성진은 생각했다.

"안 되는데. 아직 메뉴 열 개 개발 안 했는데……."

똑같은 황홀감을 느꼈을 거면서, 입술이 떨어지자 유리는 되바라진 말을 했다.

"하하, 아직도 화 안 풀렸어?"

"……조금?"

역시, 금유리의 바다 같은 마음과 뒤끝은 별개의 영역이었다.

"까짓 거 내가 개발해 주지, 뭐."

"까짓 거? 너무 만만히 보는 거 아냐? 아젤리아 메뉴리스트 그렇게 호락호락하지 않은데?"

"벌써 하나는 이름도 정해 놨거든?"

"뭔데?"

"남편 2주나 굶긴 절세부인 금유리."

한 달 넘게 나 안 봐도 살 수 있지 않느냐는 유리의 발언, 떠올리기도 싫을 만큼 모골이 송연해진다.

한 달이 뭐야. 마음 같아선 1분 1초라도 더 같이 있고 싶고, 하루라도 안 보면 피가 마르는데.

"아이, 뭐야 그게. 꺄앗, 성진아!"

성진은 유리를 답삭 안아 올렸다. 풀어 줘야 할 오해가 아직 남아 있는 건 알지만, 한계에 달한 갈증부터 먼저 어떻게 해 봐야겠다.

성진은 유리를 침대에 앉히고 마주 앉았다. 다가올 환희를 예감하고 세차게 뛰는 그녀의 가슴에, 그의 커다란 손이 얹어졌다.

"으응……."

약간 마른 그의 입술이 그녀의 젖은 입술을 성마르게 물고 빨았다.

"아……."

목덜미를 공격당한 유리가 새된 신음을 흘렸다. 남편한테 들킨 지 너무도 오래인 약점이었다.

성진은 혀끝을 세워 목선의 여린 맥을 집요하게 핥아 내렸다. 그녀의 몸을 속속들이 아는 지금도, 달콤한 체향이 콧속으로 들이치기 시작하면 이성이 휘말린다. 그래도 아쉬울 때 속성으로 함락시키는 요령은 터득했다.

"꺄아…… 성진아 잠깐만, 흐훗……."

견디다 못한 유리가 웃음 섞인 신음을 흘리자, 성진이 그녀의 귓가에 대고 짓궂게 속살댔다.

"너 진짜 목 약하다."

"강해지지 않는 걸 어떡해……."

사실 그한테는 약하지 않은 곳이 없는 것 같다. 평소엔 손발이 차갑게 식어 있는데, 그와 닿기만 하면 손끝 발끝까지 열기로 꽉 메워지니.

그와 몸을 섞을 때마다 늘 생각하게 된다. 이런 뜨거움, 환희…… 그 아니면 평생 몰랐을 거라고.

몸도 마음도 완전히 달떠서, 증기 같은 숨이 차올랐다. 몸에 걸친 것들이 갑갑하게 느껴지기 시작했다. 유리는 제 파자마 단추를 끌렀다. 어서 빨리, 그와 깊게 맞물리고 싶었다.

성진한테는 그마저도 성에 차지 않았던 모양이다. 그가 유리의 손을 밀어내며 볼멘소리를 했다.

"줘 봐."

"아……."

성진이 뜯어낼 듯이 끄르는 통에 유리의 파자마 단추 하나가 툭 떨어져 나갔다. 그 자신의 셔츠는 아예 훌렁 위로 벗어 던져 버렸다.

그가 상체를 부딪쳐 오면서 바로 그녀의 입술을 앗아 갔다.

"으흣……."

그가 숨을 틀 새도 안 주고 혀를 얽어매 왔다. 숫제 잡아먹히는 듯한 키스였다. 달군 쇠 같은 상판에 꽉 뭉개진 가슴이 녹아내릴 것 같다. 자신이 남편을 얼마나 애태운 건지 유리는 모골이 송연해질 만큼 깨달았다.

'어떡해. 진짜 많이 쌓였나 봐…….'

가뜩이나 밀린 숙제 하나는 확실하게 해치우는 남자인데. 오늘 잠은 다 잔 거 같다.

"하아, 하아……."

정신을 차리고 보니, 어느새 머리가 베개 위로 떨어져 있었다. 유리를 점령한 채로 내려다보면서 성진이 뭉클하게 웃었다. 이제 겨우 무언가 충족된 것처럼.

"좋다……."

정말로 좋아 보였다. 이 좋은 걸 2주나 못 하게 해서 더 미안해질 만큼.

"나도 좋아. 너무……."

함락당한 몸에서 남은 옷가지가 너무도 쉽게 빠져나갔다. 유리는 제 다리 사이로 자리 잡는 그의 움직임을 오롯이 눈에 담았다. 몽롱한 빛을 띠면서도 탐심 그득한 그녀의 다갈색 눈이, 그를 자석처럼 끌어당겼다.

"아……."

그가 짓쳐드는 순간, 유리는 외마디 신음을 뱉었다. 그가 평소보다 성급했던 만큼 조금 아릿했다.

후욱, 그가 잠시 움직임을 멈추고 제 안의 난폭한 짐승을 잠재우는 소리가 들렸다. 성진은 유리와 눈을 맞추며 둥근 이마에 엉겨 붙은 머리칼을 쓸어 넘겨 주었다. 그의 격정에 그녀의 관능이 맞추어지길 기다렸다.

서로의 간극이 완전히 메워지는 순간, 영원 같은 찰나, 부부는 같은 생각을 했다.

내 몸뿐만 아니라 영혼까지 전부 내보일 수 있는 유일한 사람이어서, 더 애틋하고 소중하다고.

마침내 서로의 호흡이 한 박자가 되었을 때, 성진이 먼저 입을 열었다.

"사랑해."

유리는 성진의 머리에 팔을 휘감아 둘렀다. 다가온 그의 입술을 욕심껏 탐했다. 나도…… 사랑하고 또 사랑해. 그에게 충분한 대답이 되었으면 했다.

서로의 몸이 완전히 겹쳐졌다. 영혼도 틈 없이 합하여졌다. 그가 온몸으로 부드럽게 짓이기는 것만으로 유리는 자지러지는 교음을 뱉었다.

"서, 성진아, 하아, 너무 좋아……. 아…… 사랑해……."

사랑한다는 말을 아끼지 않아 더 사랑스러운 입술이었다. 그녀가 더 느끼는 곳, 익히 아는 방향을 겨누어, 그는 뭉근하게 겹쳐진 아래를 강하게 비벼 올렸다.

그녀가 목을 뒤로 꺾었다가 다급히 그의 어깨에 턱을 붙이며 절박하게 매달려 왔다. 누구의 이성이 먼저 날아갔는지 알지 못했다. 온몸에서 환성이 터지는 것 같았다.

그 밤, 셀 수 없을 만큼 많은 불꽃을 보았다.

❈ ✱ ❈

여느 밤처럼, 유리는 성진의 품을 깊게 파고든 채 한 팔로 그를 휘감았다. 그녀가 가장 좋아하는 후희 자세를 그 역시 꽤 좋아했다. 대양의 보물을 품 안에 감춘 기분이 된달까.

잠이 든 줄 알았던 유리가 불쑥 물었다.

"윤혜린 씨는 너한테 뭐가 미안하단 거야?"

"뭐?"

갑자기 훅 치고 들어온 말에 성진이 눈을 끔벅였다.

"톡 온 거 봤어. 나 아직도 궁금해. 모임 사람 맞지?"

"아."

성진의 폰엔 비번이 걸려 있지 않아서, 대기화면에 뜬 톡 메시지를 유리가 본의 아니게 보는 일이 종종 있었다.

그래도 그렇지 참 얄궂은 타이밍에도 봐 버렸네. 만약 그게 좀 쌀만큼이라도 유리의 화를 돋웠다면, 정말이지 억울하기 짝이 없다.

속으로 혀를 차며, 성진은 숨김없이 털어놓았다.

“그래 맞아. 내가 그때 걔가 한 말 듣고 체했었어.”

“무슨 얘기를 했길래…….”

“결혼 5년 차 유부녀인데, 난임 판정받고 마음고생 심하게 했었거든. 그래도 본인이 아이에 대한 의지가 워낙 강해서 시험관아기 시술을 여러 번 시도했던 모양이야. 다행히 노력한 보람이 있어서, 작년 초쯤 출산했어.”

“아…… 정말 힘들었겠다.”

그 얘기 하나로 얼굴도 모르는 윤혜린 씨에게 품었던 억하심정이 말끔히 사라지고, 오히려 심각하게 이입하게 되었다.

“힘든 정도가 아니더라고.”

성진의 목소리가 조금 격앙되었다.

“유리야. 넌 시험관아기 시술이 어떤 식으로 이루어지는지 알아?”

“아니……. 정확히는 잘 몰라.”

“나도 처음엔 비교적 간단한 줄 알았어. 근데 걔 얘기 듣고 나서, 여자한테 얼마나 혹독하고 힘든 시술인지 알게 됐어.”

성진이 모임에 갔을 때, 다른 친구들은 벌써 잔을 몇 바퀴 돌린 상태였다. 특히 윤혜린은 취기가 오르면 푼수력이 상승하는 주사가 있었다.

‘너희들, 여자가 얼마나 힘들게 애 낳는지 모르지?’

그녀는 순진한(?) 남사친들이 보는 앞에서 자신의 시험관아기 시술기를 A부터 Z까지 풀어냈다. 과배란주사 부작용부터 유병률 한 자릿수 대의 합병증까지, 그녀는 시험관아기 시술 과정에서 발생할 수 있는 최악의 수를 다 겪어 본 케이스였다.

성진이 들은 얘기를 최대한 순화해서 전달하는데도, 유리는 제 아랫배가 다 시큰거리는 듯했다.

"그런 얘기를 듣고 있자니 네 생각밖에 안 났어. 나 그날 애들한테 제대로 인사도 못 하고 뛰쳐나왔어."

달리는 버스 안에서 시험관아기 시술 부작용 사례를 검색해 보았다. 대입해 볼 대상이라곤 유리뿐이었고, 그것이 속을 더 뒤집어지게 했다.

세 정류장이나 지나치는 줄도 몰랐다. 집까지 기어오지 않은 게 다행일 만큼 컨디션이 최악으로 치달았다.

"그랬……었구나……."

유리의 목소리가 뜨겁게 잠겼다. 그날 그렇게 간신히 돌아온 그한테, 난임 검사 얘기가 어떻게 들렸을까?

'우리 꼭, 아이 있어야 돼?'

위험한 전쟁터에 나가겠다는 말로 들렸을 만도 하지.

"유리야."

성진이 절박하리만치 강하게 그녀를 끌어안았다.

"내가 이거 하나는 분명히 말하는데, 너랑 아이 둘 중 하나 선택하라면, 난 무조건 널 선택할 거야. 네 몸 상하면서까지 낳아야 한다면, 차라리 아이 포기하고 말지."

"알았어, 성진아."

유리는 그를 다독이듯이 부드럽게 마주 안았다.

"그럼 성진아, 만약에 내가 건강하게 낳을 수 있다고 한다면…… 우리 아이 원해?"

그가 소리 없이 한숨짓고 나서 답했다.

"너랑 나 닮은 아이, 하루도 원하지 않은 날이 없어."

유리는 그의 뺨에 살포시 입술을 갖다 붙였다. 오해 때문에 가려졌던 그의 큰마음을 알고, 또 그 안에 깨알같이 숨은 뜨거운 진심까지 알고 나니…… 세상에서 가장 행복한 여자가 된 기분이었다.

❖ ✻ ❖

Trrr—

머리맡에서 울리는 핸드폰 알림음에, 부부의 눈이 동시에 뜨였다. 네 얼굴이 가장 먼저 보이네. 나른하고 달달한 웃음이 서로의 입가에 걸렸다.

"양조장 출근해야 되지?"

"그래야겠지."

성진의 목소리에 노골적인 한숨이 섞여서, 유리는 쿡쿡 웃었다.

성실한 그에게도 가끔 이런 날이 찾아온다. 깊은 마음속에 꽁꽁 묶어 둔 철부지 어른이 탈출하는 날.

성진은 돌아누워 제 핸드폰 시계를 노려보았다. 침대에서 얼마나 더 늑장부려도 될까? 5분 좀 늦는다고 설마 양조장 망하진 않겠지. 아니지, 한 10분 더 있어도 괜찮을 듯한데?

그의 등 뒤에서 유리 역시 번민하고 있었다.

어떡해. 이대로 보내기 싫어…….

그가 이 침대를 당장 나서야만 하는 이유가 백 가지도 넘는다는 건 알지만. 내내 반듯한 그의 1년 중 하루쯤의 일탈은 술의 신께서도 관대하게 눈감아 주시지 않을까? 그게 오늘이어도…… 괜찮지 않을까?

"성진아, 미안한데 잠깐만……."

유리는 성진을 뒤에서 껴안아 듬직한 등에 얼굴을 폭 파묻었다. 잠시, 잠깐, 1분 1초라도 더…… 충족되고 싶었다.

그녀의 소담한 가슴이 등에서 부드럽게 뭉개지는 걸 느끼며, 성진은 통화 버튼을 눌렀다.

"동주야, 나 오늘 연차 좀 내려 하는데."

순간, 유리는 제 귀를 의심했다.

"아니다. 나 한 사흘 정도만 휴가 내도 될까? 나도 가정을 좀 돌봐야 할 것 같아서."

유리의 얼굴이 발갛게 달아올랐다. 졸지에 돌봄의 대상이 되었다. 나 삐졌던 거 참술에 소문 다 나 있겠지?

그래도 무려 사흘이라니. 너무, 매혹적이다.

"고맙다. 그럼 부탁할게."

통화가 끝나자마자 유리가 물었다.

"그래도 돼? 신제품 런칭은?"

"중요한 건 얼추 마무리됐어. 동주도 복귀해서, 내가 며칠 자리 비운다고 큰 지장은 없을 것 같아. 안 그래도 사흘쯤 휴가 낼 생각하고 있었어."

성진이 유리의 이마에 입을 맞추고 속삭였다.

"너도 이따가 다희 누님한테 연락해. 아니다, 그냥 내가 전화할 게. 앞으로 사흘간 우리 사장님 찾을 생각 말라고."

이거 진짜, 진짜야?

유리가 믿기지 않는 듯한 표정으로 연신 눈을 깜박이자, 성진이 피식 웃었다.

"뭘 놀라? 먼저 유혹했으면서."

"그치만, 아침 6시에 유혹당해 줄 줄은 몰랐어……."

"신혼부부가 아침 6시가 어딨어. 참, 유리야. 냉장고에 허니와인 있어. 동주가 너한테 미안하다면서 꼭 좀 전해 달래."

성진이 유리의 귓불을 짓궂게 씹으면서 덧붙였다.

"지금 딸까?"

중세 게르만 신혼부부도 이랬을까? 아침 6시고 뭐고 없이 미드를 마시고, 서로를 마시고…….

물색없는 상념에 잠긴 유리의 꽃 같은 입술에, 성진의 입술이 꿀벌처럼 달라붙었다.

"우응, 성진아 잠깐만…… 아……."

장소 불문, 시간 불문. 그 키스를 시작으로 온몸이 얼얼할 만큼 다디단 사흘을 보냈다. 모르긴 몰라도 그 시대 허니문보다 더하면 더했을 게 분명했다.

❖ ✽ ❖

그때였던 거 같아. 우리 윤재랑 윤후 가진 게.

이야기는 중요한 지점에서 끊긴 지 오래. 은밀하고 달콤한 추억을 혼자 떠올리며 헤실헤실 웃는 유리의 작태에 경민은 헛웃음을 흘렸다.

“으이그, 그래. 사랑싸움 잘 들었다, 이 기집애야.”

“꺄아, 경민아. 아파.”

또 등짝을 표 안 나게 얻어맞은 유리가 짐짓 엄살을 부렸다.

“유리야, 나 왔어! 윤재, 윤후! 아빠 왔다!”

아기방 문을 열고 들어온 성진이 경민을 확인하고 우뚝 굳어져 섰다.

“어…… 우경민. 오랜만이다.”

집에 손님 온 줄도 모르고 팔불출 유부남 사운드를 마음껏 방출해 버린 성진은 민망함을 금치 못했다.

경민은 웃음을 삼켰다. 처자식 볼 생각에 현관에 있는 내 구두도 못 봤냐. 마침 손에 든 작은 자나장미 꽃다발까지, 아주 걸작일세.

“남편이 뜬금없이 사 오는 꽃의 꽃말은 ‘찔리는 구석’이라던데.”

경민의 짓궂은 농담에 성진이 헛웃음으로 받아쳤다.

“오다 주운 거라 그거엔 해당 안 될 것 같은데?”

“어디서 주운 꽃이야? 진짜 예쁘다.”

며칠 전 TV에 나온 꽃집을 보고 장미꽃 본 지 오래됐다며 아련한 눈빛을 하던 네 모습이 밟혀서 사 왔어.

굳이 그걸 밝히면 오다 주워 온 꽃답지 않으니까, 성진은 적당히 말을 돌렸다.

“둘이 카페라도 다녀올래? 애들은 이제 나한테 맡기고.”

“그럴까, 경민아?”

“가자. 이럴 때 아니면 언제 내가 복성진바라기 금유리를 차지하겠냐.”

경민은 유리의 손을 따스하게 감싸 쥐었다. 간만에 중딩으로 돌아가 수다나 실컷 떨자. 정말 멋지고 소중한 친구야.

❈ ✱ ❈

어릴 적엔, 비 오는 날이 무조건 싫었다. 무서운 천둥번개도 치고, 옷도 눅눅해지고, 가뜩이나 음울한 집 안이 더 우중충해지는 것 같았으니까.

언제부턴가, 유리는 비 오는 날이 싫지만은 않게 되었다.

먹장구름이 온 세상에 깔아 둔 그늘이 캐노피 커튼처럼 아늑하다. 유리는 침대에 편안하게 누운 채로, 세상에 울려 퍼지는 소리에 가만히 귀 기울여 보았다. 소복하게 불러 온 배를 어루만지면서.

톡톡. 창문을 두드리는 빗소리가 마치, 우리 모녀를 위해 특별히 연주되는 음악 같기도 하다.

함께 듣고 있을 딸에게, 엄마의 이야기를 곁들여 주었다.

비가 와야, 나무도 자라고 동물 친구들도 물을 마실 수 있대. 네 할아버지가 엄마한테 늘 들려주신 이야기란다. 오늘처럼 비가 오는 날에.

"엄마!"

바깥에서 아이들이 저를 찾는 소리가 들렸다. 듣는 사람이 다 신이 나는 목소리에, 유리는 방긋 웃었다. 어린이집에서 무슨 좋은 일이라도 있었던 걸까?

연희가 윤재와 윤후를 데리고 침실로 들어왔다.

"잘 자고 있는데 우리 때문에 깬 거 아니야?"

“헤헤, 아니에요. 푹 잤어요.”

시어머니는 산달을 맞기 석 달 전부터 쌍둥이 형제의 어린이집 등하원을 도맡아 주셨다.

아버지 금 회장 역시 막내딸의 셋째 임신 소식을 접하기 무섭게 김 씨 아주머니를 아예 망원동 아파트에 들여보냈다. 손에 물 한 방울 묻힐 새도 없이 보살펴 주시니, 호사도 이런 호사가 없다는 생각이 들었다.

유리가 셋째를 가진 걸 알아차리기도 전에, 금 회장은 태몽을 꿨다. 돌아가신 어머니와 간만에 술 한잔 하는 꿈이었다. 어머니는 아버지께 술잔을 건네며 넌지시 일러 줬단다. 조만간 ‘윤아’라는 아이가 당신을 찾아갈 거라고.

한평생 무교에 가까웠던 분이 손녀를 맞이하기 앞서 새벽기도를 열성적으로 다니셨다. 기부도 엄청나게 하셨다. 그저 산모도 아이도 무탈하게만 해 주십사 기원하면서.

해서, 성진과 유리는 태어날 아이의 이름을 윤아로 아예 점찍어 두었다.

연희가 유리의 이마를 부드럽게 짚어 보며 물었다.

“몸은 좀 어때? 어디 불편한 데는 없지?”

“덕분에 아주 좋아요. 감사해요, 어머니.”

“윤재야, 윤후야. 할머니가 핫케이크 만들어 줄게. 아가도 좀 먹을래?”

“전 괜찮아요. 아이들 것만 부탁드려요.”

“그래. 애들아, 금방 만들어 줄게. 조금만 기다려라.”

연희가 간식을 만들러 나가자, 윤재와 윤후가 가방에서 무언가를 꺼내 유리에게 내밀었다.

"엄마, 이거 보떼요!"

"어머나, 이게 뭐야?"

윤재는 아크릴 보석 스티커를 가득 붙인 돌고래 그림. 윤후는 레고로 만든 성.

"애기 주려고 만드러써요."

"정말, 이거 다 동생 주는 거야?"

"네. 보석 마니마니 붙여 와써요. 애기 주 꺼예요."

"제 꺼는 공주도 잇떠요."

윤재는 그림보단 공을 더 좋아하는 애였다. 윤후 역시 원래 레고 공주에는 손도 대지 않았다.

여동생 주겠다고 자기들 나름 예뻐 보이는 걸 골라 고사리 손으로 열심히 만들었을 걸 생각하니, 가슴 깊은 곳이 찌르르 울렸다.

"애기가…… 정말 예쁘대."

어쩜 아빠 닮아서, 여자한테 감동을 주는 법을 잘 아니.

"지짜요? 애기가 엄마한테 그러케 말해떠요?"

"그럼. 오빠들 고마워, 라고 엄마한테 방금 또 말했어."

"우와, 신기하다! 애기 언제 나와요?"

"한 세 밤만 더 자면?"

"빨리 애기 보구 싶따."

"윤재야, 윤후야, 엄마한테 와 볼래?"

쌍둥이 형제가 유리의 양옆에 나란히 붙어 누웠다. 유리는 아이들의 머리에 손을 얹고 나직이 물었다.

"동생 나오면, 잘 돌봐 줄 거지?"

"네!"

"윤재 윤후보다 한글이랑 덧셈 뺄셈 잘 못 해도, 잘 가르쳐 줄 거지?"
"잘 가르쳐 주께요!"
"꼭이에요. 엄마랑 약속한 거다?"
"네, 약속해요!"
아름다운 약속을 선뜻 해 준 아이들 앞에서 눈물 보이지 않으려고, 유리는 숨을 크게 마셨다.
"윤재야, 윤후야, 핫케이크 먹으러 나와라! 엄마 코 자게 해 줘!"
연희의 부름에 아이들이 우르르 나갔고, 다시 시작된 빗방울 연주를 들으며 유리는 스르르 눈을 감았다.
얼마나 시간이 흘렀을까. 유리는 다시 눈을 떴다.
언제 왔는지, 뒤에 나란히 누워 저를 품어 주고 있는 남편. 세상이 한층 더 안온해져 있었다.
"성진아……."
"깼어?"
성진이 유리의 배를 조심스럽게 쓰다듬었다. 유리는 그 손 위에 제 손도 포개어 올렸다.
"애들은?"
"방에서 자고 있어. 요새 되게 말 잘 들어. 나름 좋은 오빠 되겠다고."
"원래도 착하게 잘 들었잖아. 다 아빠 닮아서 그렇지 뭐."
"자느라 저녁 걸렀지? 뭔가 먹고 싶은 건 없어?"
유리는 잠깐 생각해 보고 말했다.
"다른 거 부탁해도 돼?"
"뭔데? 말만 해."
"나한테 노래 하나만 불러 줄 수 있어?"

"어떤…… 노래?"
그녀의 부탁이라면 별이라도 따 올 각오는 했지만, 뜻밖의 리퀘스트에 성진이 눈을 끔벅였다.
"중학교 1학년 음악시험 때 불렀던 노래 말야."
"그게 뭐였더라. 아! '은방울꽃 별꽃' 그거?"
"맞아. 아직도 기억하고 있네."
"당연하지. 그 곡만큼은 너나 나나 평생 안 까먹을걸?"
중학교 1학년 때 치렀던 첫 가창시험. 별종으로 소문난 음악 선생님은 당신이 작사 작곡한 곡을 시험곡으로 선정했었다.
"나 그때 진짜 잘 부르고 싶었는데. 마음처럼 안 돼서 속상했었어."
나름 열심히 연습했는데, 실전에서 형편없이 떨고 말았다.
"네 앞이라서 더 잘 하고 싶었는데……."
유리의 애잔한 고백에 성진 역시 애틋하게 웃었다.
"나도 너 부르는 거 보면서 이런 생각 했었어. 조금만 덜 긴장했으면 진짜 잘했을 거라고. 목소리가 워낙 예뻐서."
"정말? 그런 생각을 다 했어?"
그때 너한테 난, 수많은 클래스메이트 중 한 명일 뿐일 줄 알았는데.
"정말이야."
그녀의 목소리가 참 예쁘다고 생각했던 것 하나는 정말이었다. 어쩌면 그 한 가닥 마음이, 이 아름다운 인연의 복선이었을지도 모르지.
성진은 목을 한번 가다듬고, 아내를 위한 노래를 부르기 시작했다.

"달빛 정원 은방울꽃 예쁘지마는, 그대 눈 속 별꽃이 더 아름다워라."

음악 선생님이 가든 레스토랑에서 샴페인을 마시던 중에 영감을 받아 지은 곡이라 하셨지. 그 당시엔 별로 와닿지 않아 한 귀로 흘린 이야기였다.

하지만 어느 해의 크리스마스, 성진은 유리의 다갈색 눈에서 별꽃이란 걸 실제로 보았다. 샴페인의 탄산방울처럼 무수히 반짝이던 별들. 그녀를 향한 갈망을 이끌어 낸 빛.

생각하면 할수록 참 고마운 별빛.

"금유리 눈 속 별꽃이 젤 아름다워라."

어느 순간부터 성진은 제멋대로 곡을 개사해 불렀다.

그의 감미로운 목소리에 마음이 흠뻑 젖어 든다. 유리는 뭉클하게 눈을 감았다. 배 속의 윤아가 정말로 말했다. 행복하고 또 행복하다고.

## 외전2.
## 활기를 주는, 맛있는……

A센터 호텔쇼 현장.

"후우……."

구름 같은 인파가 모인 특설무대를 둘러보며, 김다영 양은 심호흡을 했다.

취준생 딸이 돌연 바텐더가 되고 싶다고 하자 부모님의 반대가 극렬했다. 1년여의 냉전 끝에 부모님은 겨우 타협안을 냈다.

그녀가 이 대회에서 작은 상이라도 입상한다면, 더는 태클을 걸지 않기로.

호기롭게 참가를 결정했지만, 다영은 준비 과정에서 눈앞에 캄캄해졌다.

며칠 전 치러진 학생부 대회를 염탐해 보고 자신이 우물 안 개구리였다는 걸 깨달았다. 하물며 프로 부문은 국내외 유명 호텔 바텐더들이 대거 참가한다고 들었다. 저 같은 쩌리는 결선에 진출한 것만도 기적이었다.

오늘 나 자신을 증명하기는커녕, 들러리 노릇이라도 제대로 해낼까?

긴장을 풀 겸 다영은 호텔쇼 참가 부스들을 둘러보았다. 국내 유명 주류회사 부스도 여럿 있었다. 그중에서도 부스를 무려 두 개나 차지하고 문정성시를 이루는 곳이 있었다.

다영은 한눈에 알아보았다.

“역시 참술은 호텔쇼에서도 인기 만발이네.”

농업회사법인 참술. 이젠 대한민국 굴지라 해도 과언이 아닐 우리 술 양조장.

그 제품들은 매년 우리 술 대축제 품평회 상을 휩쓸고, 주요 국제 행사 만찬주로 꾸준히 선정되어 왔다. 해마다 화려한 이력이 추가되어 현수막에 다 적지도 못할 정도였다.

“헤헤, 올해도 있네.”

다영은 부스 앞을 지키고 선 대형 피규어를 보고 정겹게 웃었다.

참술 부스는 매년 업그레이드 된 ‘떡 돌리는 ○○○ 피규어’를 선보이는 걸로 유명하다. 그곳 대표님은 때로는 술보다 그것에 더 심혈을 기울이는 듯도 했다. 창립 멤버인 두 이사는 여전히 부끄러워한다는 후문이 있다.

“명성에 누가 되지 않게 노력할게요.”

다영은 혼잣말로 중얼거렸다. 자신이 오늘 대회에서 선보일 칵테일의 기주가 바로 저 참술의 전설적인 술, 채운여름이기에.

“지금부터 한국 술 칵테일 월드챔피언십 프로 부문 결선을 진행하겠습니다! 참가번호 1번부터 5번은 즉시 대기실로 와 주시기 바랍니다.”

“아, 이제 가 봐야겠다.”

다영은 황급히 특설무대로 돌아갔다.

“시작하기에 앞서 심사위원 분들의 약력을 간단하게 소개하겠습니다.”

저명한 식품명인 미식평론가에 이어, 사회자는 한 여성 바텐더를 소개했다.

“바 아젤리아 오너 바텐더 금유리. 우리 대회 금상과 대상 및 다수 국제대회 입상 경력이 있는 레전드 믹솔로지스트입니다. 이번에는 심사위원 자격으로 이 자리에 오셨습니다.”

참가번호 1번으로 무대 위에 선 다영은, 심사위원석의 그녀를 선망 어린 시선으로 보았다.

단아한 정장 차림의 여성 바텐더는 부드럽게 미소 지으며 관객들에게 인사하고 자리에 앉았다. 양처럼 온화한 인상이면서도 심지 굳은 눈빛. 묘하게 시선을 휘어잡는 매력을 발산하는 미인이었다.

너무나도 빛나는 사람이 보는 앞이어서 더 긴장되었다.

“지금부터 준비 시간 2분 드리겠습니다. 시, 작!”

다영은 그 뒤로 7분이 어떻게 흘러갔는지 몰랐다.

❈ ✱ ❈

“어서 오세요!”

“앗, 네…….”

입구에 들어선 순간, 제 또래로 보이는 여성 바텐더가 쾌활한 인사로 맞아 주었다. 다영은 얼결에 45도 인사로 화답했다.

"우와……."

홍대 아젤리아. 레전드 바텐더가 있는 곳치고 아담한 규모의 바였다. 오너의 미적 센스가 군데군데 빛을 발하는 예쁜 공간. 자릿수는 많지 않으나 테이블마다 손님들이 살뜰히 채워 앉았다.

헛걸음하는 손님이 워낙 많아져 2호점도 냈지만, 오랜 단골들은 오너가 직영하는 여기 1호점을 늘 고집한다고 들었다.

"주문 도와드릴까요?"

대회 날 보았던 아름다운 여인이 손수 메뉴리스트를 내민다. 그녀의 미소 하나로 사방에 꽃향기가 진동하는 듯한 착각이 일었다.

다영은 아젤리아의 메뉴리스트를 훑어보았다. 수많은 바텐더가 거쳐 간 곳답게 시그니처 메뉴가 상당히 많았다.

"채운평화 주세요."

"네, 맛있게 만들어 드리겠습니다."

어느 해 정상회담의 환영만찬에 나온 칵테일. 남편분과의 세기의 로맨스가 얽혀 있는, 대한민국에서 가장 로맨틱한 칵테일.

소문대로, 이 칵테일만큼은 금유리가 모든 주문을 맡았다.

유리는 플루트 샴페인 글라스를 작업대에 올리고 조주를 시작했다. 믹싱글라스에 신의 음료를 채워 나가는 손짓은 물 흐르듯 유려했다.

탁!

유리가 믹싱글라스에 믹싱틴을 기울여 꽂는 순간, 다영은 저도 모르게 숨을 삼켰다. 달그락달그락, 소리만 들어도 상당한 공력이 느껴지는 셰이킹이었다. 손이 작은 편이신데, 어쩜 저렇게 셰이킹을 부드러우면서도 짜릿하게 해낼까?

다영 앞에 레이스 코스터가 사분 내려앉았다. 황금빛 칵테일을 내어놓으며, 유리가 나직이 속삭였다.

“참가번호 1번, 김다영 바텐더님 맞으시죠?”

“아…… 저 기억하세요?”

“그럼요. 첫 순서인데도 침착하게 정말 잘 하셔서 인상 깊게 잘 봤어요.”

과분한 칭찬도 모자라 이름까지 기억해 주시다니, 황송하기 그지없었다.

“감사합니다. 다들 워낙 잘하셔서 입상은 못했지만요.”

그날만큼 이 바닥 하늘이 아득히 높다고 느낀 적도 없었던 것 같아요.

“조금만 더 연습하시면 다음 대회엔 충분히 좋은 상 타실 것 같아요.”

“하하, 글쎄요. 이번에 상 못 타면 접기로 부모님하고 약속해서…….”

다영의 풀 죽은 목소리에 유리가 알 만하다는 듯 웃었다.

“저도 처음 이 바를 차렸을 때 집안에서 반대가 심했어요. 3년 동안 아버지와 의절까지 했었던걸요.”

“우와…… 3년씩이나요?”

온유한 이미지와 다르게 강단이 있으시구나…….

“서른 다 돼서 처음으로 기물을 만져 봤어요. 그 전까진 술이라곤 소맥밖에 몰랐었죠. 조주기능사 실기시험 볼 때 너무 긴장해서 수도꼭지도 제대로 못 잠갔던 게 엊그제 같네요.”

각종 국제대회를 휩쓴 그녀에게도 그런 시절이 있었다니. 좀처럼 믿기 힘든 이야기였다.

"저희 부모님은, 밤늦게까지 술집에서 일하면 어느 세월에 결혼하고 애 낳을 거냐는 식이세요."

"우리 직원 중에도 애 엄마 많아요. 저만 해도 아이 낳고 키우느라 경력에 비해 공백기가 제법 되고요."

"육아하시면서 이 일 하기 힘들지 않으셨어요?"

"쉽지는 않았지만 할 만했어요. 복귀할 때마다 남편이랑 주변 사람들이 정말 많이 도와줬거든요."

아젤리아 오너 바텐더이자, 한 남자의 아내이자, 세 아이의 엄마. 어느 것 하나 막중하지 않은 역할이 없었지만, 자신은 혼자가 아니었다.

제 꿈을 지지해 주고 응원해 준 사람들, 특히 사랑하는 남편 덕분에 몇 번이고 다시 시작할 수 있었다. 덕분에 여러 가지 위치에서 나름대로 무르익었다.

"다영 씨도 나중에 좋은 사람 만나 결혼도 하고 아이도 낳을 수 있겠죠. 그만큼 역할도 많아질 거예요. 그래도 그때가 되면 알 거예요. 다영 씨는, 다영 씨 자신이 생각하는 것보다 훨씬 많은 일을 할 수 있는 사람이란 걸."

당신이 선망 어린 시선으로 보는 지금의 나는, 여전히 별로 대단하지 않아요.

그럼에도 무언가를 하나씩 이뤄 낼 때마다 새삼 깨닫게 되곤 하죠. 내가 이 정도로 강해진 건, 내 남편 내 아이 내 친구들과 꿈을 나눈 덕이라고.

그들한테서 꿈을 지지받아 힘이 났고, 그들의 꿈을 지지하기 위해 또다시 힘을 내게 됐어요.

"대회 하나로 칼같이 포기하기엔 다영 씨의 가능성이 너무 아까워요. 다영 씨 스스로를 기다려 주세요. 저처럼 거북이걸음으로 20년 세월 꾸준히 온 사람도 있으니까요."

활기를 주는 맛있는 음료. 다영은 아주 오랜만에 칵테일의 정의를 되새겼다.

"아직 정한 곳이 없으면, 저희 가게는 어떤가요?"

유리가 불쑥 꺼낸 파격 제안에, 다른 직원들까지 눈을 크게 떴다.

아젤리아는 오너의 방침으로 사회 초년생이나 육아로 경력이 단절된 여성 바텐더를 주로 고용했다. 부모님의 반대, 혹은 출산과 육아. 비슷한 어려움을 겪어 본 여성 바텐더로서, 유리는 한 사람이라도 더 꿈을 붙들었으면 했다.

복지가 짱짱한 만큼, 아젤리아는 좀처럼 공석이 나지 않는 일터였다. 여성 바텐더들에게는 웬만한 호텔 바보다 워너비인 곳이었다.

"정말…… 저 여기서 일해도 돼요?"

"네. 저희 캡틴 방침상 2호점 바 헬퍼부터 시작해야 하는데, 괜찮겠어요?"

캡틴이라 함은, 자타가 공인하는 아젤리아의 실세 유다희 바텐더를 이르는 말이었다.

다영은 곧장 일어나 유리에게 정중히 고개를 숙였다.

"시켜만 주시면 열심히 하겠습니다! 언젠간 사장님 곁에서 일할 수 있게 분발할게요."

부모님과 한 약속을 지키기엔 너무도 매혹적인 자리였다. 이런 기회라면 얼마든지 한 입으로 두말해야지!

"오늘은 맛있게 드시고, 내일 오후 5시에 2호점에서 봐요. 간단

한 면접을 볼 거예요. 우리 캡틴 언니한테 얘기해 놓을게요."

"저기 사장님, 말씀하신 11시가 됐는데요?"

"어머, 시간이 벌써 그렇게 됐어?"

바 헬퍼의 말에 유리가 크게 눈을 깜박이며 시계를 확인했다. 내일은 아버지의 생신이다. 아침 일찍 남편과 아이들과 함께 본가에 가기로 했다.

유리는 자기 자리 기물을 정돈하고 가방을 챙겨 나왔다.

"나 먼저 들어가 볼게. 주말 잘들 보내요. 다영 씨도 재밌게 놀다 가요."

"안녕히 들어가세요, 사장님!"

가시는 뒷모습까지도 아름다운 사람이었다. 정말 많은 것을 배울 수 있을 것 같아, 내일부터가 더욱 기대된다.

꿈꾸는 기분으로 황금빛 칵테일을 홀짝이던 중, 다영은 유리가 한 말을 곱씹어 보게 되었다.

'저처럼 거북이걸음으로 20년 세월 꾸준히 온 사람도 있으니까요.'

실례를 무릅쓰고, 다영은 바 헬퍼에게 속삭여 물었다.

"죄송한데, 사장님 나이가 어느 정도 되시는지 여쭤 봐도 될까요?"

제아무리 많이 쳐 줘도 30대처럼 보이는 40대 초반 같으신데. 서른 즈음에 이 일을 시작해서 경력 20년이시라면, 설마…….

"저도 정확히는 모르는데, 쉰은 넘으셨다고 들었어요. 막내따님이 올해 중학생이래요."

내일부터 내 사장님이 될 분은 혹시 뱀파이어인 게 아닐까? 다영은 극심한 컬처쇼크에 빠져들었다.

❈ ✲ ❈

"복윤아. 안 자고 뭐 해? 내일 일찍 외할아버지 댁 가야 하는 거 알지?"
야심한 시각. 막내 여동생이 작은방에서 한참을 나오지 않길래, 윤재는 고개를 들이밀어 봤다.
"응, 그냥…… 뭐 좀 찾고 있었어."
얼마나 중요한 건지, 엄마 닮아 키도 아담한 녀석이 낑낑대며 높은 책장을 더듬는다.
"뭐 찾는데? 같이 찾아 줄게."
형 따라 들어온 윤후까지 물었다.
윤아는 혹시 오빠들 뒤편에 누가 있나 확인해 보고는, 소리 죽여 말했다.
"아빠 일기장이 있나 찾아보고 있어."
그 말에, 고딩 쌍둥이 형제의 눈이 흥미와 장난기로 번뜩였다.
올해 봄, 윤아는 중학교에 입학했다. 교정을 거닐 때마다 사춘기 소녀의 감성이 새록새록 돋아났다.
아빠는 그때도 잘생기고 공부도 잘하셨겠지. 엄마도 지금처럼 예쁘고 귀여우셨을 거고. 그런 두 분의 눈이 처음 마주친 순간, 여의도 불꽃축제처럼 케미가 팡팡 터졌겠지?
상상의 나래는 아빠를 향한 폭풍 질문으로 이어졌다.

'아빠, 엄마랑 같은 반 됐을 때 어땠어요? 엄마 있어서 좋았죠?'
'복도에서 엄마랑 마주치면 어떤 생각이 들었어요?'
'아빠 엄마도 가창시험 봤었죠? 엄마 노래 부르는 모습 어땠어요?'

구체성을 띠고 들어오는 딸의 질문공세에, 성진은 진땀을 흘렸다.

'그게…….'

적당히 말을 꾸며 내 모면하기엔, 사춘기 소녀의 섬세한 감성 필터가 호락호락하지 않았다.

'하하…… 너무 오래전 일이라 아빠가 기억이 잘 안 나네. 그보다 엄마랑 첫 데이트 했을 때 얘기 해 줄까?'

섬세한 윤아는 아빠가 왜 즉답을 피하는지 금방 눈치챘다. 그 시절만 해도, 아빠는 엄마한테 크게 관심이 없었던 거다.
두 분이 서른 가까이 돼서야 본격적인 연애를 시작했다는 건 익히 들어 알고 있었다. 하지만 그때는…… 아빠가 학업에 매진하느라 고백 안 하신 줄 알았다. 엄마를 향한 연정쯤은 있을 줄 알았다.

'그래. 우리 윤아도 이제 진실을 알 나이가 되었지.'

1년에 몇 번 만나기 힘든 한류스타 삼촌 복성재가 넌지시 일러

줬다.

'그때는 아빠가 다른 여학생 사귀었었거든. 그래서 윤아가 물어보면 좀 찔릴 거야.'

난생처음으로 윤아는 사랑해 마지않는 아빠한테 좀 깼다.
뭐예요, 아빠. 엄마를 놔두고 어떻게 그럴 수 있어! 그때는 엄마가 세상에서 제일 예뻐 보이지 않았단 말이에요?

'그래도 윤아야, 이거 하나만은 알아주라. 이제 네 아빠는 네 엄마를 사랑한 세월이 훨씬 길어.'
'맞아! 성진 쌤한텐 진짜 유리 언니뿐이야.'

성재 삼촌과 미나 숙모가 굳이 편들어 주지 않아도 그 정도쯤은 알고 있었다. 주변 친구 부모님들만 봐도, 우리 아빠만큼 엄마한테 꿀 발라 놓은 사람은 없었으니까.
그래도 아주 조금…… 배신감 드는 건 어쩔 수 없었다.

'그러고 보니 형이 중딩 때 일기장 꾸준히 썼었는데, 아직 있으려나? 서른 살 때까진 보관하고 있었던 거 같은데.'

삼촌이 지나가듯 한 말에 윤아는 귀를 쫑긋 세웠다.
그 이후로 윤아는 집 안 어딘가에 숨겨져 있을지 모를 보물찾기를 종종 시도했다. 그런 게 있을 법한 곳은 잘 안 쓰는 물건들을 보관해 두는 이 작은방뿐이었다.

"푸흡, 인정한다. 그런 건 못 참지."

"그런 거라면! 찾지 않을 수 없잖아?"

쌍둥이 형제는 기꺼이 보물찾기에 동참했다. 고등학생이 되면서 키 180센티를 나란히 찍은 그들은 긴 팔을 시원스레 뻗어 위쪽 책장을 일사천리로 뒤졌다.

"오! 여기 무언가 있다!"

윤후가 다이어리를 하나 끄집어내며 외쳤다. 종이 질이 노랗고 겉표지 역시 세월의 흔적이 역력한 것이, 딱 봐도 아주 오래된 공책이었다.

"내친김에 이거 내일 외할아버지께 선물로 드릴까?"

"야, 그러면 아버지 진짜 한강 각 재시는 거 아니냐? 우리 집은 너무 한강과 가까워."

공부머리만큼이나 장난기가 발달한 쌍둥이 형제는 벌써부터 아버지를 골탕 먹일 생각부터 했다.

그러나 일기장을 펼쳐 보고 나서, 삼남매의 표정이 변했다.

"오빠들. 이거…… 엄마 일기장 같지 않아?"

"어…… 그러게."

어쩐지. 분홍분홍한 표지에 반짝이 복숭아까지 있더라.

"대체 언제 적 거지?"

측면에 '10323 금유리'라고 네임펜으로 적혀 있었다. 어머니가 누구 보여 주려고 쓴 것 같진 않지만 습관적으로 당시 학번을 적어 넣으셨나 보다.

"헐, 중학교 1학년 때 쓰신 거 아냐?"

"와…… 레알 고대 유물이잖아."

굵은 다이어리는 열네 살 어머니의 1년을 고스란히 담아내고 있었다. 삼남매는 머리를 맞대고 앉아 여중생 금유리의 이야기 속으로 빨려들었다.

「오늘 반장 선거를 했다. 복성진이라고, 우리 반에서 제일 키 큰 남자애가 됐다.(엄청 잘생기기도 했다*^^*)」

"오오, 첫 만남!"

윤재가 개구지게 추임새를 넣었다. 엄마가 깨알같이 써 넣은 이모티콘을 보고, 윤아는 간신히 웃음을 참았다.

아, 우리 엄마지만 뭔가 오글거리면서…… 너무 귀여우셔.

「공부도 잘하고 자신감 있게 발표도 잘해서 부럽다. 대체 못하는 게 뭘까? 착해서 애들도 잘 챙겨 줄 것 같다. 좋은 반장이 될 거 같다.」

"아무래도 엄마는 이 시점부터 아버지한테 반한 것 같네."

별로 놀랍지도 않았다. 지금도 아빠바라기인 분이신걸.

「오늘 가창시험을 봤다. 진짜 많이 연습했는데 너무 긴장해서 가사를 까먹었다 ㅠㅅㅠ 반장이랑 눈이 마주쳤는데 안타까워하는 듯한 표정이었다. 내가 원한 건 그런 표정이 아니었는데…….」

「중간고사 망했다 ㅋㅋ 주관식 점수 확인표 칠판에 붙이는 거…… 반장이 다 했다. 진짜 망했다 ㅠㅠㅠㅠㅠ」

「이번 생은 틀린 걸까? 그 애한테 어울리는 여자 되기…….

난 ㄱr끔 눈물을 흘린 ㄷ ㅏ…….」

"푸흐흡, 우리 엄마 어쩔."

"아, 엄마. 진짜 찐사랑이었네."

인소 감성 충만한 일기장을 한 장씩 넘길 때마다 쌍둥이 형제는 호흡곤란이 일도록 웃어 젖혔다. 윤아는 같은 여자로서 차마 웃을 수가 없었다.

일기장을 반 정도 읽었을 때쯤, 작은방 문이 덜컥 열렸다.

"다들 여기 모여서 뭐 해? 내일 외할아버지 댁 가려면 일찍 자야지."

삼남매의 시선이 동시에 성진을 향했다. 누가 먼저랄 것도 없이 웃음이 터졌다.

"푸흡, 그게요, 엄마 일기장이 너무 재미있어서요."

"뭐라고? 엄마 일기장이 있었어?"

"어? 아버지도 이거 있는 줄 몰랐어요?"

"언제, 언제 적 건데?"

말까지 떠듬거리며 흥미를 보이는 걸 보니, 진짜 모르셨나 보다.

"중학교 1학년 때 일기장 같아요."

"완전 개꿀잼이에요. 아버지도 와서 보실래요?"

반사적으로 끼어들려다, 성진은 짐짓 헛기침을 했다.

"크흠, 너희들 엄마 일기장을 그렇게 막 훔쳐봐도 되냐?"

이중에서 가장 궁금해 미칠 사람은 아버지일 거면서, 이런 순간조차 선비 체통 못 잃으신다.

"싫으면 말고요. 저희끼리 볼게요."

결국 성진은 강력한 호기심에 굴복하고 말았다. 심지어 윤재를 밀어내고 손수 일기장을 넘기기 시작했다.

"아버지, 진짜 수학시험 1번 틀린 것 때문에 축구공 연속 5홈런 때렸어요?"

"하하, 그땐 나도 귀신에 홀린 기분이더라고. 솔직히 쪽팔려서 그랬던 거 맞는데, 네 엄마는 다 알더라."

자식들의 질문에 답하며, 성진은 따스하게 미소 지었다. 아내의 시점에서 그 시절 제 모습을 들여다보는 재미가 상당하였다.

새삼 고맙기도 했다. 일찍부터 저를 깊게 담아 준 그녀의 마음이.

일기장 속 시간은 흐르고 흘러, 마침내 중학교 1학년 겨울방학 직전이 되었다.

「그가 드디어 고백을 했다. 다른 여자애한테…….」

분위기가 싸하게 내려앉았다.

「언젠가 할 거라고 생각은 했지만, 축하해 줘야 한다는 걸 아니까 박수는 쳤지만…… 가슴이 찢어지는 것 같다. 나도 수영이처럼 어른스럽고 공부를 잘 했다면…… 무언가 달라졌을까?」

한 장씩 넘길 때마다 웃고 떠들던 쌍둥이 형제조차 숙연해졌다. 성진은 묘하게 따끔해진 윤아의 시선에 모골이 송연해졌다.

맏이인 윤재가 대표로 한마디 했다.

"아버지, 겁나 나쁜 놈이셨네요."

"그래. 내가 다 미안하다……."

지나간 과거는 뜯어 고치지 못해서, 나도 미칠 노릇이란다.

「그 애를 내 마음에서 떠나보낼 시간, 마음의 정리를 할 시간이 필요했다. 더 이상 아파하지 않을 자신은 없지만…… 그 애의 행복을 더 빌어 주고 싶다. 한강에서 나만의 이별식을 치르기로 했다. 처음으로 아버지 몰래 저녁에 한강으로 나갔다.」

"뭐야, 엄마. 갑자기 한강은 왜 가요?"

윤재의 혼잣말이 곧 성진의 심경이었다.

유리야, 그 한겨울에 한강 가서 대체 뭐 한 거야? 죽일 놈의 나 따위 때문에 뭐 한 거냐고!

"아버지, 빠, 빨리 다음 장 넘겨 봐요! 엄마 설마 뛰어내리려 한 건 아니시겠죠?"

윤후의 호들갑이 묘한 긴박감을 조성했다.

아이들의 성화에 성진이 다음 장을 넘기려던 찰나.

"다들 여기 모여서 뭐 해?"

아젤리아에서 퇴근한 유리가 불시에 들이닥쳤다.

"앗, 엄마……."

"여보……."

성진이 수습할 새도 없이, 유리의 시선이 곧장 제 일기장에 꽂혔다.

"너희들…… 그거 대체 어디서 찾은 거야?"

인간의 얼굴이 그렇게 경이적인 속도로 빨개질 수 있다는 걸, 이 자리의 모두가 처음 알았다.

"설마…… 넷이서 같이 본 거야? 그걸?"

"여보, 그게! 일부러 보려던 게 아니라……."

"꺄악, 몰라! 당장 내놓지 못해!"

유리는 말 같지도 않은 변명을 하는 성진의 손아귀에서 빠르게 제 흑역사를 회수했다.

❖ ✱ ❖

"여보. 유리야……."

잠긴 문 앞. 성진은 침실로 도망가 버린 아내와 접선을 시도했다.

"미안해. 우리가 진짜 잘못했어."

"진짜 너무한 거 아냐? 나도 부끄러워서 못 읽는 건데……."

"유리야, 근데 있잖아. 새삼스럽지만 진짜 고마워."

성진이 나직이 속삭였다.

"우리 같이 산 지 어느새 20년이 넘었잖아. 분에 넘치는 네 사랑 받을 자격이 있는 남편이 되려고 내 나름 많이 노력했는데, 기대에 부응했는지 모르겠다."

일순 침실 너머가 잠잠해졌다. 그 광경을 지켜보면서 삼남매는 훈훈하게 웃었다. 직접 보지 않아도, 감동의 눈물을 참고 있을 엄마의 표정이 생생히 보였다.

"유리야, 진짜 사랑해. 나한텐 너밖에 없는 거 알지?"

새삼 윤아는 깨달았다. 아빠가 엄마한테 얼마나 수도 없이 많은 사랑 고백을 해 왔는지.

"근데 유리야, 그때 한강 가서 뭐 했어? 그 부분만 마저 보면 안 될까? 애들도 궁금해 미치려 그래."

"아이, 애들 핑계 대지 마. 그것만은 평생 나만의 비밀로 할 거야……."

"알았어. 유리야, 일단 얼굴 보면서 얘기하자. 응?"

역시. 엄마는 늘 아빠한테 약했다. 유리가 침실 문을 살짝 열자, 성진이 기다렸다는 듯이 비집고 들어갔다.

"빨리 내놔. 아니면 직접 말하든가. 말할 때까지 안 재워야지!"

"꺄, 흐흣, 이건 반칙이야!"

삼남매는 눈치껏 침실에서 멀찍이 떨어졌다.

다음 날 아침. 외할아버지 댁에 도착한 삼남매는 빈 방에 몰래 모였다. 어제 부모님이 꽁냥질하다 잠든 새 윤재가 무언가를 손에 넣은 터였다.

"그거 아는가? 아버지는 당신의 핸드폰을 소중히 하지 않았지."

"오, 이거 설마 아버지 일기장이야?"

성진은 여전히 핸드폰에 비번을 걸지 않았다. 그의 일기는 공책에서 핸드폰 메모 어플로 옮겨 간 지 오래였다.

마침 데이터 백업 및 공유 기능까지 있는 어플이었다. 경비(?)가 허술해진 간밤을 틈타, 윤재는 아버지의 비밀일기를 제 핸드폰에 옮겨 담았다.

"잘했어! 나도 이거 겁나 보고 싶었는데."

"오빠, 이거 엄마한테도 보내 주자. 아, 외할아버지께도 보여 드릴까?"

"흠, 일단 내용 검수 좀 해 보고."

삼남매는 성진의 일기를 읽어 나갔다.

[아침에 눈 뜨면 보이는 얼굴이 금유리다. 이 천사가 내 마누라인 현실을 받아들이는 데 아직도 5초 넘게 걸리는 것 같다.]

[가끔 스스로도 이해가 안 될 때가 있다. 예쁜 네가 신경 쓰이지 않

았던 시절이, 내 인생에 어떻게 존재하는지.]

"오빠…… 이거도 혹시 아빠 중학교 때 일기장이야?"
"아니. 완전 최신 건데……."
왠지, 봐선 안 될 걸 봐 버린 기분이 들었다.
"와…… 아버지 이거 우리가 본 거 알면 이불 존나 쎄게 갈기겠는데?"
"이불킥 정도냐? 한강 안 가시면 다행이지."
다시 한 번, 우리 집과 한강이 너무 가깝다는 데 생각이 미쳤다.
"인간적으로 이건 우리끼리만 보자……."
"그래, 오빠. 이건 우리 톡방에만 보내."
"앗!"
공유 버튼을 누르고 나서, 윤재가 외마디 비명을 질렀다.
"아, 엄마! 왜 하필 이 타이밍에!"
"아니, 갑자기 왜 그…… 허얼!"
윤재가 삼남매 단톡방에 파일을 공유하려던 차에, 유리가 새로운 가족 단톡방에 삼남매를 초대했다. 그 바람에 윤재는 실수로 그 톡방에 파일을 공유해 버렸다.
공교롭게도 그 톡방에는 성진과 금 회장까지 초대되어 있었다.
톡방의 숫자가 빠르게 줄어들었다. 잠시 뒤, 성진에게서 미친 듯이 전화가 걸려 왔다.
"으악! 아버지가 찾으면 나 없다고 해 줘!"
윤재는 빠르게 줄행랑을 쳤고, 남겨진 남매 역시 한참을 그 자리에 얼어붙어 있었다.

❖ ✻ ❖

"여보. 성진아……."

다음 날. 유리는 양조장으로 도망가 버린 남편과 핸드폰으로 접선을 시도했다.

"미안해. 우리가 너무 짓궂었지?"

– 됐고, 애들한테 전해. 이 아빠 너희를 그렇게 키우지 않았다고.

금 회장님께야 최고의 생신 선물이 되었다. 사위의 변함없는 딸 사랑을 엿볼 수 있었으니까.

'허허, 자네는 참 여전하구만. 맞다, 윤아야. 이 할애비가 재미난 얘기 하나 해 줄까? 너희 아버지가 처음 이 집에 왔을 때 말이다…….'

사실 성진이 도망가 버린 건 금 회장의 추가 폭로 탓이 더 큰 듯했다.

"성진아, 사랑해. 하루라도 안 보면 나도 몸 달아 죽을 거 같아져."

– ……금유리. 너까지 나 맥이기야?

"아이, 그럴 리가 있겠어? 내가 데리러 갈게. 몇 시쯤 갈까?"

– 실은 오늘 당직자가 갑자기 일 생겼대서 대타로 온 거야. 6시 정도면 될 것 같아.

"알았어. 6시에 맞춰서 기사님이랑 갈게."

지금 출발하면 딱 맞을 것 같았다. 유리는 가방을 챙기고 애들한테 말했다.

"아빠 모시러 갔다 올게. 저녁 알아서 챙겨 먹을 수 있지?"

"그럼요. 천천히 다녀오세요. 기왕이면 두 분이서 데이트도 하시고."

유리가 나가자 삼남매는 기다렸다는 듯이 모여 펼쳤다. 슬그머니 다시 챙겨 둔, 엄마 일기장이랑 아빠 일기장을.

"흐흐…… 너무 재밌다."

오빠들과 함께 웃던 중에 윤아는 깨달았다. 엄마를 향한 아빠의 사랑이 다소 뒤처졌을지는 몰라도, 결코 뒤지는 건 아니었다고.

평생의 연인이 서로 사랑한 세월만큼, 읽을 게 무궁무진하게 많이 남았다.

KODAK PORTRA 400

## 작가 후기

2016년 가을 즈음, '능력은 있지만 서민인 남주를 짝사랑해 온 여주가 남주를 후원하는' 내용을 써 보고 싶다는 생각을 하였습니다. 저 골조에 언제부터 술이 끼얹어진 것인지는 스스로도 미스터리입니다.

이전에도 칵테일 바를 배경으로 한 소설을 끼적인 적이 있습니다. 그때는 아무런 자료 조사도 없이 소수의 칵테일 이름만 돌려막기 했던 기억이 납니다.

'이번엔 제대로 써 보고 싶다!'라는 마음은 먹었지만, 제 본업과 술의 관련성은 회식뿐이었고, 처음에 아는 것이라곤 소맥과 장수 막걸리뿐이었습니다.

2017년 4월, 조주기능사 자격과정을 수강하면서 맨땅에 헤딩을 시작했습니다. 남대문에서 연습용 술을 사들여 조주연습을 하면서, 남주를 우리 술 제조자로 해 보자는 식으로 이야기의 골격을 잡았습니다. 빌드 업을 위한 공부가 필요했습니다. 이듬해 한국가양주연구소 제조반과 전통주 소믈리에 과정을 차례로 수료하면서 우리 술에도 발을 담갔습니다.

자료 조사보다도 힘겨웠던 주인공들의 수난에, 하루에도 수십 번씩 포기를 생각했던 기억이 납니다. 탈고를 하고 난 지금도 솔직히 실감 나지 않습니다. 이제야말로 성진이와 유리를 보내 주어도 되는지.

아마, 저 자신은 평생 보내 주지 못할 것 같습니다. 어느 순간부터 남주와 여주라기보단, 친한 친구 부부의 이야기를 써 내리고 있었습니다. 어디서든 술잔을 들 때마다 복성진 금유리 부부를 떠올리게 될 것 같습니다.

술장을 가득 채운 술들과 책장에 쌓인 참고자료들을 보면서, 유리를 변화시키려다 저까지 많이 변했구나 하는 생각이 들었습니다. 사랑을 위해 끊임없이 틀을 깨고 나온 유리를 이해하려면 나도 이쯤은 해야 되지 않겠냐며 벌이고 벌인 일들이, 매력적인 주류의 세계를 마음껏 찍어 먹게 해 준 것 같습니다.

여담이지만 유리의 조주기능사 실기시험 장면은 저의 실제 경험을 바탕으로 적어 내렸습니다.(수도꼭지 못 잠그고 콜라 찾아 헤맨 것도, 커플남과 같이 시험 치고 그 조에서 저 혼자 붙은 것도 실화랍니다!) 유리와 성진이 탐방한 바들 역시, 홍대 일대의 실제 바들을 모델로 하였습니다.

유리와 성진이 좋은 사람들의 도움으로 꿈을 이루었듯, 저 역시 여러 스승님들의 도움으로 이야기를 완성할 수 있었습니다.

저서를 참고하는 건 물론이고 이런 감사인사를 공공연히 할 수 있게 허락해 주신 홍대 아이엠어바텐더 학원 박수민 부원장님과 한국가양주연구소 류인수 소장님께 깊이 감사드립니다.

소설에서 다룬 내용이 미흡하다면, 순전히 제 배움이 짧은 탓입니다. 또한, 갑작스러운 견학 요청을 흔쾌히 받아 주신 용인 술샘 양조장에도 깊은 감사를 드립니다. 연재 중 힘이 되어 주신 여러 연재처 독자님들과, 부족한 글을 출간할 기회를 주신 출판사에도 감사드립니다. 여기 다 적지 못할 만큼 감사한 분들이 너무 많습니다.

부디 저의 바람대로, 활기를 주는 맛있는 음료 같은 이야기였기를 바랍니다. 소중한 사람과 함께 바에서 마음껏 술잔을 나눌 수 있게 되는 날, 다시금 두 사람을 기억해 주시면 여한이 없겠습니다. 읽어 주셔서 감사합니다.

KODAK PORTRA 400

# 참고 문헌

〈참고 문헌〉

미야자키 마사카쓰(2014). 술의 세계사. 고려대학교출판문화원

이종기(2009). 이종기 교수의 술이야기. 다할미디어

박두현, 박수민(2016). 조주기능사 수험서 3판. 군자출판사

김성욱(2017). Tail Tale Cocktail 테일 테일 칵테일. 이담북스

염선영(2010). 칵테일 수첩-분위기에 맞게 고르는 66가지 칵테일 수첩. 우듬지

성중용(2010). 위스키 수첩-내 취향에 딱 맞는 125가지 위스키. 우듬지

류인수(2018). 한국 전통주 교과서 2판. 교문사

허시명 외 8인(2018). 향기로운 한식, 우리술 산책. 푸디

백웅재(2016). 술맛 나는 프리미엄 한주. 도서출판 따비

〈참고 자료〉

Jackey Yoo님. 싱글몰트&칵테일 블로그. 칵테일 Cocktail과 혼합음료 Mixed Drinks의 차이와 구별에 대해

최학림 기자. '불태운 술'을 아시나요? 2009.5.21. 부산일보 기사.

김기환 기자. '순한 경쟁'은 소주 업체들을 춤추게 한다? 2018.4.17. 세계일보 기사

최진석 기자. 정상회의 건배주 어떻게 뽑을까 2009.6.2. 한국경제 기사

오상민 기자. 주류업계 A씨의 하소연 "리베이트, 적폐 중 적폐" 2017.9.1. 세정신문 기사

아이비영농조합. 허니와인 스토리

유튜브채널 〈언니의 술 냉장고 가이드〉 & 〈대동여주도〉 영상(우리 술에는 향이 있다! 없다?/우리 술들이 고유의 향을 가지도록 하려면?/이제는 개성 있는, 영혼이 있는 술을 만들자.)

한국가양주연구소 전통주 소믈리에 수업교재

한국가양주연구소 카페 제조반 교육일지(본인작성자료)

한국가양주연구소 카페 전통주 소믈리에 교육일지(본인작성자료)

한국산업인력공단 조주기능사 표준레시피

〈참고 사이트〉

술독(http://www.suldoc.com)

네이버 지식백과(https://terms.naver.com)

나무위키(https://namu.wiki)